君心向晚 3

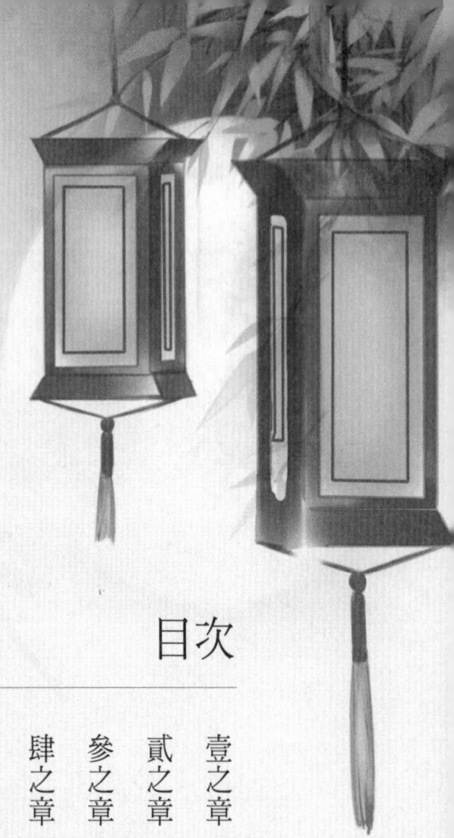

目次

壹之章　抽籤配對結冤家

俞筱晚在屋裡聽豐兒彙報打探回來的消息，一聽說照顧曹中雅的兩個三等丫頭吃了掛落兒，被遠遠地發賣了，她便立時想到：是不是曹中雅的身子有什麼不好了？王府的事她清楚大半，只要定神想一想，就能得出結論來。那種催產藥霸道得很，又是留子去母的，對宮體的傷害極大，那曹中雅多半是失了生育能力。

若是如此，那就不難猜出外祖母和舅父所想了。他們必定要給曹中雅找幾個忠心又美貌的陪嫁丫頭，好讓她們幫曹中雅生孩子，然後抱養到她的名下。

一聽到曲嬤嬤一大早就出門，張氏則稱病「臥床」，俞筱晚撇了撇嘴，舅母必定是被禁足了。曲嬤嬤應當是去籌銀子了吧？畢竟舅母現在在曹家的處境十分艱難，不能再惹外祖母生氣了。

曹老夫人也正在聽杜鵑的稟報，只淡淡地說了一句：「只要不是賣曹家的東西，由著她去！」

幾個孫兒、孫女的親事，曹老夫人上了心，親自過問，可是她到底久不出府了，雖然手頭有些官宦之家子孫們的資料，可是人卻沒見過幾個，便想趁後花園裡的荷花還沒敗時，辦個宴會。

誰知曹府的宴會還在籌劃之中，攝政王府倒是先擺上了宴會，理由是沖喜。

這幾日京中的貴婦圈子漸漸有了些傳聞，說是為攝政王爺生子有功的張側妃染上了熱風寒。這風寒本是寒症，要用熱效藥物治療，但現在加了個熱字就非常的麻煩。不少來探病的貴婦人，隔著紗帳細細一瞧，竟瞧見張側妃滿臉紅疹子，一大片一大片的嚇死人，兼之服侍她的蘭嬤嬤也是一臉病容，漸漸便有人開始猜測，大熱天得風寒本就奇怪，不會是出痘子吧？若是出痘子，這人可多半會歿去，而且傳染性還特別強，於是來了兩三次人之後，便沒人敢去探望了。

王爺怕過了病氣給王妃，因此張君瑤在被貴婦們證實「生了重病」之後，便被移去城外的別苑。又因王妃這一胎懷得一直不大穩，王爺便提議擺酒沖喜。

曹老夫人年紀大了不方便出席，女眷便由武氏帶隊，領著曹家姊妹和俞筱晚、何語芳出席。武氏早已得了老太太和爵爺的交代，要她在宴會上相看中意的媳婦和女婿。首先將老大曹中敏的婚事定下來，後面妹妹們的親事才好說。臨出門前武氏還心中惶惶，生恐旁的貴婦們不買她的帳。

俞筱晚少不得要安慰一番，「小舅母，您也是正式誥封的誥命夫人，縱使有些自視清高的夫人會看不上您的出身，可是多數的夫人都是極為圓滑世故的。她們知道結什麼樣的親事對兒女好，對家族好，至少咱們曹府現在是烈火烹油之勢，想與曹家結親的肯定大有人在，您只管好好地挑便是了。待明年敏表哥高中，就再不敢有人輕視您了！」

俞筱晚就不明白武氏為何這麼自卑？她從沒自己主動出去結交過，總想跟在張氏身後，讓張氏帶她進貴婦的圈子。也不想一想，張氏哪會用心幫她？張氏這麼勢利眼的人，結交的夫人自然也是這一類的。的確是有些自視清高的貴婦們，可更多還是圓滑世故的，就算心裡想什麼，也不會在表面上表現出來。武氏的禮儀舉止又不差，總怕別人看不起自己，畏首畏尾的反倒顯得小家子氣。

武氏被俞筱晚安慰了一通，也知道今日自己是必須擔當大任了，不得不打起精神來應對。

曹家眾人到達王府的時候，大多數的受邀者已經到了。武氏的品級不高，沒能進正堂，負責引客的管事嬤嬤帶著她和曹家的姊妹、俞筱晚等人去了偏廳。偏廳裡負責招待客人的是王妃的母親越國公姜夫人，而憐香縣主則負責招呼同齡的小姐們。

曹家眾人給姜夫人見過禮後，憐香縣主就將俞筱晚和曹氏姊妹引去一旁，給她們介紹了幾位不相熟的小姐，其中也有相熟的比如韓五小姐韓甜雅。

韓甜雅見到俞筱晚十分開心，親自起身將她拉到自己身邊坐下，小聲地問她這段時間的情況：「幾次下帖子請妳，妳都在陪吳庶妃。聽說她快生了，妳總有空閒了吧？」

俞筱晚輕笑道：「自然有了！月底曹府會辦一場宴會，我請外祖母單獨發份帖子給妳，妳一定要來啊！」

韓甜雅輕笑道：「好哇！」

俞筱晚特意介紹曹中燕給她認識，三人湊在一起聊女紅之類，倒是十分投契。俞筱晚抽空看了一下廳內的情形，武氏逼著自己主動跟貴夫人們閒聊，慢慢也加入了話題之中；何語芳的相貌雖然有些缺陷，人緣倒是十分的好，有些自然是因為她和善溫婉的性子，有些大概是因為站在她身邊能產生出一些優勢來。

俞筱晚想著芍藥昨天跟自己說的事，何語芳的陪嫁嬤嬤抱怨張氏昧下媳婦的嫁妝，不由得微微蹙了蹙眉，韓甜雅忍不住問道：「晚兒，妳怎麼了？」

俞筱晚忙收拾了心情，正要說沒什麼，惟芳長公主駕到了。她一來，就跟旋風一樣，也不等眾人向她行禮，一把拉著俞筱晚到正院，單獨挑了一個房間，然後毫無形象地往竹榻上一躺，「好煩。」

惟芳長公主平時好像不會這樣沒精神，俞筱晚自然要關心一下。一問，原來是婚事的問題，太后已經開始逼她了，一定要她在靜晟世子和韓世昭之間挑選一個。

「為何是靜晟世子？他不是已經毀容了嗎？」

俞筱晚真是覺得不可理解，一般人臉上有傷，都不能參加科舉的，靜晟世子本已是朝廷命官，仍能上朝也就罷了，可是選作女婿就太古怪了吧？

惟芳長公主皺了皺鼻子道：「也是一種試探吧？」

平南侯的兵權過重，靜晟世子又有能力，大有接其父之班的趨勢，若是成了皇家的女婿，少不得要分點權出去，外戚可是不能當大任的。不過這麼說來，只怕靜晟世子會趕在賜婚旨意下達之前訂親也說不定。

況且俞筱晚不覺得靜晟世子那個小心眼的男人是個好人選，便建議惟芳長公主選韓世昭，調侃道：「韓探花可是少年英才，又是三大美男之一，可謂才貌雙全啊！」

惟芳長公主做出一副要嘔吐的樣子，「我才不要那個死兔子。」

俞筱晚眼睛瞪得老大，「妳、妳、妳……聽誰說的？」

「逸之啊。逸之看過他跟長孫羽……哎呀，不說這人，一說我手臂都起雞皮疙瘩。」惟芳長公主誇張地互搓著手臂，一臉嫌棄的樣子。

兩人聊了沒多久，君逸之就溜了進來，指著惟芳長公主笑道：「就知道妳躲在這……啊，晚兒也在？」

惟芳長公主大翻白眼，你就裝吧！

君逸之已經被冊封為寶郡王，俞筱晚自是要給他見禮的，君逸之卻搶先一步攔住，在兩人對面坐下，朝惟芳長公主道：「一會兒老祖宗也會來，太后娘娘請老祖宗勸勸妳，務必要選定個人出來！」其實是今日的宴會賓客非常多，君逸之雖想單獨跟俞筱晚聊聊，卻也知道這不可能，為了她的名聲著想，便拉上老祖宗來助陣。

才說著話，便有宮女通傳道：「楚太妃到，楚王妃到。」

俞筱晚忙肅立在一旁，待兩位長輩進來之後，恭敬地行了大禮。楚太妃十分和藹，虛扶了一把，「好孩子，快快起來！過來，讓我瞧瞧，兩年不見了……哎呀！真是女大十八變，越變越漂亮！」說著跟媳婦道：「我瞧著韓家的五丫頭，也不見得有她這般的風采。」

俞筱晚這兩年身量漸漸長開，的確是比小時候更加迷人了，面容雖然還帶稚氣，卻已經漸漸透出一股少女的青澀和嫵媚之態。君逸之聽老祖宗這樣誇心上人，笑得見牙不見眼，好像是在誇他自己一般。

楚王妃看著這祖孫倆的樣子，心裡就忿恨，板著臉不應聲。楚太妃心裡十分不滿，在府中已經跟媳婦說過好幾次了，眼瞧著俞筱晚只有幾個月就出孝除服了，若不早些跟曹老夫人商定親事，以俞筱晚這般的美貌，曹府的門檻怕不得被媒人踩塌了去，可偏偏媳婦喜歡拿家世說事，總是說她娘家侄女如何如何。逸之又不是要承親王爵的長子，宗室之家本就不當太招人眼，妻子用得著什麼權臣之女嗎？

媳婦不配合，楚太妃的臉色也微微轉陰，君逸之忙岔開話題，「老祖宗不是要來勸小姑姑的嗎？」

楚太妃這才開懷了，含笑問惟芳長公主，惟芳長公主卻道：「我還小呢，不想這麼早成親！」

楚太妃勸了幾句，見她只嘟著嘴不說話，就笑著拍了拍俞筱晚的手道：「聽說妳跟惟芳的交情十分好？」

俞筱晚謙虛道：「臣女蒙長公主看得起……」

惟芳長公主道：「妳不像別人那樣拿腔拿調的，我自然看得起妳，本來還想跟妳結義金蘭的呢！」

君逸之在心裡啐道：臭小姑姑不幹好事，妳跟晚兒結義金蘭，我不成了晚兒的晚輩了？

楚太妃便笑道：「妳是長公主，想跟人結義得先稟了太后才成。」轉而又跟俞筱晚說道：「這事我就著落在妳身上，妳勸著惟芳自己選一個夫婿，明年開春就要她將婚事給辦了。都要及笄的人了，內務府的嫁妝都不知準備好多久了，她還是一點也不急。若妳差事成了，我就要太后給妳記一功。」

楚王妃聽了這話，眉頭蹙得死緊。老祖宗這話是什麼意思？難道想讓這個小丫頭就憑這點子小功求旨賜婚？

幾人說著話時，宴會開始了。酒席就擺在攝政王府後花園一大片人工湖的兩處亭樓之內，分了男女席，中間隔著一湖碧水和一座曲橋。

這樣的宴客方式十分風雅，男女之聲相聞，通常宴至酣時，主人家都會要請男女嘉賓表演些才藝。能聲名遠播的機會，客人們自然不會拒絕，有時甚至為了出風頭，還要爭搶一番。若有誰吟詩作對，誦出佳句，自然能聲傳全場，名播天下，卻又不會直接見面，留下些猶抱琵琶半遮面的遐想。

俞筱晚因為接了楚太妃的任務，便被安排坐在惟芳長公主的身邊。宮女們流水似的上著精美的菜肴，惟芳長公主忽然一扯俞筱晚的衣袖，傾過身子湊在她耳邊道：「妳看那邊，左側第七人就是長孫羽，長孫太保的幼子……哎呀，韓世昭就坐在他邊上！」

俞筱晚順著惟芳長公主的話看過去，她習武幾年，目力極佳，雖隔得遠，卻也看清了。那位長孫公子眉目如畫，長相頗有幾分女氣。韓世昭彷彿與他極熟，正談笑風生。似乎是感應到了這邊的注視，長孫羽忽然掩唇一笑，含羞將臉一側，下巴擱在韓世昭的肩上，一副小鳥依人狀。

韓世昭身體一僵，從喉嚨裡擠出幾個字來：「你幹什麼？」

「哎呀，人家在幫你！」長孫羽的聲音也有些細柔，笑容卻是興奮中帶著促狹，「寶貝，你不是不想尚長公主嗎？」

長孫羽這般一說，韓世昭才發覺對面水榭內的目光，旋即也進入角色之中，低頭「寵溺」地一笑，抬手幫長孫羽將一縷碎髮順入耳後，「深情」地看著他，輕聲道：「那也靠輕點，你下巴硌得我肩膀疼！」

「討厭！」長孫羽嬌嗔一聲，故意將下巴用力地在韓世昭的肩膀上蹭了幾下，才悠悠地坐直身子。

韓世昭為他斟滿一杯酒，再為自己斟上一杯，端杯敬道：「我敬你一杯。」

長孫羽抿唇一笑，捎著蘭花指端起酒杯。兩人的酒杯在空中一碰，目光也順勢膠著在一起，久久不分開……

俞筱晚和惟芳長公主同時打了個寒顫，倉惶地收回目光。

「呃，那個……那個長孫公子……是太保大人的幼子嗎？」俞筱晚乾嚥了幾口唾沫，不知道要怎麼告訴惟芳長公主，據我所知，您的駙馬爺就是長孫太保的幼子啊！如果這個是最幼的，那就是您的駙馬了啊！

「是啊，嫡出的，長孫夫人四十歲上懷的，寶貝得不行，那個人自小就是這樣！」惟芳長公主倒沒覺得長孫羽怎麼噁心，她噁心的是韓世昭。見俞筱晚似乎對長孫羽更有興趣，便說起他的身世：「出生的時候，聽說只有三斤重，跟小貓崽一樣，還沒吃奶就先吃藥。原本長孫大人給他取的名字是長孫宇，宇宙的宇，可是後來請了相國寺的方丈大師給批了命，說是八字輕，不能用重字，就改成了羽毛的羽，自小就當成女孩兒養大的，不然早就沒命了。現在身子倒是好了，就是這女裡女氣的毛病改不了。長孫夫人總擔心這寶貝幼子會受苦，到現在還賦閒在家……反正長孫家也不缺他這一口飯吃。」

俞筱晚「哦」了一聲表示懂了，還是認分地勸說：「雖說韓二公子有些癖好，可是……可是聽說許多權貴子弟都有這喜好，只要不壞了子嗣大事就成了吧？就算妳不喜歡他，也可以看看別人家的公子！不是我說，妳都十六了，不成親，也得先議門親了，不然妳的母妃和太后得多著急啊！」

「這我知道。」惟芳長公主不高興地嘟起小嘴，壓低了嗓音道：「我就不想嫁給京中的子弟，出嫁了還得被太后管著，我寧可挑個遠地兒的嫁了。可惜，好長時間沒召駐藩的親王或是大吏回京了。」

妳倒是打的好主意，嫁個遠地的，妳是君，駙馬是臣，誰還能管著妳？妳成天跑出去當遊俠，當街調戲良家少女，公婆丈夫也只能閉著眼。
俞筱晚笑著搖了搖頭，惟芳長公主奇怪地問：「妳笑什麼？」
俞筱晚道：「我笑妳身在福中不知福。太后她老人家對妳多好，婚姻大事都由著妳自己挑，放眼整個京城，哪家閨秀的婚事是她們自己挑的？太后她老人家雖是管著妳，卻也是妳的依仗啊！」
說到這個，惟芳長公主紅了紅臉，老實承認，「太后娘娘的確十分寵我……她就我這麼一個閨女了，自然是寵的。」
那倒也是，先帝子嗣單薄，就這麼三兒子兩閨女，矛盾自然小得多，尤其惟芳長公主還是個沒有任何威脅的公主，聽說宮裡頭，不單是她的母妃和太后寵著她，那些沒有兒女傍身的太妃太嬪們也寵著她，還好沒寵壞，只是率性了一點。反正人家身分高貴，有率性的本錢。
惟芳長公主想了想，長嘆一聲，「唉……我再看看吧！挑一個膽小不敢管我的，反正不能是韓世昭！妳不知道，那傢伙看起來溫和，其實陰壞陰壞的，我小時候在他手下不知吃了多少虧，偏偏我自小霸道，在旁人心裡有了數的，都只相信他不相信我，哼！」
最後那一聲「哼」，可謂包含無數委屈的血淚與無法聲張的憋悶，以及老死不相往來的希冀。
俞筱晚掩著唇彎眉淺笑，春水明眸亮晶晶的，惟芳長公主看著她，到嘴邊的話忘了說，呆了好一會兒，把俞筱晚看得莫名其妙了，才喟嘆似的道：「天哪，真個叫一笑傾人城！妳可別跟旁人這樣笑，這得多高的門檻，才不會被媒人給踩平？小心逸之會跟妳急！」
俞筱晚臉色一變，飛速打量了一下四周，確定旁人要麼三三兩兩在閒聊，要麼在看四周景色，這才用力瞪了惟芳長公主一眼。惟芳長公主恍過神來，這樣的話給旁人聽見了，會以為俞筱晚跟君逸之私定終身什麼的，名聲可就不好聽了。她忙陪笑道：「嘿嘿，這道西湖醋魚頗得淮菜精髓，妳嘗嘗！」

俞筱晚笑嗔了她一眼，「好似妳嘗過正宗的淮菜似的。」

惟芳長公主不忘幫自己最喜歡的皇侄說話，「我真的嘗過，逸之今夏才去蘇杭的，還帶了個杭州的廚子回來，請了我去嘗。是這個味兒，甜甜酸酸的，唇齒留香。」

俞筱晚被她說得食指大動，便小嘗一口，甜酸入口，既有南方菜的鮮、脆、嫩，又融合了北方菜的鹹、色、濃，不由眯著眼讚道：「的確是風味獨特！」

惟芳長公主嘿嘿一笑，「妳喜歡就好。」

俞筱晚有些不理解，什麼叫妳喜歡就好？惟芳長公主卻是不說，心道：讓他自己賣好去！

攝政王妃的胎兒不穩，沒有出席宴會，女席這邊是由越國公姜夫人主持。身分最高的楚太妃坐在首位，惟芳長公主與姜夫人一左一右相陪，楚王妃則坐在姜夫人身邊的次一席。惟芳長公主的身邊是名秀氣端方的少女，十六七的年紀，當時介紹說是康王妃。

這是打橫安坐的主席，客席則是燕翅排開的豎席，一張張小几整齊排列，一席坐兩到三人不等。

這樣的宴會通常都是邊聊邊吃，賓主盡歡，其樂融融，可偏偏主席上的人不怎麼說話。楚太妃是年紀大了，不喜歡吵鬧，若她開了口，來敬酒的不知會有多少；姜夫人知她的喜好，便不好過於活躍，只在開席時代表女兒攝政王妃說了幾句感謝光臨的客套話；楚王妃嚴守著食不言寢不語的訓誡，只一心用膳，眼皮子都不抬一下。貴夫人們想給她敬酒，又怕被拒，躊躇不前；康王妃是個安靜的性子，原還想著跟小姑子惟芳長公主交流一下，可是見惟芳長公主跟俞筱晚聊得親暱，就不討人嫌的插話了。

俞筱晚和惟芳長公主兩人用著菜肴，忽覺下面有道目光總是看著自己，俞筱晚便不動聲色地抬眼看過去，卻見客席第三排有一名身穿鵝黃色絹紗薄衫、橙黃色繡遍地撒花月華裙的美貌少女，意味不明地看著自己。見俞筱晚望過來，少女似是哼了一聲，一揚潔白小巧的下巴，隨即奉送一記白眼。

俞筱晚覺得莫名其妙，這少女的座次極前，身分應當不低，便問惟芳長公主是否認識。惟芳長公主看了看少女，淡淡地道：「哦，是忠勇公府的四小姐。」她看了俞筱晚一眼，想說什麼，動了動嘴唇，最終還是沒說。

俞筱晚卻是明白了。楚王妃就是出自忠勇公府，家族姓原，楚王妃似乎對自己的印象十分不好，這位原四小姐是楚王妃的娘家外甥女，不知是不是楚王妃準備選了當二兒媳婦的……雖然心裡有些淡淡的梗堵，但她也沒多在意，這位原小姐生得是十分漂亮，不過跟她比還是不如，她這點自信還是有的。反正她跟君逸之最後成與不成，都不會是楚王妃和這位原四小姐可以左右的，她在意的只是自己的心。

君逸之的那番表白，讓她的心亂到現在都沒能理出個頭緒來。按她之前的設想，她要將自己嫁入豪門，才可以借助夫家的力量為自己復仇。這樣的丈夫，在她的眼裡只是她的助力，而不是她的良人，所以一生一世一雙人這樣的想法，幾乎已經被她拋諸腦後了。可是那天君逸之拉著她到假山旁，急急追問她的時候，她卻一時衝動地將心底的渴望說了出來，事後她自己都後悔不及。

他應下又如何？君逸之是正統的皇室血脈，又是那種囂張不羈的性子，若是她有所求，他應當會盡力助她才是。至少，在成親的頭幾年裡，她有這個把握讓他事事依她，有了這幾年，她就能將前世的種種原委都查清楚，當報則報了。至於以後，若能相濡以沫，就白首偕老；若他有了二意，就相敬如賓。多少夫妻是這樣過一生的？她又如何過不得這種日子？況且以君逸之的郡王封號，按制就有一正一側二庶的妃位空懸，不納妾幾乎是天理不容的事。

俞筱晚心裡不知怎麼的就是想向他提出這種要求，看他為難的樣子，心裡又是些許失望又是些許暢快。失望是因為他沒有立時應下，暢快也是因為他沒有立時應下，至少沒有敷衍她。最終她也沒收回這個條件，好教他知道誓言是不可以亂發的，想娶她最好有這個心理準備。其實她也不知道自己的底氣從何而來，難道是因為知道他心裡有她，所以覺得自己有了為難他的本錢？還是真的希望他能應下來，讓她能復仇與幸福兩不誤？

她想了許久，總也想不明白。

惟芳長公主見俞筱晚不說話了，以為她心裡難受，努力想安慰她，可是也不知怎麼安慰才好，只是道：「妳別理她，忠勇公家的人都這樣，自以為是名門望族，旁的人都不怎麼瞧在眼裡。」本來還想說就算原四小姐能嫁給逸之，楚太妃頂多給她個側妃的位置，不過話到嘴邊一打轉兒，就知道不是好話。惟芳長公主也是宮裡長大的，女人間的恩怨知道得比誰都清楚，晚兒人都沒進府呢，就多個分享雨露的，心裡會舒服才怪了。

氣氛就這麼不尷不尬地沉悶了下來，一旁的康王妃連瞟了幾眼，惟芳長公主察覺到了，不能不給自己七嫂面子，忙笑著望回去，「這些菜七嫂可用得慣？」

康王妃忙道：「味道很好，很正宗。」

惟芳長公主這才想起七嫂是江南人氏，揚州百年世家薛家的千金，這淮揚菜自是合她的胃口，忙圓轉了幾句，又將俞筱晚介紹給康王妃。康王妃溫和地笑道：「俞小姐這般俊秀溫婉，倒是像江南的女子，以後有空常來康王府坐坐吧！」

俞筱晚的身材較為嬌小，的確不像北方少女那般高瘦挺拔，不過曲線玲瓏，身姿窈窕，卻不是常人可比。聽康王妃跟自己套近乎，俞筱晚便客套又恭謹地應了，卻不知康王妃平素很少說話，一說就是大實話，這回宴散後，真的幾次下帖子請她去康王府玩耍。這是後話，暫且不提。

此時宴至將半，男席那邊早有人向攝政王提出，光看歌伎表演沒什麼興致，不如賦詩助興。又有人提議，不如玩對色抽籤。聽到王爺允下之後，女席這邊立時興奮了起來。

俞筱晚不知這種玩法，惟芳長公主便給她介紹：「就是準備兩套籤，綠籤和紅籤，上面標了數字，分別給男席和女席抽取，抽的時候會打亂綠籤和紅籤，但數字絕對是一套的。抽完之後，每一個數字都會有一男一女執籤，再由王爺抽取籤號。抽中的數字，就由綠籤提議，紅籤配合表演，可以是配樂賦詩，也可以是琴瑟和鳴，總之男女相攜表演，比一人表演要有趣得多。打亂籤色的意思，是免得總由男子或女子提議，這樣表演的節目也會豐富得多，若配合的兩人正好是才子佳人，或許還會傳出一段佳話呢！」

「原來如此。」俞筱晚暗道，這跟變相的相看差不多了，倒是合了小舅母的心意。再向女席下看去，不光是曹家的姊妹，幾乎所有的閨閣千金都是一臉興奮之色。也難怪，平日裡拘得緊，難得有機會與男子同台獻藝，若是運氣好，抽中相同籤號的正是自己的意中人……雖然隔得遠了些，聊勝於無吧！

不多時，便有太監捧來了籤筒，已婚人士自是不會抽籤的，只有惟芳長公主和俞筱晚這等未出閣的千金和未訂婚的少年才會抽籤。

待籤都抽完了，攝政王爺便開始抽籤號，第一對居然就是惟芳長公主和長孫羽，俞筱晚不禁掩面竊笑，這算不算是有緣分？

執綠籤的是惟芳長公主，聽說紅籤是長孫羽之後，她不由得長嘆一聲，小聲跟俞筱晚嘀咕：「真倒楣，那個娘娘腔什麼都不會！」

這種表演，主人和賓客中的德高望重者是要評價的，若是墊了底，當然落臉面。

俞筱晚想了想，小聲道：「再怎麼不會，字還是會寫的，不如妳彈首曲子，要他默寫一篇心經或是咒文，給王妃祈福吧！」

惟芳長公主一想，這個法子倒是不錯，便讓太監傳話給長孫羽，長孫羽很快應下，兩人便各去準備。王爺還在抽籤，連抽了三對，這會兒惟芳長公主和長孫羽已經準備好了，便開始表演。

惟芳長公主雖然率性跳脫，可太后也是按著金枝玉葉的要求來培養的，琴藝不錯，長孫羽的字寫得也中規中矩，主要是為王妃和小世子祈福這個意頭好。攝政王十分歡喜，眾評論嘉賓也給予了很高的評價。長孫羽回到座位之後，跟韓世昭調侃道：「其實長公主人還是很體貼的嘛！」

韓世昭要笑不笑地回敬：「這麼喜歡，你請你父親去向太后求旨啊！」

長孫羽立即不說話了，有點志氣的男人都不會願意尚公主，哪個男人願意成天對著妻子二叩六拜的？

之後的兩對表演了一個琴笛合奏，一個配樂賦詩，但都沒能壓過惟芳長公主和長孫羽去。惟芳長公主心裡高興，見俞筱晚拿的是紅籤，便給俞筱晚出主意，「聽逸之說妳的琴藝好，一會兒若是抽到了妳，妳就只應下彈琴，旁的要求不去理會。」

這種場合本來就是兩個人表演，演出之前都要通通氣的。

俞筱晚知道深閨女子一般不能輕易展示才藝，這倒是個十分難得的出名好時機，便順著她的話應下。這時攝政王已經抽出了第四對，正是憐香縣主和曹中睿。

憐香縣主會吹簫，便問曹中睿願意表演什麼。曹中睿最擅賦詩，自然不會放過這個機會，當下學著曹植的慢行七步，在憐香縣主悠揚的簫聲中，慢慢吟出一首早已做好的七言絕句，且以荷為題，頗為應景。待他吟誦完畢，並在一旁的案桌上留下墨寶，憐香縣主的簫聲也剛才落下最後一個音符，一時間眾人都鼓掌喝彩，個個道珠聯璧合。

憐香縣主小臉暈紅，向著男賓那邊微微一福，曹中睿也向著這邊揖了一禮，兩人的視線在空中交會，各自心神一震，忙又錯開眼去。俞筱晚蹙了蹙眉，忙看向人群中的何語芳，只見她臉色微暗，強撐著一臉笑，實則表情僵硬，心頭就更加不悅。

過了幾轉之後，攝政王忽然抽出了二十三號籤，俞筱晚正是拿的二十三號紅籤，惟芳長公主不待她應聲，就幫她應了：「這裡！這裡！」

執綠籤的是君之勉，當下大方地起身，向著王爺施了一禮，便回頭跟小太監交代，不一會兒，小太監跑過來問俞筱晚，請她從《廣陵散》、《十面埋伏》、《浪淘沙》中選一曲，他來舞劍。

俞筱晚想了想，她的箏撫得好，可是前面已經有幾人撫過箏了，再配上舞劍，實難出彩，不如選琵琶曲《十面埋伏》，回了小太監之後，便有人去為她準備琵琶。

君逸之看著到隔間去準備的君之勉，目光既嫉且恨，隨手拿起桌上的綠頭籤，折成兩斷，往湖中一拋了事。

待兩人都準備好之後，表演開始了。俞筱晚頓了頓，見君之勉的身影未動，便先起手「噹噹噹噹」一串連拔之後，宴會場上立即靜了下來。君之勉提氣凝神，待曲聲進入低吟之時，才起手揮劍，配合著樂聲，時緩時疾，利劍之刃在陽光下反射出七彩炫光，慢慢將他挺拔的身影籠罩在一片陽光、劍光之下。緊湊有序，跌宕起伏的琴音不絕於耳，帶出金戈鐵馬之聲，令在座的眾人似乎被帶入千百年前的垓下戰場，看兩軍對壘，聽殺聲震天……

隨著琴弦一震，所有的音符歸於寂靜，君之勉疾旋的身影也立時頓住，唯有身邊捲起的柳枝還在隨風飄蕩……

良久，座席中才暴出喝彩聲和鼓掌聲。

俞筱晚將琵琶交給身邊的小太監，向著男賓那邊福了一禮，君之勉還她一禮，眸色複雜地遙望一眼，兩人才在眾人或羨慕或嫉妒的目光中，回歸自己的座位。

惟芳長公主興奮地拉著俞筱晚道：「今日的演藝，絕對是你們拔得頭籌！」

俞筱晚笑了笑道：「還有人未出場呢！」她心中黯然，不想多語，便扭頭去看下一場的表演。

剛才彈琴的時候，她知道自己琵琶之藝不算出眾，唯有用情感致勝，便有意回想起前世的淒涼，身邊的親人都在算計著自己，不也是十面埋伏嗎？投注了悲愴和憤怒的琴音，果然是能感染人的，連她自己也久久沉溺其中不能自拔，以致於後面的表演，她只虛浮地看著，跟著旁人鼓掌叫好，完全不知人家在表演些什麼？

直到惟芳長公主跟她說：「妳那個大表哥看起來傻呆呆的，畫倒是畫得不錯。」

俞筱晚才醒過神來，原來敏表哥與一位千金配合，以樂配畫，她便笑道：「隔得這麼遠，妳也看得清嗎？」

惟芳長公主得意洋洋地道：「看畫看意境，不用看得那麼細就能知道！」

俞筱晚想了想道：「其實我大表哥還沒有議親的。」

「妳——討厭！」惟芳長公主紅著臉膈肢她。

俞筱晚又癢，又要保持風度，憋得小臉通紅。

君逸之單手支顱，另一隻手晃著酒杯，目光緊鎖著對面那道纖細清麗的身影——她的心裡是有著怎樣的恨、怎樣的痛，才能彈出如此淒壯的琴音？他心底有些疼痛，也有些黯然，原以為十分瞭解她了，卻原來連她最痛恨的是什麼，他都一無所知。

靜晟世子這才是第一次見到俞筱晚，他是習武之人，目力自然極好，隔著一池碧水，也能將俞筱晚的容顏看個一清二楚。原來竟是這般的絕色佳人！他的瞳孔微縮，心裡盤算著，要怎麼才能扳回一城。

自上回在歷王府出了醜後，他將帳算到了張君瑤的身上，就派人調查與張君瑤有關的所有事情。靜家久掌兵權，手中多的是精明幹練的偵察兵和親兵，後來查到張夫人時常派人與一個商人聯繫，就在他準備以此來打擊張君瑤的時候，張君瑤卻因病被挪去了別苑。若是病不得好，只怕此生就此廢了，這讓他很有一拳打在棉花裡的空虛感。這會子看到俞筱晚，立時想起來，張君瑤似乎就是為了保護此女，才將曹三小姐那個花癡女指給他認識的，若是能……

君逸之收回目光，隨意在場中掃了一圈，卻正好瞧見靜晟看著對面凝神不語，心中不由惱怒，將酒杯在手中晃了幾圈，一飲而盡。

長孫羽立時悄聲跟韓世昭道：「賭不賭？一會兒靜晟要倒楣！」

韓世昭的眼睛溜了一圈，淡笑道：「賭！我賭不是今天，而是過幾天！」

長孫羽彎眉笑道：「好，我要你那只鑲碎米鑽的西洋鼻煙壺！」

韓世昭指著他腰間的羊脂玉佩道：「我要這個！」

「那兩個人又在卿卿我我，還、還、還指著那裡！」惟芳長公主跟俞筱晚咬著耳朵，「大庭廣眾之下也不注意一點，噁心！」

俞筱晚只好安慰她，「總比男女私情要好。」

天色將晚，宴會終於要結束了，攝政王便宣布了今日最佳組合，果然是俞筱晚與君之勉。王爺賜下各色貢紗各四匹、金瓜子一盅，俞筱晚與君之勉忙謝恩領賞。

夏季的宴會總是下晌開始，至半夜才會結束。宴會之後王府安排了折子戲、歌舞、鬥牌等活動。俞筱晚被惟芳長公主拉著打馬吊，憐香縣主主動地過來要湊一份。康王妃對俞筱晚的印象極好，也跟來算一個。四人摸了風向，按順序坐下。曹中燕不知與誰交談才好，便坐到俞筱晚的身邊幫著看牌。

憐香縣主邊摸牌邊跟俞筱晚說道：「妳二表哥的詩作得真好，他是拜何人為師啊？我想讓我弟弟也去學學。」

俞筱晚道：「現在是跟陳子清大人學習文章，詩倒不知是跟誰學的。」

憐香縣主又問了幾個問題，全是圍著曹中睿打轉轉，雖然問得隱晦，可心思卻寫在了小臉上，俞筱晚心生警覺，便笑道：「我二表嫂最會照顧人，我想二表哥應該是沒有任何後顧之憂的。」

憐香縣主的微笑斷了一下，才又續上，「咦，妳大表哥未議親，二表哥就成親了呀？」

「嗯，是攝政王爺賜的婚，自然不按長幼之序來。」

另一桌打牌的靜雯郡主頻頻回頭盯著俞筱晚，聽了這話就輕哼了一聲，「不知禮數！」

惟芳長公主手中的牌十分的爛，大約是和不了了，便左顧右盼，察覺到靜雯郡主敵視的目光，心中已然不悅，這會兒聽到她輕哼的話，便接了這話道：「這是常事，平南侯府不也是如此嗎？靜晟世子還未議親，可是靜雯就已經訂下親事了呀！」

這門親事是靜雯郡主心中的痛，聽了這話當下就發作了，「我的事妳四處亂說什麼？」

惟芳長公主大怒，「在座的都認識妳，都知道妳已經議了親，小定都下過了，我哪裡是四處亂說？」

康王妃等人唯恐這兩人對衝起來，忙出來和稀泥，「打牌打牌，閒聊的事，值當妳們鬧嗎？」

幾人這才安靜了，可沒過一會兒，就有小丫頭急忙忙地跑進來找靜雯郡主，請靜雯郡主回府。靜雯郡主不由得問道：「有什麼事嗎？」沒得還沒散會就先告辭的。

小丫頭的臉色十分古怪萬分為難，支吾著不說話，只催著靜雯郡主回府。

這時曹中雅從外邊走進來，陰沉了一日的臉色終於放晴，進來就笑道：「那個靜晟世子真是出大醜了，居然喝醉了酒，掉到了茅坑裡。」她還記恨著上回靜晟世子害她丟臉的事，加上自己倒了大楣，巴不得別人也跟她一樣倒楣的心態，於是聽到這事便四處傳說，這已經是她跑的第三間牌室了。

靜雯郡主一聽這話，當時就坐不住了，恨恨地瞪了曹中雅一眼，尖聲道：「仔細說話！」說完立即衝了出去。

待靜雯郡主走了，屋裡才議論開來，竊笑之聲不絕，這可真是出大醜了。靜晟世子這兩年可真是倒楣啊，先是毀了容，這會子又……不知哪家的夫人願將女兒嫁給一個掉過茅坑的男人？

秦王的幾位千金都在暗自慶幸，幸虧當年沒做成親，不然也跟著丟臉。

同說靜雯郡主回了府，便衝到大哥的屋內詢問。平南侯爺也在，靜晟世子一臉的懊惱，他明明沒有喝多少，可是在如廁的時候，的確是覺得頭腦一陣暈眩，雙膝一軟，就將馬桶給撞翻了，偏巧幾位世子也來如廁，跟隨的小廝一陣大叫，將事情傳得人盡皆知……

平南侯到底吃過的鹽多些，聽完便道：「不必說了，你一定是中了軟骨散之類，只是藥量不大……你之前與誰相觸過？」

靜晟世子仔細回憶，「之前宇文永和賀闌跟兒子為政見爭執過幾句，然後韓世昭、君逸之和君之勉都來勸過，就跟這幾人接觸得多。」

平南侯蹙起眉道：「君逸之是個廢物，其他都是文人，只有這個君之勉了……你怎麼會得罪了他？」

靜晟世子想了一圈兒，沒想明白，平南侯卻似乎是有了眉目，「或許還是朝堂之上的事。」前陣子攝政王說現在天下太平，要將軍隊重編，遭到平南侯為首的幾位大將軍的反對，晉王爺似乎是支持攝政王的……

那一廂，韓世昭滿臉鬱卒地掏出那個精巧的鼻煙壺，百般不甘地交給長孫羽。長孫羽笑得跟隻偷了油的老鼠一般，「說了這傢伙最沒耐性的，你不相信我！」

君逸之哼了一聲，「什麼叫我沒耐性？我是看今天人多，好叫靜晟猜不著，才不得不今日動手的。」

韓世昭嗤了一聲，「明明有無數機會，你為何非挑勉世孫過去的時候下手？你就是想栽贓給勉世孫。」說完與長孫羽對視一眼，兩人同時猥瑣地笑了起來。

君逸之耳根有點發熱，不過臉皮還是極厚的，擺出副「隨你怎麼想」的無所謂表情，一般人看不出他不自在。

哼，敢跟我的晚兒來什麼琴劍合璧，等著靜晟給你下絆子吧！

上首的小公子抿唇一笑，輕咳了一聲，幾人忙收了笑鬧之聲，等著他吩咐。

「聽說浙江巡撫抓了一個四處行騙的遊方僧人，你們知道嗎？」

眾人搖了搖頭，這麼小的事，又在那麼遠的地方，自然是不知的。

小公子又道：「聽說當堂判了流放，但是人卻悄悄押往京城了。」

眾人挑了挑眉，這就有古怪了。君逸之心中忽然有不好的預感，「這個遊方僧人，不會是給晚……俞小姐治病的那個吧？」

小公子淡淡地道：「正是。他最後去的地方是西域，不過在此之前，去過汝陽一次，在給俞小姐治好瘧疾的兩年之後。」他頓了頓道：「人，要在我們手上。」

眾人都警覺起來，連聲應是，迅速地布置下劫人的計畫。君逸之覺得自己有必要問一問晚兒，她對那個遊方僧人可有印象？

第二日一早，俞筱晚等人給曹老夫人請過安後，便各自散了。曹老夫人留武氏說一說宴會的情形，有無幫敏哥兒相中哪家的小姐？武氏說了兩家門戶相當的小姐，曹老夫人便琢磨著還要先請爵爺幫著相看一下人品再定。

俞筱晚則邀了何語芳到自己院子裡玩。何語芳的神情懨懨的，強打精神跟她說話。俞筱晚不想拐彎抹角，含笑道：「那天聽到吳嬤嬤說二表嫂給了舅母許多銀子？」

何語芳的表情一僵，「呃……母親……只是借用一下。」

張氏的事，曹老夫人和爵爺還是瞞著下面的，俞筱晚不好說得太明，含糊道：「有時也不能一味孝順婆婆，若是孝順婆婆得罪了公公甚至是太婆婆，就得不償失了。」

何語芳聽得一愣，她是個內有錦繡的，當即便想到，婆婆也是大家千金，再怎樣也不至於缺銀子缺得那般厲害，莫非是犯了什麼事？若是這樣，自己幫著婆婆，倒像是在幫她掩飾了。還好一部分銀子沒籌到，她便立即告辭，交代嬤嬤緩一緩再說。

張氏那廂等銀子等得頭髮都白了，籌的銀子只贖了三分之一的物件回來，交給婆婆後，婆婆仍是滿臉的不高興，那樣子就是要她全數吐出來。贖東西要的銀子可比當的時候多得多，有些是她賣出去了的，連贖都沒地方，只能賠銀子。照這麼個賠法，她非得賣嫁妝不可。

曲嬤嬤也替主子著急，壓低了聲音提醒道：「主子，這就月末了，那個人又要銀子了。」

那個人就是歐陽辰，是隻餵不飽的狼啊！張氏欠誰的都不敢欠他的！至少攝政王那邊不願家醜外揚，只要她不時常出門露風頭，待還清了公中的銀子，婆婆和爵爺還能讓她在這府中當家，可若是那件事被揭了出來……張氏不由得打了個哆嗦，爵爺若是知道自己給他戴了綠帽子，以他那暴躁的性子，非將她抽死不可！不過送銀子的方式十分隱祕，只要不差了那人的銀子，爵爺就不會知道。

所以關鍵的關鍵，就是銀子！

「二奶奶呢？幾千兩銀子要籌這麼久嗎？妳去給我把她叫來。」

曲嬤嬤應了一聲，忙去叫何語芳。

張氏卻不知道，她做得極為隱祕的事，已經被某人的親兵給發覺了。某人正一心窩的火，想來想去，君之勉是皇族，沒有好機會可動不得，便決定先從張夫人動手，將張君瑤給壓得翻不了身再說。若是能一起將俞筱晚給收了，也不失為一條妙計。

他打定了主意，便使人傳了張便條給俞筱晚，以張君瑤的口吻，約她到別苑的側門處相見。

可惜他不知道張君瑤「生病」的原因，算得好好的一步棋，被俞筱晚一眼就認出來了。不過她倒是想知道哪個無聊的人想算計她，便使了俞文飆代她前去會個面。

靜晟世子想不到等佳人會等來一個老頭，可一聽這老頭是俞筱晚的心腹，便將事情告訴了他：「你就說，張夫人有件事落在我手中，若是她想知道，就親自到滙豐樓二樓的甲字雅間見我。」

俞文飆輕哼一聲，「對不住，我家小姐沒興趣知道張夫人的事。」

靜晟世子根本不信，在他心裡，俞筱晚就是個想依附張君瑤攀高枝的女子，「可若是張夫人偷人的事呢？」

俞文飆大吃一驚，面上就露了出來。

靜晟世子得意地笑道：「你應當知道，若是被王爺知道了，張側妃也就完了，她的前程也就完了。」

靜晟世子說罷，不等俞文飆回覆，丟下一句「明日未時三刻見面」，便揚長而去。

這個消息俞文飆自然是馬上告訴了俞筱晚，張夫人的事俞文飆覺得沒必要摻和，可俞筱晚卻立時想到，張夫人偷人？換哪家的夫人都不會有這種膽子吧？她隨即就想到那年在法源寺的事，明明是約了歐陽辰去揭張氏的短的，可是歐陽辰沒出現，而張夫人和張氏卻消失了一個多時辰，回來的時候曲嬤嬤的裙角有許多皺褶……若是說偷人，不如說是被歐陽辰拿到了什麼短處，被他一直脅迫。這事，只怕與舅母也斷不開關係。

而且不論怎樣，與外男有聯繫，被舅父知道了，就是一頂綠帽，舅母必定會吃掛落兒。既然如此，一定要知道靜晟世子都知道了些什麼？

整死張氏的機會，俞筱晚可不想放過，立即要文伯挑一個會易容的人過來。

俞文飆十分不贊同小姐的作法，「就算是易容去的，看見的人，還是只當是小姐您呢。」

俞筱晚神祕地笑道：「誰說我要易容成我自己？」

俞文飆擔心事情一個沒弄好就將火燒到小姐的身上，於是堅持要聽一聽小姐的計畫，俞筱晚便悄聲將自己的計畫說出來。俞文飆覺得還算周全，只是靜晟世子是有兵權的人，萬一他察覺出什麼可就麻煩了。他們雖不是白身，可是老爺已經不在人世了，舅老爺又靠不住，誰還能幫到小姐？

於是俞文飆建議道：「若是能先取得惟芳長公主的支持，再行這個計畫才好。」

俞筱晚想了想，也的確是怕靜晟世子又使什麼陰招，他是男人可以在外面活動，手中又有兵馬，若真個要與她計較起來，她真是疲於應付，於是便應了下來。俞文飆這才安心地告辭，去外面布署。趙嬤嬤、初雲和初雪則是在曹府的後園子裡四處活動。

很快，一些耳語便傳入了張氏的耳朵裡，「什、什麼？有人看到妳跟那個人接頭了？」

張氏刷的一下就站了起來，手裡死死地攥著扇柄，慌了半晌神，才恨恨地拿團扇直往曲嬤嬤頭臉腦門上一頓亂撲，「妳個辦事不牢的奴才，我要妳小心！要妳小心！要妳千萬小心！妳、妳居然讓人發覺了！妳個死貨！」

團扇打得倒不是很疼，就是將頭髮都給撲亂了，曲嬤嬤不敢躲避，只得小聲地求情，「夫人息怒，夫人息怒！奴婢聽著那個初雪和趙嬤嬤的話，似乎是別人幫著查的，若是俞總管幫著查的，直接就會告訴表小姐了。現在表小姐還不知道實情呢，約上了明日未時三刻，去匯豐樓二樓的甲字雅間見面。」

張氏聽了這話，手就停了下來，曲嬤嬤忙進言道：「奴婢想著，明日表小姐要出府的時候，夫人想法子攔一攔，咱們趕早一點，扮成她的樣子去，把這些證據給拿到咱們手裡。」

這主意倒也可行，只是……張氏擰起了眉，俞筱晚那個樣子哪裡是那麼好扮的？

曲嬤嬤表示無妨，「可以用碧兒，戴個帷帽，誰還知道裡頭的是表小姐還是誰？」

張氏老謀深算，仔細尋思一番，搖了搖頭，「不成！若是外人幫著查的，那就必定是約好了見面的方法，憑信物或是什麼認人。咱們沒有，扮成她只會被人發覺了去。不過，若是外面鏢局裡的人幫忙查的，那些人都是認銀子的，只要我們能拿出銀子來，就能找他拿到證據。」

若是旁的事，張氏可能會半信半疑，但是初雪和趙嬤嬤的談話是被曲嬤嬤無意間偷聽到的，還直指著她跟外男時常聯繫，害她想不信、不冒險都不行。又將這主意在腦中過了一遍，張氏覺得這樣可行，便悄聲跟曲嬤嬤耳語：「明日妳扮成我去，就說是晚兒丫頭的主意已經被我知道了，我要自己管這事，管那人要證據，價錢什麼的隨便他開！」

說著，張氏仔細盤算了一下手中的現銀，覺得應當夠買下這些證據了，才安了安心。

俞筱晚回到墨玉居，就開始提筆給惟芳長公主寫信。這寫信也是門學問，要讓惟芳長公主幫自己，又不能讓她知道得太多，畢竟是醜聞，若是監護人的品行有汙，於自己的名聲也沒好處。

她正在想措辭呢，初雲便挑了簾子進來，小聲地稟報道：「長公主差人送信來了。」

俞筱晚忙將桌上的筆墨收起來，到梢間見惟芳長公主派來的小太監。那小太監口齒伶俐，打了個千兒道：「長公主殿下說想到俞小姐的店裡挑幾件成衣，約俞小姐今日下晌未時在店裡見，還請俞小姐準時。」

人家送銀子上門，俞筱晚自然不能推辭，讓初雲包了個大荷包給小太監吃茶，應允一定按時到。初雲去送了客回來，又小聲稟道：「石姨娘來找芍藥姊姊了。」

這段時間芍藥與石姨娘走得極近，芍藥去找石姨娘的時候多，石姨娘來墨玉居這才頭一回，看來是有十分重要的事了。俞筱晚笑了笑，吩咐道：「我有幾樣針線活要交給芍藥做，妳去喚她過來。」

石姨娘來找芍藥，就是來請芍藥幫忙出主意的。這段時間曹老夫人和爵爺發作張氏，雖沒放在明面上說，尋的都是其他藉口，可是內裡的原因，石姨娘竟也知道了七八分，心裡難免活動開了，不過卻是先說了一通針線上的事，才將話鋒一轉，「大夫人的位置哪個敢搶？可是她時常犯錯，這府中的事多半是要移交給二夫人了。二夫人和善，倒不是那種捏酸掐醋的，可是這府裡的奴才，慣是欺軟怕硬，怕是二夫人性子好，她們會當是軟柿子，二夫人日後得多幾個得力的人兒才行。唉，芍藥姊姊別笑我，我也就是白說說。」

這種話芍藥有什麼聽不出來的，二夫人和善，可是在府中卻沒有什麼地位，若是日後當了當家主母，少不得要有人幫襯著，若能分管些細務，手中怎麼也能漏點銀子出來，石姨娘是想找機會向二夫人武氏投誠，又怕二夫人不信她，才尋到自己這裡來，看中的就是表小姐跟二夫人、大少爺的關係都不錯，能說得上話。

表小姐的確是流露過要與石姨娘談一談的意思，卻不知是哪一天，芍藥不敢隨意應話，正要客套地應對幾句，初雲便敲了門走進來，「芍藥姊姊，小姐有幾樣針線活要交給妳做，讓妳過去一趟呢。」

芍藥忙起身，「我就來。」說著看向石姨娘，不好意思地笑道：「石姨娘是先在這兒等等我，還是……」

石榴忙道：「我跟妳一塊兒過去吧，來了這兒，當然得給表小姐請個安。」

芍藥不敢自專，初雲倒是笑道：「若是小姐知道石姨娘來了，必定很高興。」

石榴便喜笑顏開地跟著芍藥和初雲進了梢間。俞筱晚正坐在臨窗的竹榻上看書，見到三人一同進來，不由得訝異道：「石姨娘？真是稀客啊！」

石榴笑著蹲福一禮，俞筱晚讓初雪搬來錦杌，石榴側著身子坐了，跟俞筱晚閒聊，「……是來找芍藥姊姊問針線上的事，想著應來給表小姐請個安。」

「姨娘客氣了。」雖說姨娘當不得長輩，像石榴這樣賣了身的賤妾等同於奴婢，可到底是舅父身邊的人，說到請安倒有些過了，俞筱晚自然也不能這般拿大。

石榴又閒扯了幾句，想將話題往正事上繞，卻總也找不到突破口。芍藥早被初雪帶到內室拿花樣子，連個幫襯的人都沒有，她一著急，小巧的鼻尖上就滲出了一層細汗。

俞筱晚見狀便吩咐初雲：「去取幾塊冰來，石姨娘覺得熱了。」

石榴忙道：「不勞表小姐破費了，我夏日裡都不用冰的，這都入秋了，不妨事的。」邊說邊拿出帕子在臉上按了按，將汗水吸乾。

俞筱晚若有所思似的「哦」了一聲，「石姨娘是怕用冰傷了身子吧？」說著小臉有些暈紅。

石榴愣了愣，恍然，原來小姐以為她是想保養身子懷孕，便順勢接著這話題道：「是啊，讓表小姐笑話了。」

俞筱晚淡淡一笑，「這有何笑話的？曹府好多年沒有喜訊了，若是石姨娘能……嗯，外祖母一定會重賞的。」

石榴的表情有絲黯然，「婢妾哪有那麼好的福氣。」

俞筱晚瞟了初雲一眼，初雲便笑著說：「小姐，不如您給石姨娘扶個脈？」

俞筱晚嗔了她一眼，「我又不是大夫，哪裡會扶脈？切莫亂說！」

初雲被斥了幾句，小臉漲得通紅，再不說話。芍藥已經拿到了花樣子和布料，石榴不好再留，便向俞筱晚告辭。俞筱晚也沒留客，只客套地請石姨娘有空常來坐坐。

從梢間轉到堂屋出來，初雲便要返回去服侍小姐，石榴懇求般地看了看芍藥，芍藥卻不過，陪笑著請初雲到她的房裡坐一下，問一問小姐的喜好，道是這幾件內衣都是做給小姐的。

初雲欣然應允，三人一同去了芍藥的房裡，石榴笑著從手腕上褪下一只純銀累絲鐲子，笑著給初雲套上，「我跟妹妹一見如故，這個鐲子就送給妹妹了。」

初雲忙推辭，「這怎麼使得？」

石榴佯裝生氣，「不收下就是看不起我了。」

初雲才只好收下。石榴這時尋著時機問：「表小姐很會扶脈嗎？」

初雲道：「我家小姐自幼體弱，自會吃飯就會吃藥了，久病成醫自是懂些。以前老爺夫人收集了許多藥方，倒不比一般的大夫差呢！這回吳庶妃保胎……」說到這忙捂了嘴，彷彿說錯了話。

其實俞筱晚在攝政王府住了兩個月，曹府的下人們自是要猜測一番。俞筱晚給王妃治好病，王妃還特意賞賜了，自然是闔府上下都知道的。俞筱晚不想說是自己習了醫，只對老太太說是家裡收集的藥方有效，再說她是千金小姐，下人們再怎麼猜測，也不可能當面去問她。不過初雲這樣說，石榴更是信了那些傳言——表小姐手中有生子的藥方。

石榴立時便開始心思活動了，她想幫著管家，為的就是能多存點安身立命的銀子，可若是能生個一兒半女，自然就會賞賜無數，又若是兒女日後有出息，不比她管家管得累死更划算？

她存了求俞筱晚的心思，便刻意討好初雲。初雲是個爽朗的性子，沒幾句話就跟她稱起姊妹來了。石榴一時說起自己沒有孩子的苦處，初雲直嘆：「姊姊真是命苦，嗯……我去求求小姐，小姐心慈，應當會允的。」

石榴又驚又喜，「一會兒還請初雲妹妹幫忙美言幾句。」

初雲也不推辭，只是表情遲疑，顯得非常為難。一直在一旁圓話的芍藥見狀，識趣地避了出去。石榴見四下無人了，忙握住初雲的手道：「妹妹有什麼話只管說，只要是我能辦到的，我絕不推辭！」

初雲小聲地道：「姊姊既然要求到小姐頭上，可也要幫小姐分些憂才好。」

石榴怔了怔，「表小姐有什麼憂是我能幫著分的？」

初雲沒明著說，只是問她：「姊姊跟爵爺身邊的南浦、大夫人身邊的碧兒她們也挺熟的吧？」

石榴腦中靈光一現，忽然就明白了。大夫人幾次謀算表小姐的家財，這是跟在老太太身邊的幾個大丫頭都知道的祕密，現在大夫人虧空了公中的銀子，表小姐怕大夫人又打自己家財的主意呢！

她拍著胸脯保證，「這妳放心，爵爺跟大夫人說過什麼話，我若想打聽，總能打聽清楚的。」說起來，一個從丫頭升上去的姨娘，比府裡正經小姐的耳目都要多，尤其石姨娘從前是老太太屋裡的人，待人親切，人緣極好，若不然張氏虧空公中銀子的事，老太太和爵爺都沒聲張，她怎麼會知道？

石榴極通世故，知道自己有求於人，總得先有所表示，忙忙地告辭去打聽。也是張氏倒楣，她平日裡對下人面熱心冷，還當哪個不知道似的。尤其張氏根本不拿丫頭當人看，就是忠心的丫頭，比如靛兒，沒了利用價值，便為了保自己的名聲，也是毫不遲疑地杖斃。以前不過因為她是一府主母，沒人敢跟她對著幹，現在敗落了，身邊的大丫頭自然有了別的想法。

碧兒是靛兒歿了後提上來的大丫頭，跟在張氏身邊的時間不長，可是時常要端茶倒水的，聽到的事情卻是極多。兼之張氏醋意大，總覺得碧兒生得狐媚，有勾引爵爺之嫌，時不時地要敲打她一番，使得她心裡對張氏有一肚子怨氣，所以石榴沒用幾句話，就勾出了碧兒一通子牢騷。

「……都說跟在大夫人身邊有好處，其實哪有什麼好處，現在爵爺和老太太時不時要拿大夫人的錯處，大夫人受了氣，自然要拿咱們當丫頭的發作一番。咱們是當奴婢的命，沒法子的，可是也不能連月銀都這樣無故扣下吧？現在只要犯一點小錯，就要罰月銀，哪有這樣的事？」

石榴就是想讓她聊關於銀子的問題，感同身受般的安慰了幾句，就將話題往曲嬤嬤的身上引，「她沒幫著妳們說說話嗎？」

碧兒鄙夷至極，「那個老貨，只會出壞主意！」說著四下看了看，雖然她倆聊天本就是在無人的角落裡，可還是不放心，「我聽那個老貨給大夫人出主意，要昧表小姐的東西呢！還說什麼爵爺也有意思，辦好了，大夫人也就好了，我呸！」

這樣的話石榴自然也不會相信，她可聽過爵爺怎麼處罰大夫人的，「要怎麼昧？表小姐可不會隨便就給的吧？」

碧兒便將前幾日偷聽到的話告訴石榴。

當時張氏問曲嬤嬤：「表小姐的那些東西可有說何時造冊將她的箱籠收入倉庫？」

「這個表小姐並未提及，都到府中三年了，怕是不會入庫了。」

張氏沉了沉氣，淡淡地道：「隨便她吧！若是不放在倉庫裡，掉了什麼，咱們也沒辦法了！」

曲嬤嬤遲疑道：「掉了什麼還是不好，可若是東西換了，卻難說得清的。」

石榴尋思著，這倒是真的，表小姐的東西，手中自然是有冊子的，可是只要物件沒少，被人換也只能忍氣吞下。比如說青花瓷瓶，官窯的和民窯的，價錢差得可大了；再比如白玉盤，玉的成色直接決定價格。妳的帳冊上記錄了極品白玉，張氏若用普通白玉的給換了，還就放在自己屋裡，妳能說這個好的就是妳的？

這個主意可真鬼！

碧兒又道：「今天曲嬤嬤還在出什麼鬼主意，明日要絆著表小姐不讓出府什麼的……話兒太小，我沒聽清，總之不會是好事！」說著又長嘆，「跟著這種主子有什麼好呀？以後年紀大了，連個好些的婚事都指望不上！」

她說了這麼多，就是向現在最得寵的石姨娘賣好。小丫頭沒別的願望，要麼開臉成通房，要麼嫁個體面的管事，日後成為管事娘子。

石榴虛應下幾句，又套了些話，才回頭立時將這些話原原本本地告訴了初雲。

這會子快到未時了，俞筱晚正在更衣，準備赴惟芳長公主的約。聽了初雲的稟報，立即將石榴給喚了進來，一五一十地問清楚。俞筱晚沉吟了片刻，揮了揮手，趙嬤嬤忙帶著丫頭們退出去，這便笑問道：「石姨娘是想要孩子嗎？」

石榴臉兒一紅，有些抹不開臉跟表小姐這個未出閣的少女說這些，「嗯，若能為曹家開枝散葉自然最好，就怕婢妾沒這個福氣。」

俞筱晚淡淡地道：「若我保證妳能生呢？」

石榴猛地一抬頭，「表小姐，您是說……」

俞筱晚十分肯定地道：「我能保證……也要看妳願意不願意？」

她之前已經悄悄給石榴扶了脈，沒有吃絕子湯這類的藥，舅父的年紀也不算大，不論是什麼原因，總有辦法。

石榴聽得心臟猛跳，半晌才靜了下來，沉聲問：「表小姐想知道什麼？」

跟聰明人說話就是輕省，俞筱晚滿意地一笑，招石榴過來，附耳低語：「若是舅母想要換我的東西，我想請石姨娘幫我探一探舅父的口風，舅父到底是個什麼意思？我沒別的意思，我在曹家住了這麼久，若是曹家有什麼為難之事，我自然是能幫就要幫的，可這樣的人情，我想自己還給舅父。」

張氏想換她的東西，她自然是不怕的，卻是想知道舅父到底想要她的什麼？

石榴明瞭了，忙點頭應道：「這不難。」說著紅了臉，「這些日子爵爺都是歇在婢妾這兒，今晚婢妾就幫表小姐問一問。」

「舅父是怎麼回的、什麼樣的神情，還煩請石姨娘細細記下告訴我。若是舅父有什麼特別想要的東西，也請石姨娘告訴我。」俞筱晚輕笑道：「我自然能讓石姨娘心想事成。」

石榴雖覺得表小姐的要求挺怪的，可是擋不住有個孩子傍身，晚年有所依的誘惑，還是爽快地應下了。

而後俞筱晚便去向外祖母辭了一聲，出府赴約。

惟芳長公主早就到了俞筱晚在西直街上的綢緞店，掌櫃黃重將她安置在二樓專門接待貴婦的雅間內，君逸之陪她等著，只覺得時光特別漫長。好不容易看到了俞筱晚的馬車，他立即對惟芳長公主道：「小姑姑，我有事想同晚兒單獨談談。」

「談吧，談吧！」惟芳長公主揮了揮手，她才不在意，「我一會兒去旁邊的屋裡歇一下，昨日玩得太晚了。」

才說著話，俞筱晚便推門而入，雖然早料到君逸之會在，可仍是不禁粉紅了小臉。惟芳長公主立即嘿嘿地笑道：「妳來了，妳替我挑兩件宴會上穿的衣裳吧，我去旁邊歇一下。啊，對了，妳的丫頭借我用一下。」

說完也不管初雲等人願意不願意，就帶著人就出來了。

自然有掌櫃的安排長公主歇息，從文和從安則守在門外，不讓旁人打擾。君逸之示意俞筱晚坐下，自己則坐在她對面，難得嚴肅地道：「今日是我有事想見妳，非常重要的事。」

俞筱晚也被他的嚴肅感染，坐直了身子。

君逸之問：「妳上回說幫妳治好瘧疾的是位遊方僧人，對他妳知道多少？還有，上回在妳家找藥方的事，妳告訴過誰？那藥方妳找到了沒？」

俞筱晚疑惑地道：「那位僧人有什麼問題嗎？我那時只有九歲吧，只記得他來給我扶過幾次脈。母親安排他住在外院裡的客房裡，除了交代丫頭們熬藥，從不進內院的。後來……也就是上次回汝陽，我才知道他又來過我家一次，給了母親一張生子方子。那方子的事，你當時也在呀，沒有找到，我自己過濾了一遍那些天的用藥，琢磨著寫了一張，這還是參詳了太醫們開給攝政王妃的保胎方子，才寫出來的。」

說完之後，就仔細地盯著君逸之，想從他臉上看出個子丑寅卯來。

君逸之蹙著眉頭思索了一下道：「是這樣的，那個僧人聽說是招搖撞騙讓人給拿了，卻牽連了些什麼。這事很隱祕，我怕妳吃虧，才來問妳一聲，若妳不知道，也就算了。對了，反正瘧疾的藥方已經給我了，能不能把那張原來的方子給我？」

「可以。」聽說那名僧人牽連了一些祕事，俞筱晚爽快地同意了。

君逸之呼出一口氣，覺得好歹是瞭解了些內幕，也提前給了晚兒一點危險提示，便有心情閒聊了，「對了，昨日見妳的總管去了皇叔的別苑，可是有事？」

俞筱晚想到自己正要向惟芳長公主求助的，不如也跟他說一說：「是靜晟世子約我去的，我讓文伯代我了。他說知道張夫人的一些事，還一定要我明日去匯豐樓呢，不過這件事我很想知道，就答應他了。」

君逸之聽得直皺眉，想到昨日宴會上靜晟看向晚兒的那種勢在必得的眼神，他心裡就十分不舒服，「這傢伙肯定沒安好心，什麼事非要知道？我幫妳去打聽也是一樣的。」

俞筱晚支吾道：「嗯，可能是跟張夫人和舅母都有關的事。他說得好像已經知道了，還想拿這個威脅我，我不如直接問他，反正已經做了安排。」於是將張氏已經打算派人跟靜晟世子聯絡，自己打算來個漁翁得利的計畫說了。

她特意傳話給張氏，就是要張氏主動出擊，她再讓文伯在一旁偷聽就成了，之後再找個人假裝成舅父，嚇他們一嚇，就能將自己給撇開去。她也沒瞞著君逸之，到底是什麼樣的醜事，甚至連舅母可能也參與了的事都告訴了他。其實這般信任他到底是為什麼，她卻一點也沒想過。

君逸之將事情想了想，便道：「靜晟既然已經知道了這事，妳舅母也有份他遲早會知道，一樣能拿捏著妳們。妳讓人扮妳舅父自然是最好的，可是靜晟一天待在京城裡，妳們就一天不安生，得把他趕出京城去，還不能算在妳的頭上。」

以君逸之對靜晟的瞭解，他多半是起了心要打晚兒的主意，若是這樣，明日約晚兒見面，肯定會安排人撞破，到時孤男寡女相會，難免會讓晚兒名聲受損，他再上門提親，就不怕曹老夫人敢拒絕。可若是張氏去，再安排曹爵爺撞破，性質就完全不同了。未婚的男女見面，只是女子的名聲不好，男人只能算是風流，可若是與有夫之婦見面，被御史參上一本，靜晟這官也別想做了，但僅是這樣還不行，「別的事只管交給我，我保證讓靜晟滾出京城去，老早看這傢伙不順眼了！」

君逸之拍著胸脯保證，俞筱晚就十分自然地信了，回到府中睡了一個安穩覺，一大早起來給外祖母請過安，石榴就候在墨玉居了。

石榴將昨晚套話的結果報給了俞筱晚。男人都是耳根子軟，尤其是身心得到滿足之後，防備心是最輕的。石榴自小是服侍人長大的，什麼話應該怎麼說最是明白，問得曹清儒毫無戒備，只說「也要她能換得到」，這意思似乎就是默許的，至於他喜歡什麼，倒是沒說。

俞筱晚瞇了瞇眼，舅父果然是默許了舅母的做法，否則也不可能舅母做了這麼多的醜事，他還總這般雷聲大雨點小地處罰。不過不要緊，等今日拿到了張氏跟歐陽辰之間聯絡的證據，她怎麼也要栽給舅母一個偷人的罪名，到時看舅父還怎麼留著舅母！

沒有先鋒官了，舅父會不會自己親自出手？應該不會，外祖母就頭一個不答應，他自己也要這張面皮，總不能被人說打外甥女財產的主意，最大的可能性是再找一個幫手。武氏是不可能的，敏表哥已經這麼大了，必然能察覺，心裡就不知會怎麼想這個父親了，所以多半會找石姨娘，不能像舅母那般明搶，卻是可以暗奪。

石榴見表小姐凝神沉吟著，便安靜地侍立在一旁沒有打擾。俞筱晚自己想了一圈，醒過神來，見她還在，便笑著往小几旁一坐，示意她坐到自己對面，「我來給妳扶扶脈。」

石榴又驚又喜，忙坐下，伸出手腕。俞筱晚給扶了脈，覺得她沒問題，多半還是舅父年紀不小的緣故，於是開了張方子，又拿出一瓶小藥丸，「方子上的藥有幾味貴的，我讓初雲配了給妳，妳自己五碗水熬成一碗，每日早晚喝下。這個藥丸給舅父吃，化在湯裡或者酒裡，別告訴舅父，不然他不配合，妳也難得懷上。」

石榴拿著方子和藥丸，又細細問了一遍用法，才千恩萬謝地去了。

趙嬤嬤走了進來，小聲地問道：「小姐，那藥丸是什麼？您連壯、壯陽藥都會配了嗎？」

趙嬤嬤覺得十分尷尬，小姐學醫是好事，可是好像也懂得太多了，有些事女孩兒家家的知道可不好。

俞筱晚只是笑了笑，「我按孤本上的方子配的。」不過加了些別的東西在裡面，總有一天要用著。

這會子離午膳時間還早，她仔細收拾好了桌上的藥瓶，正要看會兒醫書，就聽得初雲道：「小姐，憐香縣主來訪。」

俞筱晚吃了一驚，忙出去迎了憐香縣主進來。

憐香縣主笑道：「昨晚才知道，長公主昨日去妳店裡買衣裳，早知道我就一塊兒去了。」

俞筱晚只是笑，「只怕貴府的針線上人手藝巧，我店裡那些衣裳入不得妳的眼呢！」

憐香縣主啐道：「我哪裡這麼挑了？」左顧右盼了一下，「就妳一人嗎？妳家的表姊妹和大嫂她們平日都不在一塊兒的嗎？」

俞筱晚心生警覺，淡淡地道：「不在一塊的。」

憐香縣主見了她的神色，知道她不喜這個話題，可是話到嘴邊了，她怎麼也壓不住，「何小姐……」

俞筱晚十分嚴肅地打斷她的話，「應該叫曹二奶奶。」

憐香縣主的臉色僵了一僵，隨即笑道：「曹二奶奶，我真覺得她配不上妳二表哥呢。」

原來憐香縣主真的對曹中睿一見鍾情了！原本俞筱晚是挺喜歡憐香縣主的爽朗，可是卻不喜歡她爽朗得對別人的婚姻說三道四，便很正經地同她說：「姻緣天定，何況還是賜婚的，沒什麼配不配的。就算是不配，也得過一輩子，寧拆十座廟，不拆一家親，就是這個理。」

搶在憐香縣主變臉之前，俞筱晚下了逐客令，「我一會兒要出門去辦事，還得沐浴更衣，就不留妳用飯了。」若是不送客，憐香縣主知道她有空，肯定會在墨玉居多待一會兒，只怕還想著在後花園能偶遇睿表哥才好呢。

憐香縣主到底臉皮沒厚到君逸之的程度，被俞筱晚幾句話一擠兌，只得告辭了。

打發走了憐香縣主，俞筱晚不由得蹙眉，憐香縣主若真是看中了睿表哥，願意以平妻的身分嫁入曹家，舅父和外祖母肯定都是贊同的。睿表哥若娶了憐香縣主，就多了妻家的助力，對自己來說可不是什麼好事。何況睿表哥這人卑劣，憐香縣主只是一時被他的外表和才華所迷，怎麼也不能讓她掉進這個狼窩裡來，得想法滅了憐香縣主的打算才行。

想了一圈沒想出什麼好法子，俞筱晚便將這事放到一邊。歇了午，張氏果然差人來請俞筱晚，想絆住她的腳步，可是俞筱晚早讓身量差不多的豐兒扮成了自己，由初雲陪著去見張氏。張氏跟豐兒東拉西扯，豐兒愛理不理，張氏也沒什麼話要跟她說，算算時間曲嬤嬤應當已經到達匯豐樓了，便又強留了一會兒，才放豐兒離開。

靜晟世子提早一刻鐘坐在雅間裡，想著一會兒要怎麼讓那個小美人屈服，心中暢快得很，不想這回等來了一個打扮得體的婆子。

來人自稱張氏，說俞小姐的事情她都能作主。

曲嬤嬤的年紀跟張氏差不多，面相可就老多了，不過精心打扮了一番，又是男女有別，靜晟世子沒仔細看過張氏長什麼樣，只當她就是了，冷哼一聲，「看來妳們舅甥的感情倒是不錯，但我只想跟她說話，妳讓她明日此時自己前來。我也不怕讓妳帶話，若是她明日還不來……」他揚了揚手中的幾張紙，「這些證據我就交給王爺去，看看他的岳母跟別的男人幹了什麼勾當，每月都要給出這麼一大筆銀子。」

這些紙張曲嬤嬤是認得的，她們給歐陽辰銀子，俞筱晚的人一直沒查到，就是因為方法隱蔽，是通過買賣貨物來交結，而且這家店既不是張家的也不是曹家的，是張夫人娘家嫂子開的，轉銀子時單獨給掌櫃一筆傭金，這位掌櫃便三緘其口了。

俞家的人現在沒有職務在身，那家店鋪的掌櫃自然不會買他們的帳，可是靜晟世子用兵部的名義說要驗貨，甚至是要驗以往的交割單，讓店老闆證明自己有給兵部供貨的能力，那老闆立即屁顛屁顛的將貨物交割單捧了出來。

見到這些單子，曲嬤嬤就急了，伸手便搶，可她哪裡是靜晟世子的對手？

對面的酒樓裡，君逸之和俞筱晚擠到窗邊，透過縫隙看過去。君逸之道：「可以讓妳舅父出馬了，不然靜晟會走了。」

俞筱晚立即拍了拍手，匯豐樓裡的夥計便大聲道：「哎呀，曹爵爺，什麼風將您給吹來了？」雅間裡的靜晟世子和曲嬤嬤都是一愣，只聽得曹清儒的聲音問：「甲字號房在哪裡？」語氣急切，嗓門粗重，似是十分憤怒。

靜晟世子頓時大叫不妙，他跟曹夫人兩人處在這間雅間裡，傳出去可是不美，而且曹清儒脾氣暴躁，雖然他不怕曹清儒動手，可是鬧出他與有夫之婦的緋聞，卻是於官聲不利。聽聲音曹清儒已經到了樓梯口，他安排做見證的人都在隔壁，此時再過來已經來不及了。

靜晟世子幾乎是想都不想，就從敞開的窗戶躍了出去。

為了避人耳目，靜晟世子挑的這個雅間並不是臨街的，窗戶向著一條僻靜的小巷。他想得挺完美，從這裡跳下去，走幾步就是大街，就算曹清儒此時衝進了房間，憑什麼說他是從雅間裡出來的？

可惜現實與想像總有些差距。靜晟世子的腳還未落地，就聽得兩道疾風之聲，有暗器！他的武功也是了得，凌空一個鷂子翻身，險險地避開這兩道暗器，可是更多的疾風聲朝他湧了過來，他已經在空中翻了一圈，那一口真氣已然用盡，除非能找到借力點，否則無法再避讓，便生生挨了幾下，撲通一聲摔倒在地。

兩條蒙面的人影從牆頭飛了下來，飛快地點了他的軟穴和啞穴，將麻布袋往他的頭上一罩，裹著他飛奔幾步，衝入了巷尾的一輛馬車上。

可憐方才怕曹清儒叫破他與曹夫人私會，靜晟世子不敢出聲喚侍衛，這會子想叫人來，已經被點了啞穴了，想叫也叫不出了。

君逸之嘿嘿一笑，眉飛色舞地朝俞筱晚道：「明天妳就等著聽靜晟的流言吧！」

俞筱晚十分好奇他後面是怎麼安排的。

君逸之要保持神祕感，「明日一早妳就會知道了。妳放心，他聽到妳舅父的聲音，肯定認定是妳舅父做的，說不定還會算在張大人的頭上，畢竟他不是捏著張夫人的證據嗎？」

俞筱晚看了他一眼，「你就不想知道，為什麼我舅父、舅母出事，我一點也不著急嗎？」

君逸之眸光一亮，「妳願意告訴我嗎？」

話到嘴邊，俞筱晚又遲疑了，笑了笑道：「我回去了，希望明天聽到好消息。」

君逸之只是笑了笑，「會的，會的，妳肯定會笑的。」

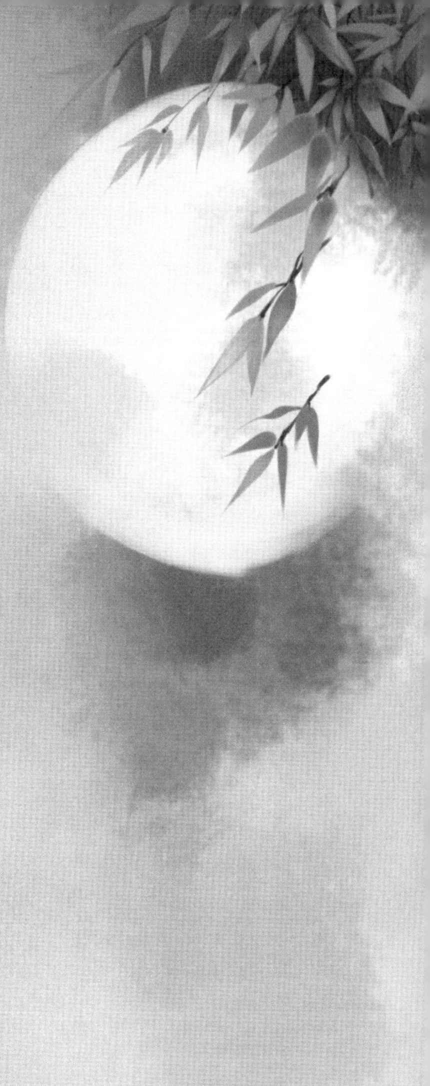

貳之章　中秋上香與劍花

次日一早，滿京城的人都知道了。靜晟世子被人寸絲不掛地丟到平南侯府的大門口，一開始侯府的親衛以為是個要飯的，還踢了他幾腳，待發覺是自家世子爺之後，「嗷」的那一嗓子，把對門忠勇公府的大門都給叫開了。

平日裡高高在上的靜晟世子，這回出了這麼大一醜事，朝堂裡人人都在猜，他怕是不能在京城待下去了。

「這是怎麼傳出去的？誰傳的？」

平南侯的咆哮聲幾乎要將正堂裡的橫梁給震塌下來，龍行虎步地在正堂裡來回踱著，時不時恨得拳打一下桌几。

明明是一大清早的事，靜晟世子雖沒穿衣，可卻是用麻袋包了一下的，當時親兵們發現是世子爺，立即便將他團團包圍起來，扶進了大門，又是在侯府門前，整條街也就四戶人家，除了忠勇公家的大門與他家打了個斜對面，另外兩家的正門側門都得步行一刻鐘，聽不聽得到聲兒都是問題，況且都是朝裡的官員，總有個三分面子情，哪會一下子將事情傳得滿城皆知？

必定有人作怪！

泡了個澡又用了飯，冷靜下來的靜晟世子面色陰狠，「必定是曹清儒這廝幹的！」

平南侯大為不解，「曹清儒？他是文官，跟咱們有什麼衝突？」

靜晟世子的面色難得地紅了紅，將昨日的事大約地學了一遍，當然不承認自己看上了寄養在曹家的絕色小姑娘，只說是想拿捏住曹家和張家的把柄，好為自己所用。張家是攝政王的姻親，曹家是攝政王的忠犬，拿捏住了這兩家，就有跟攝政王叫板的本錢，他這麼做完全是為了家族。

平南侯自是相信兒子的，只覺得兒子太輕敵了，怎麼會覺得兩家一點防範都無呢？若侯爺知道兒子要算計的只是個小姑娘的話，恐怕他也會輕敵的——可是出了事，他卻只是怨恨曹家。

平南侯盤算了一番道：「如今你暫時不能去上朝了，為父給你申請到邊關整頓軍備，就去南邊或者西南吧！那邊氣候好些，待個三五年的，這流言也就沒了。」

靜晟世子陰沉著臉道：「去邊關沒問題，可是要兵部下調令，至少得要一個來月的時間。這一個來月兒子都得窩在家中，這口氣如何嚥得下去？不行，必須得給曹家一個教訓！敢害我的名聲，那就跟我這個沒名聲的人成姻親吧！」

平南侯眼睛一瞇，「這倒是個好主意。」之前太挑揀，兒子到現在都沒訂下親來，也不是個事，現在又傳得沸沸揚揚的，公侯家的女兒肯定是不願的，曹家的門第低些，但曹清儒到底是正二品大員，又是有爵位的，嫡出的女兒還算是勉強能配上兒子，「聽說他家的嫡女也有十四歲了，也算是合適，議下這門親，也不必給他們臉面，為父立即為你討兩房側室來。」

靜晟世子一怔，曹三小姐嗎？長得倒是不算差，可是那品行……他支吾道：「曹家除了這位嫡出的三小姐，還有位寄住的外甥女，也是伯爵千金，父母雙亡的，應是更好拿捏一些。」

平南侯倒不中意，「親戚的女兒，曹清儒怎麼會在意？我就是要讓姓曹的心疼，好叫他知道，平南侯府不是那麼好惹的。」

靜晟世子扯了扯嘴角，還想再勸說一番，可是侯爺的主意大，他這個當兒子也得忌憚，不得已只能認下了。

曹清儒自然是不知道這些的，第二天照常地上朝下朝，回到府中，到延年堂給母親請安的時候，發現兩位夫人都在，而小輩們則被打發回去了，不由得心中奇怪。曹老夫人笑咪咪地告訴他有件喜事，他才知道今日家中來了一位貴客，忠勇公原夫人。

昨日一上朝，忠勇公就被平南侯尋到一旁「談心」，忠勇公是不大敢惹手握重兵又脾氣不大好的平南侯，再三賭咒發誓說自家的下人沒有四處傳靜晟世子的事，可是當時他家門房也是瞧見了的，實在是脫不開干係，只好答應來做保山。他也是個精乖的，先遣了自家夫人去內宅裡問一問，原夫人這才登了曹家的大門。

曹家這幾年在曹老夫人的把持下，家風嚴謹，僕從們從外頭聽來的這種閒語，等閒不會傳到她的耳朵裡去，所以曹老夫人還被蒙在鼓裡，覺得這是門好親事。張氏被困在雅年堂裡，也不清楚這些，只知道靜晟世子拿到了她的證據，不嫁女兒肯定不行，而且現在雅兒已經是那樣了，若是被外人知曉，肯定是嫁不出去的，現在有人願意娶，她還有什麼不願意嫁的？

唯有曹清儒面色尷尬，支吾著將靜晟世子的壯舉說了一番，曹老夫人面色一沉，盯著曹清儒道：「既然如此，必定是因為靜晟世子現在難以聘選好人選，才選上雅兒了？可為何他家偏偏選雅兒呢？年齡上也差得遠，靜晟世子今年也有二十一了吧？應當與敏兒同齡。這個年紀，就算是沒有側室，通房也絕對不少。」

曹清儒也是一頭霧水，「兒子實在不知，母親若是覺得這門親事不成，咱們推了便是。」

張氏一聽就急了，若是推了，靜晟世子將那些證據拿出來怎麼辦？況且在她看來，平南侯府的家世可是相當好的，於是急忙勸道：「母親、爵爺，容妾身說一句，雅兒她的身子已經……是那樣了，咱們瞞得了一時，瞞不了一世的，嫁到哪家都得受婆婆白眼，通房小妾，低門戶的貴族子弟哪家沒有？雅兒這輩子只能靠忠心的通房丫頭生下兒子，養在自己名下了。反正是要如此的，還不如挑一門好親事，將來也能幫襯著爵爺和敏兒、睿兒。平南侯府哪裡不好？爵爺方才也說了，世子已經請調到南疆整頓軍務，這一去就是四五年，回來的時候，立了大功，誰還記得這一段？況且雅兒嫁過去就是世子夫人，有哪點不好？」

也許是曹中雅現今的情形的確是難以挑到好親事了，曹老夫人和爵爺又遲疑了起來。還是老太太疼孫女，想了想道：「明年加開恩科，眼瞧著入秋了，京城裡趕考的舉子便多起來了，總有些有出息的寒門學子，爵爺慢慢挑個好的，給咱家當女婿。將來女婿金榜題名，咱們幫襯著一二，再給雅兒多備些嫁妝，人家要靠咱們家，對雅兒自然就得高看幾分，不比嫁入公侯之家受婆婆白眼強嗎？」

若是沒有「證據」一事，張氏肯定也會為愛女這樣打算，可是再怎麼疼女兒，她也得先顧著自己，於是又極力勸了一通。曹老夫人和曹爵爺遲疑著沒有應下，也沒說不應，只說要再考慮。

幾位當家人的話兒自然有芍藥幫著打聽清楚了，稟報給表小姐。俞筱晚聽了這個訊兒，便立即將君逸之差人送來的那幾張紙交給趙嬤嬤，讓她好生收起來，「這件事慢點揭發，等雅兒妹妹的親事成了再說吧！」

舅母肯定要促成此事的，若是透了點風聲出去，讓外祖母知道張氏有把柄在靜晟世子的手中，以外祖母的個性，一定會讓張氏往家廟裡去，給曹中雅匆匆訂個小門小戶的人家，絕不會讓孫女兒嫁過去。張氏都出家為尼了，靜晟世子再說什麼，只會使顯得自己錙銖必較。

曹老夫人就是這種寧可玉碎不為瓦全的性子，可是俞筱晚卻覺得這兩人真是天生的一對，真心想成全他們。

靜晟世子想娶曹中雅，多半覺得張氏有把柄在他手中，這個妻子好拿捏，可是他卻不知道曹中雅的性子，除非他能殺人於無形，忍不住時殺了曹中雅了事，否則以曹中雅的霸道刁蠻、胡攪蠻纏的性子，以後有得靜晟世子受的，當然，曹中雅到底是女子，想壓制住靜晟也不可能，時不時的肯定會吃點虧。

惡人自有惡人磨，說的就是這種情形吧？

俞筱晚笑了一番，想了想，又道：「這些證據或許用不上，用上了，倒叫舅母知道是誰幹的了。」

趙嬤嬤遲疑道：「不用？小姐是打算放過舅夫人嗎？」

俞筱晚笑著搖了搖頭，「反正舅母已經知道靜晟世子手中有證據，自然不會再用這樣的聯繫方式，只要看緊了曲嬤嬤，不讓她出去通消息，這銀子送不到歐陽辰的手中，歐陽辰自會來尋舅母的。」

趙嬤嬤細細一想，可不是如此嗎？有什麼曲折，讓歐陽辰當面鑼對面鼓的與舅夫人分說去，只要引得爵爺聽到這些話就成了，完全不用自家這邊出手，比送什麼證據要強得多了，於是便道：「小姐只管放心，曲嬤嬤只要出去，奴婢就跟上，看她好意思去送訊兒。」

這廂安置完了，趙嬤嬤便開始擔憂小姐的婚事了，「若是三表小姐的親事說成了，多半是要立即下定的，又是長幼有序，大表少爺、大表小姐和二表小姐的婚事就會在短時間內定下，再後面就是小姐您的婚事了，可不知老太太心裡是個什麼章程？」

現在張氏被禁了足，出去幫著相看的是武氏，拿主意的是老太太，趙嬤嬤倒是信得過的，就是心疼著小姐，喜歡操這個心。

說到婚事，俞筱晚不免臉紅，忽地又警醒了一下，前世的時候，外祖母是怎麼忽然跟韓家聯繫上的？她那時嚴守閨訓，這些事不敢聽不敢問，完全是兩眼抹黑。但按理說，聘嫁之事都是男方提出來，沒哪家的千金會倒貼上去……

俞筱晚想著有些頭疼，韓家怎麼會上門來提親的？看韓世昭那個樣子……就算這世道天下太平，奢華風起，男風極盛，她也是受不了的，更何況還有君逸之的深情等著她……俞筱晚想著想著有些臉熱，自己還真不是個守規矩的人，前世的時候守閨訓守了十六年，卻在臨死前親筆寫書要求退婚，這樣驚世駭俗的事，她居然也能幹出來，到了今世，卻又不等長輩訂親，就……也不算私下定情吧？至少她可沒答應。

俞筱晚安慰了自己一番，就揭過這一段不提了，只是交代芍藥，若老太太那邊來了什麼提親的人，可得傳個消息過來。芍藥就是老太太屋裡出去的，跟杜鵑她們都熟，這些消息能最早知道。

俞筱晚也不知道為什麼自己一定要知道這個，好像下意識地就想著，若不是楚王府來提親，她好想法子破壞似的……俞筱晚呸了一口，她才不是等著那個傢伙來提親呢！

再說平南侯等了兩日不見曹家的回音，心下大怒，便將歷王府中發生的事，悄悄讓人傳了出去。曹中雅與靜晟世子早就私下單獨約見過這樣的風聲傳了出去，曹老夫人和曹爵爺都是一臉鬱悶，心中忿恨，這不是擺明了逼迫曹家應下親事嗎？

就在曹家想法子拒絕平南侯府的提親的時候，吳庶妃那兒傳出了喜訊，她為攝政王誕下了庶長女，王爺這下子算是兒女雙全了。王妃的胎兒雖然一直懷得不穩，但有孟醫正親自帶領太醫們三日一請脈，倒也是有驚無險。

俞筱晚準備好了洗三禮，託了武氏幫忙帶去。入秋了，她汝陽田莊那兒的出產開始收割，店鋪裡的事情極多，因為敏表哥入秋要參加秋闈，分不出神來，俞筱晚便親自接手了店鋪裡的事，兼之現在快出孝期了，她不想臨時生事，還是遠著些宴會之類的才好。

俞筱晚沒去洗三禮，幾乎每日都出府到店鋪裡坐鎮，叫君逸之知道了，有事沒事的便會到店裡來挑貨品，十有八九能撞上她，俞筱晚少不得要接待一下，小坐一會兒。

君逸之總想讓她應下八月十六楚王府的宴會，俞筱晚卻不想這時節去楚王府，兼之店裡真的是忙得不可開交，怎麼也不肯鬆口。

眼見著八月十六越來越近，君逸之也越來越急。楚王妃將兒子的情形瞧在眼裡，也時常派人悄悄跟著兒子，雖然總是被他給甩開了，可是她也能大體猜出兒子去了哪裡。原就為了俞筱晚的事被婆婆斥責過幾次，兒子還不跟她貼心，她如何會要這樣的兒媳婦進門？她心中有了計較，便與王爺商量道：「逸之都快十七了，房裡應當添兩個貼心點的丫頭了。」

這貼心點的丫頭是什麼，楚王爺自然是知道的，只淡淡地道：「這種事妳安排就是了，問我做什麼？」

「臣妾是先來請王爺的示下，免得逸之不願，又要鬧起來。」王妃親自幫王爺添了茶，小心地解釋：「逸之總往外面跑，名聲又是那樣……雖說人不風流枉少年，可是他已經封了爵，就當顧及皇室的顏面，咱家難道還少了美貌溫柔的婢女？家養的婢女懂規矩又乾淨，不比花樓酒坊裡的清倌人強？我是想著，要麼多給他安排幾個，隨他看哪個順眼，總歸是拘在府裡，比四處亂跑的強。」

關於家養的婢女比花樓的清倌要強這一點，楚王爺是執保留意見的，同僚們聚會，常會選在風流之地，那些清倌人的眉眼風情，可不是美貌婢女能比得上的。當然，能將兒子拘在府中是最好的，免得總有人參他教養不嚴。

於是楚王爺對王妃的做法表示了大力支持，「妳只管選人便是，明日休沐，我叫逸之過來給妳請安，將事情定下來。」

君逸之這會子正在跟俞筱晚下棋，一旁有惟芳長公主、憐香縣主和曹中敏作陪，觀棋的比下棋的多，加上俞筱晚又是個臭棋簍子，這盤棋就下得極慢。

俞筱晚又落一子，君逸之小聲問道：「妳再想想，要下在這裡嗎？」

俞筱晚頓時就心虛了，左右看了看，希望惟芳長公主和憐香縣主能給她個提示。

憐香縣主的心思不在棋盤上，隔一刻鐘就向窗外張望一下，小聲地問：「不是說，今日妳家的表姊妹會來店中取新製的秋裝嗎？」

俞筱晚的成衣店現在在京城極負盛名，曹老夫人便將幾位小姐的新衣都交給俞筱晚的店裡做了，曹家的兄弟姊妹都是親自上店裡來試衣的，憐香縣主也不知是從哪裡得知了這個消息，特地跑來，怕就是為了見一見曹中睿吧。

惟芳長公主實在是看不下去俞筱晚的棋路了，一屁股將其擠開，「總悔棋，這得下到什麼時候去，說了晚上還要去遊河的。」她說著又抬頭看了曹中敏一眼，「你可不許不去，你不去，晚兒就不能去了。」

曹中敏只笑了笑，倒是俞筱晚不好意思了，「敏表哥還要參加秋闈呢，沒幾日了。」秋闈就在九月初，曹中睿兩年前就中了第二名的，不必再參加。

曹中敏只是笑了笑，「沒事，我的功課溫習得差不多了，恩師也說，越到考試越要放鬆一下，免得繃得太緊，進了考場反而緊張，展示不出所學來。」

君逸之聽了這話勾唇一笑，「正是這個理。」忽然猛打了兩個噴嚏，不由得喃喃道：「怎麼回事？哪個在害我？」

惟芳長公主嘿嘿一笑，「那也是你害的人太多了。」

不多時，曹中睿帶著三位姊妹過來，掌櫃黃重安排幾位少爺小姐到樓上的雅間，捧出最時興的幾套衣裳，讓他們挑。待聽說晚上一塊兒去遊河，幾人都十分興奮。

北海可不是一般人能遊玩的地方，惟芳長公主親自開路，才帶了幾人一同上船，畫舫一直要遊到南海。沿岸燈火輝煌，眾人都倚在欄邊，吹著涼爽的秋風，聊著天南地北的樂事。忽然對面迎上一艘畫舫，惟芳長公主覺得奇怪，便使人去問，原來是君之勉請了韓家和長孫家的人在遊河，憐香縣主與長孫芬的交情不錯，便開口邀約道：「不如咱們一塊兒吧！」

君逸之立即反對，「畫舫不大，擠不下這麼多人。」

君之勉卻道：「我們這邊只有七人，你們也只有九人，這雙層的畫舫，有什麼容不下的？」又看向惟芳長公主道：「難道小姑姑只拿逸之當皇侄嗎？」

惟芳長公主不好不應，只得讓奴才們搭了船板，將那邊的人接過來。長孫羽秀秀氣氣地道謝，韓世昭噙著優雅的微笑，奉承道：「還是長公主的船精緻大氣。」

惟芳長公主十分不待見他，只哼了一聲，去拉韓甜雅和長孫芬，將長孫芬介紹給俞筱晚。韓甜雅跟俞筱晚已經很熟了，四人就去湊了一桌牌。男人們應當另外有安排，可是君逸之跟他們都不對盤，便蹭到這桌來，坐在惟芳長公主的身邊幫著看牌。君之勉好像要跟他作對似的，也溜達了過來，坐在惟芳長公主的另一邊。

俞筱晚是惟芳長公主的上家，君逸之要避嫌，坐在另一側，倒把個靠近晚兒的位置讓給了君之勉，心裡頭直竄火，便招呼「卿卿我我」的長孫羽和韓世昭道：「都過來打牌吧。」說著硬將君之勉拉起來，「走，總看著有什麼意思，咱們也打去。」

四人往桌前一坐，曹中睿就湊了過來，他很想與這些權貴少年親近，君之勉就將位置爽快地讓給了他，趁君逸之以主人之姿交代小太監拿果子點心的功夫，自己又坐到了方才的位置，只不過這回看的是俞筱晚的牌。

「為何看到我總是躲？」君之勉看著牌，忽然小聲問道。

俞筱晚一怔，隨即一笑，「勉世孫多心了。」

「不是多心，妳認出了我是誰，所以怕我嗎？在晉王府第一眼看到妳，我就知道妳認出我了。」

這一回俞筱晚真是心驚了，手中的牌捏著，忘了放下去，君之勉就從她的手中抽走牌，幫她出了。之後君逸之叫了曹中敏過去接他的位置，也坐了過來，從中打岔，總算是解了俞筱晚的圍，但之後玩了些什麼，俞筱晚根本沒印象。

尋了個時機，君逸之悄悄將俞筱晚拉到一邊，輕聲問她是怎麼回事。俞筱晚便將君之勉曾潛入曹府，被她撞上的事說了。君逸之的眸光閃了閃，勾起唇角道：「妳還怕他承認當過賊嗎？」

俞筱晚這才定了定心，是啊，堂堂親王世孫跑去當賊，他敢認嗎？只不過，他瞞了這麼久，為何要忽然點破呢？

君逸之卻是在想，堂兄是聽誰號令的查到曹家去，難道也是在查那件事？這時候忽然自揭身分，莫非是想從晚兒的口中探知什麼？

正想得入神，君之勉的身影忽然出現在兩人身邊，噙著一抹高深的笑，緩緩道：「大家說行酒令，你倆躲在這兒，是怕罰酒嗎？」

面對君之勉半是調侃的言辭，俞筱晚沒有回應，只微微福了一禮，便提著裙襬娉婷地到船艙裡去了。君之勉用一種意味不明的目光，上上下下打量了君逸之好幾眼，淡淡地道：「你們的交情不錯，她居然連這種事情都跟你說。不過你應該知道什麼事情能傳出去，什麼事情要悶爛在心裡。」

君逸之斜睨了君之勉一眼，皮皮地笑道：「我明白的時候自然知道什麼事情能說，什麼事情不能說，可是我喝醉的時候就不一定能管住自己的嘴了。若有人想跟我搶人，我的心情就會不好，心情一不好，就喜歡喝酒，一喝酒，我就會喝醉。」

君之勉盯著他看了幾眼，冷冷一笑，轉身回了船艙。想威脅他？他才不信君二這傢伙的鬼話，縱然他夜潛官員府第是重罪，可是連帶著也會壞了俞家小姐的名聲，看君二對俞家小姐那著緊的樣子，想必不會這般魯莽。

等君逸之也進了船艙，惟芳長公主早讓太監們將三張方桌拼成了一張長桌，十六名少男少女團團圍著坐下。自家姊妹挨個兒坐在一起，身旁一邊是自家的兄長，另一邊是旁的小姐，免去了男女混坐的尷尬。

上好的葡萄酒和新鮮果子、精美糕點擺了一桌，最令人矚目的是桌首主位的一套十八件、一個套一個盛放在一起的酒杯，頂上最小的那只酒杯只龍眼大小，只能盛一錢酒，下面最大的酒杯足有菜碗大小，恐怕能裝下半斤，這是給輸了的人罰酒用的。惟芳長公主是主人，由她起頭開了酒令，以今夜的月色為題，吟道：「初生似玉鉤。」詠完見眾人沒有異議，便將酒杯推開。

坐在她下首的君逸之則接道：「裁滿如團扇。」也免了酒。

在座的都是名門望族的子弟，自小進學，這種普通的聲律之類的遊戲，倒是攔不住，但接得上與接得好還是有區別的。曹中睿最擅此類詩文音律，每到他時，都有佳句，便是穩重如韓大公子，也不由得輕聲同弟弟說道：「你這位學弟到底是個有才的，以後多帶他來參加一下府中的詩會吧。」

韓世昭略一遲疑，只不便在這酒桌上說三道四，便輕輕嗯了一聲，不置可否。倒是坐在他身邊的韓甜雅張了張小嘴，想說幾句，又礙著女兒家的矜持，終是沒說，只是這麼一打岔，酒令剛好行到她面前，她卻只聽兄長們談話去了，沒注意上家曹中睿吟的是什麼，一時怔住。

惟芳長公主立時笑了起來，「罰酒！罰酒！」

小太監十分有眼色地取了一只中等酒杯，斟滿了酒。

韓甜雅噘起小嘴，愛嬌地拉了拉二哥的衣袖，「二哥，你幫我喝。」

韓世昭正要應下，曹中睿卻站起來道：「是我的不是，方才是我沒接好，這一杯我代韓五小姐喝下。」說著，他就俯身去拿那只酒杯。

惟芳長公主玉手往酒杯上一按，蹙著眉道：「若是你的句子沒接好，自然會罰酒，既然沒罰，就是接得好，要你幫韓五小姐喝什麼罰酒？」

憐香縣主心裡酸得幾乎擰出水來，故意暗示性地道：「若是曹二公子不能說出個合適的緣由來，可是不能代酒的。曹二公子，你可是要再想一想？」

韓甜雅小臉漲得通紅，不禁悄悄地瞥了曹中敏一眼，見他只是若有所思地望著曹中睿，心不由一沉，賭氣似的一把奪過酒杯，揚聲道：「是我自己沒接上，當罰則罰。」末了咕嚕咕嚕幾口喝了下去，喝得太快，最後還嗆了幾下。韓家兩位兄長忙扶著小妹坐下，一個幫忙順背，一個笑著將空酒杯推給惟芳長公主。

惟芳長公主嘟囔道：「原不必喝這麼急的，倒是我的不是了。」

韓世昭笑道：「不敢言殿下的不是，是小妹急躁了。」

這一來，曹中睿就顯得尷尬了，曹中雅忙悄悄拉了二哥一下，讓他坐下來。

曹中睿連聲向韓世昭解釋：「原是覺得自己的詩句接得不好，讓韓五小姐為難，才想將功補過，哪知好心辦了壞事。」

他的心裡並非真這樣想，只不過見韓甜雅麗色奪人，竟不輸給晚兒表妹，不由得意動神搖，想為佳人擋酒，好叫佳人傾心於己，哪知人家根本不領情，反倒還怨上了他似的。

曹中敏見狀忙道：「二弟若真有心賠罪，快將你那醒酒的方子交與內侍，請他們熬碗醒酒湯來吧。」

曹中睿聞言心喜，忙喚來內侍，憐香縣主見不得他為別的女人忙前忙後，嬌笑道：「醒酒的方子應是宮中的最好吧？」

其實開始行酒令的時候，管事太監就已經安排人手煮了醒酒湯，這會子已經有小太監端了一碗過來，韓世昭忙端給妹妹喝下，曹家的方子自然是用不上了。曹中睿俊臉上難掩失望，曹中敏倒是無所謂，他剛才為弟弟解圍，不過是因為兩人是兄弟，在外人的眼中是一體的，弟弟若是丟了臉，他也討不到好去，並非真要韓家承情不可。

憐香縣主見韓家沒要曹中睿的方子，心裡的酸意才壓下去一點，悠閒地捏了一塊芙蓉糕放入小嘴中。

憐香縣主的前後神情變化，都被仔細觀察著眾人的曹中雅看在眼裡。幾日前她就已經知道平南侯府上門提親的事了，還知道母親有意促成此事，心裡急得不行，她可不願意嫁給那個臉上有疤的醜鬼。今日的夜遊會人數雖然不多，可是來的少年都是京城中炙手可熱的宗室或權貴子弟，因此方才行酒令的時候，她跟二哥一樣卯足了勁兒，想一鳴驚人，韓二公子、君二公子、勉世孫或是長孫公子，隨便哪一個能被她吸引住就行。

可惜她觀察來觀察去，在座的少年都是守禮之人，目光只放在身前三尺之內，即使對面就是如玉美顏，也絕不偷眼相看，倒是只有二哥眼睛亂瞟……然後，就只看到長孫公子與韓二公子卿卿我我，韓大公子居然沒有一絲驚訝，難道他倆早就如此了嗎？如今，終於又被她發現了一個眼睛亂瞟的人了。

在遊玩結束後，回府的馬車上，韓家兄弟不免談及方才曹中睿的舉動。韓大公子有些厭惡地道：「曹二公子才氣倒是有的，怎的行事這般沒有分寸？這還只是幾個至交好友的聚會，有什麼事也不會傳出去，否則他那般舉動，旁人會怎麼看待五妹？」腦中浮現曹中睿俊秀非凡的臉龐，不免為自家妹子擔心，忙提點韓甜雅道：「男兒的樣貌才情不過是錦上添花的東西，品行才是最重要的，我看那曹二公子時常偷看妳，不是個正人君子。」

韓甜雅噘著小嘴道：「我知道，他那樣喜歡賣弄的人我才瞧不上，上回在攝政王府，旁的有婦之夫都知道要避忌，偏他要出風頭，我都替曹二奶奶不平。」

韓世昭笑道：「正是！他若有他大哥一成的穩重，這個朋友也值得交了，可惜！」

說到曹中敏，韓甜雅的小臉一紅，蚊子嗯嗯似的附和道：「是啊，還是二哥的眼光準。」

韓世昭沒聽清，回問了一句：「我的眼光準什麼？」

韓甜雅連忙低頭，「我、我沒說什麼。」然後再不肯抬頭了。

韓家兩兄弟不由得對望一眼，交換了一個「難道……如此……」的眼神。

曹家出遊的子弟眾多，女孩兒們乘了兩輛車，兩兄弟則騎車護著馬車回了府，時辰不早，曹老夫人和爵爺都已經歇下，眾人便各自回房。

次日一早，張氏就讓小丫頭傳了兒女到雅年堂來，聽說一雙兒女同長公主一同遊河，她急著想瞭解情形到底如何。

曹中睿昨夜後段就一個勁兒地喝悶酒，回府的時候還是讓曹中敏給扶下馬的，此時也是沒精打采的，只隨意介紹了一番。張氏當然瞭解自己生的兒子，立即揪著韓甜雅罰酒那段反覆地問。曹中睿將韓甜雅推拒自己的原因歸結為他已婚，「都是何氏那個掃把星，若不是她厚顏無恥地嫁給我，韓五小姐怎麼會對我這般不假辭色？」

張氏如今被困在雅年堂裡，雖然由嬤嬤和碧兒等人時常出去為她打探消息，可到底閉塞了許多，聽得兒子這般一說，還以為韓甜雅原是對兒子有些意思的，忙問道：「之前你們就見過的嗎？」

曹中雅看不得哥哥那自以為是的樣子，不由得煩躁道：「哥哥以前哪裡見過韓五小姐，昨日才第一回見著的，總是往自己臉上貼金，你與其在意韓五小姐還不如多關注一下憐香縣主，我看那憐香縣主倒是對二哥有幾分情意。」

張氏聽得眼睛一亮，「真的嗎？睿兒，你可要把握住機會才成啊。」

曹中睿回想了一下憐香縣主的容顏，倒也是個俏麗佳人，只是與韓五小姐比起來就差得遠了，可是她的身分嘛……

張氏已經在憧憬美好未來了，「憐香縣主可是攝政王妃的親妹子，若是睿兒你能娶了她，可就是攝政王爺的連襟了，還怕王爺不提拔你嗎？」

聽了這番話，曹中睿也動了心，憐香縣主略嫌不夠完美的容顏也變成分外可愛起來，斟酌著道：「這事我倒是沒注意，若是妹妹妳發覺了，為何不與憐香縣主親近親近，也好探探她的口風。」

曹中雅笑道：「哥哥你放心吧，這事妹妹我有八成的把握。你若是怕不實，入秋了京中的聚會必定多，只要遇上了憐香縣主，我一定會幫你問清楚的。」

曹中睿細細回想了一下昨夜的情形，好似他每吟一句，都是憐香縣主最先叫好，不由得紅了紅臉，因覺得自己魅力不凡，心中又有些得意，聽得妹妹繼續道：「好哥哥，若你娶了憐香縣主，可要好生幫我跟攝政王爺求個情，我才不嫁給靜晟世子那個醜男人，他居然敢四處敗壞我的名聲，真是可惡！」

前半句張氏聽著還是很欣慰的，可是後面那段就讓她心驚了，若是靜晟世子娶不到雅兒，將那些證據給公諸於眾可如何是好？她忙搶在兒子一口答應下之前，斥責道：「婚姻大事豈是妳想如何就如何的？平南侯府是何等的尊榮，妳嫁過去都算是高攀了。」

曹中雅嘛著嘴正要發作，丫頭們在門外通稟道：「二奶奶來給夫人請安了。」

曹中睿眉頭一蹙，滿心不悅地端起茶杯，悶頭喝茶，原以為母親會像往常那樣將其拒之門外，哪知張氏道：「讓她進來。」

何語芳扶著丫頭的手款款進來，給張氏和曹中睿見了禮，向著曹中雅點了點頭，「妹妹好。」

曹中雅不冷不熱地回了半禮，曹中睿理都沒理她。張氏含笑道：「坐吧。」

何語芳有些受寵若驚，婆婆還從未對她這般客氣過，忙謝了座，在曹中睿身邊的椅子上側身坐了。曹中睿往另一邊移了移，想儘量離她遠一點，何語芳的笑容就是一滯，隨後又平和下來，輕聲問婆婆昨日休息得可好之類。

張氏難得和顏悅色地跟何氏聊了幾句閒天，見天色亮了，便道：「咱們一起去給母親請安吧。」

何語芳忙起身攙扶婆婆，曹老夫人早不許張氏再去請安，在雅年堂的門口被看守的婆子攔了一下，可是有曹中睿和曹中雅兩人相助，一行四人還是順利地前往延年堂。

曹老夫人很不願看見張氏，只當作沒見著她，和氣地讓孫兒孫媳孫女坐下。張氏厚著臉皮自己坐了，先到延年堂的武氏、曹中敏、曹中燕和俞筱晚等人這才起身向張氏等人請安。不多時曹清儒也到了，一家子算是聚齊了。

張氏這才忝著臉道：「母親，媳婦今日過來請安，其實是有一事相商。」說著小心地看向曹老夫人，見她不出聲，就繼續道：「睿兒虛歲已有十七了，媳婦想著，不孝有三，無後為大，應當讓他與何氏圓房了。」

曹清儒聽著一愣，作為男人，曹清儒倒沒對何氏有什麼不滿，反正嫡妻是用來尊敬的，只要她懂事守禮就成，相貌什麼的，有小妾可以補償兒子。可是曹中睿不幹啊，忙道：「轉年就要春闈了，兒子只想一心用功讀書……」

張氏輕笑著打斷他：「你房裡的兩個丫頭澄兒、青兒都已經開臉了，跟春闈有何關係呢？若是那兩個丫頭生出點別樣心思，弄個庶子庶女先出生，咱們曹家的臉面就丟盡了。」

曹中睿鬧了個大紅臉，曹老夫人聽著覺得很有道理，便笑著對張氏道：「難得妳明白，那妳就來安排吧。」

張氏輕笑道：「那媳婦就自專了，敏兒還未娶妻的，因此何氏若與睿兒能傳出喜訊，可是母親您的頭一個曾孫呢！媳婦便想著，中秋這天團圓喜慶，家中本來就要擺酒的，讓何氏去廟裡拜拜送子觀音，晚上便圓房，最好能一舉得男！」

曹老夫人笑瞇了眼，「極好。」

按照風俗，若是新婚時沒有圓房的小夫妻，到圓房的時候是必須要再擺一次酒的，張氏選的八月十五這個團圓日子，的確是喜慶，似乎是在為何語芳做最好的安排，可是俞筱晚深知張氏的脾性，絕不可能關了幾日就能轉變過來，此時忽然說起圓房的事情，只怕是另有目的。

屋裡的氣氛熱鬧起來，何語芳的臉已經熱得可以冒煙了，頭垂得不能再垂。曹中燕和俞筱晚都小聲跟她說「恭喜」，曹中睿卻是臉色鐵青，嘴唇直抖，跟要上刑場差不多。

曹老夫人讓眾人散後，俞筱晚還陪著她閒聊。曹老夫人輕嘆一聲，「妳大舅母若是早些這般明事理，該有多好？」

恐怕她現在也不明事理呢。俞筱晚輕聲道：「是呢，二表嫂羞得不行，看樣子似乎舅母之前並未向二表嫂和二表哥提起過。」說著又笑道：「二表嫂一定會給外祖母添個曾孫的。」

曹老夫人一怔，她是太高興能有曾孫抱了，沒太注意，這會子再一回想睿兒的表情，可不就是震驚加鬱悶嗎？明明幾人是同時來請安的，又是小夫妻倆的事，難道張氏之前並未跟他們提過一句？

她沉吟了一下，喚了杜鵑進來，囑咐她注意雅年堂的動靜，「有什麼，事無鉅細都來報與我。」

杜鵑領了命退下，俞筱晚便沒再繼續上眼藥了，她回去就讓文伯派人注意著曲嬤嬤等人的動靜，什麼上廟裡拜送子觀音，這提議從張氏的嘴裡說出來，就覺得毛毛的。

再說張氏母子回了雅年堂後，曹中睿就追著母親問為什麼，張氏淡淡地道：「你有了嫡妻，憐香縣主便是想嫁你，她父母又如何會允許？何氏循規蹈矩，你又不能休了她，可若是她在進香的時候惹出點什麼事來，壞了名聲，你再休妻或是和離都是可以的。」

張氏笑了笑，壓低了聲音，「這是我的一石二鳥之計，屆時讓你的姊妹和晚兒都陪著她去，晚兒我也有安排。」

曹中睿不由得驚道：「晚兒有什麼安排？」

「她那麼一大筆的嫁妝，可不能落入外人之手，我已經跟你姑父商量好了，讓你兩位表哥其中之一娶了她。」

「張家表哥？」曹中睿心裡酸得冒泡，「為何不讓兒子……」

張氏狠戳了一下他的額頭，「閉嘴！憐香縣主不比一個小孤女強嗎？你個眼皮子淺的，娘早就跟你姑父商量好了，以後晚兒的家財，你姑父答應了分兩成給咱們，足夠你嚼用了，你就巴好憐香縣主這棵富貴樹就成！」

曹中睿儘管滿心不甘願，可也知道晚兒表妹對自己沒有半點好感，再者的確是對自己的前途沒有幫助，也就強迫自己歇了心思。

楚王府裡一大早的便傳喜訊，君逸之與哥哥一同到正院來給父母親請安，才剛坐下，楚王妃便喚了四名姿容豔麗的少女進來，笑盈盈地問道：「逸之，這四個丫頭是我和你父王選了給你的，你領了回去吧。」說著便要她們給寶郡王爺磕頭。

四個丫頭或俏麗、或豐腴、或柔美、或嬌羞，身量高矮都差不多，動作整齊劃一地朝著君逸之跪下，還未及以額觸地，前方就不見了那雙皀黑官靴。

君逸之跟猴子似的一下跳到哥哥身後，嬉皮笑臉地問：「別這樣，母妃還是先說清楚，這四個丫頭是幹什麼的呀？」

楚王妃的臉色一僵，送丫頭是幹什麼根本不必明說，可是兒子要問，她也不介意挑明，「這是母妃作主，給你當通房的。」

君逸之撇了撇嘴，「兒子謝過母妃的一片好意，可是這四個丫頭太木了，兒子不要。母妃若真有心給兒子挑人，不如先去伊人閣走一遭，就按那裡的姑娘的風情來挑好了，相貌也得跟如煙差不多才成，兒子看如煙看久了，都覺得不過如此了，這幾個丫頭真是……可以算是醜了。」

「放肆！」楚王妃氣極，「若不是你大哥身子不好，大師說了不宜早婚，你當我願意管著你！你也不想想你祖母，一把年紀了，連個曾孫都沒抱上，你這是不孝！」

君逸之被罵了，一點也不惱，仍是嬉皮笑臉的，「難道母妃打算讓這四個丫頭生孩子嗎？這樣好嗎，以後的郡王妃應當不會惱了母妃吧？」

君琰之也道：「母妃，若是二弟沒娶正妻就先有了庶子女，這傳出去人家得怎麼議論咱們楚王府？二弟既然不願，還是作罷吧。」

楚王妃被噎得一愣，她怎麼可能幹這種沒規矩的事情，可是誰讓她拿出無後的藉口來呢，只好強行逆轉話題，「那就不生，但你必須收下她們，不許你再往外頭跑。」

君逸之懶洋洋地道：「母妃，不是兒子不收，實在是她們長得太醜了，兒子都不忍看第二眼。要不，兒子哪天先把如煙帶回來給您見一見？您也好知道何為美女啊。」

「你──」楚王妃氣得直喘粗氣，回頭看著丈夫道：「王爺，您怎麼說？」

楚王爺一臉回味無窮狀，「如煙啊，真不愧是花樓公選出的第一花魁。不然她那麼大的架子，為何還有無數人捧著銀子，趨之若鶩？」說著興奮地看向君逸之，「你真有辦法帶她來府裡頭坐坐嗎？若是如煙不願來，如霜來也可呀。」

之後的話題怎麼會變成關於如煙和如霜哪個更有風情、哪個更值得追捧，楚王妃已經不知道了，因為她氣得摔了杯子就回屋了。

「王爺、世子爺、郡王爺，到時辰該去給老祖宗請安了。」丫頭小聲地提醒正堂裡談到如煙與如霜討論得興高采烈的父子三人，楚王爺這才意猶未盡地收了口，叮囑小丫頭道：「去請王妃出來。」

今日朝中休沐，全家都要去給老祖宗楚太妃請安，楚王妃儘管一心窩的火，也只得板著臉同行。

楚王爺的親弟弟仁郡王和郡王妃、世子君瑋之及世子妃、次子君皓之已經陪著老祖宗在閒聊了。

仁郡王府就建在楚王府邊上，兩府之間在後花園有一道側門可以互通，又不像楚王爺一家一大早地就吵嚷了一番，比楚王一家來得早也不算稀奇。只是楚王妃的臉色猶如罈子裡浸泡了一個月的菜頭，黃綠黃綠的，這就比較稀奇了。要知道，楚王妃可是最講究身分的，一天裡除了在床上睡覺的時辰，其他時候都是將自己收拾得高貴端莊，讓人挑不出一點瑕疵來。

相互見過禮後，仁郡王妃便好心好意地問道：「嫂嫂可是昨日休息得不好？」

不提這個還好，一提及楚王妃立即想到一大早的遭遇，兒子不聽話也就罷了，反正他自小是如此的，可是丈夫都——她還是今日才知道，原來王爺也是伊人閣的常客！

看著楚王妃越來越黑的臉色，仁郡王妃非常識趣地閉了嘴。楚太妃見到這一家子進來，眼睛裡就只有君逸之，拉著君逸之坐到自己身邊，聽到二媳婦的問話，才發現楚王妃臉色極差。於是楚太妃在問了些日常起居，關心了一下皓哥兒和瑋哥兒的學業，便讓散了，卻留下楚王妃單獨說話。

「說吧，到底是什麼事？」等人都走後，楚太妃便問道。

難得婆婆問起，楚王妃頓覺滿腹委屈有了申訴的地方，一把辛酸淚，聲情並茂地訴說了一番。楚太妃聽得額角直抽筋，強忍著怒氣道：「妳、妳一次賜給逸之四名通房，也不怕他掏空了身子？有妳這樣當娘嗎？」

楚太妃太清楚自己的這個兒媳婦了，問她覺得自己哪裡做錯了，那等於是白問。這個媳婦雖然不是她挑選的，是先帝賜的，可她一開始也是期待的，但觀察了兩個月後就失望了。這個媳婦自認為出身高貴，公爵小姐，的確算是高貴了，可與皇族相比，也不過是臣女罷了，喜歡講究規矩，成天端著王妃的架子，對王府裡有臉面的老奴才都是冷冰冰的，遇事半點不知變通，還總愛拉拔娘家人，有什麼好事都得帶上她娘家一份，否則就是看不起她——雖然楚王妃著眼的多數是些小事，偶爾才關注娘家大哥升遷的問題，但在上位者的眼中，這種行為已經無異於結黨，楚太妃教育過、敲打過，媳婦還是如此我行我素，現在楚太妃已經完全不想同她說話了。

楚王妃立即為自己辯解：「媳婦是為了逸之的名聲好，想將他拘在府裡，省得他成天往煙花之地跑，況且逸之是郡王，三妻四妾的不算什麼，遲早要納的，媳婦親自幫他挑的，都是老實本分的，是為了他好。」

「閉嘴！」楚太妃猛地一拍几案，「妳為了他的名聲好，還一次送四個通房給他？哪府的母親給自己兒子配這麼多通房丫頭？若真想讓他少往煙花之地亂跑，就趕緊按我說的備好納采禮，等俞家的丫頭出了孝，就立即上曹府去提親，我包管逸之娶了她後，會少往外跑一點，比妳那四個通房有用得多！」

說著又將語氣緩了緩，「別總想著什麼王公千金，咱們家已經是烈火烹油之勢，逸之又是次子，結那麼多有權有勢的姻親做什麼？何況俞家本是伯爵，門戶亦不低，那丫頭教養好，是個懂事的，也能幹，琰之到現在也不願意說親事，俞丫頭進了門，日後也能幫著管管內務，咱們婆媳倆豈不是省心？」

那是您省心了，這個王府可不是我當家，我能省什麼心！楚王妃用力抿了抿唇，不說一句話，用沉默抗議婆婆的決定。

楚太妃看著兒媳頑固的模樣，只覺得胸口一陣悶痛，若不是原氏用人唯親，她何苦一把年紀還管著內院裡的雜事？可這兒媳偏是個只會挑旁人的錯，半點也不覺得自己有錯的主，怎麼教導都不管用，她哪裡敢將事務將給兒媳打理！

楚太妃自己揉了揉胸，又喝了一杯茶，緩過勁來，也不再跟兒媳說這些了，反正到時她自會安排，便交代了幾句賞荷會的事，就將其打發了出來。

再說君逸之父子從楚太妃處告辭了出來，王爺叫上君琰之商量政務，君逸之便溜出了王府，去俞筱晚的店裡等巧遇。今日俞筱晚沒到店裡來，早與君逸之聊熟了的俞文飆也忙得沒空閒，乍見到他來了，只匆匆與他見了個禮，便帶了一名十四五歲的少年上了樓。

君逸之瞇了瞇漂亮的鳳目，招手叫從文過來，「悄悄從後面上去，聽聽他們聊了些什麼。」

晚兒的店裡都是些普通的夥計，他來了這麼多趟，早都認識了，可是剛才那名少年卻不是店裡的，而且腳步輕巧，是個練家子，俞總管乍見到他時，神色雖未變，但是瞳孔卻不由自主地微微一縮，顯然不想跟他久談，必定是有什麼事。

不多時，從文就從後面又溜了回來，小聲地稟道：「那少年是跟蹤張長蔚張大人的，似乎張大人家的管事在外面招打手，給的價錢挺高的，應該是一票子買賣。」略一遲疑，「咱們要不要安排人跟著？」

將摺扇收攏在掌心拍了拍，君逸之扯扯嘴角，微微一笑，「你去安排，走吧！」今天晚兒是不會來了，他也沒必要在這浪費時間。

每到八月，京城裡各府的大小宴會就多了起來，曹府亦是收到了一大堆的請柬。曹清儒先去外書房與幕客們商議了一下近日的奏摺，待打發走了幕僚，便從衣袖中取出一張字條仔細看了幾遍，投入香爐燒毀，又從一大疊的請柬中挑了幾張中意的，才又回到延年堂跟母親商量。

「兒子真沒想到楚王府和晉王府都會邀請咱們全家赴宴，這是往年沒有過的殊榮啊。」

曹清儒這個二品大員才當了不過一年，以前只能算是中等官員，王府的宴會自然是不會請他的，故而才會有此感慨。

可是這回兩家王府都邀請了曹家，曹老夫人卻不認為是兒子的緣故，看著請柬上註明的「闔府及俞小姐光臨」的字樣，她嘆了口氣道：「晚兒要出孝期了，現在開始議親也是可以的了。」

曹清儒只愣了一愣，便想通了其中的關鍵，忍不住笑道：「若是晚兒能嫁入皇族，對咱們曹家也是一大助力啊。」

曹老夫人沉吟了一下道：「我琢磨著，應當是寶郡王和勉世孫二人，爵爺幫著看看對方的人品吧。」

她不反對晚兒嫁入皇族，畢竟晚兒生得太過貌美，若是嫁到寒門小戶，只會給夫家帶來災難。別看這世上禮教森嚴，可那都只是針對平頭百姓和權勢不足的人家，對有權有勢的人家來說，律法都是形同虛設，何況是只存在於世人頭腦之中的禮教？滅了晚兒的夫家，給她換個身分拘在自家的後院裡，誰又能知道？

曹清儒低下頭飲茶，眸光閃了幾閃，又抬起頭來笑道：「母親請寬心，兒子必定將兩位公子的品德脾性都打聽清楚，不會讓晚兒受了委屈。」說著又笑道：「說起來，明年太后的五十大壽，兒子要送的禮品還沒著落，還想請晚兒相助呢。」

曹老夫人不由得詫異道：「此話從何說起？」

曹清儒解釋道：「人人都道三年清知府，十萬雪花銀。俞家在汝陽一方執事近百年了，多的是奇珍異寶。兒子不是想占晚兒的便宜，只是一時很難淘換到好東西，想從晚兒的手中購買些。太后娘娘喜歡禮佛，俞老夫人亦是，聽說俞老夫人手中有最早手抄的金剛經，若是能奉與太后，太后必定歡喜。」

曹老夫人聞言，覺得十分有理，便讓杜鵑去請表小姐，又對曹清儒道：「爵爺可不能占晚兒的便宜。」

曹清儒笑道：「哪能呢？」

說笑中，俞筱晚便扶著初雲的手進到東梢間，給外祖母和舅父請了安。曹清儒待她坐下後，才說起自己意思，「還想多淘換幾樣拿得出手的物件，晚兒放心，舅父會按市價補償銀子給妳的。」

俞筱晚心中咚一聲巨響，這、這情景，前世的時候似乎也經歷過？那時她一派天真，又深信舅父對自己是真心疼愛的，還主動交出了鑰匙，讓舅父自己去箱籠中尋找合適的物件……莫非，舅父要的東西就是那一回找到的？還是、還是睿表哥陪著回汝陽老宅的那一次？

她心中氣血翻湧如驚濤駭浪，用力將指甲掐入掌心，控制住小臉上的表情半分不露，含笑應道：「這是應當的，舅父切莫說什麼補償的話來，真真是羞死晚兒！這些物件再珍貴也不過就是個擺設，哪及得上舅父對晚兒的疼愛之心？只是舅父喜歡的金剛經，似乎還留在汝陽老宅子裡。正巧晚兒要向外祖母和舅父告罪，打算回汝陽為父母祈福，抄佛經百遍，留到除服後再回京。晚兒回了汝陽之後，必定仔細找找，除了金剛經外，家中還有什麼珍藏的佛經，也一併帶過來。太后娘娘的生辰是明年的四月間，還來得及。」

曹老夫人和曹清儒都是一愣，「妳打算回汝陽除服？什麼時候動身呢？晉王府和楚王府都下了帖子邀妳赴宴呢。」

俞筱晚道：「晚兒打算八月十五之後就動身，這兩家的宴會，多一人少一人的沒甚要緊，還請舅母代晚兒致歉便是。」

曹老夫人想了想，頷首道：「好吧，這也是為了全妳的一片孝心。」

曹清儒見母親不反對，便也不好反對了，只微笑道：「晚兒，上次妳回汝陽時遇了險，這次讓人陪妳一同回汝陽吧。嗯……就讓孫先生陪妳吧！」

果然！俞筱晚雙手緊握，恨得又用力掐了自己一把。前世提出回鄉除服的時候，曹清儒是讓備考中的曹中睿相陪的，還說什麼鄉下清靜，正好讀書，現在想一想，哪裡是正好讀書？若不是有特別重要的物品，二表哥何苦跑這一趟，來回路上就要耽誤兩個月的時間！只是她前世被曹中睿所騙，這世重生之後，關於曹中睿的事情就刻意地不去回想，才會忘了這一件事。

孫先生是舅父的幕僚之一，舅父既然會派他去，肯定是個知情的！也好，到了汝陽就是她的天下，倒要看看舅父要的到底是個什麼東西！

俞筱晚滿臉的感激之色，又是愧疚又是感動地道：「那就多謝舅父費心了，只是，孫先生若是跟外甥女走了，舅父這裡會不會短了人手？」

曹清儒連忙表示無妨，他不是只有一位幕僚。

事情定下之後，俞筱晚便開始讓人整理行囊，同時也將帳冊拿了出來，憑著記憶，翻找前世舅父挑選的三樣物件。確認是哪幾個箱籠之後，她從貼身的荷包裡取出鑰匙，交給趙嬤嬤，讓趙嬤嬤帶幾個丫頭去將東西拿過來。

不多時，趙嬤嬤就將那幾個物件拿了出來。第一個是一座泰山松景的香山子，香山子常見，但是兩尺來高，完全是由整塊奇楠山木雕成的香山子就極少見了。將香山子一擺出來，醇厚幽雅的香味漸漸瀰漫了整個屋子，何況這座香山子的雕刻師傅還是鼎鼎大名的萬大家，光是手工就價值不菲；第二個是一支極品羊脂玉的如意，難得的是玉渾然天成，沒有一絲瑕疵，對光一看，玉中彷彿有水在流動；第三個是座鑲紅藍綠寶石的西洋音樂盒，寶石顆顆都有龍眼大小，閃閃發光，最有趣的是盒中的小人不但會旋轉，音樂停下的時候，還會彎腰致謝。

俞筱晚讓她們將這三樣東西放在炕几上，將旁的人打發出去後，讓豐兒守著門口，自己與初雪和趙嬤嬤研究裡面的機關。蔣大娘也曾教她一些淺顯的機關術，她仔細尋找了半晌，只有那個音樂盒下面能打開，看著是些銅條之類讓小人兒旋轉的機關，除此之外再也沒見到一絲能打開的暗盒。

俞筱晚又讓人將這三樣東西鎖在臥房的箱子裡，打算離京的時候帶走，拿去給文伯看一看。

「小姐。」芍藥挑了門簾進來。自打俞筱晚向老太太求了恩典，將芍藥許給許茂的獨子後，老太太就將芍藥的賣身契給了俞筱晚，芍藥也就改了稱呼。她走到俞筱晚的跟前，小聲將石榴從碧兒嘴裡打聽到的消息告訴了小姐。

原來張氏的計畫是這樣的，倒是跟文伯在外面調查的情況差不多！俞筱晚輕輕一笑，讓初雪拿了個大包封給芍藥。芍藥忙推辭，俞筱晚嗔道：「拿著，妳尋人打聽事情，也得有禮送才行，這不是獨獨給妳的。」

芍藥這才接下，告辭了出去。

俞筱晚瞧著她的背影，一邊感嘆，一邊心生警覺。張氏自然是不會當著下人的面商議這等重要事情，可是她之前見了什麼人、跟誰商議的、誰之後又是出府還是在府中見了什麼人，都不可能一點痕跡不露。一時這人看見，一時那人看見，而下人們最喜歡悄悄在一起議論一下主子的事，幾方消息湊到一起，下人們便能猜出個子丑寅卯來。

真真是不能小看了這些丫頭婆子們！

她邊想邊吩咐趙嬤嬤和初雲，如此這般安排了一番。

次日是八月十四，一大早兒的，張氏就領著一家子去給曹老夫人請安，提出讓女兒和媳婦今晚就去廟裡住著，搶明日八月十五的頭香，好給曹家一舉添個嫡長孫。

這樣的要求挺正常，逢年過節的時候，許多大家少奶奶或者千金閨秀們都會提前一天住到廟裡，就是為了能搶到次日的頭香。上頭香時許的願是最靈的，因此曹老夫人只是略一沉吟，便答應了張氏的要求，只是問道：「睿兒不陪著何氏去嗎？」

曹中睿滿臉歉意地道：「孫兒想在家中溫習功課，因此……」

這個理由非常充分，俞筱晚低頭掩飾眼中的鄙夷。曹老夫人沒駁了他，只讓武氏和曹管家安排車馬、隨行的丫頭婆子以及護衛人員，又讓女孩們回去準備行李。俞筱晚沒讓多帶，只要求初雲帶上豐兒和整套的茶具，她要在馬車上品茗。

下午歇了晌，一行人就浩浩蕩蕩地出發了。

才出曹府沒多遠，俞文飆便氣喘吁吁地趕來，攔住前面的馬車，向俞筱晚稟道：「小姐要的丫頭和小廝我買來了，看小姐合用不合用，不合用我再找人牙子去換。」

俞筱晚挑起車簾放眼望去，文伯身後整齊地站著四男四女，皆垂眼看地，雙手自然地放置身側，一看就知道是懂事守禮的，這正是她當年讓文伯培養的二十名少年少女中，武功最好的八人。

俞筱晚淡淡一笑，「合用不合用的，要用過才知道。這樣吧，我剛好要去廟裡進香，讓他們跟著伺服一天就知道了。」

俞文飆連聲道好，回頭嚴厲地交代了八人幾句，就留下人目送曹府的馬車走遠。

車廂下面墊著厚厚的棉絮，上面再墊兩層湘妃竹的竹蓆，又舒適又涼爽，可是，若是巴掌大的車廂裡還燒著一壺茶水的話，墊再多竹蓆也不會涼爽了。

初雲一邊打扇燃起爐火，一邊用汗巾子擦著小臉上不斷冒出來的汗水。初雪則在為小姐打著扇，俞筱晚饒有興味地看著初雲，看這個急躁的小丫頭什麼時候才開始叫苦。

初雲卻一直沒說熱沒說苦，這幾年下來，她的性子已經收斂了許多。在俞筱晚和趙嬤嬤不停地耳提面命之下，她知道自己若是做錯事，不單是自己會受罰，還很可能會害了小姐，所以她已經學會在小姐面前忍住脾氣。雖然這天兒是熱了點，小姐要在車上喝滾茶的要求也是怪了點，可她卻不想抱怨，誰讓她是小姐的人呢！

隊伍行進到一半，馬車忽然一個急停，讓馬車裡的人都不由自主地往前一栽。還好這套紅泥小爐和茶壺是專為馬車上的貴人們品茗而特製的，不揭開蓋兒，茶水就不會灑出來，不然非燙壞初雲不可。

還不等俞筱晚有任何吩咐，外面新來的小丫頭就輕聲道：「主子，我們被包圍了。」

話音剛落，就聽到外面傳來一道猥瑣的男聲，無非是此路是他開，要打此路過，留下買路財。可是除了財，他還要求馬車裡的人都下來，讓他檢查馬車裡是不是還藏了銀子，這幾乎就等於是劫色了。

俞筱晚一點也不驚訝，只小聲問：「現在在哪？來了多少人？」

小丫頭機靈地稟道：「現在在香山的後山，方才引路的曹管事說這條路上山清靜，對方來了三十餘人，都有兵器。」

曹府派出來跟車的丫頭婆子護衛，總共不過二十來人，還大半是婦人，對方卻有三十餘人，個個拿了刀劍，自己這方真是討不到半點好處了。

俞筱晚聽得外頭一陣亂嘈嘈的聲音，小丫頭仔細解說：「曹管事單槍匹馬衝過去理論，被綁起來了，護衛們也被押住了，匪徒正拿刀逼頭輛馬車的主子下來。」

俞筱晚抿唇一笑，原本按長幼應當是何語芳這個大嫂坐頭一輛馬車，只是她早收買了趕車的車夫，方才在文伯攔住馬車打岔的功夫，第二輛載著曹中雅的馬車便悄悄地越到了前面，與第一輛車錯了半個車位，又在上山的途中越了過去。山道狹小，後面的車想超到前面去可不容易。

曹中雅怎麼都沒想到這些人會讓她下馬車，不是商量好匪徒將二嫂趕下馬車之後，就將嫂子抱住，然後二哥和張家表哥便藉口想來陪她們時「正好」趕到，驅逐匪徒的同時，也看到這一幕？嫂子讓外男抱過，就失了清白，二哥自然可以休妻。若是嫂子識趣，主動提出和離，還能得個好名聲，若是不識趣，就別怪他們將事做絕。表哥們則可以趁亂拿下表姊，做成另一門親事。

可是，怎麼變成趕她下車了？

那些匪徒已經等不及了，拿刀用力砍車門，紅兒嚇得小臉都白了，曹中雅恨得直咬牙，低聲吼道：「你們這些沒眼力的蠢貨，我不是你們要找的人！」

那些人聽得一愣，小聲地議論了起來：「真不是嗎？」

曹中雅恨死了，「當然不是！你們去找別的馬車，把她們都拿下來就成了！」

這些匪徒聽了她的話，似乎是個知情的，心底信了她幾分，便要往後頭走。為首的那人卻吼道：「說了劫頭一輛馬車的，你們往哪去？」

幾名匪徒異口同聲地道：「可是這裡面的小姐似乎是知情的，她讓咱們往後面去。」

「豬腦子！」匪首恨得拿刀背用力拍了幾人幾下，「她說什麼就是什麼？寧可錯了不能放過！反正一會兒來的人自己會拿捏的，你們不要壞了大事！」

幾人立時答道：「是。」說罷，便不顧曹中雅的驚聲尖叫，將車門砸開，將她硬拖了下來。

兩名匪徒見是這麼個嬌滴滴的漂亮小姐，立即心甘情願地合抱住她，嘴裡還不乾不淨地說些葷話兒。曹中雅被這兩人的臭嘴熏得差一點暈過去，偏偏為了自己的清白不能暈，尖叫道：「放開我，你們抓錯了，要你們抓的是門簾上掛了藍色絡子的！」

俞筱晚聽得噗哧一笑，叫得這麼大聲，恐怕她請來的證人都已經聽到了，後面的何語芳也聽到了吧？

匪徒抬眼一瞧，十分高興地道：「沒錯，就是妳坐的這輛車啊！」

正當別的匪徒躥到第二輛馬車前，準備要伸手去砸車門的時候，路邊的樹叢上射下一箭，將此人的手背頓時射穿，痛得他抱著手哇哇大叫。與此同時，一支暗鏢從前方打來，正中匪首的背心，匪首頓時滾落下馬。

小ㄚ頭忙盡職地轉告了小姐，俞筱晚不甚在意，是應當出手了。

車外一陣兵荒馬亂，不多時，戰鬥就結束了，俞筱晚在聽到小ㄚ頭安全的示意之後，扶著小ㄚ頭的手走下馬車，抬頭一看，不由得眨了眨眼，怎麼騎馬立在車隊之前，手執長劍的是君之勉？

「晚兒，妳沒事吧？」輕緩的聲音在耳畔響起，俞筱晚忙扭頭一看，君逸之就站在自己身邊，她這才鬆了口氣，小聲問道：「勉世孫怎麼來了？」

提到此人，君逸之就黑了臉，「我不知道，他跟我同時出現的。」

俞筱晚放眼望去，匪徒自然個個掛彩，前面的幾輛馬車都翻了，曹氏姊妹和何語芳狼狽地站在路邊，好在衣裳齊整。君逸之小聲解釋道：「這群人本是地痞，最是奸滑，手底下也有些硬功夫，一見情形不對，便朝馬下手讓馬車翻了。」

難怪剛才聽到的動靜那般大，她的馬車沒翻，是因為車前有八名少年少女護著，匪徒近不了身。

眾人都驚魂未定，俞筱晚少不得要給君之勉納個萬福道聲謝，君之勉淡淡地道：「不必客氣，若有什麼人要對峙的話，我也願盡綿薄之力。」

俞筱晚乾笑了兩聲，沒接這話碴兒。君之勉挑了挑眉道：「怎麼？只要堂弟作證便成了嗎？」

君逸之冷哼一聲，「多謝了，還有人在前面等我，想是也聽到了，堂哥事務繁忙，就不麻煩了。」

正尷尬著，身後一串馬蹄聲，曹中睿、張氏兄弟帶著幾名小廝騎馬飛奔而來。馳到近前，看到滿地狼藉，雖然沒正趕上，但好歹是如願了，曹中睿忙問道：「這是怎麼回事？可是有人受……傷？」

君逸之搖著扇子道：「有！小王那幾名侍衛下手不知輕重，所有的匪徒都受傷了，一會兒勉世孫會親自將他們押往衙門裡受審！」

君之勉抽了抽嘴角，用得著你給我安排任務？只是，他有官職在身，這事似乎的確只有他來做……想到這兒就更鬱悶了。

君逸之看在眼裡，爽在心裡，繼續道：「小王不過是正巧路過，隨手幫了這個忙，曹二公子不必太感激，叩頭謝個恩就成了！禮物不必送了，你送的小王還不一定看得上！」

他句句話都自稱小王，曹中睿和張氏兄弟總算是反應過來，君二公子已經被封為寶郡王了，忙滾鞍下馬，跪下叩頭。

君逸之等他們三叩六拜之後，才懶洋洋地道：「免禮！」

三人尷尬地站起來，正要開口問具體的情形，君逸之卻不給他們問話的時候，直接問俞筱晚道：「俞小姐，我看妳們近日恐怕不宜禮佛，還是回府吧！」

俞筱晚小臉上還是一副驚魂未定的可憐樣兒，抬著袖子半掩了面道：「正是如此，多謝郡王爺相助。」

君逸之笑得風流倜儻，「舉手之勞，不如就由我來送小姐們回府吧！」

一行回到曹府，曹老夫人和爵爺、武氏、張氏正在一起討論自家辦賞荷宴的事情，忽聽外面通傳道：「惟芳長公主駕到、寶郡王爺駕到！二姊姊、小姐們、表小姐來了！」

曹老夫人心中一驚，難道是出了什麼岔子？

眾人迎了惟芳長公主和君逸之上座，曹老夫人小心地問出了何事，俞筱晚搶著答道：「我們在上山途中遇到了匪徒，好在他們只逼了頭輛馬車上的人下來，就遇上了殿下和郡王爺幫咱們解了圍。」

張氏聽得心中一喜，看了兒子一眼，只見他滿面驚怒之色，卻沒反駁，心下大安，雖是跟之前的計畫有些出入，但好歹是可以擺脫何氏了，她立時驚聲道：「何氏，妳……妳沒讓匪徒占了什麼便宜吧？」

張氏問完這話之後，成功地看到何語芳的臉色由蒼白變成無比蒼白，心中更是喜悅，她急著想在惟芳長公主和君逸之都在場的時候，將何氏失去清白的名聲定下來，便沒去看兒子瞬間失去血色的臉，仍是步步緊逼地問道：「何氏，那些賊人拿下妳後，他們有沒有對妳怎樣？」

「閉嘴！」曹老夫人一聲低喝，咬牙切齒地道：「怎麼不先問問孩子們有沒受傷？」

若不是有貴客在此，曹老夫人真恨不得親自拿把拐杖狠抽張氏幾下，如若何氏受了委屈，能這樣當著外人的面問嗎？這不是生生將人往絕路上逼嗎？

曹清儒發覺此事不對勁，忙向君逸之道：「臣惶恐，請郡王爺移駕前院書房。」

君逸之哪裡是旁人能差得動的，方才曹清儒就想將他往前院引，他卻硬跟著小姑姑進來了，這會兒好戲才開鑼，他怎麼會走？

「不必了，當時是小王和堂兄救的人，有些事情自然要分說與曹大人聽聽，那些賊人都被押入了大牢，不日就能審出幕後指使之人來。」

聲調懶洋洋的，可是語氣卻是不容拒絕，而且極其果斷地將君之勉給省略——他的堂兄多得去了。

曹清儒只得強忍著火氣坐了下來，張氏卻是瞬間心驚肉跳，人都被抓住了？那、那會不會供出她來？不，不會的，人是大哥安排管事去請的，那些人只認識管事，相信大哥有辦法將事情摘個乾淨！她極力定了定神，還是想先將何氏給解決了，再想方法通知兄長去除了隱患。

「那何氏妳到底有沒有……」

俞筱晚看向張氏，清麗的小臉上滿是驚訝，微微蹙眉問道：「舅母您為何要這般問？」

張氏看出曹老夫人和爵爺的不滿，心中著慌，可是箭已在弦上，不得不發，只好結結巴巴地道：「妳、妳不是說她遭劫了嗎？我、我是想那些個賊人……都是手腳不乾淨的……因此才……難道不是嗎？」

何氏和曹中睿的臉上都沒有一絲血色，可是兩人的心裡想的完全不同。

何語芳聽到曹中雅和匪徒的對話後，便知道今日的事是一個陷阱，後來曹中睿趕到了，這個小丈夫素來不待見她，她是非常清楚的，自然也明白了事情跟丈夫脫不了關係，心底裡感到悲傷，卻也不算太重。因為她嫁過來的這一年中，受了太多曹中睿的冷落和白眼，對他的期待並不大，只是抱著日後能生養一兒半女，晚年有個依靠，與他相敬如冰度過一生的想法。因此，她希望婆婆是因她一年多來柔順孝敬，才提議她上山進香的，遇匪這件事是曹中睿順勢為之，這樣的話，她在這個家中，至少還是有人疼愛的，她這個媳婦失敗得不是那般徹底。可是現在，對她和顏悅色，口口聲聲稱希望她給曹家添丁的婆婆卻問出了這樣的話，唯一的期望也粉碎了。

何語芳一時間只覺得萬念俱灰。

而曹中睿卻是在途中就已經知道了事情的經過，他的親妹妹被賊人欺辱了，可是他卻沒時間讓人給母親遞信，到現在他還不能說話，他甚至不知道是什麼時候、什麼人給他點了啞穴？他只能轉動眼珠，希望母親能從中看出一點意思來，別再盯著此事問了，妹妹的名聲會毀於一旦的。而且，他想讓勉世孫將賊人交給曹家處置，可是被勉世孫拒絕了，強行帶去了衙門，這件事必須立即同舅父商量，讓舅父到順天府衙門打點打點，否則會引火焚身的！

俞筱晚卻非常喜歡張氏這個性急的毛病，沒將事整個弄清楚，就迫不及待地想讓何氏將罪名定下，讓事情往她預想的方向走──難道不知道這樣很容易露出破綻嗎？以前的幾次計謀，最後都是她自己給破壞的，居然還沒學乖？

俞筱晚漲紅了小臉，難過地拿出手帕抹眼淚，一句話也不說。張氏忽覺心跳過速，不妙的預感油然而生，於是逼問起曹中貞。曹中貞不好意思開口，只好由她的乳娘支支吾吾地道：「是……是有賊人羞辱了……可是、可是……那輛馬車裡，坐的是三、三小姐……」

晴天一個霹靂！

曹老夫人和曹清儒都驚得說不出話來，張氏毫無形象地張大嘴，尖聲叫起來：「不可能！這怎麼可能？」她忙回頭尋求兒子的認可，「這是不可能的！睿兒，你告訴母親，到底是怎麼回事？」

君逸之輕輕一彈手指，曹中睿只覺得胸口一震，又可以說話了，可是面對母親的問題，他卻無法回答，只盼著母親能馬上閉嘴，等送走了貴客再說！

他向惟芳長公主和君逸之深深一揖，誠懇地道：「多謝長公主殿下和郡王爺相助，小可和幾位妹妹已經順利回府了，遇上賊人，幾位妹妹都驚慌失措，小可和家人要陪她們好好寬解一二，恕不能招待殿下和郡王爺了。」

這是要送客？君逸之懶洋洋地搖起了摺扇，惟芳長公主動作優雅地端起茶杯輕輕啜飲，他二人不說走，曹家難道敢趕他們走嗎？

曹中睿自幼出眾，縱使遇上長輩或高官，都會因他的才華而對他另眼相看，還真沒被這樣漠視過，頓時又是尷尬又是羞惱。

惟芳長公主慢悠悠喝完了一杯茶，放下茶杯，拿出上等宮緞繡牡丹花的帕子優雅地按了按嘴角，才輕笑道：「曹夫人不知為何會如此嗎？其實令千金也不知為何會如此呢！我們都聽到她大叫『你們這些沒眼力的蠢貨，我不是你們要找的人』、『放開我，你們抓錯了，要你們抓的是門簾上掛了藍色絡子的』。聽她這話，的確不應該是抓她，那賊人是想抓誰，曹夫人可否為本宮解惑呀？」

張氏搖搖欲墜，耳朵嗡嗡作響，雅兒這個蠢貨，居然當著眾人的面說這種話，還被長公主和寶郡王爺聽到了！這要她如何反駁？

完了、完了，這一回是真的完了！若說上一回攝政王府的事是因為蘭嬤嬤一力承擔了下來，曹家又沒有她參與的證據，還能容她喘上一喘的話，這一回，證據確鑿，她就真的可能會被關到家廟裡去了。

張氏掙扎了幾下，終於不堪重負，暈了過去。

待她再度醒來，一張開眼睛，就看到兒子木木地坐在楠木圓桌邊發著呆。張氏輕吟了一聲，曲嬤嬤立即一瘸一拐地走過來，驚喜地道：「夫人，您醒了？頭還暈嗎？要不要喝水？」

碧兒也立即走了過來，扶著張氏坐起來。張氏隨意看了一眼，還是在自己的房間，心中安定了些，旋又擔憂地看向兒子，輕聲問道：「雅兒的事情，你們求了殿下和郡王爺別說出去嗎？只要他們不說，就不會有什麼事。正好，平南侯府請了保山上門的，趕緊應下這門親事，就不怕日後生變了。」

接過曲嬤嬤遞來的茶水喝下，張氏繼續道：「睿兒啊，何氏的事，咱們得另想辦法了……」

「閉嘴！」曹中睿忽然大吼一聲，「妳以為還有什麼辦法可想嗎？都是妳出的鬼主意，問都沒問過我的意思！我就是不想跟她圓房，過得幾年，就能以無所出為由將她休了，妳偏要多此一舉！事情敗露了，妳就一暈了事，卻要留我收拾這個爛攤子，害得我……害得我被何大人狠罵了一頓，他還說……他還說……要明日上朝參我一本，罷免我的會考資格，取消我的功名！」說著說著，眼眶就紅了起來。

其實當初張氏說出這個主意的時候，他還覺得很不錯，如今出事了，卻一古腦兒地怨到母親的頭上，自私成這樣，還不都是張氏自己教出來的。

還好張氏不在意，只是聽說方才何大人來過，又驚又慌，緊張地想了想，遂安慰兒子道：「不怕不怕，他是你岳父，你去好生賠個罪，答應他以後好好待何氏，就不會有事了。」

曹中睿聽了這話，不但不開懷，反而大吼道：「還有什麼何氏！方才何氏已經被何大人接走了！何大人說賊人招了，而且長公主和寶郡王都答應做證，證明雅兒那個蠢貨不但知道，而且還指使賊人去抓何氏！何大人說一定是我定的計謀，要參我一本，我……我完了……若是這次被取消了功名，這一世都不能再科考，不能再入仕了！」最後兩句話，是哭著說出來的。

張氏已經慌得手足發軟了，她掙扎著下了床，撲到兒子肩上痛哭，「我的兒，你別怕，娘會保護你的！趁現在天色尚早，娘立即就去應下平南侯府的親事，跟平南侯做了親，他們也不願意自己的小舅子是這樣的人，他們也會沒臉面，必定會保你的！」

曹中睿一把推開母親，用一種失望又沮喪的目光看著她，冷哼了一聲，「妳若是能讓靜晟世子娶她，就算妳有本事了！」

張氏一愣，「為何這樣說？是他們自己來求娶雅兒的！」

曹中睿厭棄地看著母親，「那是之前，今日雅兒被燙傷了臉，若是能不毀容，興許還行，可是那時我恐怕已經被免了功名了！哼，都是妳的好主意害的，有妳這樣的母親，我真是幸運！」

張氏簡直不敢相信自己的耳朵，顧不得兒子的冷嘲熱諷，叫道：「什、什麼？雅兒好端端的怎麼會燙傷？」這才想起來，在延年堂的時候，似乎根本沒有雅兒的影子。

「當時前面幾輛馬車都翻了，只有晚兒表妹坐的馬車沒事，雅兒受了辱，不想面對旁人，便去搶晚兒的馬車坐，哪知晚兒在車裡燒了茶水，被她撞翻了，灑了一頭一臉。」

天哪！若是滾水，豈不是會燙出一臉的泡來？張氏立時吵著要去看女兒，曹中睿冷淡地道：「您就安生一點吧，祖母已經發話了，不許您再踏出雅年堂一步。」

張氏呆了半晌，拚命嚎哭起來，邊哭邊罵，一時說自己命苦雅兒命苦，一時說「晚兒這丫頭肯定故意的」。

曹中睿被她哭得直皺眉，覺得母親真是無聊，晚兒怎麼知道雅兒會要搶她的馬車，這事怎麼能怪到晚兒的頭上去？

他煩躁地道：「您還是想一想自己吧！祖母和父親都發了話，只等衙門裡的審訊結果出來，就要處置您！」

曹中睿說著恨恨地拳了幾下桌面，這事情因為雅兒胡亂說話，已經無法扭轉了，都怪母親和妹妹這兩個蠢女人！

曹中睿忽然覺得片刻都不想看見母親，禮都不施，甩袖子走人。

張氏愣了幾愣才反應過來，她被兒子嫌棄了。

俞筱晚盤腿坐在竹榻上，一邊聽著豐兒打聽到的消息，一邊迅速地配著藥粉，她心裡暗暗嘆息，燒茶水本來是準備澆到賊人頭上的，所以在馬車停下的時候就特意揭開了壺蓋子，哪裡知道會讓曹中雅給撞上？她還想看曹中雅嫁給靜晟世子之後會怎麼個鬧騰呢，自然不能讓她毀容了，更何況，曹中雅是在她的馬車上燙傷的，也怕外祖母覺得是她的不是，少不得配點嫩膚豐肌的藥粉出來。

俞筱晚配好藥粉，摻和在香膏裡，帶著初雲和初雪去了翡翠居。

曹中雅躺在床上拚命捶床板發洩，若不是大夫叮囑了她千萬不能扯動臉上的皮膚，她非要破口大罵不可。

「小姐，表小姐來看您了。」紅兒進來通稟道，並側身打起簾子，請俞筱晚進來。

曹中雅看到俞筱晚就眼冒火星，俞筱晚略帶歉意地道：「雅兒，妳覺得怎樣？我以前得了瓶玉肌膏，對燙傷極有效的，妳試試吧。」

曹中雅惡狠狠地道：「滾！必定是妳故意害我的！」

俞筱晚挑了挑眉沒說話，初雲卻聽不過去了，忍不住插嘴道：「表小姐，明明是您自己要搶我們小姐的馬車，我們阻攔您不聽，才會被燙到，怎麼能說是我們小姐故意的呢？小姐還特意尋了玉肌膏來給您，這可是千金難求的好藥呢！」

「初雲，住嘴！還不快向表小姐道歉！」

俞筱晚斥責了初雲一聲，初雲立時乖順地道了歉。俞筱晚留下玉肌膏就走了。曹中雅被燙傷，她是有一點責任，可也只是一點而已，曹中雅上車之前，她真的阻止了，她卻認為她是想讓她在長公主和郡王爺、勉世孫面前出醜，根本不聽她的，這能怪得了她嗎？

俞筱晚送藥的事，沒多久就有人稟報給了曹老夫人。杜鵑從芍藥那兒得了不少好處，便斟酌著道：「表小姐大概是覺得歉疚了，聽說這種治傷的玉肌膏十分珍貴，三小姐應當會無礙的。」

其實曹老夫人根本就沒有懷疑俞筱晚，只嘆息一聲，「雅兒這孩子是個什麼脾氣我還不知道嗎？只是……唉，到底是表姊妹，我真不希望她們生分了。其實讓雅兒與晚兒交好，是為了雅兒著想，她那個脾氣，嫁了人之後恐怕難以同婆婆小姑處好，日後受了委屈，睿兒可以幫襯她一些，但是內宅裡頭的事，還是得有女人來幫襯才行。晚兒的相貌和性情，不管嫁到什麼人家，都能上孝公婆，下合姑嫂，在哪兒都能站穩腳跟，她亦是雅兒日後的倚仗啊！」

杜鵑奉了茶，走到曹老夫人身後，一面為她捏肩，一面寬慰道：「表小姐是個能容人的，日後三小姐有相求的事，她一定能幫襯著，老太太，您就放寬心吧。您還不如跟爵爺仔細給大小姐和二小姐挑選一門好親事呢。」

曹老夫人聽得一笑，隨即又沉了臉。方才從惟芳長公主和寶郡王口中聽到的話兒，她也知道了自己疼愛的孫子竟生出了這般惡毒的心思。何大人不依不饒地要討個公道，那些賊人還關在順天府的牢中，兒子忙忙地去打點了，不知結果會如何……先有張氏惹怒了攝政王，後有睿兒可能吃上官司，雅兒還被燙傷了，不知會不會毀容，煩心的事一件接著一件……

到了晚間，曹清儒從外面回來，帶回更令人沮喪的消息。順天府尹竟在君之勉的授意下，收到賊人後就開了堂，他趕到的時候已經審了一半了，這些賊人招出是有人收買他們，為的是毀頭一輛馬車中女子的名節，不過收買他們的人是張長蔚府中的一個小管事。張長蔚立即就讓府中的大管家將其扭送順天府衙門，審問之後，那名管事說是何大人曾得罪過他，所以才懷恨在心。

因涉及到了朝中重臣，順天府尹當即決定押後再審，只是一開始是公開審理，不少圍觀的百姓聽說曹家有小姐被賊人劫了，那兩名賊人還承認自己對曹家小姐動手動腳，差點沒讓曹清儒吐血。好在順天府尹當時聽得賊人的供詞不對，立即讓人堵了他們的嘴拖下堂去，可是憑那些隻言片語，無事可做的人也能翻出幾種版本的流言出來。

所以曹清儒也沒功夫關注兒子的功名了，先得想法子保住女兒的名譽再說。他回來就與母親商量，趁現在流言還沒傳開，先應下平南侯府的親事吧。

這會子已經是掌燈時分了，次日是中秋節，朝廷休沐的日子，曹清儒趁機找到了順天府尹商量，將那些對女兒名譽不利的供詞刪去，順天府尹極痛快地應承了下來。後來審訊的供詞，也沒什麼對曹中睿十分不利的，張長蔚辦事周密，也沒什麼能連累到自己的——若是曹中雅不說那些傻話的話，還真可說是滴水不漏——但是曹中雅偏偏說了，而何語芳被何家接了回去，何家必定不會輕易原宥了他們。

果不其然，中秋節的上午，攝政王就差人來宣曹清儒和曹中睿，曹氏父子一去就是大半天，直到傍晚吃團圓飯之前，才拖著疲憊的身軀回府。

曹老夫人儘管心急知道結果，卻沒當場就問出來，而是先含笑招呼一家人用了團圓飯，才將人都打發走，問曹清儒事情到底如何了。

曹清儒長嘆道：「何大人鬧到了王爺那裡，當初是王爺賜的婚，要王爺給何氏一個公道。王爺召我去訓斥了一番，讓睿兒對外宣稱染了惡疾，並以身染惡疾為由，與何氏和離。王爺答允再為何氏賜一門婚事，睿兒不得參加本次的秋闈。」說著又嘆了一聲，「這已然是格外開恩了。依何大人的意思，是要將睿兒的功名除去的……這樣才能保全何氏的名聲，只是後來王爺應允再為何氏賜婚，這才作罷的。」

曹老夫人沉著臉道：「吃一塹就要長一智，日後還得由爵爺親自來教導睿兒，不能讓他毀於婦人之手。」

曹清儒忙恭敬地應下。兩人又商量了一下如何處置張氏，共同的意見是即日起關在家廟裡，每日只許飲清水吃青菜豆腐，讓她好生為自己所犯的惡行懺悔。

曹清儒見母親不展歡顏，為討母親開心，又說起了敏兒和貞兒、燕兒的親事。

曹清儒的官兒做得大了，上門來求親的人自然是絡繹不絕，曹老夫人之前就跟他仔細挑了幾家出來，這幾回的宴會都讓武氏與這幾家的女眷接觸了一下，看看未來婆婆小姑的脾性如何。嫁人不光是嫁個男人而已，婆婆和小姑的性情也是十分重要的。若是婆婆小姑難纏，就是這男子再好，孫女嫁過去也會受氣，弄不好還會因婆婆小姑的緣故，跟丈夫感情破裂呢。當然，曹中敏的親事曹清儒是最上心的，自己先過濾了幾戶人家，讓武氏親自從中挑了兩門親，再由母親拿主意。

曹老夫人對目前選出的幾家都比較滿意，但還是覺得應當在府中辦個宴會，請上這幾家的人，好親自相看一番。曹清儒立即讓武氏去安排宴會事宜，這時天色已晚，他忙告辭，讓曹老夫人休息。

前幾日曹老夫人都在忙著孫兒孫女的親事，本就勞了神，這兩日又驚又慌的，一下子就病了。次日一醒來，就覺得唇乾舌燥，頭暈目眩。曹清儒忙請了大夫來扶脈，大夫開了一個方子，囑咐要讓病人靜養，不要勞神。這麼一來，俞筱晚的回鄉計畫就只得暫時擱置，親自在外祖母床前端茶捧藥，為外祖母侍疾。

老人家的身體自是比不上年輕人的，這一病就是十多天，待曹老夫人病好，已然是九月初了。張氏早被關了家廟，沒曹老夫人的首肯，是不可能放出來了。何氏與曹中睿和離了，曹中睿沒能參加今科的秋闈。曹中敏去考了三天回來，自認為尚可，只等放榜了。

曹氏三姊妹的婚事都已經定下，曹中雅自然是許給了靜晟世子，但是在兩家換了庚帖，下了小定之後，平南侯又立即給靜晟世子納了兩房貴妾，當場將曹中雅給氣哭了，曹家也覺得這是羞辱，可是現在京城裡已經傳開了曹中雅被山賊劫持並凌辱的傳聞，曹家自然沒有退親的底氣，只能好生勸她，男人三妻四妾本是常事，要看開一點了。曹中貞和曹中燕的未婚夫都是中品官員家的嫡子，對她二人而言，已是門極體面的婚事了。

唯有曹中敏的婚事，原本曹老夫人屬意工部郎中家的千金，哪知韓丞相竟使人透了話過來，似乎有意與曹家結親，不過要求曹中敏這次科舉能中個進士——韓家的女兒不會嫁給碌碌無為之人。

這一消息讓曹清儒喜出望外，曹老夫人幾乎不敢相信自己的耳朵，韓丞相那可是百官之首啊！唯有俞筱晚覺得意外，又不怎麼意外，不意外是因為她早看出了韓甜雅對敏表哥有意，意外的是韓家肯讓女兒屈就。

五日後就是放榜的日子，俞筱晚便索性等放了榜，恭賀敏表哥高中之後再回汝陽了。

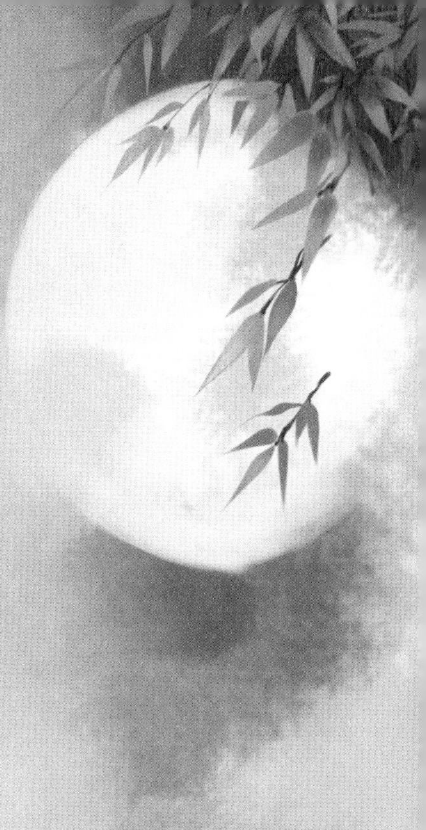

參之章　誘蛇出洞揭祕事

這天才從延年堂請安回來，初雲便跟進了內室，悄悄跟俞筱晚說：「方才豐兒從針線房回來，說西角門那兒有個男人探頭探腦的，拿了一錠銀子給陳婆子，讓陳婆子去請曲嬤嬤。」

俞筱晚彎眼一笑，終於來了，這回可要好好讓舅父看一齣戲了！她讓初雲喚芍藥進來，悄悄叮囑了幾句，芍藥立即領命下去安排。

每月月底是張氏和張夫人送銀子給歐陽辰花的日子，歐陽辰等了又等，卻沒等到八月的銀子，甚至連以前跟他聯繫的曲嬤嬤等人都找不到。這時又傳出了曹三小姐與平南侯府訂親的消息，他心中大怒，認為是張氏有了靠山，要毀約了，這才衝動地來曹府尋人。

他在奴才們進出的西角門等了一刻鐘左右，門又開了，曲嬤嬤緊張地探出半個身子，小聲地問：「表哥，你怎麼來了？」說著回頭跟守門的婆子道：「他是我的遠房表哥，可否讓他進來說幾句話？」

那婆子遲疑了片刻，回頭看了看，才側開身子讓歐陽辰進來，然後小聲道：「就去茶房吧。」曲嬤嬤道了謝，塞了幾個大錢給婆子，帶著歐陽辰沿牆走了一段路，到了一間小小斗室。

這裡是守夜的婆子歇腳的地方，房間裡只有兩張小圓凳，一名身穿翠綠比甲的俏丫頭站在門邊，見他二人過來，忙推開門讓他們進去，自己守在門邊望風。遠遠的，曹清儒由石姨娘陪著往這邊而來，俏丫頭卻沒有出聲示警，而是假裝往窗內張望了一下，就躡手躡腳地轉從另一邊的小徑走了。

「咦，剛才那不是夫人身邊的碧兒嗎？」石榴奇怪地道：「怎麼這般鬼鬼祟祟的？」

曹清儒重重哼了一聲，「她不是應當在家廟裡伺候夫人嗎？跑到這兒來是幹什麼？」

石榴搖了搖頭，眸光閃了閃，似乎想到了什麼，卻不方便明言。曹清儒看了疑心大起，放輕了腳步走到小房間的窗下。

曲嬤嬤向歐陽辰解釋道：「……都說了半天了，你怎麼就是不相信呢？真的是銀子不湊手，等過些日子一定會給你的！這裡有二十兩，你先拿著應應急！」張氏的現銀都拿去還債了，這二十兩還是這個月的月銀。

歐陽辰大怒，「滾！才二十兩，妳打發要飯的呢！老子才不相信妳們這些陰險婦人，我再說一遍，帶我去見她，否則別怪我無情！」

見他有撕破臉的架勢，曲嬤嬤強忍著怒氣道：「夫人現在不方便見客，你先回去吧，過幾日銀子自然會給你！都一年多了，夫人何時欠過你的銀子？你也應當清楚，若是將夫人逼急了，對你也沒有好處！」

歐陽辰氣得一張臉鐵青，不過他的確是個腦子轉得過來的，知道再鬧下去對他自己也沒好處，只得撂下一串狠話，伸手將那二十兩銀子搶過來揣在懷裡。曲嬤嬤鬆了口氣，瞧他那見錢眼開的樣子，心裡就忍不住地鄙夷。她又不怕歐陽辰，這臉上的神情自然就將鄙夷給帶了出來。

歐陽辰看得心頭火起，冷笑兩聲，「去告訴我那露水夫人一聲，五天之內不把銀子湊齊，就別怪我無情了！」

曲嬤嬤氣得嘴唇哆嗦，「你仔細說話！什麼叫露、露水夫人？」

歐陽辰桀驁怪笑，「做了一場露水夫妻，不叫露水夫人叫什麼？」

話音未落，就聽得一聲巨響，木板門被人一腳踹開，曹清儒臉色鐵青地衝了進來，「你把剛才的話再說一遍！」

曲嬤嬤一見到爵爺，當場嚇得軟倒在地，哪裡還說得半句話出來。歐陽辰也知大事不妙，若被抓住，必定是亂棍打死，便想一把推開曹清儒往外跑。

曹清儒哪裡會允，當即與他扭打起來。曹清儒多少學了些花拳繡腿，而這歐陽辰自從每月有大把銀子可花，整天花天酒地，早掏空了身子，竟被曹清儒給打翻在地。曹清儒立時撲上去壓住他，朝曲嬤嬤吼道：「拿帕子來捂住他的嘴！」

石榴去喚來了曹管家，帶著幾個小廝，將歐陽辰綁了個結實。曹清儒讓曹管家先將歐陽辰關到柴房，親自上家廟裡去興師問罪了。

「這幾日妳還是同往常一樣，不必刻意與石姨娘疏遠，但也不要過於親近。」

俞筱晚聽完芍藥的回稟後，並沒要她繼續探聽什麼消息，只是叮囑她小心自己的言行，免得被舅父發覺出什麼來惹禍上身。這既是為了芍藥的安全著想，也是為了石榴的安全著想。

石榴幫著引曹清儒去花園子裡的偏僻角落，又聽了那些個難聽的話，只怕事後曹清儒回想起來，會疑上了她。俞筱晚幫著安排了一些善後事宜，圓了石榴引曹清儒去那兒的話，但之後幾天石榴與芍藥的言行都必須謹慎，畢竟戴綠帽是男人最不能忍受的事，就怕曹清儒心裡不舒服，拿石榴出氣。

芍藥也知這個理，恭敬地應了一聲，「石姨娘是知曉分寸的，也同奴婢說了這話，還讓奴婢代為向小姐道謝呢。」

俞筱晚笑著客套了一句，便打發她回自己屋內繡嫁衣。芍藥與許茂的獨生兒子許有根的親事已經定了下來，臘月十日成親。老太太和小姐都幫她出了一份嫁妝，嫁衣卻是要自己繡的，所以最近俞筱晚也沒招她辦什麼差事，讓她全心全力繡嫁衣。

待芍藥走後，初雲不由得問道：「小姐，難道您不好奇舅老爺要怎麼處置舅夫人嗎？」

俞筱晚抬頭看了初雲一眼，小丫頭的眼睛閃著興奮好奇的光芒，想也知道是她自己想看熱鬧。俞筱晚淡哼了一聲，「妳想看就去看，一會兒我就讓初雪替妳準備一口櫸木棺材便是。」

初雲開心的笑容僵在臉上，嘟著小嘴問：「怎麼會呢？」

俞筱晚被她給噎了一下，看了看她清秀動人的小臉，似乎還是情竇未開，自然也就不會知道這種事對男人來說有多麼羞恥了，她只好斟酌用辭解釋了一番，而後道：「凡是知情的人，舅父一定會想法子處置掉，妳想看熱鬧，也得有命看才成。」

初雲嚇了一跳，「我不去看了！」

嘴裡說不去看，可到底還是很好奇舅老爺會怎麼處理這對男女？俞筱晚便吩咐豐兒去打聽消息，接著帶初雪和趙嬤嬤去了延年堂。曹老夫人正在翻自己的嫁妝箱子，三個孫女的親事都訂下了，她這個做祖母的自然要送份嫁妝。

「晚兒快來幫我看看，這幾樣首飾好不好？」曹老夫人歡喜地拉著俞筱晚坐在自己的身邊，將幾套赤金鑲紅寶的首飾拿給她瞧。

俞筱晚逐一看過之後，認真地道：「都是好東西，款式也好，只是顏色陳了，得清洗、拋光一下。」

曹老夫人含笑道：「我也這麼覺得。杜鵑，一會兒妳拿去交給曹管家，讓他送去首飾店裡清洗。」

吩咐完畢，曹老夫人扭頭看向俞筱晚，含笑問道：「有什麼事就直說吧。」

俞筱晚抱住外祖母的胳臂撒嬌，「為什麼晚兒來看您就一定是有事呢？人家想到過幾日要回汝陽，好些日子見不到您，才特意過來多陪陪您的。」

「呵呵呵，少來騙我這老太婆！」曹老夫人聽著心裡受用，知道這是晚兒的心聲，可是仍然清楚，晚兒有事求自己。

舅父果然沒有將舅母的事情告訴外祖母。想來也是，一是戴綠帽太難看了，二是怕外祖母發怒，要去質問舅母，而舅母已經是窮途末路，必然會說出一些外祖母不知的事情來求一條活路，而舅父不會允許這樣的情形，一定會在處置完舅母之後，才將事情隱晦地告訴外祖母。

這正是自己達成諾言的好機會！

俞筱晚吐了吐小舌，小聲撒嬌，「晚兒是想求外祖母給個恩典。上回許管事來給外祖母請安時，正好見著了碧兒，覺得她漂亮溫柔，想為他弟弟家的兒子求娶碧兒。」

曹老夫人挑了挑眉，許茂是她的陪房，是她轉讓給晚兒的，許茂的弟弟還在她的莊子上呢，「為何許玖自己不來求恩典？」

俞筱晚小聲道：「許玖不是在您的莊子上嗎？在清河呢，哪裡能見得著您？他只是託許茂幫忙相看，許茂也只是求我來探探您的口風，畢竟碧兒是大舅母的人……」只是現在張氏關了家廟，曹老夫人自然能作這個主。

曹老夫人想了想，便笑道：「也是樁喜事，許玖幫我打理莊子盡心盡力，這點體面我還是要給的。」

說話間就定下了碧兒的親事，許茂得了信後，立即帶著聘禮入府下聘。曹老夫人將碧兒調出了家廟，本來想另派一名丫頭去服侍，俞筱晚卻進言，家廟清苦，年輕的丫頭沒有犯事，還是不要往家廟派了，就從張氏自己陪嫁的婆子裡挑一個去服侍好了，也全了主僕情。

曹老夫人想了想，覺得很有道理，便指了管廚房的劉嬤嬤去家廟裡服侍張氏。

俞筱晚就是要搶時間將碧兒給摘出來，立即使人到店裡傳了許茂入府，許茂代弟弟向老太太磕頭求恩典，「聽說老太太賞了奴才侄子一個恩典，奴才感激不盡，立即來給老太太磕頭了。」磕完頭又拿出侄子的生辰八字，請老太太交給碧兒的老子娘。

雖然當奴才的指婚全憑主子的一句話，可三書六禮還是要準備的，只是沒那麼講究。

曹老夫人沒想到事情會發展得這麼快，不由得疑惑地看向俞筱晚。俞筱晚的小臉上滿是喜悅和興奮，好似真的只是隨口一提，曹老夫人就應下，讓她臉上有光似的。曹老夫人雖然比不得某些老人家睿智，可也不是沒見識的，當下將心中的疑惑壓下，不動聲色地讓杜鵑接了庚帖，便使人去喚來了碧兒和她老子娘，讓碧兒跟許家的小子換了庚帖，這門親事也就定下來了，婚期讓他們親家自己商量著辦。

既然碧兒要備嫁，劉嬤嬤立時便被喚到了曹老夫人跟前。這劉嬤嬤是張氏的陪房，平日裡還算是得臉的，張氏入了家廟後，收斂了許多，今日來磕頭還是戰戰兢兢的，可聽說要自己去家廟裡服侍張氏，立時便哭開了，「老太太，奴婢平日裡辦事不敢說沒有一絲錯處，可也確是踏實認真的，主子的吩咐半點不敢怠慢……老太太，奴婢到底是錯在哪裡，您要將奴婢關到家廟裡去？您不能這樣賞罰不明啊！」

居然指責起主子來了！曹老夫人蹙了蹙眉，俞筱晚便替她開口喝道：「劉嬤嬤好不知理，讓妳去服侍舅母怎麼就成了關著妳？妳口口聲聲主子的吩咐半點不敢怠慢，為何外祖母吩咐妳，妳卻在這推三阻四？」

劉嬤嬤被噎得作聲不得，訕訕地笑道：「其實……奴婢是怕孫家的接不上手，她那人辦事沒分寸。」

這孫家的是曹老夫人陪房家的媳婦，年紀不大不小的，也有人叫她孫嬤嬤。曹老夫人聽著這話，心中更加不爽快，當下淡淡地道：「怎麼安排是我的事，妳只管將帳冊交割好，收拾了包裹去家廟裡陪著妳主子吧。」

劉嬤嬤知道再說什麼都是枉然了，只得含恨退下，心中卻暗道：「妳們不仁，別怪我老婆子不義了！」

俞筱晚又陪了外祖母一會兒，便告辭回去休息，準備夜裡去看好戲。曹老夫人便吩咐杜鵑去各院，尤其是家廟那兒打聽消息，暫且不提。

轉眼入了夜，俞筱晚小睡了一會兒，見月上中天了，便換了身俐落的深色衣裳，悄悄掠出了墨玉居，潛入家廟之中。

歐陽辰被抓後，曹清儒下了禁口令，張氏猶不知死期將近，但也察覺曲嬤嬤一去大半天不回，實在是可疑，但她被禁了足，沒有辦法出去打聽消息，碧兒又被婆婆的人傳走之後再沒回來，身邊只留下了紫兒，卻是不能再出家廟了。

她惶惶然地翻來覆去，終於迷糊入睡，曹清儒卻忽然帶著曹管家和幾名心腹小廝，悄無聲息地闖入家廟，一把捂住了張氏的嘴，拖到西偏院的後罩房裡。俞筱晚小心地掩藏行蹤，跟在後面看熱鬧。

曹府是按伯爵的品級建的，可是曹家人口簡單，後院裡的空院落有好幾個，到了夜間，連個看守的婆子都沒安排，偏今夜又無星無月，半夜真個叫伸手不見五指。而且他們一行人，只曹管家手中有盞氣死風燈，昏黃的光線只照了一小團路面，一行人走得踉踉蹌蹌，被拖的張氏就更加苦了。

張氏一瞧著架勢，心底發涼，好不容易被人拖進屋，丟到了地上，也顧不得摔得疼痛，抖著聲音問：「爵爺，這是怎麼了？您、您若有話要問，只管問妾身便是，好端端的到這來做什麼？」

曹管家將手中的燈籠插到牆根邊的多寶格上，房間裡濛濛亮了，曹清儒抬腿就是一腳心窩，將張氏踢得一翻，後腦勺砰一聲撞地，撞得頭暈眼花。曹清儒沒耐心等她自己醒神，揪著她的頭髮拖行幾步，蹲下身來，指著被綁在桌腳的某人道：「認得他是誰嗎？」

張氏並未立時回答，頭暈目眩了好一會兒才恍過神來，定睛一看，當即嚇出了一身冷汗。被綁在桌腳，身上鞭傷無數，臉上數條血痕，這男人是她的惡夢，就是化成灰她也能認出來，可不正是歐陽辰嗎？

所謂急中生智，張氏見歐陽辰似乎是昏迷的，立即用力搖頭，「妾身不認識！」

雖然張氏眼中的驚慌一閃而逝，可還是被曹清儒捕捉到了，他心下大怒，原來這個男人說的都是真的！他冷笑兩聲，「妳不認識他？他可是什麼都招了，他認識妳，還認識很久了！」

張氏不由自主地一哆嗦，落在曹清儒的眼中，自然是做賊心虛。他恨得一下站起來，一面用力踢著張氏，一面咒罵：「妳這個不守婦道的賤人！妳給我老實說，妳貪了公中的那些銀子，是不是都養著這個狗男人去了！」

最大的羞辱怕也不過如此了吧？妻子在外頭養男人，給他戴綠帽，用的還是他的銀子！

張氏被他踢得撕心裂肺地痛，整個人縮成一團，想辯解，可是心肺痛得連氣都喘不上，如何能說話？

曹管家和幾名小廝眼觀鼻，鼻觀心，只當自己是雕塑，恨不得化為一顆塵埃，鑽到地縫裡去，生恐事後爵爺發作他們。這種時刻，自然是不可能有人出聲幫張氏說話的。

曹清儒到底四十有餘了，踢了一陣子後就直喘粗氣，心裡的怒氣還沒發作乾淨，可也只得停了下來。此時張氏已經是口吐鮮血，不知斷了幾根肋骨了，劇痛卻令她無法暈厥過去，反而比平時更加清醒，清醒地感受著周身傳來的痛楚。

「妳、妳給我老實說！」曹清儒喘平了氣息，又指著一名小廝道：「去，把這個狗男弄醒！」

小廝忙跑到院子裡提了一桶井水，衝著歐陽辰當頭淋下，歐陽辰一個激靈醒了過來。

曹清儒滿臉暴戾之色，惡狠狠地踢了歐陽辰一腳，道：「本爵爺給你機會與這個賤婦對質，你們倆當著面兒將這事給我說全了，我就留你們一條全屍！」

其實歐陽辰在被曹清儒抓到後就被用了刑，他知道這種事是男人就不會忍，自然不肯承認，只說是自己胡亂威脅的，只為了要些銀子，曲嬤嬤亦然。雖然大白天的不敢大肆用刑，沒問清原由，但曹清儒自己躲在窗外明明聽得清清楚楚，當時曲嬤嬤也沒反駁，怎麼可能是假的？

曹清儒當下冷冷一笑，「看來你們倆還滿深情的嘛，若是這樣，本爵爺就不問了，直接活埋！」

一聽說要活埋，歐陽辰頓時就驚呆了。張氏也終於緩過了勁，吃力地撐起身子，吃力地跪下，磕頭是磕不了，只能用語言來哀求：「爵爺息怒啊，妾身真的沒有與此人有過什麼苟且，只是因為……」將當年想誣陷小武氏和吳麗絹的事說了一遍，「由此被他給威脅上了，每月得付一筆封口費，並非是苟且之事！若妾身與他有過任何不清不白之事，妾身願五雷轟頂，死後入畜生道！」

世人都篤信鬼神，張氏敢發這樣的毒誓，曹清儒倒是遲疑了。歐陽辰也忙跟著附和，只說是要銀子胡說八道，並非真與曹夫人有過什麼苟且。

曹管家聽得這話鬆了一口氣，這種醜事他們當奴才的可真不能知道啊，忙順著這話就開解爵爺：「或許真個是如此，這些市井混混最是無賴，嘴裡什麼話都能編出來。」

曹清儒思前想後，張氏一介婦人，整日待在後院之中，要與這男人聯繫也得靠曲嬤嬤，或許真是沒這種事。他抬眼見到歐陽辰和張氏眼中的希冀，心下一動，惡念又生，不論是否真有其事，這男人與張氏時常交割銀子，傳出去沒有也成了有，這男人還是留不得。

歐陽辰以前是什麼呢？以前就是個奸商，最會察言觀色，一瞧曹清儒變幻莫測的臉色，心知不妙，情急之下忽地想到一事，忙開脫自己：「大人明查，其實尊夫人的確是與人有汙，只是他們派了小人來取銀子而已。」

曹清儒的瞳孔驟然一縮，厲聲喝問：「是誰？他們？難道還有幾個人？是怎麼回事，一五一十地給我說清楚！」說著陰鷙地盯向張氏，那神情恨不能將其拆食入腹。

張氏被這種兇悍的目光盯著，不禁打了個哆嗦，顧不得疼痛，回頭呸了歐陽辰一口，「無恥卑鄙的東西，你敢亂說，不要命了！」她希望這般提醒之後，歐陽辰能知曉輕重，不要將法源寺裡的事說出來，不然他們兩人都沒好果子吃。

歐陽辰哪會聽她的，只道自己若是說出張氏外頭有姘夫，自然就能想法子脫身，當下一五一十將法源寺中的事說了一番，然後就學著張氏發起了毒誓。那日調戲張氏的，本來就是他請來的兩個小地痞，他敢在這發誓，倒也的確是句句屬實。賭咒發誓之後，又說張氏覺得深閨寂寞，日後又去尋過那兩人幾回。

他話說不到一半，張氏就開始咒罵，曹清儒便喝令小廝堵了她的嘴。聽完了歐陽辰的供詞之後，曹清儒大抵是怒無可怒了，聲音平靜地問道：「張氏，他所言可是屬實？」

張氏不可抑制地渾身顫抖起來，小聲兒地道：「爵爺，他、他是胡說的……我……我……我……」

她連續幾個「我」都沒說出什麼話兒來，曹清儒耐心盡失，一揮手，曹管家立即會意，帶著一名小廝，到另外一間房內將曲嬤嬤提了過來。

曹清儒拿眼一頓，官威十足，「說！張氏是不是在法源寺與兩名男子行那苟且之事？」

若是問別的，曲嬤嬤必定第一時間就否認回去，可是爵爺卻提到了法源寺，還能指出是兩名男子，她頓時駭得怔了怔，隨即想到絕不能承認，這才矢口否認。可就是這一怔，讓曹清儒相信了歐陽辰的說辭，他壓根兒就不想聽曲嬤嬤的解釋了，直接一腳心窩將其踹翻，奪過曹管家手中的馬鞭，指著歐陽辰問道：「說！那兩個東西在哪裡？」

歐陽辰覺得自己看見了黎明的曙光，舔了舔乾裂的嘴唇，小心陪笑道：「爵爺，您大人有大量，先放了小人出去，小人立即就會將那兩人的名字和住址寫下來，差人送予您。」

曹清儒咬著牙，一字一字從喉嚨裡蹦出來：「還敢跟本爵爺講條件？」

「不敢不敢！」歐陽辰表情諂媚，可是語氣卻帶了絲絲威脅，「小人只是一下子想不起來他們住的地方叫什麼胡同了，但小人知道如何去。若是小人去那裡問一問，就能將地址寫好了給您。若是您不放小人出去，小人真的是記不起來呀。」

張氏聽得明白，歐陽辰這是要捨了她來保全自己的性命，而爵爺好像已經相信他了，若是這般的話，自己的命就危在旦夕了。她忙爬過去抱住曹清儒的大腿，悲泣道：「爵爺，您一定要相信妾身，妾身真的沒有與他們行那苟且之事，他們只是摸了妾身幾把，想以此來……」

歐陽辰急急地辯解：「明明還親了妳，全身上下都親了！」

這般羞辱的經歷她怎麼會忘，張氏臉孔一白，忘了接話，曹清儒卻氣得七竅生煙，「這麼說，妳還覺得很委屈了？」自己的妻子讓別的男人又親又摸的，這不叫綠帽叫什麼！

曹清儒再沒了耐性，馬鞭一指歐陽辰，吩咐曹管家道：「把他給我埋到花圃裡，明日一早扔到山裡去！」又一指張氏和曲嬤嬤，「把她們兩人帶回家廟！」

張氏到底是有誥命的夫人，不能隨意處置了，何況這種事總要瞞著才好，所以張氏只能慢慢收拾。明日得去外面尋一尋，看看有沒有什麼藥能讓人看起來像是生病，然後過幾個月再不治而亡。

這一吩咐下去，歐陽辰立時便傻了，忙嚎叫起來：「爵爺，若是小人明日不拿銀子給他們，怕他們會上曹府來鬧啊……」

還敢威脅我？曹清儒猙獰地笑道：「那就來好了，來一個我埋一個，來兩個我埋一雙！」

他也拿定主意了，與其與他們這般慢慢磨著，不如快刀斬亂麻，這世道就是橫的怕不要命的！若是明日有人在曹府門口探頭探腦，就立即以盜賊的罪名抓進來，想怎麼處置就怎麼處置！

張氏自知難逃一死，再顧不得別的，抬頭仰視著丈夫，威脅似的道：「爵爺，好歹您也看在我為您做了那麼多的事的分上……」

話未說完，曹清儒就踢出一腳。早已受傷的張氏捱不住，一下子暈了過去。

俞筱晚伏在房梁之上，聽得心尖兒一顫，那麼多的事是什麼事？不行，看來張氏暫時不能死！

此時，外面傳來更聲，已經是三更三刻，再過一會兒就是四更天，曹府的粗使婆子和僕役就要起來清掃院落了。曹管家忙帶著小廝們按曹清儒的吩咐開始處置歐陽辰，俞筱晚則藉著夜色的掩護，悄悄返回墨玉居。

第二日上午，劉嬤嬤不情不願地將帳冊交給了孫家的，手頭的現銀也清算好了。孫家的看了眼結餘，笑咪咪地道：「劉嬤嬤的帳自然是不會有什麼問題，不過依著慣例，我還是要清一清，若有什麼不懂之處，再來向妳請教。」

劉嬤嬤重重地哼了一聲，在管事嬤嬤的幾番催促下，才提著包袱去了家廟。張氏躺在木板床上，動都無法動彈，曲嬤嬤也被曹清儒踢傷了，卻還要強撐著服侍主子。紫兒忙前忙後，又要燒水又要熬藥，心裡不住地抱怨碧兒不知去了哪裡躲懶。

管事嬤嬤踏入家廟，就看到這麼一副忙亂的景象，不由得蹙了蹙眉，禮數周全地向張氏福了一福，笑道：「奴婢恭喜夫人，夫人身邊的碧兒，昨兒個被老太太指給了許玖家的小子。老太太給了恩典，讓碧兒從今日起在家備嫁，就不能來服侍您了。老太太知道劉嬤嬤是您身邊的老人，特意調了她過來服侍您。」

劉嬤嬤乾笑著上前蹲身福了福，「給夫人請安。」

張氏現在連扭一下頭都困難，勉強看過來，剛抬了抬身子，一口鮮血就從嘴裡流了出來。管事嬤嬤大吃一驚，一開始還以為是張氏在裝模作樣，原來真是……不對，這不是病，應該是受傷啊！

管事嬤嬤也不敢多問，只是關切道：「夫人似乎病了，待奴婢去回了老太太，請位大夫過府來診治吧。」說完也不待張氏吩咐，福了一福，便匆匆走了。

張氏心中一鬆，看了曲嬤嬤一眼，曲嬤嬤忙低了頭，張氏小聲在她耳邊嘀咕了幾句，曲嬤嬤便朝劉嬤嬤道：「劉嬤嬤，妳若是有辦法將老太太給引來，夫人賞妳一只金鐲。」說罷，從張氏的腕上褪了一只鑲了綠松石的赤金鐲子下來。

劉嬤嬤看得眼熱，忙一疊聲地應道：「可以可以，奴婢正有些東西沒拿來，要回去取。」

她忙忙地從家廟出來，三步兩步跑到廚房。此時離飯點尚早，灶火還沒升，孫家的正坐在灶台邊拿著帳冊一筆一筆勾對。劉嬤嬤一個箭步衝過去，一把搶過帳冊，冷聲道：「走，我們到老太太面前理論去！妳私吞賞銀，被我瞧見過多次！」

孫家的不明所以，只得先吩咐廚房的廚娘按時開火升灶，然後跟在劉嬤嬤的身後，去了老太太的延年堂。

曹老夫人剛聽那名管事嬤嬤稟報完張氏的情況，就聽得杜鵑通稟道：「廚房的劉嬤嬤和孫家的來請老太太示下。」

曹老夫人微一蹙眉，抬頭看了管事嬤嬤一眼，那管事嬤嬤嚇了一跳，「奴婢才將劉嬤嬤送到家廟的，怎的她……」

「不必說了。」曹老夫人抬手打斷她的話，揚聲道：「讓她們進來。」

劉嬤嬤和孫家的一進來，劉嬤嬤就撲通跪下道：「老太太明鑑，奴婢幾次看見表小姐送了賞銀過來另外點菜，可是這孫家的卻將銀子昧下，沒記在帳冊上，這事奴婢向大夫人稟報過，大夫人是知道的，您若不信，可以請了大夫人過來問問。」

孫家的卻說，拿到銀子後她就先忙著燒菜，這些銀子事後都記入了帳冊中。

曹老夫人眉頭一蹙，只讓人去請了表小姐過來。俞筱晚聽完這些話，便乖巧地道：「每回去廚房添菜，晚兒都讓丫頭給足了銀子，至於是否記帳，晚兒卻是不知，外祖母若想知道，不如去請了大舅母過來問一問吧。」

那管事嬤嬤陪笑道：「大夫人身子不爽利呢。」

曹老夫人蹙了眉，昨日杜鵑探聽到的一些事，怎麼聽怎麼有貓膩，今日一個兩個的都要她見一見張氏，莫非……她頓了頓道：「若她身子不爽利，那我就去看看她吧，正好活動一下筋骨。」

杜鵑忙著讓人安排肩輿，俞筱晚陪著曹老夫人一起過去了一趟，這一看，就看出了問題，這哪裡是生病？明明是受了傷！俞筱晚忙乖巧地稱自己過兩日要回汝陽，還要收拾行囊，便告辭了。曹老夫人也沒留她，打發了下人退出房間，親自詢問張氏。

俞筱晚回到墨玉居，趙嬤嬤小聲地問道：「小姐，您到底是什麼意思呀？」

俞筱晚淡淡地道：「昨夜歐陽辰說了，事情是三個人一起幹的，他死了，那兩個人就真找不著了，若是哪天他倆向外人透露了此事，舅父的處境就會極為不妙。昨夜舅父恐怕是被氣著了，才會這麼衝動，外祖母若是知曉了，必定會讓他留絲餘地，至少將張氏養上幾年。有這幾年，我出嫁了，也能查清父親的事了。」

這也正是她的目的。張氏必定知道一些舅父的事情，說不定日後還能當證人，所以她得先保著張氏。而張氏做出了這種事情，反正在舅父和外祖母那裡都落不著好，不過是苟延殘喘，多活幾日而已。

舅父前世所拿的東西還不知是什麼，俞筱晚只迂迴地說父親那兒有樣東西，似乎是舅父想謀奪的。曹清儒平日裡對俞筱晚十分慈愛，趙嬤嬤對此只是半信半疑的，不過仍是支持小姐的決定，明瞭般地點了點頭。

張氏不知跟曹老夫人說了些什麼，曹清儒一下朝，曹老夫人就將他喚到延年堂，密談了許久。曹清儒從延年堂出來後，立即使人去請了一位大夫，然後府中就流傳著，張氏半夜起來淨手，因不熟家廟的地形，竟重重摔了一跤，斷了幾根肋骨，得好生將養——只不過，是在家廟裡將養。

倒是那劉嬤嬤，幫著張氏引了老太太去家廟，卻因帳冊有問題，直接挨了十板子，被打發到了莊子上當苦力。

聽聞張氏暫時不會死，劉嬤嬤又被打發，俞筱晚鬆了口氣。這劉嬤嬤是良辰的乾娘，良辰被打發到廚房之後認的，對良辰十分照顧。良辰可是前世害死自己的幫兇之一，俞筱晚只是暫時不動她，可沒忘記這個仇恨。

京城的事暫時可以不管了，俞筱晚便令丫頭們準備好行囊，後日一早出發回汝陽。到了下晌，二門處的婆子遞了一封信進來，上面署名俞筱晚親啟。俞筱晚看著信封上龍飛鳳舞的幾個字，不由得小臉一紅，莫非是上回沒去楚王府的宴會，君逸之來信詢問？可是，這也隔得太久了，二十餘天了呀！

她故作淡然道：「多謝了。」瞧了初雲一眼，初雲忙給那婆子一個封賞，又領她出去包了幾樣點心。

將丫頭都打發出去之後，俞筱晚才打開信封，上面只有兩行字，「想知昨夜之事，申時三刻秋風樓。勉。」

俞筱晚心中一凜，君之勉？而且這秋風樓就在曹府之中，是西偏院一處無人居住的小樓。別的什麼都罷了，只說這君之勉怎麼會知道昨夜的事？俞筱晚忽地想起他曾夜探曹府，難道昨夜他又來了？有什麼緣故？

這般一想，俞筱晚便有些坐不住，忙差了人去延年堂問外祖母歇完晌沒有。初雲出去一趟回來，稟報道：「老太太有些不舒服，說今日晚間的請安免了。」

恐怕是被氣的！俞筱晚擔憂的同時，也舒了口氣，坐在花窗邊的春凳上看了會子書，見自鳴鐘上的時辰差不多了，彷彿隨意似的道：「今兒天氣不錯，我去園子裡走一走。」

趙嬤嬤聽了，正要指幾個人陪著，俞筱晚擺了擺手，「我想一個人靜一靜，不用人跟著。」

俞筱晚自己一人佯裝賞玩花園裡的各色菊花，慢慢溜達著到了西院側門。隔一條青石小徑就是西偏院，她左右瞧了瞧，四下無人，便提起裙襬，飛快地躍入牆內。

秋風樓是西偏院東面的樓房，兩層高，聽說因為樓前種了一叢楓樹，秋風一拂便窸窣作響，所以取名為秋風樓。

俞筱晚輕輕推開正堂的六頁雕花門，斜陽灑入陰暗的堂屋，照得空落落的堂屋有種陰森的感覺。無人？她略一遲疑，就聽得有人漫聲道：「上來。」

俞筱晚忙進了堂屋，從側門處的樓梯上了二樓。在二樓的樓梯夾道上，君之勉正背負雙手，居高臨下地打量著曹府花園裡的景色，聽到身後的腳步聲，他淡聲道：「曹府的花園建得還算不錯，名品菊花也有幾株，只是略為匠氣。」

俞筱晚咬了咬唇，沒有應話。君之勉回過頭來，盯著她看了一眼，只見她一身素色裹胸羅裙，腰束淡綠絲條，漸漸長開的身量有著玲瓏動人的曲線。一張粉雕玉琢的小臉，上半部隱在暗光之中，只有一雙春水雙眸閃閃發亮，高挺的鼻尖和紅潤的雙唇則浸浴在暮色之中，金黃色的暮光給她的雙唇染上了一層眩目的光彩，好似香甜的芙蓉糕，誘著人想去品嘗一口。

君之勉的眸光閃了閃，猛然回頭看向窗外，只覺得心跳有些不受控制，便氣悶似的抿緊了唇。他原本不笑的時候，眼神就有些許冷酷，此時繃緊了臉部線條，自然更是冰冷入骨了。

俞筱晚打量了一下他的神色，不悅地哼了一聲，「有什麼事就明說吧！」反正上回已經談開了，再藏著掖著也沒必要。

君之勉已經極快地調整了心律，聞言回首，看著她淡淡一笑，笑容裡有些許嘲諷，「這麼沉不住氣？昨夜看妳伏在房梁上，倒還挺按捺得住的。」

俞筱晚不由得倒抽了一口涼氣，倒不是因為聽他說又夜探了曹府，而是他能看到自己，必定是伏在不遠處，可自己卻半點也未發覺，實力相差太多了。她攥了攥手心，沉下氣來問道：「這與你何干？」

君之勉挑了挑眉，略沉吟了一番道：「妳知道妳舅父的事嗎？」

俞筱晚蹙了蹙眉道：「不知你要問什麼，可否明示？」

君之勉卻說起了另外一樁事，「昨夜還有一件事，一個密押上京的囚犯，在京城外三十里處被人給劫走了。」他看了看俞筱晚道：「那人妳應當認識，聽說以前曾在俞家小住過幾個月，是位遊方僧人。」

俞筱晚一怔，忽然想起上回君逸之也問了自己這位僧人的事，她故作不解地問：「難道他……犯了什麼事嗎？」

君之勉盯了她一眼，漫聲問道：「妳對妳舅父有戒心，到底是為何，妳我心知肚明，何必明知故問？」

這個俞筱晚倒還真不知道，不解地歪了歪頭，神情嬌憨裡帶了幾分迷糊，十分可愛，可也一望而知她的確是不知的。君之勉不由得訝然，「去年妳回汝陽，在老宅子裡遇襲，妳竟一點也沒想過是為何嗎？我還以為妳是順著這事，才對妳舅父起疑的。」

我才不是因為這個，我是前世被他給殺了才知道的！俞筱晚抿了抿唇，老實回答說：「我讓總管幫我查了，可是查不到。」畢竟文伯已經沒有官職，有些事情平頭百姓是很難查到的。

君之勉挑了挑眉，走近幾步，仔細看著她的神色問：「那妳為何會對妳舅父起疑心？妳……還真是個沒良心的，妳舅父似乎對你不錯，妳什麼事都沒有，卻這般懷疑他，不怕他知道了會寒心嗎？」

他這話好似是在指責她，其實是試探她。俞筱晚不動聲色地道：「你既然會在昨夜入府來，就應當知道我舅母對我如何。舅父那般疼愛我，卻沒將舅母重重處罰過，我自然會疑心。」

君之勉盯著她看了一歇，俞筱晚始終是平靜中略帶些委屈氣惱的樣子，與她的言辭十分相符。君之勉一時也拿不定她是否真是完全不知，可是他有事必須問她，若是繞著圈兒問，必定是問不出什麼，便坦言道：「我只是要告訴妳，妳父親的死因有異。」

俞筱晚瞬間睜大了眼睛，驚訝得幾乎失聲，「先父的死因有異？難道先父不是因為摔傷而亡的嗎？」隨即又懷疑地看向君之勉，「你怎麼知道？又為何要查我父親的死因？」

君之勉低聲道：「我為太后辦事，一方大吏的死因，自然是要查一查的。」

俞筱晚的心怦怦直跳，耳中都是春雷般的心跳聲，幾乎撐不住軟坐在地。她真是從來沒有想過父親竟是含冤而亡的？

她猛地抬頭看向君之勉，「你可知先父的死因？是誰害了先父？」

君之勉搖了搖頭，「是誰我真不知道，妳父親的死因我也查過，表面上看來是摔傷致死，只是因我知道另外一件事，就是那名遊方僧人，他曾無意中得到過一樣東西，而他曾在妳父親亡故之前到過俞府，不久之後，妳父親就摔死了。太過巧合，我便懷疑罷了。」

俞筱晚用力閉了閉眼睛，「那是什麼東西？你懷疑那位遊方僧人是交給先父了嗎？」

「只是懷疑，不是肯定，妳舅父應當也在向妳打探有何物品吧？」

俞筱晚對君之勉談不上信任，自然不會告訴他什麼實質性的事，搖了搖頭道：「沒有！」又反問了句：「應當是什麼物品呢？我將家中的細軟都帶到了京城，你說個樣子，我去找找看。」

君之勉的眸光一厲，隨即又平和下來，引誘似的道：「妳當知道，只有我能幫妳，若妳不跟我說實話，我可就查不出來了。」

俞筱晚眼裡是純然的委屈，「我說的自然是實話！你能幫我查清父親的死因，我為何要瞞你？你也明知舅父待我極好，我只是因舅母，才覺得舅父似乎……只是表面上待我好而已。」

君之勉仔細看著她的小臉，神情似乎沒有作偽，恐怕她真是不知什麼。小女孩家家的，告訴她後，怕她沉不住氣，反倒壞事，便淡淡地道：「那名僧人已經被人劫走了，還沒來得及審問，我也不知是什麼東西。妳留心一下好了，看妳舅父找妳要什麼。」

俞筱晚點頭應下，君之勉又看了她一眼，意味不明地笑了笑，「女要俏，三分孝，這話倒是真的。」

俞筱晚氣紅了臉，這話可說得輕佻，好像她是風塵女子一般。正要發怒，君之勉卻往她手心裡塞了一個小瓶，告訴她：「這裡面是極好的金創藥，只需塗上薄薄一層，多嚴重的傷都能治好，妳舅母用得著。」

俞筱晚眼睛一亮，有了這傷藥，張氏應當會透露一點舅父的事吧？

君之勉將她的心思看得分明，淡淡地道：「聽到什麼，記得告訴我。」說完足尖一點，人便如風箏一般飄出了窗外。

俞筱晚怔了一征。告訴他，怎麼說？難道她還能上晉王府去尋他嗎？

鼻腔裡哼了一聲，看了看窗外的天色，快到飯時了，她收好藥瓶，回到墨玉居用晚飯。初聞父親的死因不明時，心緒十分的亂，可她沒忘記自己今夜的任務，便叮囑初雪將那盅沒吃完的野菌百合羹拿上，去家廟探望大舅母。

不多時，江楓過來稟道：「小姐，路障都除了。」

中秋去寺廟時俞文飆送來的四名少女，俞筱晚都已經帶回曹府，分別給她們取名為江梅、江蘭、江柳、江楓，現在舅父肯定派了人監管著家廟。探望舅母的事可不能讓舅父知道，她特意先讓江楓去將這些看守給挪開。

張氏真沒想到俞筱晚會來看她，冷哼了一聲，「妳想來看我的笑話？滾！」心中卻也疑惑，她是怎麼到家廟來的？

俞筱晚含笑示意四江，小姑娘們極有眼色地將曲嬤嬤、紫兒等人趕到門外，並將房門看守起來，屋內只剩下張氏和俞筱晚。張氏不由得緊張了起來，她好不容易才由幾名醫女用平板固定住了斷骨，若是俞筱晚敲打幾下，非再斷一次不可。

「妳、妳想幹什麼？」

俞筱晚笑著從懷裡掏出一個小瓷瓶，拿在手中晃了晃，「幫舅母您上點金創藥，極好的哦，宮內的，我好不容易才從旁人手中買到的。」說著就掀起被子，解開了張氏的衣襟，一面幫她抹藥，一面輕聲問道：「這傷是怎麼來的？我瞧著不像是摔的，倒像是被人踢的。雖說舅母您被關到了家廟，可也是這府中的夫人，哪個敢踢您呀？啊，莫非是舅父？舅父為何要踢您呀？您告訴我，我或許可以幫到您呢。」

張氏閉著嘴不說話，她才不相信這個外甥女。

俞筱晚見她不說，也不著急，笑盈盈地道：「我昨日白天見著歐陽辰了。」

張氏一驚，瞪眼看她，她卻不說話了。不過一會兒，張氏就覺得渾身上下奇癢難忍，她身上多處斷骨，大夫特意叮囑要臥床靜養，不可挪動，可是這般的癢，百爪撓心似的，她忍了忍，實在是忍不住了，便扭了扭腰，想在床板上蹭一蹭，可這一動，又牽動了傷處一陣劇痛。

「嘶……」張氏用力抽了一口氣，恨聲道：「妳、妳給我上的什麼藥？」

俞筱晚天真無邪地看著她道：「金創藥啊。」說著拿著小瓶對著燈光仔細一看，「呀」的驚呼一聲，玉手不由得捂住小嘴，萬分歉意地看著張氏道：「我不小心拿錯了，這是癢癢粉，我馬上給您換。」

說完又從懷裡掏出一只小瓶，打開蓋兒給張氏抹了一層藥粉，張氏又癢又痛的忍了一會兒，終於好了，這才長長地吁了口氣。

俞筱晚含笑地問：「舅母覺得這個癢癢粉好玩嗎？要不要再試一試？」

張氏臉色一變，方才的感覺太難受了，又是奇癢，又是劇痛，她可不想再受一回，忙道：「妳想知道什麼，我告訴妳便是了。」反正爵爺對她已經沒有半分憐惜，她又何必讓自己受皮肉之苦？或許這還能救自己一命呢。

俞筱晚便直言不諱地問道：「舅父是不是想要我的一樣東西？」

次日俞筱晚特意起了個大早，一來，想早些去延年堂給外祖母請安，昨日外祖母見過張氏之後便關門拒客，她真怕外祖母氣壞了，有個閃失；二來，今日是秋闈揭榜的日子，她要陪外祖母聽喜訊。

剛打開房門，一股冷風就直灌了進來，俞筱晚習武幾年，倒不那麼怕冷了，卻仍是蹙了蹙眉。昨日還好好的大晴天，今日怎麼就這麼冷了？

初雲看小姐蹙眉，便小聲地道：「凌晨的時候下了場雨，一場秋雨一場涼呢。今年的天氣真是怪，八月末了還那麼熱，晌午時恨不能穿絹紗就好，這才幾日啊，就冷得穿絨衣都指尖發木了。」

俞筱晚一怔，隨即暗道自己粗心，今年可不是天氣不同往常嗎？前世的時候，入了深秋好似就是這般乍暖還寒的，爾後初冬還有幾個小陽春，曹老夫人一時大意，就感染了一場重症風寒，拖延了兩月餘才痊癒，生生將身體熬壞了，以致於開年入夏後的一場小病，便將這位六旬老人帶去了閻王殿。

俞筱晚回想著時間，似乎是自己從汝陽回來之後的事情，以自己現在的醫術，應當能讓外祖母早日康復，但必須得提醒外祖母身邊的杜鵑等丫頭小心服侍著，能不生病最好。

主僕兩個邊說邊順著抄手遊廊出了墨玉居，來到延年堂。新來的小丫頭梔子忙打起簾子，將表小姐引入正廳，輕聲稟道：「老太太今日起得早，去前院同爵爺商量事情了，走前留了話，若是表小姐來了，就讓暖閣裡等等。」

曹老夫人會一早過去前院，俞筱晚早猜到了，這也是她昨日特意挑著外祖母去見張氏所起的效果。張氏為了活命，肯定不會隱瞞。舅父殺了歐陽辰，這麼大的事，外祖母肯定要過問的。因而她只唔了一聲，隨著梔子步入東暖閣。

今兒天冷，丫頭們極有眼色地燃了一盆炭，放在俞筱晚的腳邊取暖。俞筱晚端坐在墊了薄棉墊的圈椅上，手捧了一杯新茶，有一口沒一口地輕啜著，一面思量著昨夜張氏說與她的話，一面等候外祖母。過得片刻，耳朵裡聽到外間傳來輕輕的詢問聲，似乎是武氏及曹中貞、曹中燕等人過來請安，卻被梔子給擋了回去。

莫非外祖母是有話要單獨與我談？

俞筱晚凝了眉，心裡悠悠地思量起來，也不知過了多久，門外傳來了丫頭們的請安聲：「老太太回來了。」

俞筱晚忙站起來，到門邊迎上外祖母。外祖母神情淡淡的，讓俞筱晚扶著坐下，待丫頭們奉上了茶，便將人都打發了下去。

俞筱晚張著明淨無垢的眼眸，滿含孺慕之情地看著外祖母。曹老夫人輕輕嘆了一聲，開門見山地問道：「妳那日幫碧兒說親，可是早知道了張氏的事情？」末了長嘆一聲，眼睛卻是一眨不眨地看著俞筱晚。

事到如今，曹老夫人自然是什麼都知道了，再反推一下那幾日的情形，她肯定猜想俞筱晚是不是早就知道了兒子綠雲罩頂的事，或許是從碧兒那兒知曉的，才要保下碧兒。

俞筱晚沒有隱瞞，卻也沒有坦誠相告，神情認真之中帶著忐忑，「晚兒是覺得舅母有些不對勁兒，可是晚兒也不知道到底是什麼事，只是文伯和趙嬤嬤時常見到曲嬤嬤出府去一家店鋪，遇上了趙嬤嬤，還假裝沒去過，所以才……不過晚兒是晚輩，自不能多說什麼，只是看舅母已經被關在家廟了，才想著碧兒平日待晚兒不錯，不忍見她韶華埋沒而已。」

曹老夫人看了她幾眼，似是相信了，點了點頭，又重重哼了一聲，「妳舅母所犯之事，死一千次都不足惜，居然敢算計王爺下旨賜婚的婚事！哼，她倒是打的好主意，想退了何氏，讓睿兒迎娶憐香縣主！這憐香縣主是王爺的親姨妹，自然比何氏重要得多，若真是讓她成了事，王爺嘴裡不說什麼，可心裡會怎麼想咱們曹府？又會怎麼想妳舅父？」

曹老夫人想起張氏就恨，按說，曹家應當讓其暴病而亡來討好攝政王，偏她有個吏部尚書的大哥。這位張大人暫時不是攝政王的心腹，王爺也要先懷柔才行，曹家只能先關著張氏，等日後再看攝政王的臉色，慢慢商議著處置。

爵爺那晚處置那個男人的事真是太粗糙了，到底是個良民，怎能說殺就殺？曹府外還有兩個每月等著拿銀子的街頭混混，對曹府來說就是一個隱患，若是日後哪天被人揭了出來，又是一樁大麻煩。若不是她今日提醒，爵爺都想不起來要去善後。

俞筱晚也在思忖著，張氏必定要拿自家大哥出來說事，但只要讓攝政王對張長蔚起了戒心，那座靠山是保不她多久的。這一點日後再提醒外祖母好了，自己還要暫時留著張氏當證人。

思忖間，曹老夫人拿定了主意，「所以，以後咱們曹家娶婦，不必要門第太高的，免得日後要處置都束手束腳！」

俞筱晚一愣，這是指韓甜雅與敏表哥的親事嗎？

不待細問，外祖母又改了話題，問起她回汝陽的行李準備好了沒有之類。隨後武氏和曹家子女過來請安，一家人便在延年堂等著放榜。

到了吉時，最早去皇門處打探消息的小廝急喘著跑了回來，興奮地稟道：「恭喜爵爺、恭喜老太太、恭喜二夫人，大少爺中了一榜第八名！」

只要進了前十，就能上金鑾殿參加殿試了，曹老夫人和曹清儒、武氏等人都激動不已。曹中敏強壓著興奮激動之情，儘量顯出平和謙虛之狀。曹清儒看到兒子不驕不躁的，十分滿意，便長身而起，向母親告辭道：「兒子這就帶敏兒去前院，一會兒報訊的禮官和致賀的同僚們應當就會來了。」

曹老夫人立即道：「快去快去！讓曹管家好生打點來報喜的禮官！」又吩咐武氏：「要廚房多準備些果品和點心，好生招待客人。」

俞筱晚在外祖母身邊湊了一會兒趣，看著睿表哥灰敗的臉色，心中無比舒爽。睿表哥眼睜睜地看著他鍾愛的名與勢一步一步遠離，日後只怕連科舉都不能參加，心中想必比拿刀割他的肉還要痛苦吧？可是，這還只是開始而已，日後還有他生不如死的時候呢！

曹中敏高中，曹家自然是要慶賀一番了，俞筱晚卻沒留下應景，仍是按照之前的計畫，次日一早拜別了曹老夫人和舅父、小舅母，登上了去汝陽的馬車。

這一回是去辦事，俞文飆特意將那二十名少年少女都帶在身邊充當護衛，一來保護小姐的安全，二來歷練一番。

馬車出了胡同口，俞筱晚便打發了丫頭們到後面的馬車中去，自己一人靜靜地思索著張氏的話：「妳舅父想找一塊玉佩或金鎖片，只不能與妳說。」

玉佩或金鎖片？

這兩日俞筱晚又將自己帶來的箱籠翻了一遍，大大小小的玉佩不下百塊，金鎖片就更多了。當年入京時，這些家財都是她日後的嫁妝，文伯和趙嬤嬤都特意按嫁妝整飭了一番，將黃白之物多數換成了銀票，沒有換的都打造成了錁子、鎖片、簪子、手鐲之類，既能打賞又能當賀儀，因而她實在看不出來哪一塊是特殊的。

或許君之勉能分辨出來，可是她不相信他！

他的奶奶晉王妃是太后同父同母的親姊姊，他們晉王府可以說跟太后是一條繩上的螞蚱。他有著正式的官職，南城指揮使的官職不高，卻是保京城平安的，非皇帝親信不用，而且他還夜探曹府，必定另有祕密的身分。他說他是為太后辦事的，這只不過是明面上最合理的解釋罷了。何況他與自己又沒有什麼交情，卻將祕密身分坦然相告，何嘗不是為了降低她的警覺，讓她以為他是可信的？

記得君逸之也問過那名遊方僧人的事，可是這傢伙不知去了哪裡，中秋之前就不見了人影，一聲兒招呼都不打，等他回來，要他好看！俞筱晚不知心裡在氣惱什麼，也沒明確想過要怎麼不給他好看，就這般正想得入神，馬車忽地停了下來。

駕車的小賀輕聲稟道：「小姐，城門被官兵堵住了，出入都要搜查。」

俞筱晚正想問，俞文飆當先去打聽了一番，臉色沉肅地來到馬車邊，小聲道：「小姐，現在出城恐怕不易。聽說城中有刺客，八處城門都封了，若要出城，必定得有五城兵馬司新簽的路條。咱們的路條是上個月簽的，恐怕不會許出城。」

好端端的怎麼有刺客？俞筱晚煩惱不已，先讓俞文飆去前方打點一下，不多時俞文飆又回報，的確必須有新簽的路條。她只得吩咐馬車返回，讓俞文飆去簽新路條。只大多數人並不知一早兒的消息，現在城門處堵了許多馬車，調頭不易，她只得耐心在馬車裡等著。

忽聽車外有人問道：「可是汝陽俞府的馬車？」

小賀代為答應了，便聽得一熟悉的男聲道：「車內是俞小姐嗎？」

君之勉？真倒楣，怎麼忘了這是南城，是他的轄地！俞筱晚蹙了蹙眉，伸手挑了一角車窗，隱隱露出一點笑靨，「勉世孫在辦差嗎？」

君之勉騎在馬背上，彎腰向車內看了一眼，確認只有她一人，便揚聲道：「借一步說話！」

俞筱晚自然不會走出馬車，只是讓車夫和護衛們離遠一點，退出安全距離之外，君之勉這才輕聲道：「怎麼？回汝陽找東西嗎？」

俞筱晚不確定他是否知道張氏所說的話了，只含糊地應了聲。君之勉淡淡地道：「那樣東西妳拿著是禍不是福，我派我的護衛一路護送妳去，若是尋到了，還是讓他帶回來交給我比較好。」

俞筱晚聽得他的口氣，似乎篤定自己不敢拒絕一樣，不由得氣了，「多謝了，有沒有這樣東西還不一定呢，不敢勞煩勉世孫！」

君之勉對她的反詰不以為意，只是盯了她一眼，「待旁人尋到妳頭上的時候，妳後悔就晚了。」頓了頓又道：「我承諾幫妳查清妳父親的死因，若有證據，送至妳手，如何？」

俞筱晚完全不為所動，「現在辦路條恐怕不易，或許我不會回汝陽了，在京城的寺廟辦場法事除服也是一樣的。」說完放下車簾，懶怠再理他。

君之勉略抬了抬眉，眼角餘光瞟到遠處的樹木後有幾道人影一閃而逝，眸中湧出一抹若有所思，又在馬車旁立了一會兒，才調轉了馬頭離開。

這一切俞筱晚坐在馬車之中自然是不知曉的，只知等了一個來時辰，馬車才調好頭，回了曹府。

現在辦路條的確不易，傍晚時又下起了雨，路面濕滑，俞筱晚索性暫歇了回汝陽的心思，安心陪著外祖母待客。

曹清儒和曹中敏連著忙了幾天，四處應酬恭賀的酒宴。幾日後，曹中敏便閉門不出，安心讀書，準備明年二月的春闈，曹府也終於靜了下來。

這日俞筱晚去延年堂請安的時候，遇上舅父，曹清儒滿臉慈愛之色，關心地道：「晚兒別急，這回的刺客是潛入了宮中的，因而才這般謹慎，等刺客抓到了，舅父再幫妳簽一張路條。妳現在帶這麼多人出城，實在不便。」

俞筱晚恭敬地應下，見舅父總是欲言又止地望著自己，便笑道：「上回說的金剛經，趙嬤嬤不記得是放在汝陽還是帶來京城了，我正要她們開了箱籠慢慢找，找到了一定給舅父送去。」

曹清儒露出一抹慈愛的笑容，「晚兒妳記得就好，不著急，開了年才是太后的壽辰。」

那笑容裡的放鬆和滿意沒能逃過俞筱晚的眼睛，她心中一動，舅父似乎更在意這冊經書，莫非是夾在那經書裡？若是這般，就應當是金鎖片才是。

又聊了些閒天，俞筱晚提出要去店鋪裡看一看。曹老夫人允了，她便換了衣裳，披了斗篷出門。

之前找出的那三個物件，俞筱晚讓文伯看一看有何機關，文伯也沒有看出來，但說他有位朋友對機關暗器十分熟悉，聽說昨日就來了，想是今日應當能給出結果了。

到了店鋪裡，才知道文伯的那位朋友已經離開了，說那三個物件並無特別，俞筱晚就更加認定了是那本金剛經裡夾了鎖片。俞筱晚想著，若是自己不去汝陽的話，不如讓文伯回去一次，將那本金剛經找來，便與文伯商量。

俞文飆自從知道爵爺的死因有可疑，早已心潮澎湃，有任何線索都不想放過，立時應下。兩人正在商量著，小賀小跑著上樓來，說寶郡王爺在鋪子裡，想見一見小姐。

俞筱晚一聽君逸之的名字，就有一股悶氣堵在心裡，抿緊了唇不答話。俞文飆看了小姐一眼，沉吟了一下道：「既然寶郡王爺也提過遊方僧人之事，不如您跟他說說勉世孫的事，也免得勉世孫總是纏著您。」

俞筱晚想了想，輕輕一點頭，小賀立即下去請了君逸之上來。

本來俞筱晚惱他忽然月餘沒有半點消息，還有些拿喬的意思，可是一打照面，便瞬間愣住了。君逸之風采絕倫的俊臉上難掩憔悴，眼睛裡布滿血絲，似乎許多天沒有好好休息過了一般。女孩兒家本就容易心軟，何況是面對自己或多或少有些情意的男子，俞筱晚張口便問：「你怎麼了？」

君逸之看了俞文飆一眼，俞文飆極有眼色地道：「我去帳房看一看。」說完退了出去。

君逸之這才一屁股坐到俞筱晚的對面，俞筱晚親手斟了一杯茶，推到他面前。君逸之心中一暖，朝她笑了笑，聲音沙啞地道：「我哥哥病了。」

「啊……」俞筱晚關切地問：「現在好些了嗎？」

君逸之閉了閉眼，神情顯得十分疲憊，「好些了，不過……」

他沒繼續說下去，卻張開眼看著俞筱晚，「我今日尋妳是另有要事，妳怎麼跟我堂兄這麼熟了？他……他這人我從來看不透，自小他就是冷冰著一張臉，什麼事都沒什麼喜惡似的，可是偏又喜歡唱戲，上了戲臺就像變了一個人。」他頓了頓，不知該怎麼說他聽到的消息才好。

俞筱晚咬了咬唇，小聲地道：「那天他來找我，說我父親死因可疑，又問遊方僧人的事。他說他是為太后辦事的，能幫我查清父親的冤屈。他還說，我舅父對我另有圖謀，想從我這兒得到一樣東西，要我查問清楚，還說他能幫我。」

君逸之疾聲問道：「是什麼東西？」

「玉佩或是金鎖片。」

君逸之飛快地想了想，忽然恨聲道：「可惡！妳以後別再理他了，他是……他的確是想要那樣東西，卻不是真心想幫妳，只是想拿妳當香餌，引人出來！」

俞筱晚一怔，隨即想到，一定是那樣東西事關重大，便不禁問道：「到底是什麼？有何作用？」

君逸之遲疑了一下，側耳聽了聽外面的動靜，才以傳音入密的方式跟她說話，「這是妳父親過世那年才流傳出來的一則密聞，說是、說是皇上的血統可疑，那名遊方僧人，可能是上任太醫院醫正葛誠瑞。傳聞他手中有一樣證據，可以證明皇上的血統，攝政王、太后都在找他，只是他十分狡猾，逃了多年，最後不知怎的露了行蹤，讓人追殺了過去……這些都是事後才查到的一點線索，妳父親過世的時候，還有四位大人也同時暴亡，我們一直在查到底是誰與他有過聯繫。」

俞筱晚瞪大了眼睛，「你、你是怎麼知道的？」

君逸之遲疑了一下，「我很早就知道了，可是不方便告訴妳，若、若日後有機會了，我一定會全盤托出，好嗎？」說完小心翼翼地看著俞筱晚，生恐她不滿或是不信任。

俞筱晚卻極為體貼地應了，「好。」她一直就覺得君逸之的行事像是戴著一張面具，暗底下應當還有另外一面。若他早就知道這些祕密，或許真是暗中有什麼任務，只不知他是為誰效力。攝政王嗎？可是楚太妃是太后的親姊姊，他應該不會胳膊肘往外扭吧？

俞筱晚過了半晌才想到，當今太后似乎一直沒有生育，直到年近四十的時候，才懷上了當今聖上。以前都說是太醫調養之功，難道……難道竟是狸貓換太子？她又迅速想到，太后若是生的女兒換成兒子，或者直接就是假孕生子，宮外也得有人接應吧？這個接應人，是晉王妃還是楚太妃？

她看了君逸之一眼，微微一嘆，這些問題或許得等上很長一段時間才能得到答案，到時還不知道她有沒有這個命。她神情落寞地道：「若這事是真的，那麼追殺的人就應當是太后吧？我手中若有這個證據，太后娘娘應當不會容我活著。這麼說來，勉世孫就的確是太后娘娘的人了。他這般尋我要東西，你又說是為了引人出來，引誰呢？自然是覬覦這個證據的人，那就非攝政王莫屬了。他們是想抓攝政王一個人贓俱獲嗎？」

君逸之心中一陣痛，按住她的小手道：「妳聽我說，一則，東西不一定在妳這，我不是說了嗎，還有四位大人也是同樣暴亡的，那位遊方僧人都去過他們的府中；二則，是不是一定有此物還是另說，若……太后真做了此事，以太后的謹慎，是不大可能留下什麼證據的。當然，葛醫正想保命，悄悄留下一點也有可能，不過，可能性真的極小！」

所以我就成了一塊香餌！俞筱晚一陣子氣悶。我沒有得罪君之勉吧？他幹麼要找我當這塊餌？另外四家難道沒有後人了嗎？

君逸之看著她，鄭重地道：「到底已經拖了幾年還沒查出個眉目來，堂兄或許是想用這種方法將有興趣的人都引出來，先除之而後快。我聽說妳想去汝陽，我建議妳還是不要去了，京城中如今戒嚴，刺客什麼的不敢太猖狂，可是妳離了京就難說了。妳別擔心，我定會護妳周全！」

「若是太后要殺我，你怎麼護？」俞筱晚攥緊小拳頭，低聲地輕吼。

不是她不相信他，而是兩人相隔這麼遠，似乎護不到吧？何況太后若是想殺她，隨便挑個藉口就行了，只怕他都無法察覺。

一開始聽說這事的時候，俞筱晚悲傷於父親的無辜慘死，震驚於宮闈祕聞，慢慢將事情說開之後，這會兒才後知後覺地感到驚惶和恐懼。這種宮闈祕聞，從來都是聞者死，絕不會姑息。太后若是知道了自己手中有證據，肯定不會放過的。

思及此，俞筱晚不免又驚又懼又悲，更多的是憤怒和不甘。憤怒那遊方僧人將禍事帶入俞家，不甘自己年紀輕輕便要香消玉殞。

君逸之一直關心地注視著她，此時見她清麗絕倫的小臉流露出一絲驚恐和怨氣，自然明白了她的驚恐從何而來。其實這事本沒有他說的這般嚴重，不過是他想先嚇唬一下晚兒，然後再挺身而出，好在美人前面留下赴湯蹈火的高大形象，同時將君之勉這個對美人亦有同樣心思的傢伙給擠兌出去。

只是現在見到晚兒小臉上的驚恐之色，因緊抿而泛白的唇瓣，他心裡又生生的疼了起來，忙坐到她身邊，握住她的小手輕聲道：「別怕，沒那麼嚴重。我說了是傳聞而已，我是見妳平日裡膽大心細，才直言相告。其實這傳聞極之隱祕，旁人是不知的，況且是真是假還沒定論，太后怎會因為一則傳聞就去殺伐，這不是坐實了罪名，授人以柄嗎？就算勉堂兄真是為太后辦事的，他跟妳說的也不過是妳父親死因有異，在太后面前，妳何來的危險？」

俞筱晚咬著唇道：「可是，我父親……」

「妳父親的死因也不一定就有問題，至少我們仔細查了，沒查出來，或許真是意外，若不是，也不可能是太后幹的！太后若真的混淆皇室血統，又認定妳家中藏有證物，妳以為妳還能活在這個世上？」

俞筱晚細想想，也對，找個理由將俞家抄了，什麼證物都能到太后的手中去，的確是不需如此麻煩。

君逸之怕她沒想通，又仔細分析道：「其實這則傳聞出現得極怪，又查不出首尾，我們分析之後，都覺得這是個幌子，想是要找出某個人或者某件事，只到現在還不知其幕後真正的用意是什麼。」

「這麼說吧，先帝子嗣單薄，但凡有嬪妃懷孕，宮內上上下下不知有多著緊，產房就更不必提了。且不說混淆血統一事能不能成，就算是成了，葛醫正當年逃出了京城，化身遊方僧人，應當就是不想再多事之故。他若想讓朝廷和皇室知曉此事，當年多的是辦法與先帝聯繫，卻為何在皇上登基、太后權重之後才四處招搖？」

「況且血統一事，沒有鐵一般的證據，誰敢挑這個頭兒？若是先帝在世，想指責某位皇子，還容易成一點，若想攀汙已經登基的皇帝，那是傻子才會幹的事。因此這傳聞雖則出現了幾年了，可是聞者人人自危，沒人敢去傳它。」

他說一句，俞筱晚就點一下頭，覺得很有道理，聽到最後一句，心裡便是一動，「這麼說來，這則傳聞其實是想引著大傢伙去找某樣東西？」

她自然是想到了舅父要她的玉佩一事，可是有什麼是比皇帝的血統還祕密的？

君逸之沉吟了一下，「還不知道是什麼，妳舅父說要玉佩或金鎖片，卻不知他是從哪裡聽來的。」

俞筱晚默不作聲，這樣東西肯定是存在的。前世舅父拿到了東西就要處死她，必定是已經交給某人驗過貨了，忽而又想到，君逸之以前總纏著她，莫非也是因為那樣東西？

君逸之小心觀察她的神情，就是怕她懷疑自己的用心，見她臉色一變，忙表示道：「一開始我找妳的確是想問令尊的事，那是為了查清楚事情的真相，我不會拿妳或是任何無辜的人來當餌。我喜歡妳是後來的事，我喜歡妳，是因為妳聰慧美麗……」

「呸！」俞筱晚聽得耳熱，不待他說完就啐了他一口，而後才發覺他一直握著自己的小手，不由得臉兒也熱了，掙了掙，將手抽了出來。

君逸之不敢強握著，戀戀不捨地放了開來，待見美人兒心氣順了，忙開始編排起君之勉來，「妳不知道，剛剛從侍衛口中聽說勉堂兄總是去尋妳，我有多急。」

俞筱晚挑眉怒道：「什麼叫他總是去尋我？你仔細說話！」

君逸之忙正了正神色，嚴肅地道：「並非是市井傳聞，妳應當知道，像我們這樣的人，都有特殊管道能打聽到消息。我是這樣，勉堂兄是這樣，別人也是這樣。他這幾日總去尋妳，有心的人自會知道，且妳是三年前無故身亡的五位大臣之一的獨女，那些人便難免多想。」

俞筱晚也神色一整，「有哪些人？他們會來暗殺我嗎？」

君逸之道：「那倒不至於，事都沒弄清呢，不會這般擅動，可一些試探總是少不了的。只要是有人開始試探了，曹家那邊也瞞不住。若妳不想面對這樣的麻煩，也是有辦法的。妳聽到了這樣的事，會不會害怕？」

俞筱晚點了點頭，若有可能會死，哪個不怕？

君逸之便接著道：「這就是了，若是再傳出一點風聲，妳家老太太也會為妳擔心，自然就……嗯，妳眼瞧著再兩個月就出孝期了，妳家老太太肯定會為妳選一家能護著妳的親事，旁人若想動妳，也得看能不能惹得起妳的夫家。」

俞筱晚到底還是未出閣的姑娘，聽到親事這類的話題，小臉立即染上了粉色，斥了聲：「胡扯！」

「是真的！妳別不相信我的推測，若我的推測沒錯，勉堂兄一來是要引出感興趣的人，二來是想到時上門提親，妳家老太太一看他家晉王府的頭銜，保准一說就應。」君逸之小心翼翼地看著俞筱晚的表情，見而她神色變幻莫測，顯然是不想與勉堂兄有什麼勾扯，心中暗喜，忙又接著道：

「因此，今日一聽說這事，我就立即跑來告訴妳了，妳也好有個萬全的應對。」

俞筱晚小臉一白，跟著心頭暗怒。我能怎麼應對？婚姻大事本就是父母之命，媒妁之言，外祖母和舅父拿定了主意，根本沒有我置喙的餘地。我若是說出更中意你一點，只怕外祖母和舅父還會覺得我行事出格，連累曹府的聲譽，更加會將我嫁到晉王府中去。不想我嫁入晉王府，你不會讓你家老祖宗上門來提親嗎？

君逸之怎會不知她心中所想，可是有些事晚兒她不知道。其實八月楚王府辦的賞花會上，老祖宗就暗暗透了話給武夫人，想來武夫人必定會將話兒帶到曹老夫人跟前。聽老祖宗說，姨奶奶也透了話，可是曹老夫人似乎是不想結皇親，怕晚兒沒有娘家支持會受欺負還是如何，反正到現在了，兩邊都沒得到半點回應。或許勉堂兄行此計，也是有這番考慮在其中，若能因此讓曹老夫人鬆口，倒也是件好事，可是就怕他和勉堂兄一塊兒去提親，曹老夫人答應勉堂兄，卻回絕了他，因而他才會這般著急。

他有辦法讓晚兒非嫁他不可，也想了出計策拋掉那塊燙手山芋，可卻不想告訴她，因為他與晚兒似乎還沒到那般心意相通的地步。

她提的要求，他是應下了，可是家中的長輩卻沒應下。老祖宗幫著擋了母妃賜的通房丫頭，不過是因知道他行事機密，身邊不能隨意加人罷了，但母妃忙著相看側妃的人選，老祖宗卻是贊成，只是最後定誰要老祖宗答應而已。這些話他不好跟晚兒明說，就怕晚兒鬧彆扭。

斟酌了一番言辭，君逸之便提議俞筱晚去法源寺齋戒兩個月。楚太妃今年身子一直微恙，有高僧指點她去寺廟裡齋戒禮佛，到時楚王府的侍衛也能護住晚兒一陣子。

俞筱晚想了想，便應下回府與外祖母商量商量。

君逸之心中大安，這才小聲而有絲哀求意味地道：「晚兒若是尋到了那塊玉佩或鎖片，可以給我看看嗎？」

俞筱晚在信他與不信他之間掙扎了片刻，咬了咬唇道：「給你都可以，可你不是說不知道是什麼嗎？我手中的玉佩不下百塊，我哪知舅父想要的是哪塊？」遲疑了一下，又說出了那冊金剛經，「……已經讓文伯回老宅裡找了，我帶來的箱籠裡沒有。」

俞筱晚應得這般爽快，讓君逸之一怔之後，不由得有些飄飄然。晚兒若不相信我，怎會這般坦言相告？他立即邀功似的道：「不如妳把玉佩都給我，或者拓印下圖形給我，還有鎖片，我找知情的人看一看就知道了。」

俞筱晚點了點頭道：「好。」

事情說完了，俞筱晚便關心了一下他的兄長，「生的什麼病，難道沒有丫頭小廝看護嗎？怎的你這般辛苦？」

君逸之的眸光暗了暗，「是中毒，大哥的內功耗完了，我幫他驅毒。」他頓了頓又補充道：「我只告訴了妳，家中人都不知道，我和大哥現在住在郊外的別苑裡。」

俞筱晚心中一驚，「中毒？什麼時候的事，為何不讓王爺知道？」

君逸之苦笑了一下，「中毒好些年了，我父王是個中庸之人，端正守矩，告訴他也沒有多大的用處，還怕他露了聲色。我和大哥一直想暗中查明是誰人所為，再作打算。」

他忽地想起俞筱晚在暗習醫術，不禁充滿希望地問道：「妳的醫術好嗎？妳會用毒解毒嗎？」

俞筱晚遲疑地道：「會是會一點……可是比不上名醫吧。」她是知道一點毒的，但她沒有跟著名師認真學過，從天橋隱祕之處買來的毒藥，又多數是不致命的，不見得能有什麼幫助。

君逸之聽了這話，立即興奮地道：「不管了，這幾年名醫我也不知尋了多少，沒人能解，不如妳去看一看，或許妳正好會呢！便是不會，也沒關係，反正已經如此了！」

您了。」

俞筱晚正要答應，門外卻響起了初雲的聲音，初雲大聲道：「小姐，俞管家奉老太太之命來接

俞筱晚一瞧窗外的天色，才發覺已經暗沉，快到晚飯的飯點了，她略帶歉意地朝君逸之道：

「不如這樣吧，齋戒的寺廟改為潭柘寺，你與世子去看楚太妃自是方便，我們也好見面，再者，智能大師不是也會醫術嗎？我一人不行，他一人不行，或許我們倆加在一起，就能幫世子將毒解了呢！」

君逸之聽得眼睛一亮，立即應允了。聽得門外初雲故意放重的腳步聲，君逸之朝她微微一笑，輕巧地躍出窗外。

他的身影才剛消失，初雲便敲開了房門。俞管家進來，欠身施了禮，「表小姐，今日家中來了貴客，老太太請您早些回府。」

俞筱晚忙笑道：「真是荒唐，算帳竟算得忘了時辰，還勞累俞叔親自走一趟。」

俞管家十分謙遜地道：「這是奴才的本分，不敢當表小姐的話。」

俞筱晚拾掇了一下，便隨著俞管家回了府。回到府中才知，原來今日是工部尚書石夫人上門來保媒，說的正是韓甜雅與曹中敏的婚事。

到了延年堂，俞筱晚忙上前給石夫人行禮。石夫人是一品誥命，在正廳裡同曹老夫人一起坐在上首，只是笑容有些勉強，曹老夫人的神色也不對勁兒。俞筱晚這一回府，倒是給了雙方一個臺階，石夫人忙拉起俞筱晚道：「這就是府上的表小姐嗎？真真是個天仙似的人兒。」

溢美之詞不斷從石夫人的嘴裡流淌而出，直把俞筱晚說紅了臉，她才止住。

曹老夫人聽她誇晚兒，就好比是在誇自己一樣的開心，順著石夫人的話兒明貶暗褒地說了晚兒幾句，邊說邊遞了一個眼色給武氏，武氏忙岔了話道：「難得石夫人過府一敘，府中備了些菜肴和

水酒，石夫人一定要賞臉嘗一嘗。」

石夫人任務沒辦成，自不願多留，只勉強撐著笑說了句：「我府中也有事，不能再留了。多謝老太太款待，改日我作東，請老太太到我府上耍一耍。」說罷便告辭了。

用過飯，一家子聚在延年堂的東暖閣裡聊天之時，俞筱晚才弄清事情原委。原來石夫人並不是真正上門當保山的，是韓夫人派了她來暗示曹家，可以讓曹爵爺帶著曹中敏上門，讓她來相看相看——不是提親了。

曹老夫人覺得韓家的架子擺得太大了，心中有些不喜，這才愛理不愛的。

曹老夫人道：「丞相嘛，這官職是鐵打的營盤流水的兵，今年丞相姓韓，明年可就不知了。依我看，敏兒已經拖到這個年歲了，不如等明年春闈之後再做打算。」

曹清儒清了清嗓子沒有接話，武氏的臉色不大好，臉皮也僵硬，只管瞟著爵爺。曹中敏則是低頭不語。

俞筱晚尋思著，必定是曹老夫人才讓一個張氏給噁心著了，犯了那麼大的醜事，卻因為她兄長是舅父的上司而不能拿她如何。現在韓甜雅跟敏表哥的事八字還沒一撇，韓夫人的架子就拿得這般大了，要提前相看倒沒什麼，可是連親自下個帖子請曹家人過府玩一玩都不願，竟要讓旁人帶話，的確是令人不喜，所以曹老夫人不想結這門高貴的親事。可是顯然舅父、武氏及敏表哥本人，都是希望能與韓丞相結親的。

收到敏表哥求助的目光，俞筱晚便笑道：「外祖母真是一語中的。這朝裡哪處的官職不是鐵打的營盤流水的兵呢，若想娶個不會連累家族的妻子，最好還是求聘皇家女。」

曹老夫人一怔，扭頭看了俞筱晚一眼，隨即笑了笑道：「咱們家娶了尚書的妹子都猶自惴惴不安，還敢求娶公主郡主嗎？這人呢，心可以大一點，但得有個度，做什麼事之前，都得先想想自己的身分和能力。」

俞篠晚心中一動，覺得這話裡有話，佯裝沒聽出來，笑道：「外祖母，敏表哥可是玉樹臨風的謙謙君子，晚兒覺得，尚公主也是可以的呢。」說完愛嬌地吐了吐舌頭，她可是沒出嫁的姑娘家，再多的話就不能說了。

不過她開了個頭，武氏便好接話下去了，大抵上的意思是娶妻娶賢，韓五小姐她在幾次的宴會中都見了，十分的貞靜淑雅，實為良配。

曹老夫人便轉了口風，只說哪天家中辦個宴會，請來韓小姐相看一番，至於兒子是否要帶長孫去韓家，她就懶得管了。

俞筱晚坐在一旁不動聲色地聽著，曹家的三姊妹都已經訂婚，睿表哥是自己不珍惜，如今和離了，待敏表哥再訂下親事，應該就要輪到自己了。

一想到君逸之說外祖母沒給楚王府回覆，她不免有些著急，實在是摸不透外祖母的意思。若是沒有認真接觸過，外祖母不願她嫁給君逸之，其實是為她好，可是……

「晚兒？」曹老夫人輕輕喚了一聲，「妳說宴會辦在哪裡好？」

俞筱晚定了定神，露出一抹嫻靜的微笑，「晚兒覺得，人太多的話，跟韓五小姐的交流便少了，不如咱們請韓夫人一塊到廟裡打個蘸，出門在外也沒那麼多的避諱，再讓敏表哥來給您請個安，韓夫人也能看到敏表哥，這樣就方便得多了。」

最主要的是，不用爵爺帶著孫兒送上門去給人相看，留了幾分自尊，又能達成目的。

曹老夫人一聽便心動了，點了點頭道：「這個主意不錯。武氏，妳明日回張帖子給石夫人，也邀上她做個中保。」

武氏聽得兒子的婚事有望，而且還是當朝丞相的嫡女，喜得眉毛都快飛了起來，一疊聲地應下。曹清儒也覺得這個主意極好，看向俞筱晚的神色便顯得十分親切，「還是晚兒主意多。」

俞筱晚不好意思地笑笑，「舅父過獎了。對了，晚兒昨日尋了一個西洋音樂盒出來，鑲有寶石的，寶石倒是沒什麼，主要是裡面的小人還會鞠躬，圖個新鮮，不知送給太后合適不合適，一會兒晚兒親自送去，還請舅父過目。」

曹清儒推辭了一番，說一定要付銀子，惹得俞筱晚急得眼淚都快滴出眼眶了，他才無奈讓步，臉上的笑容一點點擴大，滿是感嘆地道：「晚兒真是貼心，舅父只是隨便說了一句，就記得這般清楚。」

俞筱晚極不好意思地紅著臉低下頭，曹老夫人笑道：「好了，這是晚兒的一片孝心，爵爺就收下吧。」

曹清儒這才含笑應下。俞筱晚是個急性子，立時就說要送去給舅父看，曹清儒思忖了一下便道：「這樣吧，明日下朝，舅父去妳那兒看看吧。若是中意就收下，若是不適合送與太后，也省得搬過來搬過去。」

來了來了！俞筱晚含笑道：「那明日晚兒就恭候舅父。」

肆之章　天付良緣喜備嫁

第二日不是大朝會，不到晌午曹清儒就回到府中，依言到了墨玉居，俞筱晚立即張羅著給泡了剛得的大紅袍，又捧上了一碟子自己店中製的醃果。看到這個醃果，曹清儒倒是想到了一件事，「聽說攝政王妃的胎兒坐穩了，如今害喜得厲害，吃什麼吐什麼，舅父看王妃挺喜歡妳的，妳若是有空閒，不如去一趟攝政王府孝敬些醃果。」

俞筱晚忙應下，說話間初雲抱著那個音樂盒過來了。盒子有半尺見方，外表裝飾華美的三色寶石，內裡的小人兒也跟真的一樣，十分漂亮，音樂停下之時，還會彎腰鞠躬。

曹清儒看著感覺十分新奇，就是有些躊躇，「這……似乎是小女孩兒家玩的玩意兒，不知太后娘娘喜歡不喜歡？」

俞筱晚笑道：「再珍奇的物件，宮中也有，不如送些新奇的，而且老人家都喜歡熱鬧，這音樂盒叮叮咚咚的，太后必定喜歡。」這音樂盒當年是給曹清儒長了臉面的，俞筱晚自然敢打包票，而且她沒說的是這音樂又精緻又可愛，太后日後要打賞給哪位郡主，總比那些壽山壽畫和老氣的玉如意要拿得出手。

曹清儒聽得直點頭，含笑道：「既然是晚兒的一片孝心，那我就收下了。」正要吩咐丫頭收下，目光忽地瞟到對面的小圈椅中間的小圓几上放著幾塊玉佩。曹清儒心中一動，微微嚴肅了起來道：「晚兒，妳的丫頭要好好地敲打一下，怎麼能將妳的首飾隨處亂放呢？」

俞筱晚順著他的目光看過去，「哦」了一聲道：「其實是文伯要過生辰了，晚兒想送塊玉佩給他，便拿了些舊的出來挑。舅父，您可以幫晚兒拿個主意嗎？」

曹清儒沒有推辭，邊走過去邊道：「俞文飆原是妳父親的屬下，也有從六品的官銜，難得他竟為了妳辭官不做，妳的確是應當孝敬他一番。」這也是解釋自己為何要幫著挑玉佩。若俞文飆是個奴才的話，他這番舉動就有些不妥了。

曹清儒將玉佩逐個拿起來看了看，每樣都說了些不合適之處，然後沉吟了片刻道：「只有這些嗎？我不是說這些玉佩不好，我是覺得他對俞家如此忠誠，應當好好獎賞一番才是。」

俞筱晚忙道：「舅父說得對，晚兒手中還有些玉佩，正可以拿出來請舅父幫忙挑一挑。」

又再拿了三十餘塊玉佩，俞筱晚問趙嬤嬤：「可是都在這裡了？」

趙嬤嬤道：「都在這裡了。」

曹清儒仍是那般仔細地逐一看過，幾不可見地蹙了蹙眉，隨即揀了一塊墨玉製的蓮花鷺鷥紋玉佩，笑道：「這塊吧，雕功出眾，又是墨玉，正合妳這墨玉居的名字，也好叫他記得妳的謝意。」

俞筱晚揚起笑臉，故作開心的樣子，「就依舅父的。」

曹清儒唔了一聲，交代丫頭帶上音樂盒便走了。

俞筱晚寫了一封信，讓人遞給韓甜雅，上面寫了些曹老夫人的喜好，她相信韓甜雅十分需要。攝政王妃那兒也去探望了一番，安排好了事情，俞筱晚便安心在家研究那些個玉佩。到了打醮那天，她卻起得遲了，頭昏眼花的，只好放棄了去寺廟的機會。直等到晚上，曹老夫人等人才笑容滿面地回府。

俞筱晚還「臥病」在床，曹老夫人和武氏、曹家姊妹都來看她，說了會子閒話。俞筱晚怕外祖母累了，請外祖母先回去休息。

武氏拉著俞筱晚的手道：「那位韓小姐真是個溫婉乖巧的人兒，老太太見了之後滿意得不得了，只說讓我馬上就請官媒上門提親呢。」

俞筱晚笑道：「看來韓夫人也滿意敏表哥了，恭喜小舅母。」

曹中雅在一旁撇了撇嘴，「還不一定成不成呢，就恭喜什麼！」

自打靜晟世子先娶側室，並帶著兩位側室上南疆赴任的消息傳出後，曹中雅大概就是京城貴女圈中的笑話了。她本就不喜靜晟世子，靜晟世子這一去外任，至少又是三年不回，等回來再談婚期，還得等上幾個月，到那時她大概有十八歲了吧，真個叫老姑娘了。因此她現在只要一看到旁人的婚事順利，就一定要說些酸話。兩位庶姊許的都是中下品官員家的子弟，兩位素未謀面的姊夫已經被她打擊得體無完膚了，這會子好不容易祖母不在，當然要酸一酸武氏。

武氏的笑容一頓，隨即又笑開了，拉著俞筱晚繼續道：「晚兒，韓夫人還讚妳聰明伶俐、貞靜嫻雅呢！」

曹中雅立即刻薄地道：「那是韓夫人沒瞧見她張牙舞爪的樣子！若是看到了，一定會說像夜叉的！」

如果是旁的話，俞筱晚自然要打擊回去的，可是這種話，若是能傳到韓夫人的耳朵裡是最好的呀。

武氏又皺了皺眉，繼續無視曹中雅，含笑暗示俞筱晚：「老太太也讚了韓二公子呢。」

俞筱晚勉強笑了笑，心道：去潭柘寺齋戒的事，必須要抓緊了！

她這一病就是好幾天，人都沒了精神，便向外祖母撒嬌道：「大概是晚兒之前許願要去廟裡做法事齋戒的，可是現在沒回汝陽便耽誤了，還望外祖母允了晚兒去寺廟裡齋戒兩個月，除了服再回府。」

曹老夫人一開始心疼她，後來禁不過她纏著便允下了，又交代俞管家安排許多人手陪著。

俞筱晚選了潭柘寺，到了寺廟中，知客僧給她安排好了小院子，便熱心地介紹道：「對面的香院是租給了楚王府的老太妃，老太妃為人謙和，明日小姐若是想一同聽經，只須向老太妃說明一下即可。」

俞筱晚忙道了謝，心中懷疑這是君逸之早就安排好了的，只是人家已經提到了楚太妃在此，她又不是不認識，自然要去請個安。

這麼一來，楚太妃就自然地每日聽佛經前都叫俞筱晚。俞筱晚到底是少年人，對長時間盤腿坐著聽經不怎麼感興趣，只是楚太妃每回來請，她又閒著無事，拒絕不得。

一個月下來之後，楚太妃很滿意地對自己的心腹隋嬤嬤道：「難得小姑娘家家的能耐著性子陪我，竟比我那兒媳婦還要周到！」

隋嬤嬤道：「若不然，怎麼會是太妃您看中的孫媳婦呢？」

楚太妃笑了笑，隨即又淡下笑容，微微一嘆，「家裡那個且不管她，只是曹老夫人卻是十分固執，她若不看好逸之，這親事還真是難成。」

隋嬤嬤笑著安慰：「寶郡王爺不是說他已經有辦法了嗎？您就別擔心了。」

楚太妃想了想，帶著幾分得意和自豪道：「沒錯，逸之要辦的事，還沒什麼辦不妥的！」

除服前的那一天，曹老夫人也進了廟，說要陪著晚兒做法事，讓女兒和女婿的靈魄能好好安息。

入夜後，山中萬籟寂靜，只有俞筱晚住的東間的那兩盞氣死風燈搖曳出一團昏暗的光線。

曹老夫人聽說這一個多月晚兒都是與楚太妃在一起，就急得一整晚問她寶郡王有沒有來？俞筱晚回答了無數次「他沒來過」之後，曹老夫人才半信半疑地回了自己的廂房。

俞筱晚無奈地側臥在小床邊看醫書，一面想著方才外祖母的態度，似乎不願她與君逸之有任何聯繫。他還說他有辦法，她齋戒這麼久了，沒見著來探訪她的小賊也就罷了，連他也沒有任何動作……

俞筱晚想著想著，不免輕嘆一聲，放下書本，準備吹熄了燈歇息，這時耳邊突然傳來隱約的聲響。她疑惑地來到窗前，遠處漆黑的天空亮起了無數火光，似是有人點起了不少火把，喊殺聲也越來越清晰。

初雲和江楓立即起身，來到俞筱晚的門前小聲道：「小姐別怕，婢子們在外守著。」

俞筱晚卻興奮地挑眉問道：「妳們猜是怎麼回事？是不是到我這來偷東西的？」

江楓側耳細聽了一下，「小姐，好像是有刺客什麼的，該不會是衝著楚太妃來的吧？」

俞筱晚也隱約聽到「抓刺客」的喊聲，她立即道：「江楓，妳帶上她們三個去院門處看著，若是有什麼人對楚太妃不利，能幫的就幫。另外，不能傷著了外祖母，去告訴杜鵑，不要讓外祖母出門。」

江楓應了一聲，又勸道：「小姐，您趕緊休息吧，院中有婢子們守著。」

俞筱晚道：「今晚就辛苦妳們了！」

剛將門關上，還未回身便被某物擊中，動彈不得，房中的燭光也立即熄滅。守在門外的江楓卻以為是小姐自己熄的燈，毫無所覺地提了劍在走廊前護著。

房內俞筱晚的脖子上正架著一把明晃晃的長劍，一名黑衣男子瞪著她，小聲道：「妳若不出聲，我就留妳一命」

俞筱晚被點了啞穴，出不得聲，她初時還很緊張，過了片刻，察覺對方並無惡意，便漸漸放鬆下來，猜測可能是剛才的那名刺客逃到她房中來了。這人還真是位高手啊，竟無人察覺到他的潛入，連自己才剛感覺到他的氣息就被抓住了！

男子全神貫注地傾聽了一陣動靜，察覺到無礙之後，手中的劍也鬆懈了下來。

他剛一放鬆，院門處便傳來一陣腳步聲，有人拍門道：「俞小姐，下官是楚王府的侍衛統領齊正山，請小姐差人開門。」

不必俞筱晚吩咐，初雲便令人開了院門。

那名自稱齊統領的男子有禮地一揖道：「深夜來訪實屬冒昧，剛才院中來了一名刺客，下官懷疑逃到了這裡，還請姑娘報與貴府小姐，讓下官搜查一下，以便確保貴府小姐的安全。」

初雲忙還了一禮，客氣地道：「請大人原諒，院中都是女眷，實在不方便，而且婢子們都沒見到刺客進來。」

刺客瞪著俞筱晚道：「叫他出去。」

俞筱晚挑了挑眉，示意他給自己解穴。原以為刺客會說些威脅的話，哪知這個人非常爽快地解了她的穴，俞筱晚立時一腳踹倒他，拉開房門跑出去，大叫道：「在這！」

刺客大怒，揚起手中長劍就要劈過去。齊統領立即飛躍過來，與其纏鬥在一起，四江忙將俞筱晚團團圍住。哪知齊統領竟不是刺客的對手，院子裡又有許多弱女子，楚王府的侍衛們施展不開手腳，那名刺客便朝著俞筱晚撲了過來。

四江忙揮劍迎上，卻被刺客一劍挑開。

千鈞一髮之際，一道修長的人影從對面躍了過來，一把抱住俞筱晚就勢一滾，刺客的長劍在他的背上劃出一道長長的血痕，卻沒能如願地抓住俞筱晚。只這一瞬，齊統領和侍衛們一擁而上，那名刺客也端的是有本事，竟揮開一片劍網，將人攔在劍網之外，自己足尖一點，鷹一般的躍入黑夜之中，失去了蹤影。

刺客走了，一直在窗前察看的曹老夫人立即讓人開了門，扶著杜鵑的手出來，緊張地問道：「晚兒，妳怎麼樣？」

「我沒事。」俞筱晚先回答了曹老夫人，才看清身下人的模樣，頓時怔住了，「君二公子？」

君逸之抽了口涼氣，擠出一抹笑，「是我。」

俞筱晚又驚又慌，「你、你怎麼受傷了？」不應該啊！他的武功不是挺好的嗎？

君逸之朝她飛快地擠了擠眼，俞筱晚本要滴下的眼淚就這麼懸在了眼眶裡。

曹老夫人一聽是君逸之，瞬間愣住了，跟雕像似的立著不動，直到杜鵑小聲地喚道：「老太太？」

曹老夫人緩過勁兒來，沉聲道：「晚兒，妳先起來！」

俞筱晚慌張地從君逸之身上爬起來，初雲立即跑過來幫她理髮髻、衣裳。

楚王府的侍衛也飛快地找來一塊門板，將君逸之抱上門板。侍衛們一個個臉色極差，主子受了傷，他們少不了一頓責罰了。

曹老夫人讓杜鵑鬆開自己，向著君逸之深深一福，「老身多謝寶郡王爺的相救之恩。」

君逸之虛弱地道：「曹老夫人不必如此，只是路見不平，拔刀相助而已。」

侍衛們急著抬他回去治療，便向曹老夫人告了聲罪，抬著門板走了。曹老夫人想想覺得不妥，又見外孫女關切又焦急地張望，只得嘆道：「天色不早了，晚兒，妳先休息，我去對面給楚太妃請個罪。」

到了對面的院落，楚太妃早就被驚動起身，坐在床榻邊看著寶貝孫子背上長長的傷口直垂淚，嘴裡說道：「祖母知道你心裡疼晚兒那孩子，捨不得她受一點點傷，可是你也得顧著自己啊！幸虧沒傷及內臟，若是傷到了內臟，命都會去了！你若是沒了命，再喜歡她也沒有用了呀！」

君逸之極虛弱地道：「祖母，千萬別給曹老夫人和俞小姐壓力，孫兒便是為了救她而死，也是心甘情願的，怨不得她們半分！」

廂房本就簡陋，曹老夫人正站在門口，將這幾句話都聽在耳朵裡，臉色不由得尷尬起來。

待曹老夫人不安地在原地動了動腳，楚太妃身邊的大丫頭嬌梨這才略揚了揚聲，通傳道：「稟太妃、寶郡王爺，曹老夫人來看望寶郡王爺了。」

楚太妃側頭拿帕子擦了擦眼淚，沉聲道：「快請。」

廂房不過二丈見方，蒲珠串成的簾子隔了內外間，其實站在門口看過去，是通透的。楚太妃也早發現了曹老夫人的身影，不過是覺得自己的寶貝孫子為其寶貝外孫女受了傷，理當壓一壓，才裝作沒看見。

曹老夫人如何不知，可是欠了人家一個天大的人情，只能陪著笑臉走過去，也不待丫頭們拿來拜墊，便撲通一聲跪下，向著楚太妃和君逸之施大禮。楚太妃端坐著不動，她受曹老夫人這一禮是怎麼都受得的，可是床上還趴臥著一個君逸之，再是君臣有別，他現在還要求著曹老夫人答應他與晚兒的婚事，自是不願受這大禮，便勉力扭過頭，滿含祈求地看著老祖宗。

楚太妃暗罵了一聲，都說女生外相，你怎麼也外相了？

表面上卻揚起一抹既不親熱又不疏遠的客套笑容，虛抬了抬手道：「曹老夫人免禮，請坐。」

曹老夫人卻是來之前就拿定了主意，怎麼都得把這份人情給還了，仍是堅持要跪。嬌梨瞧見太妃的眼色，立即一把攙住曹老夫人的胳膊，呵呵笑道：「曹老夫人，我們太妃給您免了禮了，您請坐吧。」

另一位大丫頭嬌蘿搬了張竹椅過來，鋪上錦墊，兩名丫頭架著曹老夫人硬按在椅子上。曹老夫人掙不過她們，只得順勢坐下，再欠了欠身，態度萬分誠懇地道：「老婦是特來向寶郡王爺道謝的，多謝寶郡王爺相救之恩。不知郡王爺傷勢如何？可有什麼需要的藥物？雖然王府應有盡有，但曹家也當聊表心意。」

楚太妃淡淡的，甚至是帶著一絲不滿地道：「傷藥什麼的都不急，我只等府中的腰牌送來了，連夜送逸之回城。這山裡哪裡有什麼好藥？」

初聞寶貝孫兒受傷，楚太妃慌得眼前發黑，待見到孫兒並無生命危險，才略安了安心，再細細一想，便發覺了許多不平之處。楚王府在皇族中並不招搖，好端端的來什麼刺客，怎麼又偏巧是孫兒探望的這一晚來？孫兒又怎麼會偏偏在曹老夫人進寺的這一天來？怎麼孫兒去了好一會兒了，偏趕在晚兒要被刺的時候才衝出去？

她心裡明鏡似的，必定是這個寶貝孫兒演的苦肉計！

早幾個月通過一位與曹清儒有交情的官員，透了話兒給曹老夫人，希望能迎娶晚兒為寶郡王妃，可是曹老夫人一直不回應，逸之為了這事著急上火，她也跟著不快。前陣子逸之說他已經有了辦法，能讓曹老夫人答應這門親事，她一開始還滿懷喜悅地等著逸之的好計，若早知是這種會讓人受傷的苦肉計，她無論如何不會答應。

一想到寶貝孫兒會受傷，都是因眼前這個老太太的固執而起，楚太妃就心氣兒不順，張嘴便拒絕了曹家報恩的意圖。

君逸之聽了大急，他可不想回王府，這傷得在曹老夫人的面前慢慢養才好呀。眼珠一轉，他隨即輕輕地抽了口涼氣，濃黑的蠶眉擰成一團。

楚太妃瞧著心疼，「這、這是哪裡痛？」問罷也不待孫兒回答，揚聲又問：「智能大師怎麼還不來？」

嬌梨忙到院中查看，看到轉角處一行火把疾速過來了，趕緊進屋稟道：「智能大師已經來了。」

說話間，幾名侍衛便引著智能大師和小沙彌進了屋。

侍衛們手中都有些宮中上好的金創藥，君逸之背部的傷口已讓侍衛們簡單地處理過，也止了血，拿了乾淨的軟綢布蓋在背上。智能大師進了屋，客氣地請楚太妃和曹老夫人等人出去，待清空了人，才揭開軟綢布，毫不留情地用力往君逸之的傷口上一按，君逸之「啊」的慘叫了一聲。

隔壁房間內的楚太妃和曹老夫人手都是一抖。楚太妃又是心疼又是氣惱，這個不省心的，就是要用苦肉計，也不用把自己弄得這麼慘！那個扮刺客的是誰，回去非揭了他的皮不可，拿捏不好力度，就往輕了作，怎麼能真的傷著堂堂的郡王爺？

曹老夫人卻是在想，原來這傷是真的！弄了半天，她心裡也存了懷疑，不過怨不得她這般猜想，畢竟君逸之出現得太「及時」了。

房內的君逸之鳳目含淚，控訴道：「你太狠心了！」

智能嘿嘿嘿乾笑幾聲，俊朗的面容湧上幾絲與其高僧風度極不相符的調侃之色，「你不叫一叫，你媳婦的老太太怎麼會心疼你？」

智能嘴裡說著調侃的話，手上卻是不停，飛快地取出一只小瓷瓶，打開來倒出幾顆龍眼大的藥丸，用銅布甑兒篩了酒，在小沙彌架好的紅泥小火爐上溫了溫，化開了藥，將藥丸融成糊狀，才啪啪幾下抹在君逸之的傷口上，邊抹還要邊讚歎：「這力度用得真是太好了！剛劃開皮膚，出了血，卻沒傷到骨，連肉都沒傷到什麼，平安的劍術越來越好了！」

侍衛們見到君逸之的背部湧出那麼多的血，哪個還敢細看，不過是撒些止血的藥粉，就慌忙去請智能大師了。楚太妃就更別提了，只有智能這個負責治療的大夫才看了個清楚，傷口雖然很長，可是並不嚴重。

君逸之閉上漂亮的鳳目，忍了忍酒精和藥物帶來的灼痛感，才張開眼，得意地挑眉笑道：「那還用說，若不是他得用，我哪敢用此計？」說罷，又臭美地問：「不會留下什麼疤痕吧？」

他的後背日後可是要給晚兒瞧的，如果有條醜陋的大疤，晚兒嫌棄了怎麼辦？一回想起晚兒方才見他受傷，明亮的大眼睛裡瞬間湧出的淚水，他就又是心疼又是甜蜜，這說明晚兒是在乎他的呀！可惜傷口的確是太長了，他怕留疤，不敢大動，不然非要在房裡高歌一曲不可，而不是像現在這樣，只能興奮地拿指頭摳枕頭芯子。

智能鄙夷地嗤了一聲，「這麼長不可能不留疤的，你就認命吧！」

君逸之抽了抽嘴角，憂傷了那麼一會兒，隨即又丟開這些小憂鬱，開心地憧憬起了未來，「曹老夫人特意來道謝了。剛才我抱著晚兒被那麼多人看到，她若是想讓我負責，我一定好好地負責。」

兩人說話用的都是傳音入密，自不怕隔間的楚太妃和曹老夫人聽了去，但隔間的聲音卻是不斷地傳了過來。智能有些興災樂禍地道：「你聽到曹老夫人說要你負責了嗎？」

君逸之眸光泛起幾絲黯然。智能嘿嘿地笑道：「你怎麼這麼點世故都沒想到呢？雖然是抬頭嫁女，可她的身分比你低太多了，現在若又以報恩的身分嫁入你家，只怕更會被人瞧不起。說了還不如讓我跟俞小姐先研製出你大哥的解藥來，讓你家承了她家的情，你再上門求娶或是直接請太后賜婚。」

君逸之用力白了智能一眼，「不管晚兒用什麼身分嫁進來，嫁給我以後，就是堂堂正正的寶郡王妃，哪個敢看輕她，我直接打殺了出去。便是我母妃，我也會護著她，大不了，我去求攝政王爺賜塊封地，我們搬到封地上去。」

隔間裡，曹老夫人一個勁地表示要向寶郡王爺道謝，楚太妃卻越聽越不耐煩，說來說去都是些廢話，藥物、補品、服侍的丫頭，楚王府還會少了嗎？用得著你們曹家送？若要報恩，明明知道逸之想要什麼，卻避而不談，算什麼？

曹老夫人還在那說：「雖然老婦知曉寶郡王爺高風亮節，必不圖回報，但曹家受此大恩，怎麼也不能不有所表示，否則外人不知會怎麼鄙棄指責曹家！曹家能力有限，人力、物力遠遠不及楚王府，但老婦還是要表示一番！明日一早老婦會令小兒清儒親上王府致謝，寶郡王爺這傷不論是少物還是少人，但凡有用得著曹家之處，還請太妃和郡王爺不要客氣！」

楚太妃不想搭理這話了，只拿眼睛看著門口。嬌梨極有眼色地守在房門口，一見智能大師推門出來，忙迎上去，請了他去見楚太妃。

楚太妃問逸之的傷勢如何，智能自然是誇張了十分來說，最後總結道：「郡王爺身體強壯，只要能結痂，應當不會有大礙，但若是不能結痂，就非常棘手。另外，他的傷口極長極深，最好在結痂前不要挪動，否則，貧僧也沒有辦法了。」

曹老夫人關心地問：「只要等結痂嗎？不用開口服的藥劑嗎？今夜會不會起熱？」

智能雙手合十，做一代高僧狀，「不必了，貧僧的藥加了烈酒，正是去熱的。」

說罷也不再留。

兩位老太太一同送走了智能大師，因從文來稟報說郡王爺已經睡下了，曹老夫人便告辭回自己這邊的院子。

俞筱晚一直沒睡，站在窗戶旁看著院門口，雖然刺客是假的，可她手掌上的鮮血卻是真的，她很想知道君逸之的傷到底有多重，又怕外祖母覺得自己不夠矜持，更加不肯應下楚王府的親事，於是見到外祖母回來，便使了初雪去打聽。

初雪迎上去扶住老太太，口齒伶俐地問明了情況。曹老夫人聽說晚兒又驚又怕一番後，疲憊得早早地睡下，心中比較滿意，就告訴了初雪實情：「寶郡王爺的傷情較重，但沒有生命危險。」

俞筱晚聽到這句話，終是鬆了口氣，上床歇息去了。

一夜無話，次日起身，俞筱晚委婉地問自己是不是應當親自去道謝，被曹老夫人嚴辭拒絕，「妳今日要給妳父母做法事，快去大殿吧，別誤了吉時。那邊我過去就成了，今日楚太妃必定會帶人回府的。」

俞筱晚沒辦法，只得換上孝服，去了大殿。

再說楚太妃，一夜都睡得不安穩，醒來後就急忙忙地跑去見寶貝孫兒，又是摸額頭，又是問從文他昨夜睡得可安，傷口可有疼痛。

君逸之見祖母這般為自己著急，不由得心生愧疚，拉了拉楚太妃的衣袖道：「老祖宗，孫兒無事，您就放心吧。智能大師的醫術十分高明，他說孫兒只要躺幾天，等傷口結了痂，就不會有事了。」

「你呀！」楚太妃真是恨得牙齒癢，揮退了下人們，才開始數落他，「什麼辦法不能想，偏要想這種傷筋動骨的法子？偏人家只願賠藥賠燕窩，就是不肯賠孫女，你白受傷了！」

君逸之諂媚地笑道：「若是曹老夫人自己不提，您幫孫兒提一提嘛！好歹孫兒已經受傷了，不能半途而廢是不是？」

楚太妃看著嬉皮笑臉的孫子，氣不打一處來，卻又一時沒繃住，噗哧一聲笑了。正好此時曹老夫人請見，她便戳了君逸之的額頭一下，「好好地養傷，後頭的事祖母來幫你，少打歪主意。」

君逸之立即厚著臉皮大力吹捧了老祖宗一番，哄得楚太妃笑咪咪地出去了。

「給太妃請安。」曹老夫人深深一福，禮數周全。

楚太妃也是十分客套，抬了抬手，「不必多禮。」又讓賜了座、奉上茶，聽到曹老夫人關心逸之的傷情，便哀嘆一聲，「已經讓人去請智能大師了。」

曹老夫人發現楚太妃的眼眶是紅的，裡面又不停傳出君逸之的輕哼和小廝們的悲呼，心中一驚，「難道加重了？」若君逸之有個好歹，她們曹家可承擔不起啊！

楚太妃的老臉紅了紅，拿帕子捂住了大半張臉，一來顯得悲傷，二來方便掩飾臉上的尷尬，

「他昨晚做惡夢，總怕刺客傷了晚兒丫頭，幾次夢中掙扎起來，將傷口又給掙裂了，血流了幾大盆。」

彷彿為了印證楚太妃的話，從文從內間又端了一大盆血水出來。從安跟在從文的身後，不斷嘀咕：「從武這小子去請智能大師，為何還沒回轉？」

楚太妃瞧見血水，又驚又怒，「怎麼又流血了？」

從安撲通一聲跪下，小聲地道：「稟太妃，郡王爺還未醒，只是不斷喚著、喚著……眉頭皺得很緊，看著是快要發熱了。」

楚太妃真的慌了，也顧不得曹老夫人還在這兒，跌跌撞撞地往內室裡衝，口中悲呼道：「逸之、逸之，你醒醒呀！」

曹老夫人急得嘴裡起泡，想進去看，又怕看到什麼自己無法承受的，只得坐在外間，不斷探頭去看珠簾後的朦朧人影。

過了一會兒，楚太妃才紅著眼眶出來，向曹老夫人道：「方才失禮了。」

曹老夫人忙道：「哪裡哪裡，是我慚愧，幫不上一點忙。」

楚太妃聽了這話，放下帕子，定定地看著曹老夫人道：「妳幫得上忙。」

曹老夫人心裡一咯噔，覺得這話裡有陷阱，可是她卻不能不接話，強撐著一抹笑道：「若能幫得上，自是義不容辭。」

楚太妃笑了笑，「也很簡單，逸之只帶了幾個小廝來，換傷藥什麼的都不細心，若能請晚兒丫頭過來照顧幾日，那就最好。」

曹老夫人臉色一變，縱然是有救命之恩，但直接指著晚兒一個未出閣的少女去照顧傷者，還不是端茶倒水，而是換傷藥，卻是有些過分了。

楚太妃卻不容她插話，「聽侍衛們說，那天逸之為了救晚兒，有了……接觸。那麼多人都看到了，我們逸之別的優點我不敢說，但是絕對有擔當，他必定會為晚兒丫頭負責的。既然早晚是夫妻，晚兒先照顧逸之一下也是可以的，也免得曹老夫人和晚兒丫頭為逸之的傷勢心中愧疚，寢食難安。」頓了頓，見曹老夫人臉色不豫，便接著笑道：「妳放心，我早就中意晚兒，妳是知道的，逸之若是娶了晚兒，我不必會讓人輕看了晚兒去。」

曹老夫人抖抖索索了半晌，才緩緩地道：「若要調幾個丫頭來照顧寶郡王爺，曹家自是拱手送上，可是晚兒卻不行。她再不濟也是伯爵小姐，怎麼能在出閣前就與寶郡王爺這般……傳出去，旁人會怎麼說晚兒？」

楚太妃故作恍然大悟般的說道：「是我心急了。妳說得有道理，晚兒在出閣之前，的確是不好與逸之這般親密接觸，那就先讓他們訂親，晚兒也好差自己的貼身丫頭來服侍逸之，她來探望逸之，也能師出有名，逸之也能安心養傷。傷養好了，才能讓人真正安心，曹老夫人，妳說對不對？」

曹老夫人的眼皮子狠狠地抽了兩下，心中暗罵老狐狸。先是擠兌得她只顧著說「晚兒怎能在出閣之前與寶郡王」如何，讓楚太妃抓著話漏立即說「先訂親」，後又拿君逸之的傷情來威脅，那意思，若是君逸之的傷不好，她們曹家也別想安心。

曹老夫人努力深吸一口氣，平緩了一下心情，才慢慢地笑道：「婚姻大事，乃父母之命，媒妁之言。晚兒的父母雖是不在了，但是舅父在，娘親舅大嘛！況且，之前已經有幾家來問了我兒，都有求娶晚兒的意思，我不知我兒是否已經應下了哪家，得問過我兒，才好來回覆老太妃。」

楚太妃聽了一笑，莫不是想應下晉王府那邊？她漫不經心地端起茶來啜了一口，這才擺出真誠的笑容來道：「那我就等老太太的好消息。」

竟是聽不得拒絕的意思！曹老夫人心裡發沉，忽地問道：「昨夜的刺客不知抓到沒有，想不到竟有這麼厲害的刺客，這麼多侍衛圍攻都抓不到他，可是為何之前卻沒得手呢？」

楚太妃的眼皮子也狠狠地抽了一下，掩飾性地喝了口茶，才淡淡地道：「前月宮中不就來了一名刺客嗎？也沒能抓到，可他也沒得手。若要問原由，可不是我這個老太婆能懂的了。」

搬出這件事，曹老夫人默了，又坐了坐，久等不到君逸之「醒來」，只得先回了自家這邊的廂房。

俞筱晚到底沒有親自過去伺候君逸之，只是恩人傷情未卜，曹老夫人和她也不方便離開潭柘寺，只好又在廂房住了幾日。俞筱晚在曹老夫人和曹爵爺的監視之下，去探望過君逸之兩次，因之前已經在智能大師的口中問清了他的「傷情」，她便也沒多提要求，讓曹老夫人安心不少。

空閒的時間，俞筱晚都會跑去找智能，與他一同研究如何解君琰之身上的毒。他倆已經祕密給君琰之扶過幾次脈，智能還取了君琰之的血來研究，只是尋不到解毒的法門，兩人都有些意氣消沉。

一晃又是十餘日，轉眼進了臘月，要過年了，君逸之再不情願，也只能讓人抬回了王府，曹老夫人和俞筱晚也終於能回曹府。

俞筱晚與君逸之的親事，楚太妃盯得極緊，可是曹老夫人慣會打太極，硬是一次又一次地含糊過去，事後還語重心長地對俞筱晚道：「雖說寶郡王爺對妳的確有心，但是他那花名在外，妳如今青春少艾，又生得萬中無一的容貌，自然能入得了他的眼，可是再過幾年呢？他心裡眼裡還會不會有妳？況且他還是個郡王，他的側妃、庶妃都是有品級的，要入皇家玉牒的，比一般官員家的妾室地位可高得太多了，只怕出身比妳還要好，妳怎麼拿捏得住？」

「要我說，便是要嫁入皇家，還是嫁給勉世孫才好。勉世孫日後就是晉王，這是板上釘釘的事，妳若嫁了她，日後就是晉王妃。他現在只是世孫，正妻就是正妻，妾室就是妾室，他爺爺晉王爺身子骨硬朗，還能活得十幾年，等他繼承王爵，妳的地位早就穩固了，比什麼不強？」

俞筱晚知道外祖母是心疼自己，為自己打算的，偏她又無法跟外祖母解釋，逸之不是您想的那般花心，只好將這番話一字不漏地轉告給了君逸之，要他自己想辦法。

君逸之趴在床上，幾乎要將枕頭套子咬碎。從文在一旁實在是看不下去了，便小聲道：「主子，您要不要小的幫您送個信什麼的？攝政王爺和王妃都特意差了他們府上的東方大管家來給您送補品呢，您不道個謝？」

君逸之眼睛一亮，伸出手敲了從文額頭一記，「臭小子越來越詭計多端了！去，拿筆墨來！」

皇叔那裡，只要自己願意投誠，他應當不會為難自己的。

下了朝，曹清儒便被攝政王單獨宣到東書房。御書房是給皇上用的，即使現在皇上還小，卻也不是攝政王能占用的，因此宮中特意為他打掃出了一間東書房。曹清儒這陣子總算是覺得舒爽了一點，精氣神兒看著就好了許多。

攝政王坐在御案之後，打量了他幾眼，淡淡地笑道：「看來曹卿的心情極好，與韓家定了婚期了嗎？」

這兩天曹清儒遞的奏摺都順利通過，今日一項改革措施還得了讚揚，他一開始還以為王爺叫他來是要誇讚他的，一聽這話，臉色頓時慘白，人也哆嗦了起來，戰戰兢兢地道：「臣、臣……是見犬子中睿壞了王爺的大事，竟拋棄了與韓相那方的聯姻，這才……這才……努力促成……犬子中敏與……韓五小姐的婚事。」說完連忙擦了擦汗，希望這番說辭能讓王爺滿意。

曹清儒聽說韓相有意與曹家結親，當時就笑得見眉不見眼，只覺得結了這麼一門姻親，自己和兒子都會有好前途，到過禮的時候，才想起韓相與王爺雖不是針鋒相對，但也絕對不是一路人。自已是王爺的得力心腹，怎麼能讓兒子與韓相的女兒結親呢？可那時議親一事兩家已經說開了，不去提親只會得罪韓相，去提親又怕王爺發怒，若是王爺不允，他又必會得罪了韓相。

曹清儒左思右想，才決定先過了小定，再與王爺透話，理由自然還是方才所說的那樣，只不過還會說得更主動一點，比如他是為了打入韓丞相一黨的內部，才不惜讓兒子以身犯險，迎娶韓五小姐。只是沒想到兩家才悄悄地過了小定，王爺就知道了，還這麼忽然問出來，害他完美的措辭成了結巴的藉口。

攝政王只是疏淡地笑了笑，「你能記得自己的身分就好。」不待曹清儒表忠心，隨即轉了話題，「聽說晉王府和楚王府都向你外甥女提親了？」

寒冬臘月的，曹清儒鼻尖都冒出了細汗，小聲地道：「回王爺，是的。」

攝政王輕鬆地靠在紫檀雕龍鳳呈祥紋的大椅上，神情顯得十分閒適，「那曹卿是怎麼打算的呢？」

曹清儒急得不行，楚太妃那兒態度強硬，後來還專門找他敲打了一番，可是王爺肯定不會允許，他真怕得罪這些個王公啊，忙將想好的措辭擺出來：「臣的外甥女情況特殊，還是嫁給無權無勢的世家比較好。」

攝政王含笑點頭，「沒錯，你的外甥女不能嫁給當權之人，免得旁人利用她。不過逸之散漫不羈，對朝政沒興趣，嫁給他也無所謂。曹卿也應當結一門皇親，在朝堂之上才立得更穩。這樣吧，我請太后下旨為他們賜婚，明日早朝時宣布。」

事實是，想賜婚不是那麼容易的。

攝政王批完了奏摺，便去慈寧宮給太后請安，順便提了賜婚一事。因有君逸之寫來的請求信函，攝政王便推說是楚太妃的意思。太后聞言後顯得十分驚訝，「那個俞小姐是個什麼水晶人兒，竟能讓晉王妃和楚太妃都看好她？」

攝政王心裡一沉，面上卻微笑如常，「怎麼？聽母后的意思，晉王妃也向您求懿旨了嗎？」

太后微微笑道：「可不是嗎，就是昨日的事，還帶著之勉一塊兒來的，哀家看之勉那孩子的意思，心裡也是很願意的。」頓了頓，撫著手中冰潤的翡翠如意，思量了一歇兒又道：「原本哀家還想著要見一見這位俞小姐，瞧瞧到底如何，才好賜婚，既然連楚太妃都看上了她，應當是個不錯的女孩兒，那哀家也不必多事召見了。只是，凡事總要講個先來後到，既然是晉王府先向哀家提的賜婚，那哀家自應當允了晉王妃，才是正理。」

攝政王寒星般的眸中，若有若無地掠過一絲輕嘲。一旁吃著小核桃的惟芳長公主一聽就不樂意了，嘛著小嘴道：「母后這話可偏頗得緊，人都道一家有女百家求，哪家許親是按先來後到許的呀？若是讓三姨母知道您偏心，她又會來跟您鬧的。」

太后聞言，想起自家三姊楚太妃那個霸道的性子，也不禁頭疼，可是昨日之勉的話裡暗暗透的意思，這位俞小姐是個關鍵人物，似乎有著什麼祕密。雖說還不一定是真的，但也絕不可放過。再者，她與大姊素來親近，晉王一家對她也是言聽計從，三姊雖也是一母同胞，可是行事總依著規矩律法來，倒更像是皇家的媳婦，而不是她的姊姊。

人都有個親疏遠近，也怪不得她什麼事都喜歡緊著長姊。

攝政王似乎知曉她心中想些什麼，恭謹地笑道：「兒臣原不知曉晉王妃也來求過旨，只是聽了楚太妃的吩咐，便打了包票，特特地來求旨，是兒臣莽撞了。若是按母后之前的顧慮，先尋了俞小姐過來問話，再給之勉賜婚，便極是合情合理。只是現下，母后已經知道兩位皇伯母都有意選俞小姐為妃，都是母后的姊姊，母后若只擇其一，叫楚太妃說您偏頗，倒是兒臣的不是了。」

惟芳長公主忙附和道：「就是嘛，再者說，婚姻是結兩姓之好，他們小倆口要過一輩子的，也得看看人家女方家長輩的意思啊。」

攝政王便建議道：「不若請來兩位皇伯母和俞家小姐及其長輩，讓母后和兩位皇伯母好生相看一番，再做定奪如何？」

太后被他二人這一番說辭擠兌著，倒不好再說賜婚晉王府了，便笑了笑道：「也好。」

宮裡頭的事，曹清儒自然是不知的，他只當自家要與皇家結親了，心中又喜又憂，憂的自然是晚兒到底是外甥女，隔了一層，若是曹家的千金該有多好？可惜他的女兒都已經訂親了，就是想陪嫁個媵妾，人選也只能從兩個弟弟的家中選。

因而回府之後，曹清儒便立即到延年堂，跟母親說起了賜婚一事和陪嫁媵妾的打算。曹老夫人猝不及防，沒想到攝政王都要插上一手，她不算是特別精明的人，但也不是沒見識的，這樣的事能勞動日理萬機的攝政王開口，要麼是寶郡王爺求了攝政王爺，要麼是張氏說的那件事。

當下曹老夫人沒急著回答，只是道：「這事也得等賜婚懿旨下來之後再說吧？王府哪裡是這麼好進的，又不是通房丫頭，畢竟是妾，不是咱們想嫁，人家就會收的。」

曹清儒一想，覺得也是這麼個理，但是這事一旦起了念想，就在心裡扎了根，「還請母親將此事放在心上，若能讓曹家的女兒直接與皇室聯姻，這方為上策。晚兒到底是姓俞的，就怕她日後翻臉不認人。」

若說是為了曹家好，曹老夫人沒話說，可是怎麼會扯到晚兒翻臉不認人呢？曹老夫人不滿地道：「晚兒是個乖巧孝順的孩子，她有什麼事要與曹家翻臉的？」

曹清儒的表情有些怪，隨即調整了過來，一臉謙和憨厚的笑，「母親，兒子只是覺得嫁個曹家的女兒才好，因而打個比方，沒說晚兒會翻臉。」

可是曹老夫人仍是覺得怪異，細細地看了兒子好幾眼，但曹清儒一臉鎮定，她倒也不好揪著不放。

待傍晚一家子都來給曹老夫人請了安，吃了頓團圓飯，各自散了之後，曹老夫人便示意杜鵑跟著，慢慢走到了家廟。

家廟裡一片蕭瑟景象，只神龕前點了幾盞長明燈，光線昏暗。曹老夫人不言不語地往後頭廂房走去，並吩咐杜鵑道：「一會兒守著門口，讓紫兒和曲嬤嬤、劉嬤嬤她們離遠一點。」

「是。」杜鵑恭敬地應了一聲，進了廂房，便將紫兒和曲嬤嬤、劉嬤嬤給請了出去。

傷筋動骨一百天，張氏足足被曹清儒踢斷了四根肋骨，醫藥上又不精心，雖然休養了兩個月，能起身翻身了，可行動還是不利索，見到曹老夫人來了，也不過就是扭頭朝著她諷刺地笑笑，「母親今晚怎麼有空過來看我呀？莫不是家中又有何難事了？」

曹老夫人重重地哼了一聲，扶著拐杖在床邊坐下，冷冷地道：「妳上回要說的與爵爺有關的事，到底是什麼？」

張氏也冷哼道：「爵爺殺了歐陽辰，可不就是禍事嗎？您以為我不想殺了歐陽辰嗎？可是他有兩個同黨，又將兩樣證物埋到了只他知的地方，我才不得不每月給他銀子！您等著吧，他家裡可還是有人的，必定會找到京城來！」

曹老夫人不信，這事她早料到了，也讓兒子去想辦法善後了。張氏一個女人尋人辦事自然不得力，但是兒子就不一樣了，必定能料理得清清楚楚。她蹙了蹙眉道：「妳明明說過跟晚兒有關的。」

她當時不願相信，現在卻再想聽張氏說一遍，若是前後不一致，就當是張氏撒謊，若是一致……一致要如何？

張氏嘿嘿笑了起來，「您不是不相信嗎？怎麼，現在又信了？」

曹老夫人道：「上回妳說得不明不白，我怎麼信妳？這回妳原原本本地跟我說清楚，我自然會分辨。」

張氏挑了挑眉，上回婆婆連聽都不願意聽的樣子，今晚卻主動尋了來問，必然是有緣故的，可這是她保命的本錢，若是婆婆不答應放她一條生路，她是怎麼也不會把最要緊的部分告訴婆婆的，免得婆婆拿到爵爺面前去說，只怕她會死得更早。於是張氏便故作膽怯地道：「此事牽連甚大，我不敢說。」

曹老夫人冷笑一聲，「連賜婚來的媳婦妳都敢算計，還有什麼是妳不敢的？」

張氏一點也不羞愧，「正因為何氏是賜婚來的，不這般算計她的名聲，睿兒如何能休妻？不休妻，如何能娶到堂堂縣主？怪只怪我運氣不好，竟然還在惟芳長公主和寶郡王爺經過的路上動手。母親，睿兒俊美聰慧又有才，那憐香縣主是真的愛慕他，您若真疼這個嫡孫，可要記得上越國公府去提親。」

曹老夫人聽她毫無悔意，大怒道：「閉嘴！若不是妳從中挑唆，睿兒又怎會幹這等下三濫之事？妳連累得睿兒今科秋闈都不能參加，兼且名譽不保，還談什麼說親？」

張氏聽了便跟曹老夫人著急，「睿兒的名聲怎麼不保了？何家明明答應了不說出去的！他們……」

「何家不說，難道別人就不會知道了嗎？世上沒有不透風的牆！就連爵爺現在看睿兒都不順眼，外人還怎麼會高看他？」曹老夫人厭惡地看著她，冷冷地追問道：「妳還是快說吧。」

張氏卻是震驚於爵爺看睿兒不順眼這句話，瞪大了眼睛看著曹老夫人半晌，忽而呵呵地怪笑起來，「爵爺看睿兒不順眼？他還拿自己當是個正直的人物了？他才是個下三濫！」

曹老夫人一豎眉毛，正要發怒，張氏就用毒蛇般的目光看著她，沒什麼血色的嘴唇輕輕地翕動，吐出毒液一般的話語：「妳想聽，我就再說一遍。妳的好兒子，心心念念想著姑爺的一樣東西，要拿那個立大功呢。我以前總想著多拿些晚兒的東西，可都是妳那個好兒子指使的，他還不讓我告訴妳、告訴晚兒，要悄悄地拿，說事關重大。」

曹老夫人心中一凜，跟上回的說法是一樣的，她很想斥責張氏胡說八道，可是心底裡又覺得張氏這時候沒必要說謊。上回聽了是半點不信的，可這時卻緊張地問：「什麼東西？」

「不知道，但必定是晚兒不願意交出來的。」張氏隨意地道。本來想將「姑父恐怕是被人給害死的」說出來，可一想到這是自己保命的本錢，不到關鍵時刻絕不能說，而且這事跟俞筱晚說，似乎更有用。她已經跟俞筱晚提了一點，只等俞筱晚自己去查尋一些證據，再來求她的時候，她再提條件。

她已經打算好了，她自己手裡有幾處莊子，再從俞筱晚那兒弄幾個鋪子，就能離開曹府單獨過日子去。手頭有了錢，就算兒孫不在膝下，也比暴斃在這家廟裡要強。

曹老夫人逼問了幾句，張氏再不肯開口，她不由得後悔上回沒聽張氏說話兒來。

回到延年堂，曹老夫人輾轉反側睡不著。若太后真的下旨賜婚，晚兒今後的日子還不知會怎樣，兒子就開始忙著將曹家的女兒塞進去當妾室，看起來是為了曹家，其實何嘗不是為了他自己？又何嘗不是不放心晚兒？難道真如張氏所說，兒子對晚兒只是表面疼愛，其實並不拿晚兒當一回事，甚至是防範著的？若是，為何要防範？

一天過去了，曹家並未接到賜婚的懿旨，俞筱晚不禁有些惶然，不知這其中是否出了紕漏，便使人去店鋪裡候著從文，好傳個話去。下晌的時候，君逸之便回了信來，告訴她沒關係，他自有辦法。

曹老夫人倒不在意這個，她只是在思考，只是怎麼都沒想明白，她真不想懷疑自己的兒子，因而一時覺得兒子的主意是對曹家好，一時又覺得本來寶郡王爺的妻妾就不會少了，還要一成親就帶個媵妾過去，哪裡有自家人給自家人添堵的？兒子這麼做到底是個什麼意思？

又過了兩日，上午一名太監到曹家來宣讀太后懿旨，令曹清儒、曹老夫人及俞筱晚於三日後入宮覲見。

曹清儒已經聽說了晉王妃也請旨賜婚一事，忙告訴母親。曹老夫人笑道：「晚兒這丫頭就是招人疼啊！」她心裡還是更中意勉世孫一點的。

曹清儒順著曹老夫人的話讚了晚兒幾句，可是轉身到了石姨娘的屋裡，臉色卻沉如靜水，坐在榻上半晌不動，看不出喜怒來。

石姨娘慣會看人臉色的，當下便小意地撒嬌，哄他說話，「爵爺若是不開心，婢妾也不會開心呀。」

曹清儒瞧了瞧眼前如嬌花一般的美人兒，扯了扯嘴角算是笑，「妳又不知我為何事不開心，妳要怎麼不開心呢？」

石榴嘟起粉紅的小嘴，愛嬌地道：「那爵爺就告訴婢妾您為什麼不開心啊？」

曹清儒搖頭道：「我只是覺得我怎麼沒生出個晚兒那樣的女兒來，要麼多生幾個女兒也成。」

說完覺得話有些多了，便一把抱住了石榴滾到床上去了。

這番話，石榴自然一早兒地告訴了俞筱晚，她是聽說了兩家王府上門提親的事，想拿這話拍俞筱晚的馬屁呢。俞筱晚倒是聽出了些別的味道來，好歹是兩世為人，自然不會再那麼天真地以為舅父多生幾個女兒是為了嫁給旁人。嫡姊帶庶妹陪嫁是常事，可憐她這個不知是郡王妃還是世孫妃的人，連嫁妝都沒備齊，就有人開始想著與她分丈夫了。

俞筱晚冷冷地哼了一聲，讓初雲叫來芍藥，讓芍藥過兩天悄悄送幾丸藥給石榴，順便再提醒石榴要多打聽些消息。

石榴已經連吃了俞筱晚開的三副藥，舅父也連吃了個把月的補陽丸，俞筱晚盤算著，應當是這兩個月就能傳出喜訊來，石榴自會賣她這個人情。一個人再精明，做了件大事之後，總是希望有人能欣賞讚歎一番，張氏如今已經不能陪他說話了，那麼看起來安靜聽話的石榴必定是舅父解語花的第一人選。這次能透出兩句，日後石榴有了身孕，只怕會透露得更多。反正不會是直白的話，石榴聽不出什麼來，自然願意告訴她，可她一聽就能明白。

臨到臘月初八那天，太后藉著喝臘八粥的由頭，宣了楚太妃和晉王妃及曹家到相國寺玩耍。為了迎接太后的鸞駕，相國寺將閒人清理一空，由主持一燈大師親自為太后奉了茶。一行人拜了菩薩，上了香，團團坐在寬敞的住持禪房，陪著太后湊趣兒。

只不過平日裡歡樂的氛圍，今日有些火熱過度，君之勉和君逸之兩人幾乎是對所有事情的看法都不相同，而女眷那邊，俞筱晚與兩君家的幾位郡主也找不到共同的話題，只好圍繞著衣裳首飾來轉。俞筱晚如今除了服，今日特意穿著一身粉玫色對襟窄袖衫，配玫瑰紅織金絲雙層廣綾長尾及胸裙，綰著雙蝶髻，兩邊各簪了三支雲石為瓣粉晶為蕊的薔薇花簪，耳上一對指頭大小的南珠耳墜，顯得靚麗活潑。

太后一見到俞筱晚，便記起她是誰了，心裡頭對她的印象倒是不錯，看著兩個堂孫這樣為她爭執，也能理解，只是該解決的事總要解決。太后不動聲色地看看這個，看看那個，而後狀似隨意地同一燈大師道：「聽聞大師最會測八字，鐵口直斷，哀家這裡有幾張小兒女的生辰八字，還請大師代為爻算一番。」說罷，讓人將俞筱晚的生辰八字和君之勉的交給一燈大師。

一燈大師拿了他倆的八字，掐指一算，含笑道：「此二人乃天作之合啊！」跟著說了一串吉祥話。

太后含笑道：「這是之勉與俞小姐的八字。」

晉王妃立即露出一抹笑來，瞧著楚太妃道：「三妹，妳瞧，不是我不讓妳，這是天定的緣分呢。」

楚太妃也不著急，只看著太后道：「太后曾說過要公平的，那就將俞小姐與我家逸之的八字也合一合吧。」

太后滿臉無奈，讓隨侍的魏總管將這兩人的八字交給一燈大師。一燈大師一番掐指算罷，無奈笑道：「亦是天作之合。」

太后的眼睛頓時就睜圓了，「怎麼可能？」隨後狠狠瞪了魏總管一眼，你是怎麼辦事的，將哀家的話傳給大師沒有？

魏總管真是委屈極了，不由得看向一燈大師，您是怎麼回事？

一燈大師一派得道高僧的淡然與寧靜，含笑道：「世間姻緣本就是錯綜複雜，只看誰與誰最有緣了。」

楚太妃聽了這話兒便笑道：「若說有緣，逸之定然比之勉與俞小姐有緣。若不是有緣，為何逸之那日一去潭柘寺看望我這把老骨頭，就正好遇上刺客，又正好救下了俞小姐一命呢？什麼都趕得正好才叫有緣。一燈大師，我說得對不對？」

一燈大師微微一笑，到底什麼意思，自個兒去猜。

雖然大家都知道楚太妃在潭柘寺遇刺，但在楚王府的刻意隱瞞之下，外人並不知還有君逸之救了俞筱晚這一齣。楚太妃不讓將此事外傳，連逸之受傷也瞞下，一是怕兒媳婦楚王妃知曉後對俞筱晚不滿，二是怕曹老夫人覺得將寶貝外孫女嫁入楚王府，好似是來報恩的，平白低人一等，更不願將晚兒嫁入楚王府。

聽了楚太妃這話，晉王妃不由得了皺眉頭。若逸之於俞小姐有救命之恩，她們家還真不好橫插一槓子。就連太后都是這樣覺得，慈祥的笑容沉了沉。

可是這番話卻未對君之勉有任何作用，他滿面和煦的笑容，探詢般的問君逸之道：「逸之堂弟，我們皇室中人尊享富貴，就應當愛國愛民。俞小姐亦是我朝子民，你救她一命是恩，可也是職責所在，切不可挾恩圖報。」

楚王妃早幾天便被婆婆警告了，正惱火著大約非要娶這個出身不夠高貴的媳婦回去了，這會兒見事情略有轉機，忙幫著君之勉轉換話題，「是啊，婆婆，逸之救人是大義之舉，是王爺平日教導得好，俞小姐沒有被刺客傷害是她福澤深厚，咱們不能挾恩圖報啊！」

太后的眼睛立即亮了起來，正要說話，卻被楚太妃給搶斷。楚太妃狠厲地瞪了長媳一眼道：「我何曾挾恩圖報了？我方才說的是逸之與俞小姐有緣分，何曾說過半句要俞小姐報恩的話來？妳哪隻耳朵聽的？旁人耳朵裡長了痤瘡，妳耳朵裡也長了不成？」

楚王妃被罵得臉色慘白，她好歹是位超品的親王正妃，婆婆卻當著太后和攝政王、王爺、諸宗室親戚的面這樣毫不留情地喝罵，真讓她恨不得化為塵埃，找個地洞鑽進去。而被暗罵到的君之勉臉色也極不好看，訕訕地端起茶杯飲茶，不敢輕易再開口。雖然沒有指名，但是說到了自己的孫子，晉王妃的臉色也不大好看。

君逸之笑彎了一雙狹長的鳳目，不停地朝老祖宗諂笑，無聲地拍著馬屁。

太后早知自家三姊十分強勢，再鬧下去只怕會吵起來，只得居中調解，「俞小姐哀家也見了，的確是秀外慧中，難怪你們兩家都想求娶。唉，手心手背都是肉，哀家作主許給誰，另一家都會有意見，不如讓俞小姐的長輩來選吧。」

魏公公立即看向曹老夫人，問道：「曹老夫人，請您決定吧。」

曹老夫人連忙起身回話，心中卻是略為猶疑，兒子曹清儒已經同她說了攝政王爺的意思，可是她自己卻覺得勉世孫更配晚兒一些。從方才太后的話語裡，也能猜出太后更偏向勉世孫一些。到底該怎麼做？

「臣婦之外孫女蒲柳之姿，承蒙楚太妃和晉王妃錯愛，實在是她前世修來的福氣。臣婦先代外孫女向兩位貴人拜謝。」說罷，曹老夫人便一跪到地。她嘴裡說著客套話兒，為的就是拖延時間，好仔細想清楚，到底應該選誰。

少女們就在廂房的另一側，中間用一道六扇屏風隔開，那邊說的話兒，這邊全都能聽到。一聽見太后讓外祖母選擇，俞筱晚心中便有些緊張，貝齒輕咬在紅豔豔的嘴唇上。惟芳長公主就坐在俞筱晚的身邊，瞧見她緊張的樣子，嘿嘿鬼笑，湊到她耳朵小聲問道：「怎麼？怪妳家老太太胡亂選人嗎？若是我能幫妳，妳要怎麼謝我？」

俞筱晚瞪了惟芳長公主一眼，有心不想理她，可是這麼關鍵的時刻，還真是需要她幫忙，當下也顧不得羞澀，小聲回道：「今冬新口味的醃梅，只供給妳。」

惟芳長公主嘿嘿直笑，「成交！」

她說完便樂顛顛地站起身，從下位處轉過屏風，要去到太后身邊，第一位路過的便是曹老夫人。惟芳長公主走到曹老夫人身邊時，小聲地耳語道：「只說之前，逸之抱了晚兒，還被楚王府的侍衛們瞧見了。雖說不是故意為之，但按世俗禮儀來說，俞小姐已經算是逸之的人了，老太太，您怎麼還拿不定主意？非要等到事情傳得人盡皆知，讓京城的人都嫌棄晚兒才開心嗎？」

惟芳長公主將這話兒一丟出來，曹老夫人頓時一驚。之前她敢拒絕楚太妃，是因為她知道楚太妃不會那麼下作地將這事傳出去，故意壞晚兒的名聲，可是聽惟芳長公主的話裡有些威脅的意思，若是不選君逸之的話，那麼這事情就會傳出去。女孩兒家的名聲脆弱得就如水泡，輕輕一吹就會破，尤其君逸之又是這麼個花名在外的渾人，傳出去了，旁人還不知會做何想。傳了幾人之後，興許什麼難聽的話都能編出來了，到那時晚兒的名聲就真的毀了，恐怕只能為妾了……

曹老夫人深吸一口氣，轉頭看向惟芳長公主，惟芳長公主輕笑了起來。

太后的眸光閃了閃，嗔怪道：「妳在說些什麼？可別胡亂出主意！」

太后的語氣是寵溺的，惟芳長公主並沒怎麼放在心上，笑嘻嘻地道：「母后，兒臣在給曹老夫人出主意呢。曹老夫人恐怕今日還是第一次見到之勉和逸之，對他二人根本就不瞭解。他二人又皆是人中龍鳳，一時哪裡能分出個伯仲來？所以兒臣方才建議老夫人，不如讓之勉和逸之各自表達一下日後會如何對待俞小姐，這才好讓曹老夫人選。」

楚太妃聞言便笑道：「這個主意好，太后您看呢？」

太后略一沉吟，也贊同了。

於是長幼有序，先由君之勉來。他思索一番道：「既聘為正妻，自然是尊重愛護，相敬相親，不讓她受委屈，不讓她受苦寒，但凡是我有的，必許她。」因為尚未訂親，相濡以沫這類的詞就不方便用。他自覺話雖少，但涵蓋面廣，已經很周全了，便挑眉看向君逸之。

君逸之早就想好了，輕輕地笑道：「我也一樣，若能有緣結為夫妻，自然是白首不相離。但凡是我有的，俞姑娘一定會有，但凡是我不願的，也一定不會強加於她。再遠的事情我無法預料，但至少在目前，我能做出的承諾就是，若能娶得俞氏為妻，我永生不娶側妃、庶妃。」

他一字一字說得緩慢而清晰，俊美絕倫的臉上表情認真，因著這世俗的羈絆，他不可能說出更多的甜言蜜語，不能讓旁人知道他已深情不移，只能趁此時機表白心跡，也是委婉地阻絕了母妃為他挑選側妃的念頭。
此言一出，廂房裡靜得能聽到繡花針落地的聲音，不但是太后、楚太妃和楚王妃等人驚呆了，就連曹老夫人都沒想到君逸之會做出這樣的承諾。因而她只略怔了一下，便輕輕頷首道：「多謝寶郡王爺，那臣婦便將外孫女交託給您了。」
太后眉梢一挑，「你會不要側妃和庶妃？」
京城中聞名的花花公子居然為了正妃不要側妃，改行當情聖了？說出去誰會相信？
君逸之詭笑道：「逸之只是不要側妃和庶妃，太后娘娘可要相信逸之啊。」
楚太妃聞言，撫掌笑道：「那就這樣了。曹老夫人，妳選了我家逸之，就只管放心好了。逸之其實還是挺有擔當的，他說不娶側妃便不會娶側妃的。」
楚王妃立即急了，「母妃，這怎麼可以？不多納妻妾，怎麼為皇家開枝散葉？」
楚太妃淡然地道：「少生幾個，也是為國庫節省銀子，有何不可？況且之勉會廣納妻妾的，之勉的孩子，一樣也是皇家血脈。」
楚太妃倒是很看得開，這陣子君逸之沒少在她面前哼唧，暗示自己不想要側妃，剛剛又說了那樣的話。她自認為瞭解孫兒的心事，逸之喜歡晚兒，自然是想敬著她、護著她，若是娶個身分高貴的側妃，晚兒難免受氣，因此才不會願娶側妃。這有什麼關係，還是可以有妾室和通房的嘛。
「母妃！」楚王妃簡直快要氣暈了，便看向楚王爺，「王爺，您倒是說句話啊！」
楚王爺一瞧見母妃瞪得滴溜圓的眼睛，當下輕咳一聲，「一切聽母妃的。」
晉王妃看著曹老夫人，蹙了蹙眉。原來三妹說的是真的，這老太太只喜歡不納妾的孫女婿，既然這樣，便不用堅持了。她雖喜歡俞筱晚，但更看重自家的血脈，若是兩廂觀點不合，又何必強求，硬討人嫌？

攝政王瞧了一齣好戲，心情極好地笑道：「既然曹老夫人已經選定了逸之，母后快快賜婚吧，宗室裡已經好一陣子沒有喜事了。」

事已至此，太后只得順著這話笑道：「可不是，明日哀家就下旨，讓禮部早日準備好三書六禮，是該熱鬧一下了。」

惟芳長公主坐在太后身邊抱住她的胳臂，咯咯地笑道：「母后，方才可是我出的好主意，您賞我什麼？」

妳出的明明就是歪主意！太后心裡罵了一句，面上卻是慈愛的笑容，「平日裡賞妳的東西還不多嗎？這麼點事也來找哀家要賞，妳幫的是逸之，叫他孝敬妳去！」

君逸之十分乖覺，立即笑道：「小姑姑明日只管來楚王府找我，看中了什麼拿就是了。」屏風那邊的小姑娘們也開始拿俞筱晚打趣，俞筱晚被羞得小臉豔紅，偏偏只能坐在那兒聽著。

好不容易熬到太后盡興，擺駕回宮。送走了太后和攝政王的儀仗，楚太妃和晉王妃一家也登車離去，曹家人才乘車回府。

一回到曹府，曹老夫人便立即讓晚兒跟她到延年堂。杜鵑已經得知了喜訊，笑盈盈地向表小姐道喜，俞筱晚忍不住又紅了臉。趙嬤嬤樂呵呵地從自己手腕上褪下一隻絞絲金鐲，說道：「今日本是陪太后打醮的，小姐沒帶多少賞錢，這只鐲子杜鵑姑娘別嫌棄。」

這只絞絲金鐲少說也有二兩重，杜鵑喜得眉開眼笑的，忙蹲身福了福，「多謝嬤嬤賞我。」

延年堂裡別的小丫頭這才知道表小姐已經許配好人家了，一窩蜂地上前來道喜。俞筱晚是羞得不能視事了，趙嬤嬤便作了主，爽快地道：「放心，有賞，妳們都有賞！初雪，回墨玉居去取賞銀！」

「誒！」初雪脆生生地應了一聲，從趙嬤嬤手中接過小錢匣的鑰匙，一溜煙地跑回去拿銀子和荷包。

曹老夫人在東暖閣的臨窗短炕上端坐好，看著外間歡樂的氣氛，微微一嘆，隨即又勾唇笑了起來，向俞筱晚招了招手道：「晚兒，過來坐。」

俞筱晚乖巧地偎著外祖母坐下了。

杜鵑指揮著小丫頭們捧上了暖暖的手爐驅寒，又親手為老太太和表小姐奉上了熱茶，便在老太太的示意下，帶著小丫頭們退了出去，自個兒在走廊下逗著畫眉玩，順帶不讓閒雜人等靠近東暖閣。

曹老夫人拍著晚兒的手，想了想，緩緩地道：「我真沒想到寶郡王爺會說出那樣的話來，楚太妃也沒有異議，那便好了，至少妳嫁過去，上頭有人幫著妳，身邊沒有出身比妳高的側室，妳至少可以安心個幾年。」

「原本我不看好他，是因為覺得他太花心。倒是我想左了，哪個少年不風流，他雖然常去煙花之地，但家裡並沒有養太多亂七八糟的人，也沒將外面不清不楚的女人帶回王府過，這說明他還是極有分寸的。」

俞筱晚聽了這話，嘴角不自禁地抽了抽。外祖母這轉變得也太快了，居然能從逸之那一堆的壞名聲裡找出長處來。

曹老夫人還在那兒說道：「他喜歡妳，我看得出來，不過那是妳生得太好的緣故，妳自己心裡要有數。雖然一時之間難以有人及得上妳的容貌，可這些都是虛的，韶華易逝。等妳生了孩子之後，容貌多少會有變化，就算是沒變化，也難保男人看久了生厭，所以妳一定要趁他對你牽腸掛肚的時候，將孩子生下來，將自己的地位鞏固。有了孩子傍身，有些事情就要看開一點。別總想著妳父母如何如何，姑爺那樣的男子，萬中無一。」

「咱們女人的日子過得好不好，最後靠的還是自己，看得通透想得豁達的，嫁給誰都能過上好日子，思想蠢笨肚量狹小的，就只能看運氣了。妳是個聰明孩子，我相信妳用些心思，一定能讓他身邊的人服服貼貼，這些都不是難事。」

曹老夫人這是在暗示俞筱晚，君逸之雖然許諾了不娶側妃和庶妃，但日後還是有可能納妾。曹老夫人怕她總想著自己父母是一生一世一雙人，便也這樣要求君逸之，最後落個善妒的名聲，丈夫不愛、婆婆不喜。

其實當初若不是知道楚王妃是個不能容人的，曹老夫人或許會讓女兒嫁給楚王爺為側妃也不一定。

俞筱晚知道世上的事大多如此，但心中還是不以為然，不試試，怎麼知道自己一定沒有這個福氣？至少，那日他是應允了她的，至於楚太妃或是楚王妃想要往逸之的身邊塞人，到時再兵來將擋，水來土掩。

曹老夫人想了一歇，覺得說得差不多了，皇室的婚事辦得隆重，三書六禮一套下來，少則一年，多則兩三載，有些事可以慢慢教，便又轉而說起了另外一件事：「妳雖父母雙亡，可是妳舅父還在。妳有三位舅父，他們都是妳的娘家人，有什麼事都不必怕，告訴妳舅父便是。自然，妳也要與妳舅父、表姊妹們處好關係，都是流著相同血脈的親戚，若是有個什麼磕磕碰碰的，妳多寬容一點，能拉拔曹家的時候就儘量拉拔一下，娘家有勢，又願意幫妳，這樣才能在王府立足更穩。」

這樣的交代沒有任何問題，可俞筱晚卻聽出了一絲不尋常。她到了京城之後，在外祖母的面前，一直與幾位表兄表姊妹們處得不錯，外祖母只在她初入曹府的時候說過要相親相愛的話，後來再沒提過了，今日怎麼會忽然說到這個？還提到了拉拔曹家人……

她不由得狐疑地看向外祖母，含著笑道：「外祖母說得極是，牙齒還會咬著舌頭呢，一家人哪有不磕磕碰碰的？些許小事，晚兒定然不會放在心上。至於拉拔親戚，寶郡王爺是個閒人，恐怕是幫不上什麼的。」

曹老夫人臉色有些暗紅，忍著難堪道：「楚王爺是輔政大臣……」

俞筱晚乖巧地笑道：「哦，可是晚兒不知楚王爺對晚兒的印象如何，這個大話可不敢說。當然，能幫的，晚兒自當盡力。不過，外祖母您也別著急，敏表哥不是已經與韓五小姐訂親了嗎？韓丞相的權勢僅在攝政王之下呢，似乎關係比晚兒這邊還要親近一些，有韓丞相拉拔著，舅父和睿表哥都會步步高升的。」

以前跟晚兒說件什麼事，晚兒總會滿口應允，可是今日怎麼推三阻四的，難道晚兒已經知道了什麼？曹老夫人心中一凜，仔細看著俞筱晚，只見她眼睛清澈明亮，黑瞳的深處閃著幽幽的亮光，似乎有些看不懂的情緒在裡面。曹老夫人忽然發覺，自己似乎不是太瞭解這個自小疼愛的外孫女了。她在不知不覺間言語多了，什麼事都要問個一清二楚，彷彿一切都要在掌握之中。那雙春水般柔美的眼睛，目光鎮定，且總是若有所思，全然不像小時候那般柔弱無助，那般懵懵懂懂。

這樣的轉變，對曹家來說，也不知是福還是禍。

曹老夫人正思量間，初雪領了賞銀過來，延年堂的院子裡又是一片歡樂的海洋。俞筱晚到底年輕，不由得扭頭伸長了脖子往窗外看，曹老夫人含笑拍了拍她的手，「妳回去吧，既然婚事已經定下了，就得開始繡嫁衣了，年底妳鋪子裡的事也多，我就不留妳了。」

正趕上曹清儒進來，晚兒又向舅父見了禮。曹清儒聽母親說在跟晚兒談心，便笑道：「晚兒，妳放心繡妳的嫁衣，妳的陪嫁丫頭和陪房，我會讓妳小舅母幫妳選好的，這就算是舅父送給妳的嫁妝了。」

俞筱晚的眸光閃了閃，屈膝福了福，輕聲道：「多謝舅父。」隨即出了延年堂，回到自己的墨玉居。

趙嬤嬤笑容滿面地開始張羅起來，指揮初雲去選精美的花樣子，給小姐繡嫁衣，又指揮初雪清理箱籠裡的首飾，上好的要清洗拋光，老舊的要重熔再製。

俞筱晚則無事人一般的坐在暖烘烘的炕上，眯眼喝了一口熱茶，這才打斷趙嬤嬤的話道：「嬤嬤，記得挑幾樣首飾出來，開春貞表姊就要出閣了，我得早些準備添妝禮。另外，一會兒差人去跟古掌櫃說一聲，明日到府中來一趟，我有事要交代他。再看看咱們的上好補藥還有些什麼，外祖母這兩日有些咳喘，我配份藥膳方子過去，讓杜鵑好生給外祖母調理一番。」

趙嬤嬤一拍自己腦門，「還是小姐想得周到，奴婢只顧著小姐了。」說完立即將事吩咐下去，遂又建議道：「也不知到底婚期會訂在何時，這陪嫁的丫頭和陪房，還是早些挑選好一點。」

說到這個，俞筱晚便蹙了蹙眉，淡淡地道：「舅父說，陪嫁丫頭和陪房，他會讓小舅母幫我選好。」

趙嬤嬤怔了怔，心道：曹爵爺這是想往小姐的身邊安插人手嗎？只是聽起來是一片好意，若是不接受，好像還是小姐不懂事不識抬舉了。

俞筱晚擺了擺手，此事不急，反正到出嫁之前還有一段時間，不過逸之性子急，怕是等不到一年的，她的嫁衣得快些繡了。

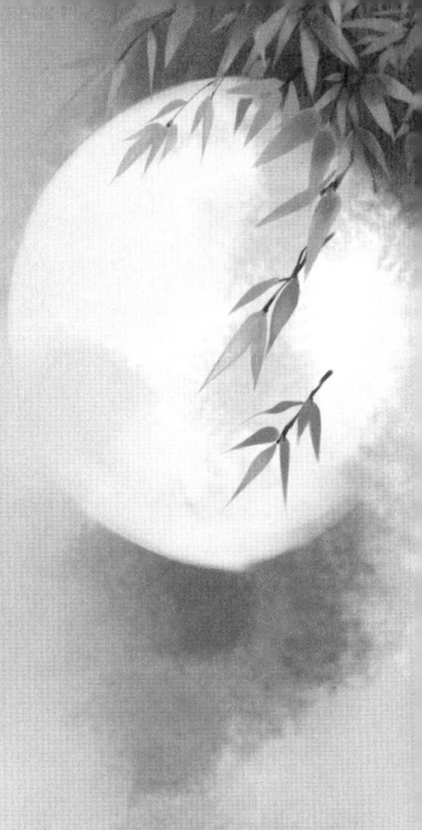

伍之章　舅父謀算頻找碴

晚上俞筱晚與趙嬤嬤、初雲和初雪等人挑嫁衣的花樣子，直挑到三更天，原因是趙嬤嬤她們挑的花團錦簇牡丹紋的花樣子雖然喜慶又富貴，但這是她前世繡的嫁衣花色，還是心裡想著曹中睿而繡的，因而她堅決不用。

可是郡王妃的嫁衣上要繡一對翟，別的花色配起來，一是不好看，二是不夠喜慶，同樣代表喜慶的並蒂蓮太素淨，主僕幾人傷透了腦筋，最後還是初雲建議道：「還是用牡丹吧，小姐若是不喜歡花團錦簇的花色，可以用纏枝或是折枝樣子的。」

俞筱晚也挑累了，聽了這話心道：的確，不必拘泥於哪種花，只要整體的不與前世相似不就成了？

這麼一想，後頭定樣子就容易多了。待俞家主僕四人定好了嫁衣的花樣和款式，才各自休息。

次日一早，俞筱晚到延年堂的時候，武氏已經帶著曹家三姊妹坐在東暖閣裡了，眾人一見到她略帶些血絲的杏眼，便善意地取笑道：「好個小娘子，為了何事而輾轉反側呀？」

俞筱晚耳根有些發熱，向外祖母請了安後，便偎著她坐下，低了頭不答話。武氏也不過就是開一句玩笑，曹中貞和曹中燕本就不大敢亂說話的，眾人見她忸怩，便沒再多說，而是談論起了正事。

每年到了臘月，都是各府最忙的時候，要給自家的親戚和相熟的府中送年禮，哪些府中要送得重、哪些要輕、哪些要不輕不重，各送些什麼物品、為何如此，等等的都是一門學問。以前這些事都是張氏管著，先與曹爵爺討論好了，才拿到老太太面前來請示，今年是武氏第一次張羅，自然要先來請老太太的示下。曹老夫人便留了幾位小姐一同聽一聽，好在將來嫁入夫家，有機會管理事務時，不至於慌了手腳。

俞筱晚和曹家姊妹都仔細認真地傾聽，待關係親近的府第的年禮討論完，竟已經到了晌午。曹老夫人便笑道：「天兒怪冷的，不用走來走去了，都在我這兒用飯，下午還要繼續的。」

於是眾人便移步東梢間，武氏站在老太太身後布菜，幾位小姐則陪老太太圍坐在圓桌上。食不言，寢不語，眾人沉默地用過飯，又回到暖閣繼續討論年禮事宜。好不容易到天擦黑的時候，將一些重要府第的年禮給商量好了，其他一般的府第照著往年的慣例辦便成了。

曹老夫人看了一眼牆邊的自鳴鐘，神色間遲疑了一下，曹中雅便哼的一聲冷笑地出來。曹老夫人不由蹙眉問道：「雅兒，妳想說什麼？」

曹中雅將手中的茶杯放下，拿絹帕擦了擦嘴角，好奇的笑容裡怎麼看都帶著幾絲嘲諷，佯裝天真地問祖母：「不是說今日會下懿旨給表姊賜婚嗎？這天兒都擦黑了，怎麼還沒一點消息？」她眸光一轉，不懷好意地看了看俞筱晚，「不會是太后又改主意了吧？」

曹老夫人面色一沉，呵斥道：「休得胡言！太后娘娘金口玉言，當著那麼多人的面說的話兒，怎麼會無端端地改主意？」

曹中雅面皮一緊，沒想到一句酸話竟引來了祖母的斥責，心中極為不滿，認為祖母是因為表姊要嫁入王府，故而格外優厚，方才討論送年禮的時候，就提到了楚王府，還說要送重禮，可是平南侯府那邊的年禮卻只是與平常官員府中一樣。她當下便發作道：「祖母，您怎麼能這般偏心？什麼好的都給表姊！她可是姓俞，自己有的是家財，怎麼不用她自己的銀子送禮討好婆婆去？」

武氏在一旁都聽不下去了，小聲斥道：「三小姐，什麼討好婆婆，這話哪是姑娘家能說的？侯府本就比王府品秩低，禮重一些也是常理！老太太可從來沒有偏心過誰，妳這話說得太過了，快向老太太認個錯兒！」

曹中雅認定的事情，哪裡會認錯，當下就噘起小嘴，紅了眼眶，眼淚水在大眼睛裡滴溜溜地轉。

曹老夫人原是生氣她口無遮攔，可是見她這副委委屈屈，想生氣又有些顧忌的樣子，想到她母親被關在家廟，她的親事訂得不順心，恐怕是擔心嫁妝不豐，嫁過去會受氣，心情不好才會這般彆扭暴躁，也不好再生氣了，只柔聲安慰道：「傻丫頭，方才不是已經說了嗎？平南侯在朝中地位超然，咱們府中也沒有太多的銀子去淘換那些個珍奇之物，送得再豐，也比不得旁人，不如就按一般的交往情誼，再加上二成送過去，算是全了親家的禮數。」

曹中雅聽得祖母軟了語氣，正想趁機提些要求，讓自己的嫁妝箱子再厚實一些，門外便傳來了小丫頭的通稟聲：「爵爺和大少爺、二少爺來給老太太請安了。」

曹清儒和曹中敏下了朝，與曹中睿一同過來請安。

待三人進了屋，一家人相互見了禮，各自尋了位置坐下，曹清儒便開始說起今日朝中聽到的一則好消息：「三弟可能年底就會入京述職，母親，您看，咱們是不是要周旋一下，好讓三弟留京？」

這位三弟是曹清儒同母的嫡弟曹清淮，已經在杭州待了六年，不過是正五品僉事，卻不是在當地升遷，而是入京述職，本就是有留京的意思，只是京裡衙門眾多，想去好地方，不打點打點可不行。曹老夫人年紀大了，就希望兒孫能環繞膝下，享享天倫之樂，聽了這話便立即道：「如此甚好，今日正在商量年禮，爵爺看要給哪家多添些，拿個章程出來，我讓武氏去辦。」

曹清儒笑著從袖中抽出一張素箋，遞給母親，「這是兒子與敏兒、睿兒他們一同擬的，您看看合適不合適。」

他下朝回府就已經與兩個兒子商量過了，當然，主要是問曹中敏的意見，曹中睿不過是跟著學習學習。如今曹中敏跟在吳舉真身邊學習，而吳舉真是出了名的世故圓滑，否則那麼多大儒，為何就他能升到太傅之位？因而曹中敏對這些人情往來了然於胸，就是曹清儒都要時常問他拿主意。

曹老夫人仔細看了看素箋，覺得十分穩妥，便笑道：「你們男人辦事更注重全面，比我們女人自是能幹些，讓武氏就按單子辦好禮就成了。」說著遞給了武氏。

商量完了正事，一家子又說了會子閒話，曹清儒終於輕咳一聲，將話鋒一轉，看著俞筱晚親切地道：「昨日太后在相國寺玩得開心舒暢，回宮時竟不小心染了風寒，賜婚的懿旨大約要等太后鳳體康復之後才會擬了，晚兒莫急。不過最近妳可不能再去店鋪裡了，要訂親的人，行事得分外小心才是。」

俞筱晚忙肅立聽訓，曹清儒呵呵笑了兩聲，示意她坐下，開始說起自己的打算：「妳俞家的財產自然都是妳的嫁妝，舅父這邊也得幫妳添妝，昨日便說了，幫妳選幾個陪嫁丫頭和幾個陪房。我看了一下，妳自己的丫頭就不少，那麼陪嫁的丫頭就選良辰和美景二人，陪房我選了單正一家和周泉一家。周家的就在妳院子裡當差，自是不用多介紹了，單正我讓他明日到府中來給妳磕頭，妳就可以安排他一家子做事了。」

說出良辰和美景的名字的時候，曹老夫人幾不可見地蹙了蹙眉，想說什麼，卻終是沒說。

俞筱晚聽了這話，忙陪笑道：「多謝舅父關心，只不過年底事多，就不急著見面了，待開年之後再說吧。左右賜婚的懿旨還未下，婚期也不知會定在什麼時候，不急這一時。」

曹清儒沉吟一歇兒道：「也好，那明日就先將良辰送去給妳。」

曹中雅聽得大急，她已經知道自己不可能懷孕，早就開始打起陪嫁丫頭的主意。整個曹府的丫頭都摸了個遍，知道良辰和美景的相貌是丫頭中最出挑的，年紀也跟自己差不多，可算得上是正好。當然，良辰心眼兒多，這幾年又一直待在廚房裡，怕是沒學到什麼規矩了，可美景卻是個憨的，又一直嬌養著，正適合作通房。

曹中雅早就想開口要美景，在身邊多使喚上幾年，先收服了美景的心，陪嫁的丫頭必須忠心，生下的孩子才好給她抱養，待她沒有利用價值的時候，一個小丫頭，要生要死還不是她一句話的事？

可是父親卻將這兩個漂亮丫頭都給了表姊，她怎麼忍得下這口氣？於是曹中雅便拉著父親撒嬌道：「父親，女兒也沒有陪嫁丫頭呢，將美景給女兒吧。」

曹清儒看著她道：「怎麼沒有？紅兒、藍兒不是妳的丫頭？」

曹中雅心中又急又怒，卻不敢朝父親發火，便使著勁兒地晃曹清儒的手臂，「父親，那不一樣嘛！紅兒、藍兒哪有美景漂亮？」她睇了俞筱晚一眼繼續道：「美景分到表姊那兒幾年了，表姊從來沒讓她當過差，可見是不喜歡她的。」

真是笨！要那麼漂亮的陪嫁丫頭，不是給自己找麻煩嗎？可這話曹清儒總不能當著俞筱晚的面說，只得道：「的確是美景更漂亮些，可寶郡王爺本就是芝蘭玉樹般的人物，眼界自然也高些，當然要將漂亮的丫頭給妳表姊才是。妳若實在是不滿意紅兒和藍兒，等開了春再叫人牙子上門來，妳好生挑幾個就是。」

曹中雅心中大恨，這會子買進來的丫頭，還得重頭開始學規矩，更不可能有家生子忠心可靠，她要來做什麼？

俞筱晚早就打算將美景推給曹中雅，便有些不好意思似的笑道：「舅父疼愛晚兒，晚兒都記在心中，只美景這丫頭，既然雅兒妹妹已經看中了，讓給妹妹便是。晚兒自己從汝陽帶過來的丫頭就有七八人，前陣子文伯又幫晚兒買了四名丫頭，也著實用不了這麼多。」

曹清儒悶了悶氣，便也順著這話應下了，「也好。雅兒，還不快謝謝妳晚兒表姊。」

曹中雅得了一名漂亮丫頭，心裡頭高興，便大大方方地向俞筱晚道了謝，出了延年堂，竟是一刻也等不得，跟著俞筱晚回墨玉居，親自將人給提走了。

「原就是咱們不想要的人，三表小姐還當個寶貝似的。」待曹中雅走後，初雲便不屑地嘀咕。

俞筱晚笑嗔了初雲一眼，她倒是能理解曹中雅。靜晟世子剛與曹中雅訂親就娶側室，說明根本就沒將她放在眼裡，陪嫁的丫頭若是不漂亮，大概打動不了靜晟世子。男人有時候也挺怪的，並不是妳願意送上門，他就一定會要，所以曹中雅才會急著養個特別出挑的丫頭在自己身邊。只不過，若曹中雅知道她想要的這枚棋子是自己早就養熟了的，會不會吐血呢？

第二日，良辰就被領到了俞筱晚跟前，這回她老實了許多，俞筱晚問她話時，問一句答一句，不敢隨意開口，態度也十分謙卑，始終低著頭，不像以前那般跳脫了。俞筱晚問了她這幾年學了些什麼之後，便讓趙嬤嬤領她下去交給周嫂，讓周嫂教她學規矩，再給安排個事。

趙嬤嬤極滿意小姐的處事方式，讚道：「小姐這樣是對的，良辰口口聲聲說自己學了幾年廚藝，難道還想日後幫著管小姐的飲食不成？就讓周嫂給她安排，也試試周嫂到底安的是什麼心。」

周嫂便是周泉的媳婦，這一家子也送給了俞筱晚的，俞筱晚這樣安排，也的確是有這一層意思在裡面。另外一層，也是不想看見良辰，免得又想起前世的慘死，影響過年的心情。

自從曹清儒交代俞筱晚儘量少出府之後，俞筱晚就真的安心待在府中，要查看帳冊，也是讓敏表哥幫忙帶回府中，讓初雲、初雪算清楚，她自己則整天窩在暖閣裡繡嫁衣。

一晃十餘日，小年夜之前，太后娘娘的鳳體終於康健了，便下了賜婚的懿旨，俞筱晚便可開始正正式式地待嫁了。

從小年夜起，京城之中就開始下起了鵝毛大雪，直下到除夕那日才停。屋頂上、樹枝上都是厚厚的積雪，除了行路的小徑掃了出來，別的地方天天除雪都除不完，便乾脆放在那裡了。曹府整個裹在了一片銀色天地之中，池塘上的積雪竟堆了有半人高，不過這樣的天氣讓大年三十的除夕夜十分有氣氛，曲廊上的燈火照在雪白的雪地上，在雪地上暈出各種色彩的光圈。

曹清淮趕在大年三十這一天回了京，白天忙碌著安置行囊，到了晚間，才正式與兄嫂見面。一家人圍坐在延年堂的大廳裡，歡歡喜喜地吃團年飯、守歲、過大年。

曹清淮有三子一女，三個兒子中，長子和次子都比曹中敏大，早就中了舉人，如今都任了一方縣令，不得回京。小兒子才只七歲，是庶子，不過長得玉雪可愛，小嘴兒又甜，曹老夫人極是喜歡，一直抱著不放手。嫡女曹中慈年方十五，比俞筱晚大了半歲，幼時與曹中雅一同長大的，感情極好，兩個小姑娘一見面就湊到一起嘰嘰喳喳個沒完。

曹清淮的夫人秦氏是個白皙的美人兒，曹中慈生得肖母，也生得十分秀麗，是位極出色的美人。俞筱晚過來給三舅父、三舅母行禮，曹清淮略有些傷感地道：「想不到蓮妹就這樣去了，竟連最後一面都沒見著……」

曹老夫人眼眶也紅了，嗔道：「你莫再惹哭晚兒了，快收起心思來！」

俞筱晚知道三舅父多半是作個樣子，但也得隨著惻然，便拿帕子擦了擦眼角。秦氏忙將她拉到自己身邊，小聲道：「老爺莫再提這些傷心事了，今日是大年夜呢。」說著上上下下打量了俞筱晚好幾眼，不住口地讚歎：「真是個天仙般的人兒！」又感嘆道：「我生玉哥兒的時候，妳母親還沒及笄，後來在及笄禮上，我送了支碧玉簪給妳母親，她極是喜歡，這會子見到妳都要及笄了，真真是時光如梭啊。妳放心，妳的及笄禮，妳三舅父必定給妳好好地辦起來。」

說著從身後的丫頭手中接過一個大荷包，裡面鼓鼓囊囊的，塞到俞筱晚手裡，「又是見面禮又是壓歲銀子，可給我省了事了。」

俞筱晚也沒推辭，只笑著謝了，讓初雲收好。

按習俗守望到子時，曹家人便去開小祠堂拜祭祖先。俞筱晚不姓曹，便自回了墨玉居。

趙嬤嬤和初雲初雪跟進來服侍，俞筱晚從新得的玻璃鏡子裡看到初雲一副有話要說的樣子，便道：「有什麼事就說吧。」

初雲吐了吐小舌頭，「三舅夫人真大方，給小姐的見面禮竟是一對鑲碧璽的赤金鐲子和一塊通體碧綠的蝙蝠蓮紋玉佩，至少也值個幾千兩銀子呢。」

俞筱晚驚訝道：「真的嗎？拿來我看看。」

待倒出荷包裡的事物，就連俞筱晚這看慣了好物件的人都不禁啞然，那塊玉佩真的是通體碧綠，半個巴掌大小，而且雕功也極精緻，光這塊玉佩就至少得三千兩銀子了。那對鐲子上鑲的碧璽也不是尋常能見到的成色，總值不會少於四千兩。

這樣的見面禮也未免太貴重了，想到三舅母言語裡總是談到母親未出閣前與她的關係如何如何好，似乎在極力拉攏與她的關係，必定是對她有所求才是。隨即又扯了扯嘴角，蘇杭富甲天下，看來是不假的，一個五品官才不過三百兩銀子的年俸，卻能送四千兩銀子的禮。

俞筱晚不知道自己能幫上三舅母什麼，倒是趙嬤嬤想到了一層，「老奴聽三舅老爺家的下人說，慈兒表小姐還沒訂親，會不會想請您將慈兒表小姐介紹給皇室中人？」

俞筱晚沒去問這種事，初聽之下有些訝然，隨即又有些了然，大約是想著日後總會回京的，所以三舅父才沒給曹中慈訂親，反正她年紀也不算大。可是自己出嫁也至少是明年的事了，再要同各王府處好關係，怎麼也得一年有餘，曹中慈還能等到那個時候？

俞筱晚這廂有些弄不明白，曹家那廂祭了祖後，便將小輩們打發回去休息，長輩們關起門來商議大事。

曹清儒含笑道：「慈兒真是越長越漂亮了，性子也乖巧貞靜，比我那幾個女兒強太多了。母親，您看著感覺如何？」

曹老夫人知他是在說媵妾的事，蹙了蹙眉道：「你那日也聽了寶郡王爺說的，他不會娶側妃庶妃，若只是個妾，何必將自家的女兒送過去？況且，媵妾是古禮，雖沒廢除，可是本朝早就不興了，你讓慈兒跟著晚兒嫁過去，人家還以為是陪嫁丫頭怎麼辦？」

曹清儒道：「這自然是要說清楚的。」

這事曹清儒已經同三弟和三弟妹都說了，兩人本來都是贊成的，可是一聽寶郡王爺應允了晚兒不會娶側妃、庶妃，秦氏自然不願意了，當即表示反對，曹清淮也是這個意思。

曹清儒道：「雖然寶郡王爺是這樣說的，可是過得幾年之後會如何又另說了。他若真要側妃，難道晚兒還能攔著？三弟、三弟妹，你們要看長遠一點。」

秦氏斷然拒絕道：「晚兒那般的容貌，等過了幾年都不一定受寵，何況我家慈兒，這事還是作罷了。」一想到自己送出的重禮，又覺得萬分肉疼，對大哥就十分不滿起來。

曹清儒急得要命，「這是咱們家跟皇室結親的最好時機，若不是我自己那三個丫頭都已經訂了親，我如何會來求三弟？就算不能當側妃、庶妃，不是還有個奉儀是有品秩的嗎？」

秦氏的臉憋通紅，半晌才擠出一句：「除非一隨嫁過去就能封為奉儀，否則我就不答應。」

曹清儒也怒了，這事是他能說了算的嗎？當然是要等開年後楚王府上門來提親時，安排慈兒與寶郡王爺偶遇一下，讓寶郡王爺動了心，就能水到渠成了。

俞筱晚沐浴過後，趙嬤嬤幫她絞乾了頭髮，正要入睡，便聽到外間屋子裡一陣子嘀咕聲。她看了看趙嬤嬤，趙嬤嬤立即出去查看，不多時進來回話：「是美景鬧著要見小姐。」

俞筱晚道：「讓她進來。」

美景縮手縮腳地走了進來，一見到俞筱晚就撲通一聲給她跪下了，想流淚哀求，淚水剛剛湧上眼眶，就被趙嬤嬤一聲喝道：「呸！大過年的，妳想給小姐找穢氣不成？」

美景忙低頭將淚水擦去，換上一臉委屈和不甘，哀求道：「表小姐，您將我要回來吧，我不想跟著三小姐了！」

俞筱晚細細一問，原來是曹中雅為了立威，隨便身邊的丫頭們怎麼打壓美景，大約是想之後她再出來當個救世主，好叫美景感激她，可她哪知道美景在墨玉居裡就是個被俞筱晚白養著的小姐，不但不要她幹活，還派了小丫頭伺候她。可是紅兒她們看到漂亮得出奇的美景，心中就有種深深的逼迫感，於是什麼髒活累活都指著她幹，美景哪裡受得了，便趁今日過年，府裡的丫頭們也能自由玩樂的時候，悄悄來找俞筱晚。

俞筱晚聽完後，不鹹不淡地說了句：「這是舅父同意了的，妳求我也沒用。」說著，使了個眼色給趙嬤嬤，趙嬤嬤立即將美景給拖出去，一番叮囑之後，折回來回話：「老奴已經告訴她三表小姐不能生育的事了，還說是小姐您特意給她的機會，她一聽說此去是鐵打的通房，立即樂得跟什麼似的。」

俞筱晚撇了撇嘴，掩嘴打了個哈欠，趙嬤嬤忙服侍著她睡下了。

這年過得有滋有味，一晃就到了正月十五，俞筱晚頭兩天已經收到了惟芳長公主的邀請函，邀她一同去景華樓看煙火。今年太后和皇帝、攝政王要擺駕景華樓，與民同樂。

俞筱晚拿著那張粉紅色的鎏金請柬，就能陪王伴駕，把個曹中雅嫉妒得直說酸話，可是與她交好的曹中慈卻沒附和她，反而一個勁地奉承俞筱晚。

初雲撇了撇嘴，心裡直嘀咕，這般奉承有什麼意思啊，小姐又不能帶妳一塊兒去。

正想著，就聽到曹清儒道：「慈兒好些年沒在京城了，這樣的盛況沒見過吧？晚兒，若是妳有辦法，就帶慈兒一同去一趟吧。」

曹家人都知道她與惟芳長公主的關係好，多了不好帶，一個人還是沒問題的。俞筱晚不好明著推，只說先問問惟芳長公主的意思。

中午初雲去廚房打飯的時候，正遇上一樣來打飯的美景，初雲熱情地招呼了一聲：「美景姊姊也來打飯啊！」

美景不應聲，朝她使了個眼色，便往路邊灌木叢後去，初雲忙跟著她過去，美景小聲兒地道：「我今日才聽得三小姐說，好似爵爺打算讓慈兒小姐陪嫁到楚王府。」

初雲咂舌道：「不能吧，慈兒表小姐怎麼可能當陪嫁丫頭？」

「妳傻了呀，除了丫頭，還有媵妾啊！」美景白了她一眼，隨即又道：「雖然慈兒小姐是沒表小姐漂亮，可是男人都是貪多的，妳讓表小姐小心一點。」說完又得意地笑了笑，覺得自己真是個知恩圖報的好丫頭。

俞筱晚正跟趙嬤嬤商量著今晚出門要穿的衣裳，初雲氣呼呼地提著食盒進來，砰一聲往梢間的桌上一放，聲音大得裡間都能聽得清清楚楚。

俞筱晚無奈地看了看趙嬤嬤和初雪，「又是誰給她氣受了？」

初雪忙出去問清了，僵著臉進來回話：「美景剛剛告訴初雲，說舅老爺準備將慈兒表小姐當作媵妾給小姐您陪嫁。」

俞筱晚怔了一怔，噗哧一聲笑了出來。趙嬤嬤和初雪的臉都黑成了鍋底，看著小姐一點不在意的樣子，不由得焦急道：「小姐，您可得快些想個法子出來，大舅老爺這是什麼意思啊，婆家還沒給姑父塞人，他倒是先塞上了。難怪慈兒表小姐總是奉承著您，原來打的是這個主意！」

曹中慈奉承自己嗎？俞筱晚倒不這麼覺得。頭一次見面的大年夜裡，她就一個勁兒地跟曹中雅說話，壓根兒沒主動搭理過自己幾句，這些天雖然貌似是在小意奉承，可那都是當著幾位長輩的面的時候，私底下，其實曹中慈根本就不願意沾自己的邊兒，她住的碧玥居離自己的墨玉居可沒幾步路呢，卻半個月沒來過一趟。

俞筱晚瞧著曹中慈說話時的神情，大抵是不情願的，只是迫於父母和伯父的壓力罷了。其實細想一想也就能明白，曹中慈是嫡女，相貌十分出眾，又是剛及笄的好年華，雖然父親的官職不算高，但哪家都是抬頭嫁女的，她若要嫁入京中大官員之家的嫡子，只要不求嫡長，是沒半點問題的。就算是要攀皇室的高貴血脈，她只能為妾，但丈夫至少也得是個有官職有實權的，這樣才不算是辱沒了她。她如何會願意當然媵妾，陪嫁給一個出名的紈褲子弟？

可笑大舅父這番計較，只怕是要竹籃打水一場空了！

俞筱晚將自己的分析說給趙嬤嬤她們聽，讓她們只管放心，再者說了，郡王府的妾室也是要身分的，並不是大舅父想送一個，別人就得收一個。

趙嬤嬤仍是氣惱不已，「哪有這樣當舅父的？哪有這樣當父親的？」趙嬤嬤對兩位舅老爺怨念得很。

俞筱晚只笑了笑，只是舅父，又不是父親，先為自己的孩子著想是很正常的。她懶怠再說，便讓初雪將自己的首飾匣子拿到炕上來，仔細挑選今晚要戴的首飾。

時間一晃就到了晚飯時分，冬季天黑得早，外頭已經是無星無月一片黑暗了。俞筱晚和外祖母、舅父一大家子人在一起吃完團圓飯，便向外祖母和舅父辭行。

曹清儒又舊話重提，「妳慈兒表姊離京時尚小，好些年沒看到京城的燈會了，妳就帶她一塊兒去吧，想必長公主殿下不會計較的。」

俞筱晚恭順地微笑，看向明顯不怎麼熱情的三舅父、三舅母和曹中慈本人，不說好也不說不好。

曹中敏卻幫著應和道：「父親，聖駕鑾駕之前禮儀甚多，只怕不能這般隨意帶人去呢。慈兒妹妹若是想看花燈，不如跟咱們幾兄妹一道。」

「街上人擠人的，哪裡有在樓上看的清楚？」曹清儒狠瞪了長子一眼，然後尋求同盟一般地看向三弟道：「三弟、三弟妹，你們說是不是？」

曹清淮只是捧著茶杯一個勁兒地喝茶，好似裡面裝的是瓊漿玉露，錯過就再沒機會喝了，而秦氏則低頭幫幼子理著髮辮上的絲絡，好似沒聽見這個問題。

曹清儒就像是唱完了一場卻無人喝彩的伶倌一般，儒雅的面皮上湧出幾絲尷尬來，卻不甘心就此放棄這般大好時機，拿腳趁無人注意之時重重踢了三弟一下，曹清淮不得不堆起滿臉笑，問道：「慈兒，妳是不是想跟晚兒表妹去看花燈？」

曹中慈抬起頭來，秀麗的小臉上滿是好奇和遲疑，「慈兒自然想去看花燈的，可是慈兒怕禮儀不周，在太后娘娘和皇上面前失儀，萬一連累到了大伯父，可就萬死難辭其咎了，因而，慈兒還是跟堂兄堂妹們去街上看燈吧。」

俞筱晚輕柔地笑笑，「既然慈兒表姊不願同我一道，那我就先告辭了。」

俞筱晚自回去梳妝打扮不提，再說曹家眾人，在東暖閣裡陪著曹老夫人聊了不到一盞茶的功夫，曹老夫人便打發了他們去玩，「都去玩吧，不必陪著我這個老太婆了。敏兒，你是兄長，我就將這些弟弟妹妹都交給你了。」

雖然曹清儒等人也會去看花燈，但成年人的興趣與小輩們不同，最後肯定是會分為兩撥的，因而曹老夫人才特意交代了曹中敏。曹中敏忙起身垂手聽了，恭敬地應下，交代好在哪裡會合後，自回屋內換衣。

武氏早就穿戴好了今晚的外裳，便跟著兒子一同走，待曹中敏換好了衣裳，武氏便支開了眾人，小聲地道：「慈兒的事，你父親跟你提過的，你方才何苦逆著你父親的意思？」她一想到爵爺瞪向兒子的那一眼中暗含狠厲，心中不知有多惶恐。

曹中敏不在意地笑笑，扶著母親的肩頭，湊到她耳邊小聲道：「母親，我自有分寸。日後有什麼事，咱們都幫著晚兒妹妹一點。」

見母親疑惑不解，他便解釋道：「在父親的心裡，更看重二弟一些，我日後必定是要自謀前程的。」說到這兒，唇邊帶了一絲冷笑，二弟惹了那麼大的禍，連攝政王都得罪了，可父親還時常帶他出去赴宴，為二弟博個才名，反觀自己，卻沒得到父親的半點助力，「寶郡王爺雖然沒有一官半職，但與攝政王爺關係親密，另則，楚王爺亦是四大輔政大臣之一，琰世子的身體又一直不好，楚王爺必定會看重寶郡王一些。而寶郡王為了晚兒妹妹，可謂是費盡心機，連側妃和庶妃都不願娶的，咱們何必非要塞個人過去，讓晚兒妹妹添堵？況且寶郡王爺看不看得上慈兒還是個問題。」

武氏聽了兒子這般說辭，這才放下一半的心來，小聲道：「你也別當面拂了你父親的意思啊……」

曹中敏不在意地笑笑，「若不是當面拂了父親的意思，晚兒妹妹怎會知道我是願意幫她的？就衝著她將韓姑娘介紹給我，我也得幫她。」

武氏聽到自己未來媳婦的大名，那另一半的心思也放下了，是啊，若不是晚兒與韓五小姐交好，敏兒怎麼會有機會認識韓五小姐？成了當朝丞相的貴婿，日後的前程似錦，再有一位當皇室媳婦的表妹幫襯著，也不怕日後什麼幫派什麼黨群了。

約好的時辰到了，曹中敏扶著母親到二門處上了馬車，然後指揮著丫頭婆子們將父親和叔嬸、小姐們、小堂弟扶上馬車，才與二弟坐進馬車，一行浩浩蕩蕩地開往東正街。

東正街上已經火樹銀花、萬燈競美了，曹家將馬車停在離東正街不遠的小街道旁，步行進入了大街。今日太后、皇帝要與民同樂的消息早就傳了出來，越是靠近景華樓，越是人多，幾乎快要連立足的地方都沒有了。

曹清儒的個子很高，踮著腳看向燈光華美的景華樓，冷不丁的，身後一人拍了拍他的肩膀。曹清儒回頭一看，原來是張長蔚也帶著一家子來看花燈，曹清儒忙讓三弟和兒子們過來見禮。

這廂團團見禮過後，張長蔚便使了個眼色給曹清儒，兩人尋了一處僻靜的小巷子，嘀咕了起來。曹中敏一邊同張家的表弟們閒扯，一邊悄悄看著黑暗的小巷子，大約過了兩盞茶的功夫，張長蔚板著臉折了回來，叫上兒子便走，連曹清淮向他告辭都沒理會。

曹清淮不由得哼道：「不就是當了吏部尚書嗎？連個爵位都沒有，還這般拿大！」

秦氏卻小心地拉了一下自己老爺的衣袖，壓低聲音問道：「他家的兩個兒子都沒訂親嗎？」

剛才張書昱和張書瑜都被慈兒的麗色所震懾，秦氏一想到張長蔚的官職——吏部尚書，就覺得這是門好親事。若是成了，可以在仕途上給老爺和兒子們相當大的助力，比嫁給寶郡王為妾靠譜得多了，當然，還要看一看張家兄弟的品行如何。

曹清儒卻是被大舅兄的話給氣著了，臉色鐵青，三弟問他的話一句也沒聽進去。

沒奈何，最後還是曹中敏帶著眾人擠過擁塞的人群，到景華樓斜對面的匯豐樓三樓雅間，居高臨下地觀看彩燈遊行。

申時三刻，遊行的花船隊、龍燈隊熱熱鬧鬧地過來了，小輩們興奮地趴在窗邊，不時討論哪家的船燈更漂亮，哪支高蹺隊、舞龍隊的表演更到位。

遊街的隊伍有許多，行經景華樓前都要停下來表演一番。俞筱晚雖站在靠門邊，看不到正中的表演，但這處僻靜，又不用奉承太后和皇帝，正好自得其樂。冷不丁的身後一人笑道：「這也能看得津津有味？」

俞筱晚扭頭一瞧，竟是君之勉，不由得暗道穢氣，小臉上卻笑得溫婉可人，「一年一度的熱鬧，自然是要好好瞧一瞧。」

君之勉指了指上首端坐著的太后等人，以及太后跟前的靜雯郡主，意有所指地道：「只要是太后喜歡的人，就能坐在太后的身邊，只要能讓太后喜歡，就能得到想到的，靜雯便是如此，否則以她侯府嫡女的身分，如何能封得郡主的頭銜？妳為何不過去跟太后聊聊天？」

俞筱晚淡淡地道：「太后乃一國之母，我自然是從心底裡尊敬佩服的，可我不想為了謀個什麼封號而刻意去接近太后，這是對太后娘娘的不尊重。」

君之勉瞇了瞇眼，神色似有幾分惱怒，可是眼神卻流露出一絲笑意，「我倒才知道妳這麼有氣節啊。可惜，有時人必須要有相應的身分，才能更好的保護自己。」說著話鋒一轉，「琰世子身子不好，今日沒來，不然必定也是坐在太后身邊的。」

說到君逸之的兄長，卻不說君逸之本人，是想說他並不受太后喜愛嗎？

君之勉繼續道：「不過楚王府只有兩位嫡子，逸之又身體康健，太后也是喜愛他的。」

是在告訴我也不必太擔心嗎？俞筱晚納悶地看著君之勉，他卻背負雙手轉身走了，臨走前丟下一句：「早知逸之會使詐，我也應當救一救妳的。」

「多謝誇獎，但你永生不會有機會了！」君逸之的聲音忽然傳過來，人已站在君之勉的對面，惡狠狠地瞪了他一眼，可惜這傢伙長得委實太秀美了，以致於發怒之時也不會讓人覺得有多危險。

君之勉像看頑皮的小孩子那般無奈地搖頭失笑，打了個招呼，便與君逸之擦身而過。

俞筱晚卻知道，看著不危險的人，不一定代表他真的不危險，君逸之那小心眼的傢伙，只怕記住君之勉剛剛那番話了。

君逸之一直坐在楚王妃的身邊，伴在太后身側，其實他早就坐不住了，可是當著太后等長輩的面，也不好湊到晚兒的跟前去，怕太后認為晚兒行止不端。好不容易見太后被樓前的雜耍表演給吸引住了，忙悄悄地過來，卻正好聽到君之勉最後那句話。

他首先想到的便是，勉堂兄所謂的救人，就是想抱著晚兒，這個無恥的小人！

君逸之心裡酸得不得了，恨恨地詛咒了一番，才揚起笑臉迎上俞筱晚。

今日的俞筱晚穿著一身簇新的粉霞錦綬藕絲羅裳，領口和袖邊都滾著白狐毛，下穿五色錦繡金彩蝶的綾裙，雖都是夾棉的衣裳，但是纖腰一束，半點不現累贅。頭上梳著雙蝶髻，兩邊各簪了一支金累絲嵌紅寶石雙鸞點翠排簪，耳邊垂著兩顆拇指頭大小的南珠，在半隱的燈火下熠熠生輝，襯得她如畫的眉目光彩奪人。

君逸之的心怦怦怦地疾跳起來，半晌才壓下不穩的心跳，柔聲道：「晚兒，今晚妳真美。」

俞筱晚早被他目不轉睛的注視燙得耳根火紅，聞言更是羞不可抑，強自鎮定地左右掃視一番，嗔道：「這麼多人，你說什麼渾話！」

君逸之側行一步，將自己隱在梁柱的光影之下，小聲而快速地道：「我已經同老祖宗說好了，明日就遣官媒上門，吉日也讓欽天監挑好了，就在三月二十日。」

「這麼快？」俞筱晚一怔，哪家談親事，六禮完畢不是得走上一年左右，這樣才顯得女孩兒家的尊重矜持，這傢伙到底知道不知道啊？她頗有幾分怨懟地道：「這麼趕，好像我嫁不出去似的，嫁衣也繡不成……」

君逸之聽到她的嘀咕，看了看四周，沒人注意到他們這邊，忙伸手拉了拉她的衣袖，「嫁衣去訂做好嗎？妳二月底就及笄了，嫁妝又是現成的，三月底出嫁來得及的。晚兒，我想妳早點嫁給我，不然勉堂兄肯定還要打妳的主意。」

俞筱晚小臉一熱，甩開他的手，啐道：「這事得由長輩們去商量，你跟我說什麼？」隨即又想到曹中慈，還有舅父那強硬的態度，便彎了彎嘴角道：「我舅父還想陪嫁個媵妾給你呢。」

君逸之正被她臉上的笑花迷得魂不守舍，忽聽這一句，嚇了一跳，定睛一看，俞筱晚一臉似笑非笑的表情，似乎是有點怨氣，他不禁頭大如斗，不是他想納媵妾好嗎？他忙表白心跡：「晚兒，妳知道的，上回妳說的事，我是答應了妳的，怎麼會言而無信呢？妳別擔心，我自會去同妳舅父說。」

俞筱晚其實也知道自己遷怒他是非常不對的，可是一想到這傢伙長了張勾人的臉，又有這麼誘人的身分，日後這樣的麻煩可真是不會少，自己的舅父都打上了主意，誰知道時日長了，他對自己的新鮮勁過了之後，心裡會怎麼想，少不得要試探一番。好在君逸之的回答令她滿意，她也就願意暫時放過他一馬，便帶著一絲笑道：「不用你說，我自己會同舅父說。」

既然日後這樣的麻煩不會少，她也不能總是靠君逸之來擋，能自己解決的，就必須自己解決掉。

君逸之卻顯然想到旁的地方去了，兩隻漂亮的鳳目只盯著她粉潤的小嘴，恨不得現在就將她摟在懷裡，好好品嘗一番。他反正是拿定了主意，一定要在三月底成親，就讓欽天監正說這個日子最合適，宜家宜室宜生男，老祖宗必定會答應。只要老祖宗答應了，曹家肯定會配合。

說著話便到了戌時三刻，放煙花的時間到了。

忽聽外面一聲鑼響，有太監喊道：「放焰火啦！」

街上的人和酒樓裡的人頓時沸騰起來，俞筱晚忍不住探身到走廊外，專注地看著被燈火染亮了一半的夜空。君逸之見大夥兒都擠到了欄杆邊，便乘機站到晚兒的身邊，一面護著她一面相偎柔軟，偷得片刻溫柔。

忽聽一聲尖銳的嘯聲，一支拖著長尾的焰火竄上了夜空，緊接著一聲炸響，空中綻放出了一朵五彩斑斕、璀璨奪目的煙花，瞬間使星月失色，萬民仰視。這一朵煙花還未消散，又聽得幾十響，幾十道焰火同時衝上了天，綻放出色彩各異的壯麗煙火，百姓們歡聲雷動，目不暇接，用力地拍手歡呼。

俞筱晚的眼睛幾乎都要看不過來了，剪水眸瞳中滿是驚豔和歡喜，大朵小朵的煙花將她的眼眸照得如同最璀璨的星辰。君逸之壓根兒就不看煙花，只顧著呆呆地看著身邊的佳人，見她這麼喜歡，便小聲地道：「以後我多買些煙花，咱們沒事便到山上放煙花好嗎？」

俞筱晚聽得一怔，回頭看見他明亮的鳳目中滿是認真和真誠，小臉不由得一熱。他那絕倫的俊顏，竟頭一次刺得她不敢直視，忙又轉向絢麗的夜空，囁嚅地回道：「也不必時常去，那就沒意思了。」

君逸之展顏一笑，「那好，反正我買了準備著，妳想看的時候就放。」

俞筱晚更加不知所措，隔著厚厚的冬裝，她幾乎都能敏感地察覺到他身上散發的熱力及清淡好聞的冷梅熏香。早點成親似乎也是可以的，至少能多看幾回煙花……哎呀，她在想什麼？俞筱晚忙不迭地往一旁小蹭了一步，免得靠得太近，她的臉會熱得冒出煙來。

君逸之察覺到了她的舉動，不滿地側移一步，步子比俞筱晚的大多了，兩人之間的距離反倒比剛才還靠近一些。

俞筱晚忙小聲地嗔道：「有人看著。」

君逸之隨意地一回頭，瞧見靜雯郡主正帶著恨意地看過來，他便回之輕蔑地一笑，然後安慰俞筱晚道：「那種跳梁小丑不必理會。」

忽然，街道上傳來幾聲淒厲的尖叫，人群忽然騷亂起來，驚慌失措地相互擠踏，眼看著有些老弱的婦孺被擠得摔倒在地，可是後面的人群仍然不顧一切地往前擁。

俞筱晚嚇了一跳，「這是怎麼了？」

君逸之還未回答，君之勉就衝過來道：「有刺客，你們在這別動！」說完就閃電一般地衝下了景華樓。

俞筱晚問君逸之道：「怎麼這麼多刺客？是上回入宮卻沒抓到的那個嗎？」

君逸之小聲地道：「應該是。」想了想又補充了一句：「那個位子自古便是有嫡立嫡，無嫡立賢，祖皇帝沒有嫡皇子，先帝登基後，奪了幾位王爺的封號。」

俞筱晚悄然大悟，無嫡立賢，所謂的賢是什麼意思，大概每個人的想法都不同。每位庶出的皇子都覺得自己賢，可是為何先帝駕崩了，還來刺殺？而且還隔著這麼遠，想刺也刺不到吧？

君逸之搖頭嘆道：「只怪皇上年紀太小了，今日鬧這一場，就算皇上龍體無恙，也難保百姓心中會怎麼想。」

原來是為了先造出輿論來！

俞筱晚輕輕地前傾身子，悄悄看向主位上端坐著的小皇帝，十一歲左右的年紀，臉上還有著稚童才有的圓潤，可是神情卻極為鎮定，一點也沒因街道上的慌亂而震驚，反而自若地指揮御林軍們疏散百姓，免得殃及池魚。

大約半個時辰之後，騷亂被鎮壓了下來，只是經此一事，再沒人有心情看煙花，太后和皇帝也擺駕回宮。

惟芳長公主仍舊安排了馬車和侍衛護送俞筱晚回府，曹家人措手不及，被人群衝散，相互尋找了好一歇，才聚在一起回府。

元宵夜的小騷動並未影響到楚王府提親，楚太妃親自挑選了六名官媒，並請了當朝太保做保山，給足了曹府面子。

因有楚太妃說的三月婚期為底，六禮走得極快，不過一個來月就到了請期之禮。

曹清儒終於覺得可以開始商量媵妾的問題了，便先將俞筱晚叫到了自己的書房，笑讚了俞筱晚知書識禮、嫻靜溫婉，和藹地期許一番她的婚後幸福生活，然後將話鋒一轉，「自古皇室男子多妻妾，這是沒有辦法的事，雖則那日寶郡王爺說了不娶側妃的話，可是晚兒妳也莫太放在心上。女子最要緊的品行便是寬容溫順，應當自覺地為夫君納妾，為夫君開枝散葉才是正理。」

隨即又極度為她著想一般說道：「妳是我的外甥女，我一直都將妳當自己的親生女兒看待，寶郡王身分尊貴，日後納的妾室只怕也是有身分的，若是妳受了委屈，舅父也會心疼，因而舅父便想讓妳慈兒表姊隨妳一同出嫁，好讓她幫襯妳，扶助妳，妳以為如何？」

曹清儒直接將話兒挑明，他覺得俞筱晚縱然心裡不痛快，也不敢當著他的面反駁回去，必定會回答說「這要問過楚王府的意思」這類，到時他再拿著這話，就當是她已經同意，去跟楚王府談，兩廂周全了。

思及此，曹清儒飽含期待地看著俞筱晚，只等她抹不開面子，含糊應下。哪知俞筱晚嫣然一笑道：「舅父這般殫精竭慮地為晚兒考慮，晚兒不勝感激，只是晚兒是個不能容人的，當初便同寶郡王爺說過，若他不能一心一意對我，我就不會嫁他，所以他才會在太后的面前許諾永不娶側妃、庶妃。晚兒相信他不會言而無信，因而這媵妾是完全不必的了，通房丫頭倒還差不多，可是晚兒怎捨得讓慈兒表姊當丫頭呢？」

曹清儒一雙牛眼瞪得跟銅鈴一樣，不敢置信地道：「妳、妳居然與寶郡王爺早就……早就……」

私相授受這個詞還真是不好說出口，俞筱晚卻大大方方地承認了，「是，外甥女早與寶郡王爺相熟。」

反正現在婚事已定，她還怕什麼呢？舅父可沒膽子去跟太后說，他們是私下定情，於禮不合，請您撤旨吧。
俞筱晚說完之後又問：「舅父還有何事？晚兒在抓緊時間繡嫁衣……」
曹清儒憋了一口氣，臉色紫漲紫漲的，可是卻發作不得，哼哧了半晌才道：「那妳快回去繡嫁衣吧。」
俞筱晚恭敬地福了福，倒退幾步，才轉身出了書房，可是隨後又折了回來，在門口探頭問道：「上回舅父說想用手抄本的金剛經作為壽禮獻給太后，晚兒當時是答應了的……」她說著怯怯地笑了笑，極難為情地道：「可是晚兒若是三月成親的話，也得獨自送份壽禮給太后，因而晚兒想將金剛經留著自己用，另外贈舅父一本《妙法蓮華經》好嗎？也是玄藏大師的手抄本。」
曹清儒深吸了一口氣，而後強撐著笑道：「這是應該的，晚兒還記得幫舅父就好。經書妳且先放著，待我有空再去拿，也正好看一看妳的嫁衣繡得如何了。」
看嫁衣似乎是女人的事情，舅父的意思，大概是要找個藉口到她的墨玉居去。俞筱晚裝作沒聽出什麼不妥來，不好意思地笑道：「多謝舅父體諒。」
是夜，曹清儒與曹老夫人談了許久，直至半夜才告辭回外院書房歇息。
次日一早，俞筱晚頂著兩隻因熬夜而通紅的眼睛，匆匆用了一碗粥，便又坐到繡架旁繡嫁衣。枕頭、床單、被套等等，她都已經分給丫頭們去做了，可是這嫁衣她卻堅持要自己繡出來，所以這陣子曹老夫人也免了她的早晚請安。
剛過請安的時辰，豐兒便在門外通稟道：「小姐，慈兒表小姐求見。」
俞筱晚挑了下眉梢，隨口應道：「請進。」
豐兒打起門簾，一身團花海棠紋襦襖月裙的曹中慈便走了進來，笑盈盈地道：「表妹，可有什麼要我幫忙的？妳只管開口吩咐便是。」

這還是曹中慈頭一次主動對她表示友好，俞筱晚想，必定是知道自己拒絕讓她陪嫁了，於是便笑道：「如果表姊真的有空，那就多幫我繡些荷包吧，越多越好。」

曹中慈巧笑道：「這有何難？我自己的女紅是不怎麼樣的，不過我會打絡子，我的兩個大丫頭針線都極好，我給妳多繡幾個上好的荷包，妳好裝了禮，送給寶郡王的兄弟姊妹們。」

俞筱晚聽她說得親切，心中也不禁升起一股好感，便張羅著讓她坐下，又令豐兒沏茶，奉上糕點果品。曹中慈秀氣地拈了一枚醃果放入櫻桃小嘴中，酸得瞇起了眼睛，半晌才恢復了笑容，「真酸，不過很好吃。」

俞筱晚道：「若是妳喜歡，我讓豐兒包幾包給妳，這是我自己店鋪裡做的。」

曹中慈一口應下，又讚她會做生意。她才到京城不久，就聽說了俞筱晚的店鋪在同行中是鼎鼎有名的，然後話鋒一轉，「父親這幾日忙著跑吏部，母親又要帶小弟，我實在是無聊，便到這裡來繡荷包，順道咱倆相互做個伴吧。」

俞筱晚心中一動，只笑著應下。這日之後，曹中慈真的每日到墨玉居來，一邊做繡活，一邊與俞筱晚閒聊。

一來二去的，兩人便十分熟絡了。俞筱晚知道她還有一位庶姊，已經出嫁了，她是唯一的嫡女，自然嬌寵了些，也有些任性，但性子直率熱情，總體來說是個不錯的女孩。

這天聊著聊著，曹中慈忽地說起了元宵那夜的騷動，「當時家人都被衝散了，我一人被人群擠得東南西北都分不清，生恐摔倒了會被人踩踏，偏偏就摔了一跤，我拚命叫嚷，怕被人踩了，可是人群都驚慌著，哪裡聽得到我的聲音，正不知如何是好之時，還好五城兵馬司的官兵到了，將局勢控制了起來。」

俞筱晚只是輕輕地「唔」了一聲，跟著沒再聽到她說話，便不由得好奇地抬起頭來，這才發覺曹中慈桃腮泛粉，杏眼含春，似乎是在思念某人。

俞筱晚遲疑地問道：「五城兵馬司的人，也不可能一下子就將人群給擋開吧？當時，可是有人救了表姊？」

曹中慈的粉白小臉立即染上了朝霞，低著頭，手足無措地摸著荷包上的花瓣，支吾道：「是、是有個人幫我擋開了人群，還將我拉了起來，可、可是我不知道他是誰。」

事實是，救她的男子有如神兵天降，而且生得英俊挺拔，她的一顆芳心當時就淪陷了，於是嬌羞地福了福，想請問壯士的高姓大名，可是人家卻扭頭去幫其他人去了，不知是不是沒聽到她的問題。

俞筱晚看到她含羞帶怯的表情，還有什麼不明白的？便向她建議道：「雖說他可能是五城兵馬司的人，救人是他的職責，可是咱們也不能有恩不報是不是？表姊應當將此事告訴大舅父，讓他幫忙到五城兵馬司去問一聲，能找到人最好，找不到，咱們也應當盡一盡心意。」

曹中慈兩眼放光地問：「妳真覺得我去找他好嗎？」

呃……怎麼變成她去找人呢？俞筱晚斟詞酌句地道：「讓大舅父去尋比較好，或者……三舅父現在不是還賦閒在家嗎，不如讓三舅父去找。」

曹中慈咬了咬唇，含糊地道：「我會跟父親說的。」

俞筱晚還想勸她一勸，可是自己手頭的事十分趕，便想著日後出嫁了，也能幫上她，不急這一時，便又埋頭繡嫁衣。

曹清儒在冷待了俞筱晚一段時間後，也親自帶上幾張店鋪地契來到墨玉居，說是給她添妝。俞筱晚故意將那幾本經書都拿了出來，請他挑選。曹清儒果然最終挑的是那本金剛經。

俞筱晚冷冷一笑，這書是文伯讓製偽高手仿製的，紙張也作了舊，真本還在她的手裡。不過舅父有了假本，必定會有一些行動，而她很快就要出嫁了，離開了曹家，也可以開始行動了。

轉眼就到了三月二十那一天，俞筱晚早早地被趙嬤嬤喚起來，沐浴梳洗，換上全新柔軟的雪絹褻衣，再穿上雪白的白綾中衣，坐在梳妝鏡前，讓全福夫人為自己梳頭、絞面。

絞面的時候有些疼，俞筱晚正要將眉頭皺起來，全福夫人便笑道：「眉頭可不能皺啊，會將福氣擠走的。」

呃，還有這個說法？俞筱晚只好強忍著又痛又刺的痲疼，讓全福夫人絞了面，換上熬了三個多月繡出來的精美嫁衣。

全福夫人一面給俞筱晚化妝，一面滿嘴的吉祥話兒，一面還要讚歎：「真真是我見過的最美的新娘子！」

曹家為了圓寶郡王妃的體面，請來的這位全福夫人有正二品的誥命，平日裡眼高於頂，難得她讚一回人，還是真心讚歎的。瞧見新娘子有些害羞，她跟著又補充了一句：「保證新郎官揭開蓋頭之後，都捨不得去廳裡敬酒了。」

緋色從厚厚的粉下透了出來，俞筱晚怕全福夫人說出更令人羞澀的話來，忙給初雪使了個眼色。初雪竊笑著從袖籠裡拿出一個大荷包，塞給全福夫人道：「還請夫人幫我家小姐扮得更漂亮一點、喜慶一點。」

那全福夫人接了荷包，呵呵笑道：「這是一定的。」說完，手下動得更快，很快就給俞筱晚化了個十分喜慶的濃妝出來，然後用飽含驚豔的目光左看右看，嘖嘖讚道：「新郎官一見到，必定走不動道了。說實話，我可是頭一次見到濃妝淡抹皆相宜的女子呢。」

說著瞟了瞟那大紅吉服下裹著的曼妙身段，在心裡想道：這般窈窕有致的身子，新郎官怎麼禁得住？

還好這話沒說出來，不然讓俞筱晚聯想到昨晚武氏交給自己的那本小圖冊，怕是會羞得挖個地洞鑽進去。

剛才妝扮整齊，曹家的姊妹們便結伴而來，給俞筱晚送嫁。芍藥忙請了全福夫人到西暖閣品茶，讓姊妹們陪小姐聊聊天。

前幾日就已經添了妝，可是今日曹中燕還是帶了一個兩寸見方的小匣子過來，悄悄塞到初雪的手裡，紅著小臉道：「晚上……嗯，化在酒裡，讓晚兒表妹服下……那個，嗯……不痛的……」

初雪聽著還莫名其妙，委婉地拒絕：「多謝表小姐的好意，只是我家小姐今日怕是沒時間吃東西。」

倒是剛巧回來的芍藥在一旁聽得明白，噗哧一笑，走來過向著尷尬不已的曹中燕福了福，輕聲道：「多謝表小姐，這匣子還是交給我吧。不知表小姐怎麼會有這個？」芍藥上個月就已經出嫁了，今日是以媳婦子的身分來的，一聽便知道是讓新娘子初夜不那麼痛苦的藥丸。

曹中燕紅著臉道：「是我乳娘給我的，反正、反正我成親還早。」再不好意思說下去，忙進到裡屋，跟姊妹們一塊兒聊天。

曹中貞正在感嘆，「想不到最早成親的會是表妹。」明明她和二妹、三妹比晚兒早半年訂親的，可是她的婚期定在七月，二妹十月出嫁，三妹就更晚了，還得等靜晟世子回京，至少也是兩年後。

曹中雅聽到這話，瞬間想起了自己的遭遇，更是忿恨不已。她這段時間大抵有些心理扭曲了，看誰都不順眼，一想到自己的婚事遙遙無期，可是俞筱晚卻已經披上了嫁衣，就忍不住要刺幾句：「多早成親有什麼用，最終還是得看生不生得出兒子來，有些人嫁到夫家幾年不孕，嘖嘖，只會讓夫家的人嫌棄！」

這話說得真是難聽，且不說她一個未出閣的大姑娘說什麼生兒子合適不合適了，就是在這大喜的日子裡，說這種話也有詛咒之嫌。不過俞筱晚並不在意，只柔和地輕笑，「並非所有的婆婆都會嫌棄不能生育的媳婦，外祖母不就讓大舅母作主抬了姨娘進門嗎？現在還升為了平妻，也是一段佳話啊！」

曹中雅面色一僵，這才意識到，自己的母親張氏似乎就是個嫁進門幾年沒生孩子的，原來想刺一刺俞筱晚的，卻刺到了自己母親的頭上。

俞筱晚輕描淡寫地繼續道：「我聽說，生孩子這種事，女兒肖母。雅兒妹妹，妳可要趁這幾年在府中嬌養的時間，快快將身子調理好呀。」

曹中雅忍耐不住，刷的一下站了起來，恨恨地道：「妳詛咒我？」她總以為自己不孕的事外人不知道，所以才敢那樣嘲諷俞筱晚，可是聽俞筱晚剛才那話的意思，她知道了？

俞筱晚好整以暇地輕笑，眼眸中的關心真誠無偽，「我是關心妳呢，怕妳同大舅母一樣，那個……對了，聽說北三街有位姓閔的大夫是婦科聖手，妳不如請他來扶扶脈？」

曹中雅用力瞪了她一眼，不好再接話了，若是她有底氣，大可以厚著臉皮說「看咱倆誰先生兒子」，可惜她沒這個底氣，只能暗暗將俞筱晚大罵一頓，然後記下閔大夫的名號，打算尋個時間化妝外出，請他看看，說不定真有辦法呢？

這段時間曹中慈與俞筱晚處得極好，也沒少聽曹中雅說晚兒的壞話，自然知道這兩人不對盤，忙和稀泥笑道：「楚王府給的聘禮真是豐厚，叫我眼睛都移不開了。」

曹中燕緊跟著湊趣道：「晚兒的嫁妝也豐厚啊，一百二十抬都裝不下。」

一百二十抬嫁妝已經是最高的規格了，再多就逾了制，但的確不夠裝俞筱晚的家財，因此昨晚送去楚王府的只是其中最貴重的部分，還有數十箱籠放在墨玉居裡，等成親後再慢慢搬。

一聽到嫁妝，曹中雅便上了心，忙拋開對俞筱晚的怨念，佯裝關心地問：「那表姊打算什麼時候來抬餘下的箱籠還有聘禮呢？這些怕都沒記在嫁妝單子上的吧？」

自己的家財都裝不完，楚王府的豐厚聘禮自然是一點都沒拿。曹老夫人的意思，這些聘禮都是晚兒的，不許曹家人動用，但是俞筱晚看到兩位舅父、舅母眼紅，卻又要故作大方的樣子，便主動地說分一半出來給幾位姊妹添妝，仍是被曹老夫人拒絕了，俞筱晚只好私下給外祖母和舅父、舅母、每位表兄表姊妹贈送一份厚禮，算是感謝曹家這幾年的撫養之恩——曹家對她的恩情，她一點也不想欠。

此時曹中雅提到嫁妝和聘禮，無非是想讓俞筱晚再大方地拿出一些來分享，可是俞筱晚卻當作聽不懂，隨意答了一句「等方便的時候就來取」，便又轉而聊起了旁的事。

不多時，平日裡交往得好的別府千金們也來送嫁，其實俞筱晚交好的姊妹，也就是惟芳長公主和憐香縣主、韓甜雅幾人，不過這三人為了幫晚兒撐場面，都約了不少手帕交過來，還帶上了自家的姊妹們。

一時間，小小的墨玉居內鶯聲燕語，一派歡樂的景象。趙嬤嬤和周嫂指揮著丫頭們小心服侍諸位千金，芍藥則帶著初雲和初雪守在俞筱晚身邊，隨時提醒她不要大笑，免得妝容花了，還有不能亂吃東西，從上花轎開始直到洞房之前，可沒時間給她上淨房。

惟芳長公主笑得岔了氣，指著這幾個丫頭道：「晚兒，妳的丫頭比嬤嬤還囉嗦，虧妳也受得了！」

俞筱晚得意地輕笑，「我的丫頭不知多貼心，妳就妒忌吧！對了，妳可選好了駙馬沒有呀？」

笑得上氣不接下氣的惟芳長公主猛地一頓，小臉兒憋得通紅，瞪了她一眼道：「明知我不喜歡說這事，妳就是成心來擠兌我的。」

憐香縣主有些心不在焉，韓甜雅便打趣道：「誰讓妳今日上趕著來呢？妳明明是男家的長輩，偏要跑到女家來送親，晚兒怕日後會被妳欺負，今日當然要先欺負了回來，撈回些本錢再說。」

惟芳長公主哼了一聲，佯裝氣惱，非要晚兒給她賠禮。俞筱晚便半真半假地起身福了福，「是我的不是，不應該提長公主殿下的傷心事。」

惟芳長公主睜大了眼睛，不依地道：「誰說這是我的傷心事了？我巴不得一輩子不嫁人呢！」

長孫羽的妹子長孫芬雖是庶出的，不過自小抱養在嫡母名下，與惟芳長公主和憐香縣主的交情都極好，見惟芳長公主這副氣惱的樣子，不禁笑道：「殿下可別這樣說，哪有一輩子不嫁人的？若是怕嫁給旁人不自由，不如嫁給我九哥吧，我九哥可是人比花嬌的，自然不敢管妳。」

長孫芬口中的九哥就是長孫羽，可不正是前世惟芳長公主的姻緣嗎？俞筱晚噗哧一聲便笑了出來，惟芳長公主卻以為她倆在拿自己尋開心，於是羞惱地撲向長孫芬，「讓妳胡說八道，我撕了妳的嘴！」

長孫芬忙往韓甜雅的身後躲，嘴裡還叫道：「啊呀，長公主惱羞成怒了，九哥救命啊！」可她哪裡及得上惟芳長公主的身手靈活，幾下便讓惟芳長公主搔到了腰間軟肉，笑得癱倒在軟榻上，還連帶著韓甜雅也被膈肢了幾下，幾位大家閨秀便笑成了一團。

心不在焉的憐香縣主被這歡樂的氣氛吸引，將目光轉了過來，待聽清她們吵鬧些什麼，神情更是低沉了幾分。曹中雅看著俞筱晚與這些權貴家的千金相處得融洽，早在一旁嘔了滿肚子酸水，這會子見憐香縣主似乎鬱鬱寡歡，忙建議道：「縣主覺得悶嗎？我家園子裡的幾株珍品茶花開了，不如我請妳去賞花？」

憐香縣主便點了點頭道：「如此甚好，多謝曹三小姐了。」

曹中雅歡喜地站起身來，挽著她的胳膊道：「您太客氣了。」

俞筱晚正跟惟芳長公主等人笑成一團，忽見曹中雅挽著憐香縣主往外走，忙問道：「雅兒妹妹這是要帶縣主去哪兒？」

曹中雅回了她一句，拉著憐香縣主走得更快。

俞筱晚覺得不妥，忙小聲吩咐芍藥：「快派人通知小舅母，別放男子進內院，另外，讓豐兒和江柳跟上，不要讓旁人靠近縣主。」

惟芳長公主瞧見了這番情景，小聲地道：「我聽說，憐香求了越國公，可是越國公不答應呢。」

看來惟芳長公主也知道了憐香縣主的心思，只是何語芳的事，何家雖守信沒將事情傳出去，這段時間曹清儒又不遺餘力地帶曹中睿參加各種宴會，傳播其才名，曹中睿也不負他所望，仍如前世那般，躋身於京城四大才子之列，但這一切仍舊掩蓋不了一個事實，曹中睿是再婚的，他再娶的妻子不能叫元配，越國公府這樣的門第，怎麼會要一個這樣的女婿？

可是看方才憐香縣主那魂不守舍的樣子，明顯就沒有放下對曹中睿的感情，俞筱晚不由得有些焦躁。雅兒不會是想趁今日賓客眾多，給鬧出一幕來，好叫越國公不同意也得同意吧？雖然憐香縣主自己可能也願意，但她卻不喜歡旁人藉著自己一生才只一次的婚事，來辦這種噁心的事！

惟芳長公主也與她想到了一處，揮手讓自己的內侍跟出去瞧一瞧，又笑著安慰俞筱晚道：「妳可是我最喜歡的侄兒媳婦，我不會讓旁人來破壞的。」

不過一刻鐘，那名內侍就回轉來，附在惟芳長公主的耳邊小聲嘀咕了幾句。惟芳長公主輕哼了一聲，站起身來對俞筱晚道：「我去園子裡逛逛。」

俞筱晚也沒攔她，安排了兩名丫頭陪著，這會子已經快到吉時了，武氏和秦氏陪著曹老夫人過來看望俞筱晚，客人們識趣地讓到東西暖閣裡，把梢間留出來給長輩們訓話。

曹老夫人拉著俞筱晚的手，仔細看著眼前豔色奪人的外孫女兒，不禁感嘆道：「真快啊，還以為能多留妳一年的。」隨即又話鋒一轉，說起了媳婦經，「到了夫家，妳上有婆婆下有妯娌、小叔、小姑，日後還會有長嫂。一定要記住一條，話到嘴邊留一半，多在心裡轉一轉，做事要多留個心眼，妳不是做長媳，凡事不可強出頭，也不要搶妳婆婆的風光，管家之事更是不要插手，就算是有人讓妳做，妳也不要管。」

「那日我瞧著，妳那婆婆恐是不大喜歡妳，我也曾聽說，妳那婆婆是個自視甚高的，眼裡只有比她這國公府小姐更高貴的人。她或許會看輕妳的身世，但這沒關係，人心都是肉長的，人和人的關係也都是相處來的，只要妳恭順乖巧，誠心服侍妳婆婆，我相信她總會看到妳的長處。好日子、壞日子都是自己過出來的，妳只要牢記著，先抓住了丈夫的心，再儘快生下兒子來，有了安身立命的依靠，就什麼都不必懼了。」

曹老夫人絮絮叨叨說了半晌，實在是再想不出什麼要交代的了，乾澀的眼眶忽地一酸，湧上了一汪淚水。武氏和秦氏忙勸道：「哎呀，老太太，您這是沙子迷了眼嗎？快擦一擦，好讓晚兒開開心心出嫁啊！」

曹老夫人也知大喜的日子流淚不吉利，忙低了頭用手背拭了拭眼角，又抬頭笑道：「可不是沙子迷了眼嗎？唉，年紀大了，我回屋去，妳們兩個舅母好生陪著晚兒。」

武氏和秦氏應了一聲，俞筱晚忙扶著外祖母的胳膊，親自送到門口，還不住說道：「我給您配的藥丸，您可要堅持服用啊！」又囑咐杜鵑道：「這事我著落到妳身上，妳仔細用心些，若是快吃完了，記得使人到楚王府來取。」

杜鵑忙一疊聲地應下。

曹老夫人拍了拍俞筱晚的手，笑道：「好了，就送到這吧，沒到吉時，新娘子可不許出屋的。反正三日後妳回門，又能見面了。」

武氏和秦氏也一左一右地扶住俞筱晚，笑道：「咱們舅甥好生說說體己話吧。」然後拉著俞筱晚進了內室，將丫頭們都逐了出去，武氏支吾道：「嗯，那個，昨日給妳的圖冊，可看清楚了？」

俞筱晚小臉一紅，她只隨手翻了兩頁，就跟燙手似的扔到了一邊，哪裡看清楚了？

一瞧她這害羞的小模樣，武氏和秦氏還有什麼不懂的，心裡苦笑，只得強自壓下尷尬和羞窘，硬逼著俞筱晚將那小圖冊拿出來，兩人一左一右夾著俞筱晚坐下，仔細開始上課，「男為陽，女為陰，陰陽和合是天地倫常。咳咳，這妳是遲早要知道的。」

開場白過後，兩位舅母更加尷尬。哪家的女兒出嫁前都是母親陪著一晚，語焉不詳地說幾句「洞房的時候丈夫要如何便如何」就成了，武氏昨晚就是這麼幹的，哪知老太太不依，說寶郡王是花名在外的，那個長期包養的花魁如煙，必定是溫柔解語得不行的，床笫間的功夫必定更是了得，若是晚兒僵得跟一截木頭一樣，恐怕會讓寶郡王嫌棄，所以才逼著兩位舅母再次進行深入教育，務必要讓晚兒千嬌百媚起來，將寶郡王爺的心攏得死死的。

這可真是個吃力不討好的活兒！

武氏和秦氏兩人的視線隔空交流許久，瞧見新娘子臉上的厚粉都擋不住血色了，才支支吾吾地開口道：「那個……那個……男人吧……都是這樣的。」武氏用力點著圖冊上小人兒的某個部位，示意俞筱晚看這裡、看這裡，見俞筱晚看過來了，又指向圖冊中的女子，「妳只要這樣，順從一點，溫柔一點，不要抗拒，不要緊張，肯定不會難受的。」

秦氏用力點頭，「是啊是啊，寶郡王爺經驗豐富，妳順著他便是了，這種事只需經了一次就能無師自通了，妳只別緊張就成了。」

俞筱晚的臉都快燒起來了，趕緊埋到胸脯裡降溫，武氏和秦氏亦是熱得拿帕子直搧風，好半天才問道：「嗯，那個，妳懂了嗎？」

「唔」俞筱晚發出蚊子叫一般的聲音，武氏和秦氏鬆了一口氣，「懂了就好！懂了就好！」

可氣氛仍舊十分尷尬，誰都找不到話題先開口說話。

好在吉時到了，大門外響起了震天的鞭炮聲，報喜的小丫頭飛快地跑進墨玉居，大嚷道：「姑爺來了！姑爺好俊呢！」

其實這小丫頭只是遠遠隔著人群瞧了一眼，只覺得像天上的神仙似的，具體長什麼樣根本就沒瞧清楚，見前面丫頭姊姊們沒動，忙俐落地跑回來報訊，好拿大紅封。芍藥立時賞了她一個最大的，樂得小丫頭眉開眼笑。

不多時，楚王府來接親的嬤嬤帶著一列丫頭婆子浩浩蕩蕩地來了。初雪往內報了訊，俞筱晚正要站起來，秦氏按住她的肩頭道：「不急，得請上三回再出門。」

武氏則迎到院門口，為首的老嬤嬤頭髮全白了，但腰桿挺得筆直，眼神也極正，可見是個懂規矩的大嬤嬤。她見到武氏的妝扮，便立即深深福了一禮，自稱夫家姓文，是奉楚太妃之命來迎新人的。另一位大嬤嬤年輕得多，大約四十餘歲，雖然也跟著文嬤嬤福了禮，但是神情倨傲，武氏猜她是楚王妃身邊的大嬤嬤。

按習俗三催四請之後，武氏才回到內室，為俞筱晚遮上了喜帕，初雲、初雪一左一右扶著小姐出了園子，到延年堂拜別了外祖母和家人之後，由曹中敏背上了花轎，一路吹吹打打到了楚王府，手中被塞入一條紅綢。紅綢的另一端，有人輕輕一帶，她便跟了上去，又是磕頭又是拜的，折騰了半個時辰，才被送入洞房。

喜娘扶著俞筱晚坐到黃花梨木雕石榴蝙蝠吉祥紋的撥步床上。俞筱晚耳邊亂哄哄的，心知應當有許多人跟著進了洞房。她不知來的是何人，只能看到喜帕下的那一小方天地。這一小方視線裡，有一雙皂色繡福字紋的方頭靴，半截金線繡祥雲紋的喜服。

俞筱晚知道必定是君逸之，心裡莫名其妙就緊張了起來，紅綢在手心裡攥得死緊，喜娘連拉了好幾下都沒拉動，只得小聲地道：「新娘子，紅綢要收起來了。」

俞筱晚才大夢初醒般的鬆了手，這倒讓同樣緊張得手心出汗的君逸之笑了起來，喜孜孜地挨著她坐下。

喜娘一瞧大嘆，「郡王爺，您得先挑蓋頭啊！」

伴著進洞房要看新娘子的眾人哄笑了起來，不知是誰起頭叫道：「快掀蓋頭！」旁人也跟著有節奏地叫了起來：「掀蓋頭！掀蓋頭！掀蓋頭！」

君逸之一彈就起來了，忙道：「快拿喜秤來。」又回身對眾人瞪眼道：「不許看！」

北王世子當場就無恥地笑了，「我們既然到這洞房裡來了，自然是要看新娘子的！你不想看，掀了蓋頭出去好了，反正我們是要看個夠本的！」

眾人哄笑著助威，就差擂鼓了。

君逸之笑著虛踹了他一腳，「你小子，上回你成親的時候，我可是放了你一馬的！」

「這是你自己笨，誰要你放過我！」

這麼一鬧，終於將被新郎官的絕世俊顏震傻了的丫頭們給鬧回了神，初雪忙去捧了托盤過來，喜娘唱禮道：「請新郎官掀蓋頭囉！」

君逸之拿過喜秤，挑起了喜帕，看見那張令百花失色的豔麗容顏，緊張得屏住了半晌氣，才慢慢漾開一個幸福的微笑——她終於是他的妻了！

俞筱晚緊張地輕輕呼吸了一下，緩緩抬起眼眸，看向她面前的新郎。臉上浮起一個淺淺的、溫柔的、含羞帶怯的微笑，眼中也是暖暖的羞澀的柔光。

他們就這樣兩兩相望，忘了身邊的人和物，眼中只有彼此，直到北王世子嗷一嗓子怪叫，用力推了君逸之一把，「難怪你小子願意放棄如煙娶妻了，原來是這麼個絕世佳人！」又鼓動道：「來來來，親一個讓咱們瞧瞧！」

眾人都鼓掌支持，「對對對，親一個親一個！」

君逸之回過神來，一臉得瑟的笑，眸光在屋內看傻眼的眾人臉上轉了圈，忽然發力，一腳踹得北王世子一個踉蹌，「做夢！看夠了就出去喝酒，不許打擾我行禮！」

雖說是新婚三天無大小，不過這麼盯著新娘子看也的確是不大妥當，於是眾人只好摸了摸鼻子，一步三回頭地往外走。

北王世子一邊摸著被踢疼的大腿，一邊大聲抗議：「就不去！我們在外面等，等你出來一塊去喝酒，看我不把你灌趴下，今晚你別想洞房了！」眾人忙又附和：「對對對，我們在外面等！」

君逸之毫不客氣地嘲笑他，「就你那三杯就倒的酒量？去去去，快點走，別耽誤我時辰！」說著背對著圍觀的人，調皮地衝俞筱晚擠眉弄眼，那模樣要多滑稽有多滑稽。俞筱晚雖然羞澀，卻差一點沒繃住，笑出聲來。

好不容易將那群磨磨蹭蹭的傢伙給趕出了屋，君逸之親自將門閂上，一屁股坐到喜床上，半側著身子，緊緊挨著新鮮出爐的小妻子，就差兩手一張，將小妻子給摟在懷裡。

喜娘忍不住笑道：「郡王爺，您坐開一點呀，擠著新娘子了，一會兒奴婢也不好給您們結衣襬！」

外面偷聽的人又是哄堂大笑，「這可不是我們耽誤時辰了吧！」

「吵什麼吵！」君逸之也不管他們看不看得見，往窗外瞪了一眼，極不情願地往旁邊挪了一小寸，見喜娘還是盯著他，又不情願地再挪一小寸，連挪了十來下，才勉強達到喜娘的標準。

俞筱晚只是略為緊張地垂眼看著地面微笑，潮濕的雙手交疊著放在膝上，隨便他怎麼折騰。

等兩人端坐好了，喜娘一面說著吉祥話，一面將兩人的衣襬打了個結，又端來合巹酒讓兩人交杯喝下。

酒一入口，俞筱晚差一點沒忍住皺起眉頭，雖然武氏早就告訴她交杯酒是苦的，表示日後夫妻二人要同甘共苦，可是她真沒想到會是這般的苦。眼角餘光瞧見喜娘目不轉睛地盯著自己，慌忙一口嚥下。

喜娘讓兩人將酒杯擲於床下，待酒杯停穩之後，喜娘蹲下身子看去，只見兩只酒杯一仰一合，頓時大喜讚歎：「大吉大利，百年好合啊！」

劈里啪啦又是一大串吉祥話，喜娘邊說邊從兩人頭上各剪了一縷頭髮，打了個死結，裝在事先準備好的大紅荷包裡，壓在枕頭之下，最後端來如意餃子、子孫餑餑，讓新娘子品嘗。

待俞筱晚紅著小臉連說了幾個「生」字之後，君逸之瞧著那翻紅肉的餃子就噁心，心疼小妻子還得艱難忍著吞下，便哄道：「生幾個就可以了，不用吃了吧？」

喜娘這才樂呵呵地道：「好咧，新郎官說生就生，說不生就不生啦！」

兩人都鬧了一個大紅臉，芍藥含著笑上前塞了一個大紅荷包給喜娘，親自送了喜娘出門，丫頭們也極有眼色地退出了喜房。

喜房裡只剩下了小夫妻兩人，這時新郎官應當抓緊時間說上幾句，一會兒就得去外面的宴席敬酒了，可是君逸之只知樂呵呵地一個勁兒傻笑，外頭的哥兒們早等不及了，起鬨道：「新郎官快出來，陪我們喝酒去！」

俞筱晚含羞地瞧了他一眼，小聲地道：「先吃點東西墊墊肚子，別光喝酒，會傷胃的。」

這似乎是晚兒第一次主動關心他？君逸之還沒喝酒就暈乎乎的了，忙表示道：「妳放心，我一定不會喝醉的，我還要回來洞房呢！妳等我啊，別先睡，千萬別先睡了啊！」

門外偷聽的人一陣狂笑，還有人誇張地用力跺腳。

俞筱晚倏地紅了臉，用力瞪了君逸之一眼，恨不得一腳將他踢飛出去，這種話還說得這麼大聲！

君逸之這才反應過來，呵呵乾笑幾聲，湊過來小聲耳語道：「這些人真討厭，妳放心，一會兒我一定將他們都打發了！」說完覺得鼻端都是暖暖的清香，情不自禁地在她的耳垂上親了一口，賊笑道：「好香！」

今日來鬧洞房的，除了本家的兄弟外，就是幾個平日裡的酒肉朋友，說話葷腥不忌的，君逸之怕他們說出什麼更渾的話來惹惱了小妻子，忙忙地出了屋，拖著眾人走了。

新郎官走後，丫頭們進了屋，芍藥輕聲問：「小姐先換裝吧，可要吃些東西墊墊？」

俞筱晚也覺得疲累了，只輕輕頷首，讓丫頭們服侍著換了一身大紅色雲錦繡百子戲蓮圖的裙裳，淨了面，將頭上沉重的珠冠取下，重新梳了一個流雲髻，插上一支雙嬰戲珠的排簪，優雅地坐在印仙鶴青松圖的小圓桌前，隨意用了些湯水，便放了匙筷，搖頭道：「餓過頭了，倒不怎麼想吃。」

初雲便道：「那婢子吩咐廚房裡熬上清粥，小姐夜間餓了也好墊墊，明日一早起來也能用。」

俞筱晚點了點頭，趙嬤嬤卻斥道：「應該稱郡王妃了，妳們一個個地都不記得改口！」

芍藥和初雲都不好意思地笑了笑，朝俞筱晚福了福道：「郡王妃。」

俞筱晚紅著小臉應了一聲，讓趙嬤嬤給大夥兒看賞，又問道：「嬤嬤剛才可去院子裡看了，都有些什麼人，別忘了她們的賞銀。」

趙嬤嬤應道：「只看到外院有十來個小廝和侍衛，內院倒只有幾個粗使的婆子。郡王妃只管放心，這些老奴婢都記著呢，您今晚只要伺候好郡王爺就成了。」

俞筱晚不知怎的忽然想起了那本小圖冊裡面的畫兒，感覺臉上的溫度更燙了一些，正要佯裝鎮定地轉移話題，卻兀地一驚，忙問道：「嬤嬤，那個圖冊好像還放在曹府的桌上。」

趙嬤嬤的神情斂了斂，看了芍藥一眼，芍藥極有眼色地將小丫頭們引出了內室，趙嬤嬤這才道：「不是我說您，您怎麼好端端地大白天看那個？今日還好老奴發現得及時，收在袖籠裡，不然給楚王府來接親的嬤嬤們瞧見了，會怎麼說您？」

俞筱晚愛嬌地吐了吐舌頭，倒沒放在心上，只吩咐道：「幫郡王爺熬碗醒酒湯吧。」瞧著那群人的樣子，不可能輕易放過他。

初雲應了一聲退下，時辰尚早，俞筱晚便到臨窗的軟榻上歪著，取了本醫書慢慢看。

時辰一點一點轉到三更天，君逸之才帶著一身酒味進屋來。初雲忙端上一直溫著的醒酒湯，初雪幫著翻出一套君逸之的居家常服，俞筱晚親手接過來，「妳們退下吧。」

兩個丫頭忙退出內室，貼心地關上了房門。

君逸之就著俞筱晚的手喝下了醒酒湯，趁勢摟住了她的纖腰，見她沒反抗掙扎，心裡那叫一個熨貼，輕笑道：「晚兒真是溫柔體貼，還知道幫為夫準備醒酒湯。」

俞筱晚笑嗔了他一眼，「這點事我還是懂的。」

君逸之笑嘻嘻地張開雙臂，在她面前站定，「幫我更衣，我要沐浴，洗掉這一身酒氣，不然妳待會兒肯定嫌棄我。」

俞筱晚紅著臉瞪他一眼，幫他褪去冠帶和外裳，到底害羞，怎麼也不肯幫他解內衣了。君逸之呵呵地笑，也不勉強她，讓外面守著的丫頭去前院叫從文和從武進來伺候。

俞筱晚避到屏風後，待她也沐浴完畢，披了件半透明的紅綃睡衣從屏風後轉出來時，君逸之已經絞乾了頭髮，斜靠在床上，腰間搭了一條百子被，彎著嘴角，專注地看著她。他的鳳目又黑又亮，幾乎聚集了所有的星光，晃得俞筱晚不由自主地垂下了頭，也挪不開腳步。

君逸之勾唇笑了笑，跳下床來，幾步跑到近前，一把將俞筱晚打橫抱起，又幾步躥回了床上，「娘子，我們該歇息了。」唇角的笑明顯與之前很是不同，除了幸福，似乎還帶著些曖昧和誘惑。

俞筱晚抬眼撞入他的眼眸，清晰地看見他的瞳孔裡倒映出的自己，她突然覺得口乾舌燥，皮膚都變得有些發燙，身子不自禁地抖了起來。

君逸之輕輕抬手撫過她的眉眼，輕聲哄著：「別怕，我們先說說話兒。」

儘管君逸之已經將聲音放得最輕柔，可是俞筱晚還是有些僵硬地坐在他懷裡，順從地把自己的小手放到他的手掌裡。

他的手掌很溫暖，有種安定人心的力量。她聽著君逸之說起這幾個月怎麼盼著能早日娶到她，怎麼怕婚前見面不吉利，強忍著沒去曹府悄悄見她……林林總總，都是他一點一滴的心意，聽著聽著，俞筱晚慢慢放鬆了身體，偎在他的懷裡，心也柔軟得幾乎要化為一汪春水。

氣氛十分美好，君逸之將她的手舉起來送到唇邊，輕輕吻了一下。俞筱晚忍不住顫了顫，他漂亮的鳳目探詢般的看向她，她強壓著羞澀，衝他微微一笑。他也隨著她微微一笑，拉起她的手貼在他的臉上，幸福地輕笑道：「真的娶到妳了，我都怕自己是在做夢呢！」

俞筱晚望著他，眼睛笑成彎月，「哪裡有這麼長的夢？」

君逸之隱隱有一絲失落，為何她不說她也想嫁給他？轉念一想，似乎也沒什麼大不了，是他非她不娶，不是她非他不嫁，反正他們還有一生的時間，總有一天他會聽到他想聽的話，遂笑道：「是啊，哪有那麼長的夢，開開心心過踏實日子才最重要！」

說著飛速在她耳朵上一舔，低聲道：「我剛才說錯了，是先洞房最重要。」不等俞筱晚反應過來，他已經將她壓在了鋪著百子千孫被的婚床上，微繭的雙手順著她的手臂慢慢滑入衣袖，滑進了衣服裡。

俞筱晚渾身都變得燥熱起來，不禁緊張地閉上眼睛。君逸之翹起唇角笑了笑，鬆開手為兩人寬衣解帶，不過片刻，俞筱晚身上的衣物被全部褪去，一具滾燙的身子緊緊貼著她覆了上來。陌生又顫慄的感覺頓時襲擊了俞筱晚的神經，她全身一僵，緊張得攥起了小拳頭。

君逸之只得壓下滿腔的慾望，柔聲安慰：「別怕，別怕，我會很溫柔的！」

俞筱晚緊繃地躺在枕頭上點了點頭，「我知道，舅母說你很有經驗，我只要配合一下就好了。」

這回輪到君逸之僵硬了起來，他咬牙切齒地道：「誰說我很有經驗，我、我、我……才沒有跟女人……那個過……」

「啊……」俞筱晚心情為之一鬆，似乎還有些愉悅，隨即又緊張了起來，奮力推拒著他，「那、那、那……你會把我弄疼的，不要啦！」

君逸之哭笑不得，趕緊摟緊了她，小聲地道：「沒事的，我……咳咳，學了啦！」

俞筱晚正要問是怎麼學的，窗外忽然傳出幾聲悶笑，有人捏著嗓子道：「小逸之啊，看那個帶機簧的人偶有什麼用，還是去請教一下如煙姑娘吧！」

俞筱晚的腦子嗡的一響，完了完了，剛才說的話全被人聽了去！

君逸之氣得大吼一聲，從床上一躍而起，隨手披了件外裳，推開窗就想揍人，卻只見幾條黑影躍出了牆頭，邊跑還邊笑得打跌。

君逸之惡狠狠地詛咒幾聲，忿恨地關上窗，隨即又覺得今天這大好日子，自己實在是沒必要跟那幾個無恥的傢伙生閒氣，忙笑咪咪地折返回喜床，想繼續方才未完成的事業。

俞筱晚早就攏好衣服，正經八百地端坐在床邊，緊張地問：「剛才是誰？」若是個嘴巴不嚴實的，四處亂說，可就丟死人了！

君逸之知道她擔心什麼，忙安慰道：「沒事，是我的朋友，我保證他們不會亂說的！」至多就是以後見面調侃他幾句，反正他臉皮厚，這點子小笑話不會放在心上，而且那幾個傢伙都是沒成親的，哼哼，他遂又陰險地獰笑道：「晚兒別擔心，他們都沒成親，咱們日後有的是機會扳回一城，哼，不對，是幾城！」

俞筱晚鬆了口氣，「哦」了一聲，不知該接什麼話了。

她隨意攏著的衣裳，沒平日裡的端莊，卻多了幾分慵懶與嫵媚，領口微開了幾分，正好露出一截雪白優美的玉頸。君逸之高高地俯視著，恰巧可以順著繡滿金線蘭花邊的衣襟往下，看到若隱若現的雪膩香巒。

君逸之用力吞了口唾沫，忝著臉笑道：「晚兒，都三更二刻了，咱們安置吧！」

俞筱晚看到他似著了火一般的眼神，心頭一慌，忙縮腳上了床，努力往床裡邊蹭，邊蹭邊道：「嗯，我好睏了，睡覺吧。」

君逸之明亮的眼眸裡透出幾分委屈，可憐兮兮地道：「可是……我們還沒洞房。」

若是方才一鼓作氣倒也罷了，偏又半路停下，現在只要一想到方才兩人「坦誠」相擁的情景，俞筱晚就燒得臉盤子疼，哪裡還肯依？當下佯作睏倦狀，掩嘴打了個哈欠，嬌軟軟地嘀咕了一聲「好睏」，便飛速地鑽進被子裡，蠶繭一樣，用被子重重裹住自己，小腦袋也埋進了被窩裡，只露出一卷黛青色的秀髮。

君逸之褪了衣裳，挨著俞筱晚躺下，輕輕拉了幾下被子，卻半點也拉不動。他雖對晚兒有情，可是之前小嬌妻守著禮法，他與她並不能說有多熟絡，不敢硬掀了被子鑽進去，只好小聲地撒嬌：「晚兒，好冷啊，讓我也睡進來好不好？」

俞筱晚的聲音悶悶地傳出來：「衣櫃裡還有被子，你去拿吧，我睏了，別吵我。」

君逸之又往她身邊擠了擠，聲音更加委屈，「可是，那些都不是百子千孫被！晚兒，好晚兒，讓我也蓋一點，真的好冷！」

雖然已是三月末，可是夜間的確是很寒的，俞筱晚略一遲疑，兩隻小手已經自覺地鬆了鬆。君逸之本就拉著被子，一下子察覺了，心中大喜，忙用上巧力，沒兩下便掀開了一角，歡天喜地地鑽進去，也不敢太孟浪，就只伸手輕輕搭在俞筱晚的纖腰上。

俞筱晚的身子僵了一僵，待察覺他沒有進一步的動作，便慢慢放鬆了。今日寅時初刻就起身了，折騰到現在，還真是有些累了，又兼腦袋蒙在被子裡，著實悶得慌，便將小身板拱了幾下，將小腦袋鑽出了被子。

臉上才感覺清涼了一點，隨即又是一陣濕熱，君逸之厚著臉皮，大著膽子吻上了臉頰。

隨即，又熱又輕的吻從額頭開始，一直熨燙到耳邊。君逸之一口含住她的耳垂，輕輕咬了幾咬，又順著她細膩的面頰滑到了嫣紅的雙唇上。

俞筱晚整個一僵，隨即又被他急切卻熱情洋溢的撫摸軟化。

「唔……」胸前一陣涼一陣熱，一陣微痛，一種難以言喻的酥麻感覺從腳底心開始，以閃電般的速度迅速地竄向全身，俞筱晚忍不住顫抖了幾下。

君逸之得到了鼓勵，馬不停蹄，順著她優美的頸部一直往下，大手剛撫到她的腰間，毫無預兆的，俞筱晚忍俊不禁地笑起來，「哈哈哈……」

「晚兒……」君逸之沉默了片刻，有些沮喪地貼著她的小臉道：「我知道我做得不好，可妳也不必這樣笑吧？」

「對、對不住……」晚兒越想忍住不笑，就越忍不住，「好癢……我實在忍不住了，好癢……不是要笑你……」

到底是小女孩的身體，敏感得很，她真的不是故意要笑話他。

君某人的自尊心瞬間得以彌補，伸出手，不輕不重地在她的腰間掐了一下，「這樣呢？好些嗎？」

一種難以言喻的感覺瞬間襲上心頭，想推拒，又似乎更想迎合，俞筱晚愣了愣，呼吸不由自主地急促了起來。君某人聽著那帶著曖昧和誘惑的呼吸聲，俊臉頓時變得通紅，一把抓住她的雙手扣在頭頂，望著她意味深長地一笑，「晚兒喜歡這樣嗎？」

「我……」晚兒緊張地伸出小舌舔了舔乾澀的嘴唇，才剛說出一個字，朱唇已經被含到他的嘴裡。他的手牢牢扣著她的後腦勺，撬開她的嘴唇，頂開牙齒，找到她的舌頭，不是很溫柔，而是急切的掠奪式的親吻。

君逸之的氣息明顯不穩起來，俞筱晚覺得羞澀，卻又極喜歡這種親密中帶著暈眩的感覺。他的口氣很清新，就連他急促的呼吸都帶著些令人安心的味道，不知不覺間，她全身都放得柔軟了，情不自禁地伸出手臂摟住了他的脖子。

她聽見他在她耳邊輕聲道：「晚兒別害怕，不會那麼疼的。」

她察覺到他的手在解著自己的衣帶，腦子裡轟的一聲，變成一片空白，只能傻傻地聽任君逸之靈活地施為，然後帶著柔情和熱切，與她合為一體……

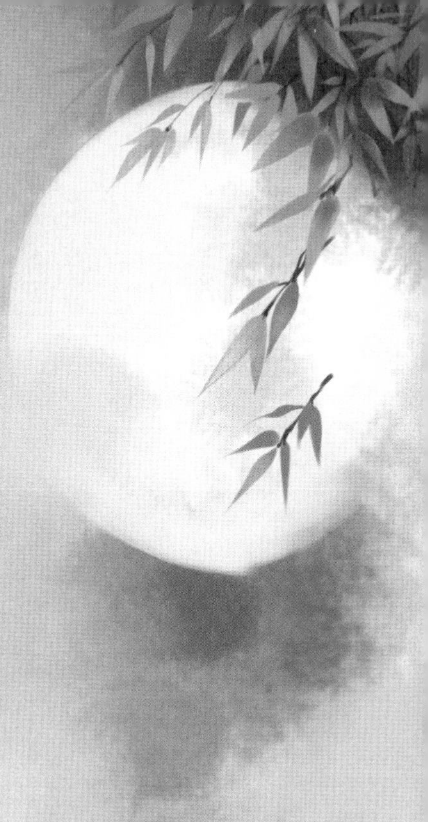

陸之章　婆媳鬥法分高下

天剛濛濛亮，芍藥便領著一隊小丫頭，捧著銅盆銅壺候在房門邊，仔細聽著裡面的動靜。

靜悄悄的，一對新人都沒有甦醒的意思，芍藥將時辰往後推了又推，眼瞧著自鳴鐘已經指向寅時三刻了，今日一早還得祭祖，給公公、婆婆奉茶，起晚了可不行，便大著膽子敲了敲門。

「唔，進來。」片刻後，裡面傳來君逸之柔和的聲音。

芍藥忙帶著丫頭們進來，將熱水打好，初雲和初雪走到床邊輕聲問道：「郡王爺，可以掀簾子了嗎？」

君逸之隔著床簾吩咐道：「熱水放到淨房，妳們退下吧。」

芍藥略一遲疑，便聽話地帶著丫頭們退了出去。

君逸之立即笑嘻嘻地將小嬌妻從被子裡撈出來，忝著臉笑道：「晚兒別害羞了，妳身子我哪處沒看到呢？」昨夜晚兒又疼又累，是他幫她淨身的呢！

「滾！」俞筱晚臊得全身都紅了，抬起玉腿踢了君逸之一腳。

君逸之由著她踢，卻將她柔軟細膩的身子抱了個滿懷，附在她耳邊問了幾句話，問得細緻無比。俞筱晚惱羞成怒地掐他腰上的軟肉，君逸之卻厚臉皮地笑道：「打是情，罵是愛，晚兒肯定是愛我的！」

俞筱晚燙得臉盤子都要燒起來，只不便出口反駁他，便張口在他肩上狠狠一咬，留下一圈碎米牙印和口津，心裡才舒服了一點。

君逸之側頭看了看，笑得越發無恥，「有了這個印記，以後我就是妳的人了，妳可要給我一個名分，負責我終身啊！」

俞筱晚想踢他，可是被他抱得太緊，腿抬不起來，想咬，卻怕他說出更讓人臉紅的話來，只好嘟起小嘴嗔道：「快讓開！你先起床！」

「好，等我梳洗完了，再來服侍夫人好不好？」君逸之在她嘟起的小嘴上親了一口，這才放開她，披衣起身。

俞筱晚待他轉過了屏風，進了淨房後，才忙忙地穿好褻衣，喚了初雪和初雲進來服侍自己更衣。

芍藥掀起床簾就看到了雪白的元帕上那醒目的紅梅，紅著臉笑道：「恭喜郡王妃。」

俞筱晚好不容易褪下的紅潮又氾濫了，不過心中卻湧起了一股甜蜜。昨夜雖然還是有些疼，不過君逸之卻非常顧忌她的感受，每當看到她皺眉吸氣，便會停下來關切地詢問；見到她的表情有一絲痛楚，便會溫柔地撫慰，縱使是後來，他亦是急切之中帶著克制，絲毫不粗魯。

他這樣愛著自己、寵著自己，以後的日子一定會幸福的吧？

俞筱晚垂眼淺笑，忽地想到，君逸之是一個人進的淨房，忙讓初雪和初雲進去服侍。芍藥便帶了四江，手腳麻利地幫主子穿好了衣裳，扶她進了淨房。

君逸之已經洗漱完畢，坐在梳妝台邊等著，待她洗漱過後，立即從梳妝臺上拿了支畫筆，笑嘻嘻地道：「晚兒，我來幫妳畫眉。」

芍藥掩唇輕笑，見郡王爺似乎沒什麼脾氣，便大著膽子道：「郡王爺，您瞧郡王妃哪裡需要畫眉？」

君逸之輕笑道：「我自然知道晚兒的眉生得極好，不畫而黛，只是細了些，我替妳描粗一點可好？」

其實俞筱晚的眉毛生得真的極好，彎彎的兩道柳葉眉，眉峰秀麗，眉梢悠長，一根多餘的雜毛都沒有，顯得嬌柔又嫵媚，可是聽了君逸之的話後，俞筱晚卻是心中一動，抬眸看了芍藥一眼，示意她不要多話，然後含笑看著君逸之道：「有勞郡王爺了。」

君逸之只用亮晶晶的鳳目一眨不眨地看著晚兒，不說話，也不動。俞筱晚想起昨夜他伏在她身上，一定要她叫他的名字，後來又抱著她，在她耳邊說的一大串話裡特意強調了以後只許叫他的名字，當下便知他有些不滿，忙拉了拉他的衣袖道：「逸之，快幫我畫，時辰不早了。」

聽到她甜美的嗓音，還用這種軟軟的語調叫他「逸之」，他心裡哪還有半點氣悶，當下便笑道：「好啊，我練了好久了，保證又快又好。」說罷，飛快地一手抬起她的下巴固定住，一手運筆如飛，刷刷幾下便畫好了。

芍藥等人仔細一瞧，眉形沒變，只是加粗了一些，略去了嫵媚，只餘端莊，當下心底也有了幾分明白。

畫好了眉，君逸之便退去一邊，初雪上前來幫主子化妝梳頭。初雲朝君逸之福了福，問道：「郡王爺可要奴婢為您束髮？」

君逸之一頭烏黑閃亮的頭髮還披散著，卻拒絕初雲為他服務，只看著俞筱晚道：「不用了，一會兒讓晚兒為我束髮。」

俞筱晚的臉不能動，轉動眼珠看了看他，有些話想問他，只是當著丫頭的面不好問，斟酌了一下道：「你的大丫頭呢？叫她們先進來服侍你吧。」

君逸之十分隨意地道：「我平日裡都是從文和從武他們服侍的，很少讓嬌蕊、嬌蘭進屋。」這麼說就是有大丫頭，只是不用而已。俞筱晚記在心裡。

這會子門外又有人通稟道：「楚王妃遣了管事嬤嬤過來了。」

君逸之知道是來收元帕的驗喜嬤嬤，怕晚兒害羞，忙親自去接待了。兩位嬤嬤中的一位，就是昨日去曹府迎新的那位神情倨傲的郭嬤嬤，另一位則笑咪咪的，夫家姓顧。兩位嬤嬤收了元帕，向郡王爺道了喜，芍藥跟在後頭遞上兩個大荷包。顧嬤嬤笑咪咪地朝俞筱晚福了福，謝了賞。郭嬤嬤則只是跟著顧嬤嬤福了一禮，兩人又向郡王爺告退了出去。

俞筱晚一直從梳鏡裡看著這邊，待初雪將自己打扮好了，便主動過去為君逸之束了髮，又問他要用什麼簪，君逸之笑道：「隨便妳。」

俞筱晚便從梳妝台上挑了一只帶纓絡流蘇的白玉冠，橫插上一支玉簪固定住髮簪便好了。

兩人攜手出了屋，簷廊下早就備好了小馬車，君逸之與俞筱晚一同坐進去，在路上便開始向她介紹了家中眾人的情況。

楚王爺的嫡弟是為仁郡王，還有一位封為鎮國將軍的庶弟，兩人都留駐京城單獨建府，今日肯定會到王府來認一認新婦。楚王爺有一正一側二妃，以及兩位有名分的侍妾。楚王妃生了君琰之與君逸之兩兄弟，側妃生了長女君蓉，兩位侍妾一人生了三少爺君維之，一人生了二小姐君璃，長女君蓉已經出嫁，二小姐君璃才六歲。

俞筱晚記在心間，想著這王府的人口算是簡單的了，應該還是好應付，只是一想到郭嬤嬤倨傲的神情，又不禁蹙了蹙眉。一個奴婢敢這般倨傲地對待她這個郡王妃，只怕是主子的意思。

話說間到了春暉院正堂外，君逸之扶著晚兒下了車，握著她的手便要上臺階。俞筱晚小聲地道：「你放開我的手吧。」

君逸之笑得風流倜儻，「不怕，我反正是不守規矩的。」說罷，拉了拉她的手，示意她跟著自己走。

俞筱晚的腳步只略頓了頓，便沒再堅持，與君逸之攜手進了正堂。

正堂的上首位上，楚王爺與楚太妃分左右而坐，楚王妃坐在王爺的下首，君琰之伴著母妃而坐。楚太妃的下首端坐著一位四十歲左右的英俊男人，身側是一名風韻猶存的中年婦人。

俞筱晚不敢細看，跟著君逸之到了主位近前，早有丫頭放好了兩塊拜墊，兩人朝著楚太妃一齊跪下磕頭。二叩六拜之後，俞筱晚接過丫頭端來的托盤，高舉過頭頂，細聲細氣地道：「孫媳婦兒請老祖宗喝茶。」

楚太妃滿眼含笑，忙接過茶杯，意思著喝了一口，便道：「乖孩子，起來吧。」

身邊的文嬤嬤立即捧了一個小托盤上前，裡面是對龍鳳呈祥的金鑲碧玉鐲。那碧玉幽靜如潭水，肉眼一看，彷彿其中有水波劃過，而龍鳳呈祥的圖案是用金鉑貼合在玉鐲上的，只占了三分之一的圓周，雕功極為精細，連鳳身上的羽毛和龍身上的魚鱗都能看清楚。不論是成色還是工藝，都堪稱極品了。

俞筱晚忙親手接過，謝了賞，再交給初雪保管。

楚王妃一瞧見這對鐲子，當即不滿了起來，嗆聲道：「母妃，這可是老太妃傳下的玉鐲，說了是給長媳的，如何能給她？」

自若干年前聽說了這對玉鐲之後，楚王妃便一心盼著楚太妃將鐲子交給自己，倒不是因為這鐲子成色好，這些年來宮裡的賞賜豐厚，與這玉鐲成色相仿的不是沒有，她看重的只是這對玉鐲的意義！太妃不喜她，不願給她也就罷了，怎麼能給這個狐媚的小孤女？

兒媳婦竟敢同自己嗆聲，楚太妃心下不滿，只是大喜的日子不便發作，只橫了楚王妃一眼道：「何時說過給長媳？只說是給自己喜歡的媳婦。琰之連親事都沒定下，我將這玉鐲賜給晚兒有何不可？待琰之娶了媳婦，我自有好東西賞她。」

楚王妃閉了閉嘴，恨恨地掃了俞筱晚一眼，覺得這個兒媳婦聽了這玉鐲的意義，若是識趣，就應當主動將玉鐲退給太妃，請太妃另賞物件。哪知俞筱晚只是眼觀鼻，鼻觀心地垂手肅立著，完全沒有退還玉鐲的自覺。

真是個眼皮子淺的！她心裡對俞筱晚的評價又低了幾分。

俞筱晚知道楚王妃在看著自己，也知道她想讓自己退還了玉鐲，可這是楚太妃給自己撐腰呢，她難道要不識好歹，落楚太妃的臉面不成？君逸之也沒理母妃的吵鬧，只管拉著晚兒到父王的跟前跪下，俞筱晚敬了茶，楚王爺也只意思著喝了一口，頓了頓，說了一句：「日後要恭順貞靜賢良，好生管著夫君。」

是管著不是服侍！

俞筱晚差點沒忍住笑出聲來，君逸之嘿嘿笑了兩聲，厚臉皮地接上一句：「父王放心，晚兒想怎麼管著我都行，我老實聽話。」

楚王爺瞪了他一眼，斥道：「正經一點！」

然後親手放了兩塊極品羊脂玉的玉佩在托盤中，俞筱晚謝了賞，回頭交給初雪保管著。

楚王妃氣了個倒仰，卻不敢反駁王爺的話，只在心裡盤算著要怎麼給兒媳一個下馬威，之前想的那個真是不堪用，不過就是讓她受點罪，一會兒非要讓這個小孤女沒臉不可。

君逸之牽著俞筱晚的手來到楚王妃面前，磕了頭後，俞筱晚將托盤舉過頭頂，恭敬地奉茶。

楚王妃卻像沒看到她一般，徑直跟君逸之說道：「你如今已是成了親的人了，心裡要有個章程，不能再像以往那般沒形沒樣的，多跟你大哥學學為人處世的禮數，多讀點書……」

明明有媳婦敬茶，卻彷彿沒瞧見，任誰看見都會知道她有多麼的討厭這個媳婦！新婦入了府，憑什麼在夫家立足？憑的就是婆婆和丈夫的喜愛！尤其婆婆是主掌後院的，若是看不順眼媳婦，自有那捧高踩底的奴才幫著婆婆明裡暗裡給媳婦小鞋穿，還是時時處處，防不勝防。

現在這春暉院的大堂裡，各房的下人都有，這小道消息很快就會傳遍她們這一支的各府第裡去。

她就是要讓全府的人都知道，她討厭這個媳婦！

楚王妃邊說邊用眼角餘光看向俞筱晚，心裡極度希望看到俞氏羞愧得無地自容的樣子，若是能惱怒得咬牙切齒就更好。新婚第一天就敢對婆婆甩臉子，不論是禮法、國法，還是家法，都是不容的，她正好有藉口可以打上十戒尺，殺殺俞氏的氣焰。

楚王妃等待得有些有雀躍了。

君逸之自然明白母妃的意圖，迅速與大哥對望了一眼，視線相交的瞬間，兩人都從對方的眼中看到了極度的無奈。

俞筱晚沒理會楚王妃的刁難，雖然楚王妃無禮在先，但她是晚輩，是不能明著反抗的，只穩穩地舉著托盤，趁楚王妃停頓換氣的瞬間，提高了些聲音道：「兒媳婦請母妃喝茶。」

楚王妃還待故技重施，君逸之立即雙手捧了茶杯往楚王妃的手中放。楚王妃的雙手本是極為優雅地交疊著，輕輕擱在膝頭上，手背忽地碰觸到一物，兩手下意識地便微微鬆開，君逸之巧妙地將茶杯塞入母妃手中，涎著臉笑道：「母妃，這是孩兒新娶的媳婦敬您的茶，您快些喝吧，涼了再喝會胃疼的。」

楚王妃氣息窒了窒，竟敢詛咒我胃疼？

楚王妃的蠻勁也上來了，就想將茶杯再放回到托盤上去，可是俞筱晚已經十分機靈地將托盤交給了身後的丫頭。楚王妃她膽子再大，也不敢在沒拿捏到俞筱晚任何錯處的時候，直接將茶杯甩到她身上，不論怎樣，俞筱晚都是太妃選的媳婦，不論太后是否甘願，也下了懿旨賜婚，小小地落點臉面沒關係，大大地落了臉面，就是對太后和太妃不敬了。

忍了忍，楚王妃才將茶杯端到嘴邊，連蓋都不揭，喝茶的樣子都不做，便又放在几上，清了清嗓子，準備開始教訓兒媳。

這嘴才張開，春暉堂的管事媳婦子走了進來，朝著楚太妃福了一福道：「稟太妃，早膳已經準備好了。」

楚太妃便笑道：「逸之，快帶你媳婦認認人，咱們要開膳了，可別餓著你叔叔嬸嬸。」

君逸之「誒」了一聲，拉著俞筱晚站起來，便向對面走去。

楚王妃的臉都憋成了鐵青色，忿忿地道：「母妃，兒媳還沒賞新婦見面禮！」

楚太妃端著茶杯拔了拔茶葉沫子，淡淡地道：「我還以為妳忘了，想著先幫妳周圓一下，事後再治郭嬤嬤一個辦事不力之罪呢。」

楚王妃的臉色又瞬間漲得通紅。當婆婆的第一天要給新媳婦見面禮，這是禮數，她怎麼會忘記？怎麼又說到了郭嬤嬤的頭上？婆婆這話是什麼意思？她還沒開口訓誡媳婦，婆婆就出言打斷了，難道還要怨她不成？

被點了名的郭嬤嬤正侍立在楚王妃身後，聞言不禁抖了抖眉毛，又見主子半歇沒反應，忙悄悄戳了王妃的背一下。楚王妃運了幾輪氣，才生生壓了下去，回頭示意丫頭捧托盤上來，托盤裡放著一支赤金鑲紅寶石帶流蘇的雙股釵。

這下連對楚王妃不抱任何信心的俞筱晚都無奈了，哪有送新媳婦單數物件的？不都是說好事成雙的嗎？楚王妃是想咒她死，還是想讓兒子休了她？

看樣子自已再乖巧柔順，也討不了好了，索性揭開了遮羞布，免得日後楚王妃總是拿這些上不得檯面的伎倆來噁心她。

丫頭將托盤捧到了眼前，俞筱晚卻不接，還回頭示意初雪不許接，然後朝楚王妃福了福道：「母妃的賞賜恕兒媳婦不敢接。」

楚王妃一聽這話，眼裡頓時放出了興奮的光芒，挑高了聲調道：「哦？妳看不上我的賞？」

只要她敢說個「是」字，這麻煩就大了，這麼明顯的陷阱傻子都不會去踩！俞筱晚努力忍住心頭的鄙夷，小臉上流露出幾分驚惶和無措，看了看君逸之，才小聲地道：「媳婦怎敢看不上母妃的賞賜？只是母妃忘了嗎？現在兒媳婦和夫君還在新婚期，凡事宜成雙。恰好媳婦婚前在潭柘寺求了支籤，籤文上說，新婚期若是落了單，是大凶之兆，唯恐對夫君的身子不利，因此，媳婦厚顏請母妃再賜一物。」

風俗上只說，新婚期要好事成雙，單數不吉，但怎麼個不吉並無定論。只不過世子君琰之身體不好，楚王妃嘴裡不說什麼，心裡其實也擔心次子的身子會有什麼不妥，每月都宣了太醫來請平安脈，俞筱晚這話正戳中她的心尖尖上，頓時臉色大變，回頭橫了郭嬤嬤一眼，都是妳出的鬼主意，竟敢咒我的兒子！

郭嬤嬤惶恐地低下頭，不安地拿左腳蹭蹭右腿。

君逸之暗抽了抽嘴角，安慰自己道：好吧，只有說到自己頭上，母妃才會在意，晚兒也是被逼得沒辦法了！

楚王妃心不甘情不願，卻極為迅速地從腕上褪下一串奇楠木的佛珠，放在托盤上，嘴裡說道：「這是相國寺的一燈大師親自開光的佛珠，妳戴著避避邪吧。」

俞筱晚並沒像之前那樣親自接過托盤，而是謝了賞，讓初雪接下。

楚王妃的臉彷彿被人打了一巴掌似的，又漲紅了，恨得牙齒癢。從自己手上褪下佛珠賞她，就是極為中意她的意思，她居然不當場戴在腕上，而是讓丫頭收著，真真是無禮至極！她卻不想一想，若不是她挑釁在前，俞筱晚又怎麼會故意落她臉面。

君逸之帶著俞筱晚認了一圈人，長輩們各有賞賜，同輩或晚輩則各收到了俞筱晚親手縫製的荷包等物。

認完了人，楚太妃便笑道：「好了，到偏廳去吧，都餓了。」

君逸之和俞筱晚忙上前，一左一右扶住了楚太妃。眾人到了偏廳之後，楚太妃便道：「晚兒，新婚三日不必妳立規矩，妳且坐下。」

俞筱晚笑道：「晚兒多謝老祖宗厚愛，但晚兒應當立規矩，就請太妃和王妃賞晚兒這個體面。」

楚太妃見她堅持，也就不讓了，當先坐下，眾人才依次落座。

俞筱晚站到了自己身後，楚王妃的心氣才算是平順了一點，高傲地指揮著俞筱晚端茶倒水，舉箸送飯，極盡刁難之能事。眾人早膳過後，俞筱晚挺俏的小鼻尖上布了一層細細的汗水，神色間也略為疲憊，偏楚王妃就是不說讓她下去用膳。

君逸之瞧得心疼不已，幾次想說話周旋，都被兄長給壓住了，暗示他：這是規矩，母妃雖說挑剔了點，可並沒有什麼錯處，這時候出聲幫腔，反倒是害了弟妹！

君逸之只好忍著，好不容易母妃停了箸，他忙求援般地看向老祖宗。

但是讓媳婦下去用膳這樣的話，也應當是由婆婆來說，楚太妃不好越過了楚王妃，便接過丫頭送上的新茶，品了一口後道：「敏慧，妳真是個有福氣的人。」

敏慧是楚王妃的閨名，只在新婚之初的一段時間，楚太妃才這樣親暱地稱她，已經多少年不曾喚過了，今日忽然喚了出來，還讚她是有福之人，楚王妃一時激動得藏不住臉上的笑容，謙虛地道：「母妃過獎了，兒媳婦哪裡有母妃有福氣。」

楚太妃輕笑道：「是妳比我有福氣，至少我就沒有兒媳的福可以享啊。」

楚王妃的臉色立時變得鐵青，偏一向與她面和心不和的仁郡王妃還贊同道：「母妃說得極是。」

楚王妃只好站起身來，親自為楚太妃捧了茶，又讓俞筱晚下去用膳。

回到夢海閣，君逸之忙忙地抱著俞筱晚進了屋，輕輕將她放在榻上，親手幫她除了鞋，蓋上薄被，坐在她身後，讓她靠在自己懷裡，或輕或重地幫她捏肩，「今日可辛苦妳了。」

俞筱晚笑了笑道：「沒事，當媳婦就是這樣的。」

君逸之想了想道：「以後咱們只生兒子好不好？我可不願送自己的女兒去受這種罪。」邊說邊在心裡盤算著，要怎麼幫晚兒免了去母妃身邊立規矩。

不過因為有楚太妃的那句感嘆，楚王妃便連著在楚太妃身邊陪了兩日，雖不用像別的媳婦那般立規矩，到底沒時間去折騰俞筱晚了。

轉眼到了回門那一天，君逸之陪著俞筱晚拜別了老祖宗和父王、母妃，帶著幾車回門禮，到了曹府。

曹老夫人親自領著曹府的女眷在二門處迎接，俞筱晚下了車，忙上前幾步，扶起要下拜的曹老夫人，輕嗔道：「外祖母，您這是要讓晚兒再不敢回來嗎？」

曹老夫人便順勢不跪了，但仍是屈膝行了禮，府中的女眷則深深福了一禮，眾人才相攜著到延年堂的正廳裡坐下。

曹老夫人細細地問起俞筱晚這些天的情況，俞筱晚揀了好聽的話回了，又幫外祖母診了脈，接著陪著舅母們說了會子話，曹老夫人便放她去墨玉居，同姊妹們說說話，也是存著讓曹家姊妹多與她交好，日後好相互照應的意思。

於是眾人挪到了墨玉居的東暖閣。曹中貞自小奉承著張氏長大的，好話很會說，俞筱晚雖與她關係不親密，卻也顯得親暱了；曹中燕雖比從前活躍些了，到底還是文靜，話不多；曹中慈原就開朗，話是最多的；只有曹中雅陰沉著臉，她身後的美景又是一副「借一步說話」的樣子。

幾姊妹眾星捧月似的奉承著俞筱晚，終於讓曹中雅聽不下去了，冷冷地笑道：「表姊如今真是風光了，成了超品的郡王妃，可人若是忘恩負義，就會被人唾棄！」

俞筱晚挑了挑眉問：「不知我何時做過忘恩負義之事？還請三妹妹指點一下迷津！」

曹中雅動了動嘴唇，最終將話壓了下去，只是不斷冷笑。俞筱晚失了興致，只說累了，打發走了眾人。

不多時，美景悄悄溜了過來，小聲地道：「那日三小姐想幫二少爺跟憐香縣主會面，讓惟芳長公主給抓著了，二少爺現在還禁著足呢。不過，奴婢聽說，爵爺讓二少爺將功補過，若是能找到一塊睡蓮紋的玉佩，就免了他的罰。」她小心地瞧了瞧俞筱晚，接著道：「聽說，是小姐您的陪嫁，但不能讓別人知道……」

俞筱晚心中大動，面上卻不露聲色，笑著讓初雪賞了美景一只赤金的蝦鬚鐲，打發走了她後，便帶著人往墨玉居後罩房的倉庫裡，蹲下身，側著光瞧了瞧幾個箱子，心中一凜，竟然已經有人動過了？

俞筱晚總不能說不相信外祖母和舅父，因而出嫁之後，這些留在曹府的箱籠只派了江楓和江蘭看守著，墨玉居裡還有曹府安排的幾個粗使婆子，再無旁人。不過她一早兒讓丫頭們將所有的箱籠都擦拭得乾乾淨淨，再小心地用某種特定的藥水擦拭一遍，只要有人動過箱籠，就會留下痕跡。

「江楓和江蘭呢？」俞筱晚淡淡然地問道。

江楓和江蘭就候在一旁，聽到主子的問話，忙上前幾步，福了福道：「奴婢在。」

俞筱晚問道：「這幾日何人出入過墨玉居？」

江楓看了江蘭一眼，江蘭俏麗的小臉驀地一紅，低下頭小聲道：「回主子，無人來過墨玉居，只是……奴婢去廚房領飯時，遇見過二少爺……二少爺問了奴婢幾句主子的事，便沒有別的了。」

睿表哥？俞筱晚挑眉看著她，「恐怕不止問我的事吧？繼續說。」

江蘭小臉瞬間白了白，故作鎮定地說道：「真沒別的了。」可惜年紀尚幼，又沒經過什麼事，眼底的驚慌和閃躲還是出賣了她。

俞筱晚盯了她一眼，也不再多問，從懷裡取出一顆藥丸，讓初雪去化在熱水裡，再用這道水擦拭那兩個被人動過的箱籠，箱籠上很清晰地顯露出數十個大小不一的淺藍色指印。

身邊的丫頭們都露出驚歎的神色，心道郡王妃真是神人，居然能讓賊人露出馬尾來，看向主子的眼神中，就充滿了敬畏和崇拜，唯有江蘭慘白了一張臉，完全失去了血色。

俞筱晚不知丫頭們心中所想，仔細辨認了一番，心中有了數，便讓芍藥將箱籠打開。芍藥清點了裡面的物件，眼睛突然睜大，回過頭正要說話，俞筱晚睇了她一眼，示意她不要說，芍藥忙改了話頭道：「回郡王妃，東西沒有少。」

俞筱晚長舒一口氣，笑道：「沒丟就好。」

江蘭也長舒了一口氣，神色瞬間輕鬆了下來。

俞筱晚將她的神色看在眼裡，卻不動聲色，令丫頭們用熱得發燙的水將箱籠擦拭三遍，便回了正房。

初雲見主子面色恬靜，還跟往常一樣輕鬆自在，不知她是否有所察覺，待周圍沒了旁人時，還是盡責地提示道：「郡王妃，江蘭似乎沒說實話。」

俞筱晚笑了笑，問她：「那妳說，原本應當是怎麼回事？」

初雲輕聲道：「初雪去查問江楓了，一會兒應當會來回報。」

俞筱晚點了點頭道：「嗯，辦得好，回去再回報，時辰不早了，一會兒要用午飯，我去家廟看望一下大舅母。」

如今的家廟不許旁人隨意出入，可俞筱晚的身分已是不同，自不會理會舅父下的命令，面對阻攔的婆子，只神色微動，身後的江柳和江梅便上前將兩個粗使婆子推開，俞筱晚讓初雲、初雪護著徑直走了進去。

芍藥上前朝那兩個婆子笑道：「我們郡王妃一片孝心，回門之日還心心念念惦記舅母的病情，特意過來探望，兩位嬤嬤只管讓郡王妃進去坐一坐，耽誤不了妳們的差事。」說著從褲袋裡掏出兩個小荷包，塞到婆子的手中。她是曹府的家生子，與府中諸人都熟，便又含笑問起了兩位婆子的家中事，聊著閒天，免得她們進去探聽。

再說俞筱晚進了家廟，向神龕上的佛像和曹家牌位拜了三拜，進了香，才繞到後罩房。張氏身邊現在只得曲嬤嬤、劉嬤嬤伺候著，紫兒已經不知去向。俞筱晚站在床邊，仔細看著床上瘦得脫形的張氏，心中暗道，看來可沒少吃苦，想必舅父已經不打算留她的活口了，便勉強撐著，只是在等雅兒出嫁而已。

張氏矇矓中覺得有人在看著自己，強撐著睜開眼睛，迷濛了半晌後，才看清床邊站著的人是誰，當下便笑道：「是晚兒，啊，不，是郡王妃回門了嗎？」

俞筱晚笑了笑道：「舅母近來越發豁達了，最近覺得身子如何？」

曲嬤嬤一聽表小姐問這個，當下便流淚道：「夫人身子沒有大好，還在寒月裡頭，這裡就斷了炭火，每晚都是老奴婢幫忙捂著手腳才能入睡。一日三餐送來的也是冷飯冷菜，這病如何能養得好？」

張氏卻不看向忠心的曲嬤嬤，而是盯著俞筱晚，猜測她今日過來的用意，心中忽地一動，想起爵爺將自己踢傷之時，不肯請人來治療，而是俞筱晚送了良藥過來，治好了她的傷，莫非今日她也是有所求而來？她眸光閃動，故作淡然地道：「妳別聽曲嬤嬤胡說，我這日子尚可。」

俞筱晚笑道：「好歹還能再撐個一兩年，當然尚可，不過等雅兒妹妹出嫁之後……」話不必點明，張氏亦是明白。誰不怕死，當下她便激動了起來，嚴厲又兇狠地看了曲嬤嬤一眼。曲嬤嬤會意，忙將劉嬤嬤拖了出去，初雲和初雪則站在門外，不讓旁人靠近。

張氏這才輕喘著，笑道：「晚兒是想知道妳舅父的打算嗎？我可以告訴妳，不過妳要幫我，妳要幫我出這家廟，否則我不會說出一個字來。」

俞筱晚淡笑道：「舅母若真不想說，不說就是了，反正我不急，我如今已經是皇家的媳婦，還怕舅父想要如何嗎？況且不過是個物件，舅父想要，我送給他也就是了。」

張氏瞪大了眼睛，急喘喘地道：「不過是個物件？若只是普通的物件，妳舅父早向妳開口了！他就是怕妳不願給他，也怕妳知道內情，他沒了功勞。哼！妳以為他是真心疼妳的嗎？做夢吧！就是婆婆，他的孝順也是表面上的，若不是婆婆死了他得丁憂，怕三年後起復無望，只怕他早不耐煩婆婆指手劃腳了！」

這話倒是讓俞筱晚大吃一驚，面上卻是不顯，只不相信似的嫌惡道：「妳也太會挑撥離間了，這話就是說給外祖母聽，外祖母也不會信妳，我勸妳還是省些口水吧！」

張氏氣惱地瞪著俞筱晚，俞筱晚好整以暇地側身在床邊坐了下來，低頭俯視著她問：「怎麼？舅母如今連坐起來的力氣都沒了嗎？」

若說原先張氏自以為得了婆婆的保證，能保住一條命的話，這幾日的慘狀就已經讓她明白，爵爺真的是不會放過她了。婆婆年紀大了，已經沒有精力管內宅裡的瑣事，她真怕有一天她會不明不白地死在這家廟裡。她必須找到一個大靠山，可是她並不相信俞筱晚，她只相信自己的兒子、女兒，但她卻不知道能不能等到兒女成親後，能讓她依靠的那一天，所以在氣勢上她就輸了一籌。

只沉默了不到十息的功夫，張氏便開始跟俞筱晚談條件，「我將我知道的都告訴妳，但妳得保我好好地看到我的孫子、孫女和外孫子出生。」

俞筱晚嘲諷地笑道：「舅母莫非忘記了，君瑤表姊如今還關在別苑裡，可是對外界的人而言，她去年年底就已因陳疾而亡了，妳幫了君瑤表姊那麼大的忙，攝政王爺還記得呢。」

張氏氣惱得想吐她一臉唾沫，卻苦於渾身無力，只氣粗地喘息幾下，好不容易壓下了怒火，才緩緩地道：「那事蘭嬤嬤一個人認下了，王爺無憑無據的，憑什麼說我？至於歐陽辰那兒，我自問是對得起爵爺的。」到如今她也懶得隱瞞了，冷哼一聲道：「爵爺其實只是怨我沒將事辦好，害他被王爺責罵罷了！他那個人自私得很，為了保命，只怕連兒子都可以不要的，何況是我這個妻子！」

關於舅父的為人如何，俞筱晚懶怠同舅母討論，只逼問她到底知道些什麼，並應允她，至少讓曹府送熱飯熱菜，生病了有人熬藥過來。張氏還想再談點價，俞筱晚就換上一副「妳愛說不說，不說我就走」的樣子，她只好忍了忍氣，沉聲道：「我只知是個非常重要的物件，皇上、攝政王爺、康王爺都在尋它。妳舅父認定在妳父親手中，還曾寫信詢問過妳父親，但是妳父親說沒有。後來妳入了京，他便讓我在妳嫁妝裡找一塊蓮花紋的玉佩或是金鎖片。」

俞筱晚垂眼聽完，問道：「舅父告訴妳的嗎？」

張氏搖頭冷笑道：「妳舅父誰都不相信，連身邊最得力的幕僚都不一定會告知，又怎麼會告訴我？是我幾次煲湯親自送去前院書房，無意中翻到他的筆記才知道的。他有一個習慣，心思重的時候，會將一些隻言片語記錄下來，藏在暗處，等有了頭緒或是辦完之後再燒毀。」

俞筱晚眸光一閃，這麼說來，現在玉佩這事並未辦完，或許舅父的外書房裡還有筆記？

張氏看她沉默不語，便得意地笑道：「妳是不是想知道他喜歡把筆記放在哪裡？」

俞筱晚並不回答，只看向張氏，張氏窒了窒，惡狠狠地道：「雅兒的嫁妝倒是準備好了，可是她嫁的是公侯之家，那點嫁妝只怕會讓婆家看不起。」

俞筱晚淡淡道：「我正好有三個離京城不遠的莊子和兩家店鋪不想要了，可以送給雅兒妹妹。待雅兒妹妹出嫁之時，我再送上一萬兩銀子的添妝。」

張氏心中一喜，又故意磨蹭了一下，才道：「若是筆記還在，妳舅父喜歡將它藏到書桌抽屜下的木板上貼著的紙袋子裡。」

俞筱晚不由得有些失笑，這樣的地方，舅母也能「無意中」發現？

既然張氏這裡再問不出什麼有用的事，俞筱晚便出了家廟，徑直去了延年堂。用過午飯，前頭君逸之就派人來問可以回府了嗎？俞筱晚便向外祖母和舅母告辭，與君逸之一同回了楚王府。

君逸之陪著俞筱晚在春暉院坐了坐，小夫妻倆才回了夢海閣安置。

兩人梳洗完畢，更了衣後，君逸之便打發走了小丫頭們，摟著晚兒問：「晚兒，怎麼妳不開心？是王府準備的回門禮外祖母不喜歡嗎？」

俞筱晚忙搖頭笑道：「老祖宗親自吩咐文嬤嬤準備的回門禮，外祖母和小舅母、表姊妹們都極喜歡，我只是去看了看大舅母，她身子每況愈下，我心裡有些難受罷了。」

聽說是張氏的事，君逸之的神色間便流露出一些不以為然來，「她那人，這也算是她自己的報應吧！聽說她自己的兒女都不去看她，妳何苦去？」

俞筱晚只笑了笑，不作答。君逸之凝神看了她幾眼，小聲問道：「可是問了她一些事情？」

俞筱晚心中一驚，想到張氏說那樣東西許多人都想要，君逸之也想要，但不知君逸之是自己想要，還是幫誰在尋，她應不應該說出來？其實夫妻一體，不論他幫的是誰，她與他日後都是共同命運的人了，她應該盡全力來幫他才是，只是……他到底是因為她而娶了她，還是因為那塊玉佩才娶了她？

這種念頭一旦形成，便如春草般瘋長，俞筱晚左右搖擺不定，眉頭越蹙越緊。

「晚兒、晚兒！妳在想什麼？」君逸之喚了幾聲，才將俞筱晚的神給喚回來，他不由擔憂地撫了撫她的額頭，關切地問：「妳還好吧？剛才在想什麼，我叫了妳好幾聲，妳都不答應我，好像走了魂似的。」

俞筱晚忙笑道：「我在想……我在想大哥的毒要怎麼解才好。」

她決定暫時不告訴他，待她確認了他的感情再說。她可以接受夫君不喜歡自己，畢竟這世上許多女子就是這般活了一輩子，可是她卻不能接受欺騙，尤其以愛為名的欺騙。愚蠢過一世就也罷了，這一世，她一定要活得清清楚楚、明明白白。

這種話君逸之只信了一半，不過也沒再深入地詢問，順著這話道：「大哥說吃了上回妳配的藥丸之後，輕鬆了許多，還讓我謝謝妳呢。」

俞筱晚甜甜一笑，「都是一家人，謝來謝去的做什麼。」

雖然方才晚兒不願同他說實話，讓他的內心有點小小的失望，可瞬間就被這句「都是一家人」給拋到九霄雲外去了，便笑嘻嘻地道：「是啊，都是一家人，我去跟大哥說，要他別謝來謝去的。」

君逸之一邊說一邊在她的面頰上香了幾口，卻覺得極不滿足，彷彿餓極了的狼，看到了可口的獵物，卻只能看著，不能吃，比看不著還要抓心撓肺的難受，兩隻大手便開始不老實地往她的衣襟裡探去。

唉，大白天的……俞筱晚忙抓住他的手腕，帶著些撒嬌意味地道：「這兩日忙著四處認親戚，都還沒跟院子裡的下人見過面呢。」

君逸之「啊」了一聲，「是我疏忽了，我帶妳認認人。」又揚聲吩咐道：「讓蔡嬤嬤將人都帶到正堂來。」

蔡嬤嬤是君逸之的乳娘，以前這夢海閣就是由蔡嬤嬤和從文一同管著的，成親的次日，君逸之就引了她來給嬌妻磕了頭，還跟俞筱晚說過，這蔡嬤嬤待自己是極好的，言下之意，就是蔡嬤嬤值得信任。

初雲在外面答應了一聲，自去吩咐。

君逸之同俞筱晚道：「從前雖是蔡嬤嬤管著內院諸事，但如今妳是女主人，妳自安排人手便是。若是人手不足，咱們另買些丫頭或是從府中調派，也由妳拿主意。」

夢海閣雖是楚王府中的一個小院子，卻也是一個四進的單獨庭院，就是為了日後君逸之娶妻納妾之用。

按著本朝的律法，所有親王嫡子除世子外，在十六歲那年封郡王，待到二十歲弱冠之後，再由宗人府和禮部一同商議，擇品德出眾及有才幹者，准予單獨建府。若是不能通過審核，就永生只能居住在親王府內。當然，自己單獨買處別苑住著也是可以的，只不能在苑大門處懸「某郡王府」的匾額。

君逸之對自己信心十足，認定二十歲之後能單獨立府，這幾年將府中諸事先讓晚兒管起來，日後也不會慌了手腳。

君逸之攜了俞筱晚的手，來到正堂坐下，堂中空地上已經垂首站立著六七名丫頭小廝，還有十餘人站在院子裡頭，等候傳見。

芍藥親自捧了茶上來，又垂著手安安靜靜地退下。

俞筱晚笑著示意蔡嬤嬤上前說話：「蔡嬤嬤，您指了人給我認識吧。」

蔡嬤嬤進前幾步，福了一福，為主子介紹了身後的兩名極漂亮的丫頭，「回郡王妃，這是嬌蕊和嬌蘭，服侍郡王爺日常起居的。」

兩名丫頭忙上前磕頭。

俞筱晚笑著睇了君逸之一眼，君逸之忙輕咳了一聲，小聲道：「她倆是母妃挑來的人，跟了我五六年了，我平日都在外院歇著，一般不用她倆服侍，以後她倆要當什麼差，妳看著安排就是。」

他這聲音說大不大，說小不小的，二嬌聽了俏臉一白，頭埋得更深了。

俞筱晚想了想，便道：「既然是母妃挑的，必是不錯的，自然還是當這大丫頭吧。」又問了二等丫頭和三等丫頭、粗使婆子等人的份例，這才知道這夢海閣裡還真是沒什麼丫頭，只除了二嬌是服侍君逸之的之外，另有三個三等丫頭是服侍二嬌和蔡嬤嬤的。

俞筱晚知道府中的定例，這夢海閣可以有四個大丫頭、六個二等丫頭、八個三等丫頭，正好今日就乾脆將等級也定下來，遂又道：「嬌蕊、嬌蘭、初雪、初雲是一等丫頭；豐兒、江楓、江南、江柳、江梅、良辰為二等丫頭；三等丫頭和其他的人手，就由蔡嬤嬤和趙嬤嬤來商議著定吧，若是人手不足，就告訴我差著的人手，我好讓人到府外去買。夢海閣的內院還是由蔡嬤嬤管著，我的嫁妝和一應起居，由趙嬤嬤和芍藥管著。」說罷，讓芍藥賞了荷包。

蔡嬤嬤聽郡王妃如此抬舉自己，臉上不禁露出幾分喜悅之色，忙表了一番忠心。俞筱晚又見了外院中的四名貼身小廝和管事文長海。聽說文長海是太妃身邊文嬤嬤的兒子，也沒露出什麼驚訝的神色，讓芍藥賞了荷包。見沒別的事了，便讓他們自下去忙差事。

君逸之陪她認完了人，便笑道：「好些日子沒出府了，我出去逛一圈兒，晚膳前一定回來。」

俞筱晚猜他是要辦事，便沒攔著，只讓他按時回來，一同去請安。

服侍著他更了衣出去，俞筱晚進了暖閣，歪在軟榻上默然不語。芍藥輕輕地走進來，小聲地道：「小姐，那幾塊蓮紋的玉佩都被人換了。」因之前俞筱晚讓芍藥將所有玉佩的花色都拓了下來，因此芍藥認識些玉佩。

俞筱晚淡淡地道：「我知道，一會兒文伯來了，讓他進來見我。」

沒等多久，俞文飆就在王府的二門外請見。芍藥拿了俞筱晚的名帖將文伯接進來，安排到西廂房。

俞筱晚讓江柳和江梅在門外守著，同俞文飆低語道：「江蘭不能用了。」將玉佩被人調換一事說了，「江蘭和江楓一直是輪流守著的，應是江蘭引了人來換的。」

俞文飆聽說自己精心教導的丫頭竟背叛主子，老臉頓時漲紅了，羞愧地道：「是我沒用。」

俞筱晚笑道：「文伯不必自責，我知你盡力了。曹中睿相貌堂堂，又笑得溫柔和暖，小丫頭會動心，實屬常理。況且她們都是十來歲才被買來的，自不能與家生子相比。」

雖然是這個理，可俞文飆還是難以忍受。自己教導之時，最重的便是忠誠，卻沒想到親自推舉出來的四個丫頭，就有一個這樣打他的臉。他想了想道：「我再挑一個送來，江蘭我就帶回去處置。」

俞筱晚搖了搖頭道：「不急，我沒將她調開，還讓她守著，是不想讓人見疑。」或許舅父會起疑心，不過這反而是好事，驚疑不定之下，最容易判斷錯誤，「文伯，你再挑來的人就改名叫江南，我已經報給府中了。另外，您幫我一件事。」說著壓低了聲音說起舅父的筆記，「這事機密，若是找到了，謄寫一份給我，原稿不要拿。」

俞筱晚與俞文飆談完事情，已近掌燈時分，問清郡王爺還未回府，她便先回正房，換了身衣裳，扶著初雪的手，走到夢海閣的大門口，伸頸張望。

沒等多久，君逸之便騎著馬回來了，從文和從武看見郡王妃在此，忙翻鞍下馬，施禮退到一邊。君逸之見小嬌妻在此迎接自己，心裡說不出的開心興奮，擁著她便往內走，笑咪咪地道：「等很久了嗎？」

俞筱晚笑著搖了搖頭，「沒有。」說著偷看了一眼他的神情，一雙亮晶晶的鳳目裡，幸福和寵溺彷彿能漾出來似的，連她也跟著輕鬆愉快了許多。記得從前母親總是這般牽著她的小手，在門口迎接外出的父親，也記得父親總是會十分高興，所以她才有樣學樣。她還記得外祖母跟她說的話，好日子壞日子都是自己過出來的，如果總是吝於付出，又怎麼可能得到回報？她雖暫時不敢付出太多感情，但至少可以付出幾分關心、幾分體貼。

君逸之沒有說話，一路都是笑咪咪的，回屋換了身衣裳後，又擠到小馬車裡，跟小嬌妻說悄悄話。他變戲法似的拿出一個小小的紅漆食盒，裡面裝著六塊清香怡人的淡綠色糕點。

俞筱晚輕輕嗅了嗅香味，驚訝地問道：「這……好像是景豐樓的荷花糕？還沒到四月呢，就有荷花糕賣了嗎？」

君逸之嘻嘻笑道：「有個傢伙很會栽培花草，想讓花期提前就提前，想推後就推後，這時節他府中的荷花雖然沒有開花，但已經有花苞了，味道跟盛開的荷花做成的荷花糕是一樣的。我方才去找他要了幾朵，送去景豐樓讓他們做了十二塊，另外六塊放在屋裡了，待會兒回去妳嘗嘗。這是送給老祖宗的，老祖宗最愛吃景豐樓的，總說自家的廚子做的沒有景豐樓的好。」說完，將小食盒放在俞筱晚的手裡，「就說是妳買的。」

這種揀現成撈誇獎的事，俞筱晚不大好意思幹，推回給他道：「是你的一片孝心，老祖宗肯定更喜歡。」

君逸之壓低聲音道：「妳錯了，孫媳婦兒的孝心老祖宗才更喜歡，而且我們倆是一體的嘛，說是妳買的，老祖宗也會知道是我告訴妳的。」

最重要的是，這樣更能討好老祖宗，至少在分府之前，晚兒還得請老祖宗多關照關照，少讓母妃找點痲煩。

俞筱晚見君逸之堅持，也就沒推辭了，只是問道：「若沒給母妃準備禮物，母妃是否會怪罪？」

君逸之笑道：「怎麼沒有準備？」又從袖袋裡拿出了一只小瓶，「這可真真是妳店裡的東西了。」

俞筱晚一見便笑了，這是她的香料鋪子才開始拓展的貨源，從江南最出名的作坊裡進的芙蓉玉雪膏。

到了春暉院，一名俏麗的小丫頭守在正堂門外，見到二人便笑盈盈地福了福，先進了堂屋，打起門簾往內報了一聲。嬌杏迎了出來，笑嘻嘻地福了福，「二少爺、二少夫人來了，奴婢給您們通稟。」說著率先進屋，向內室裡稟道：「老祖宗，二少爺、二少夫人來給您請安了。」

待聽到裡面傳出楚太妃的聲音，嬌杏才打起了門簾，請二人進去。

俞筱晚心中暗暗訝異，今日一早來請安的時候並沒有這般通稟。君逸之極得太妃的喜愛，一般情況下都是直接進到暖閣的。

君逸之倒沒露出什麼異色，牽著俞筱晚的手進了屋。楚太妃端正地坐在羅漢床上，靠著寶藍色萬字不斷頭紋的大引枕，見到二人便坐直了身子，笑得和藹可親，連連招手道：「快過來坐。」

楚王妃和周側妃陪坐在下首。楚王妃看了看俞筱晚，新嫁娘在頭一個月裡都要穿著大紅的衣裳，今日俞筱晚就是一身火銀紅的收腰緊身半臂裝，下繫一條遍地撒杜鵑花的百褶裙，襯得她纖腰一束，雙腿修長，峰巒高聳。

小小年紀就長成了這般勾人的身姿，待日後生兒育女，還不得變成一隻狐狸精？儘管心中十分鄙夷，但楚王妃也不得不承認，這張揚的大紅色穿在俞筱晚的身上，硬是在嬌俏中多了幾分出塵的清雅。

周側妃倒是對俞筱晚十分友善，笑盈盈地朝她點頭示意。待小夫妻見過禮後，還主動要求俞筱晚坐到自己身邊來。

新婚三天無大小，前幾日俞筱晚和君逸之都是坐在老祖宗身邊的，今日的確是應該按座次坐了。俞筱晚先將食盒奉給了老祖宗，又將芙蓉玉雪膏奉給了楚王妃，才在周側妃的身邊坐下。

楚太妃見是荷花糕，立時笑開了，君逸之趁機道：「晚兒聽說老祖宗喜歡吃荷花糕，四處打聽哪裡有早開的荷花，今日才尋到了幾株，便送到景豐樓特製了幾塊。老祖宗，您快嘗嘗。」又看向楚王妃道：「母妃，那瓶是芙蓉玉雪膏，晚兒特意為您求來的。」

用「求」字可一點也不誇張，這種芙蓉玉雪膏比起一般的芙蓉香膏，膏體更清爽、香味更長久，而且抹在臉上能增加色澤，讓面色臘黃的人也能顯出白裡透紅的好膚色來，從數百年前就是宮中的貢品了，也因為材料難得，製法繁複，每年的產量極少，就連宮中都稀少，對民間的女人來說，幾乎就等於是個傳說。

楚王妃之前還十分不屑，只不便當著楚太妃的面駁了新媳婦，便輕慢地讓郭嬤嬤接著，這會兒聽說是這芙蓉玉雪膏，心裡就躍躍欲試，想打開瞧一瞧，可是又抹不下面子，左右為難。

周側妃瞧出了她的小心思，便笑道：「哎呀，原來是這麼金貴的香膏啊，快給我瞧一瞧，讓我也開開眼界。」說著便轉過了身子，向郭嬤嬤伸出手去。

郭嬤嬤見到主子示意，便將小瓷瓶交給周側妃。周側妃打開瓶塞聞了聞香味，連聲讚好，又用小拇指的長指甲挑了一小團出來，放在手背上慢慢抹開，那隻手真的是立即呈現出珠玉般的光澤。

楚王妃看得心喜，又肉疼不已，輕輕咳了兩聲，慢條斯理地道：「周側妃，日後妳若想用，只管到我那去拿便是。」

周側妃忙識趣地交還給郭嬤嬤。

君逸之見母妃喜歡，心中暗喜，趁無人注意之時，朝俞筱晚擠了擠眼睛，隨即又纏著老祖宗問：「老祖宗，你們剛才在談什麼事？若是好事，一定要告訴孫兒。」

楚太妃笑道：「是談一件你舅舅家的喜事，只是還沒完全確定罷了。」

如今的忠勇公是楚王妃的親哥哥，娶了一妻六妾，膝下卻只有十個女兒，唯一一名嫡子在五歲那年因病夭折了。眼見著後繼無人，忠勇公人到中年，還在不斷地收通房，努力耕耘著。卻說前幾日，忠勇公夫人到廣濟寺進香，向神明求嗣的時候，無意中見到了一名瀟灑少年郎，生得與年輕時的忠勇公簡直一模一樣，當下就心生歡喜，悄悄讓人探問是哪家的兒郎，想收為義子，讓他再帶個弟弟出來。

哪知這一問，竟問出了十九年前的一段烏龍事件。當年忠勇公夫人所生的嫡子，因難而落下了病根，才剛剛出生五天，忠勇公夫人便在術士的建議下，讓乳娘和管事嬤嬤抱到廣濟寺來做法事。誰知當時剛剛考上進士的錢學同的夫人，也帶了剛出生不久的兒子來做法事。法事是在兩個大殿做的，但是沐聖水卻都是安排在暖房裡，和尚們不知怎的竟將孩子抱錯了。

楚太妃感嘆道：「第二天錢大人就出了外任，直到去年初才回京，哪個知道竟會發生這種事？真是天可憐見的，幸虧現在找到了。只是忠勇公的嫡子如今好好的，錢大人的兒子卻……唉。」

俞筱晚真覺得跟在聽戲文一樣，忍不住問道：「孩子抱錯了，乳娘竟看不出嗎？」

楚太妃笑道：「妳沒生過孩子，自是不知。小嬰兒啊，若斤兩差不多的，看起來真就沒什麼區別，因而寺裡的僧人才會弄錯。而且小嬰兒真是一天一個樣子，當時寺裡的大師給孩子在額頭和臉上畫了幾道符，整張小臉紅彤彤的，幾日後才能清洗，哪裡還能認得出來？只是後來那錢公子生得越來越不像錢大人夫婦，錢大人和夫人才起疑。又聽得忠勇公夫人詢問，這才慢慢探問，推敲出來的。」

俞筱晚訝異地挑了挑眉，楚王妃卻是無比欣喜地道：「那孩子我已經瞧過了，真的與大哥年輕時生得一模一樣，肯定不會錯的。待太醫院滴血認親後，就能認祖歸宗了。」

楚王妃非常希望兄長能有嫡子承繼爵位，因為她再無嫡親的兄弟，按本朝的律法，若無聖上下旨恩准，任何有爵位之人都不能從旁支抱養嗣子，這樣的話，忠勇公的爵位後繼無人，朝廷就會將爵位收回去，她們忠勇公府的富貴也就到頭了。

眾人感嘆一番，又聊了會子閒天，便各自散去了。

楚王府都是各院自己吃自己的，除非是年節，或者家中有喜事、長輩傳召的時候，才會在一起用膳。這倒是給了俞筱晚便利，不用總是在楚王妃的身邊立規矩，況且她今日才送了一份重禮，楚王妃雖然覺得這是兒媳婦應當孝敬自己的，可一時也拉不下臉使喚她，今日就放過她算了。

回到夢海閣，君逸之便收起了無所謂的笑容，神色沉斂起來。俞筱晚不由得問道：「逸之，你怎麼了？」

君逸之看著丫頭們上了新茶、布好糕點、果品，便將人都打發下去，拉著妻子坐到自己膝上，小聲地道：「忠勇公，妳聽這封號就自然能明白，他祖先既忠且勇。忠勇公的祖父是陪著祖皇帝打天下的開國功臣，手中有十萬兵馬。」

俞筱晚神情一震，用力眨了眨眼睛，同樣壓低聲音道：「你是說，這位錢公子不一定是忠勇公的兒子？」

君逸之搖了搖頭，又點了點頭，「或許是，或許不是。當初抱錯嬰兒，或許是真的，或許是假的。就算是真的，也或許是早就有人安排好的。這麼說吧，舅舅自然是不願意自己的爵位無人繼承，可是若要假裝抱錯了孩子，可以從原氏的旁支中挑選一人，怎麼也不會挑到錢家去。這位錢公子自小在邊陲長大，誰知他結識了些什麼人，學的又是些什麼？若當初是有人故意為之，那就有可能是特意為接掌十萬兵馬而培養的，可若是無意的，為何錢大人和錢夫人對兒子的身世早有懷疑，回京任職已有一年餘，卻在前幾日才被舅母無意間撞見？」

俞筱晚點了點頭，其實軍政家國這類的大事，她是不大懂的，只是覺得君逸之分析得有道理而已。不過……錢大人……回京一年……怎麼聽起來這麼耳熟。她問道：「這位錢大人是什麼官職。」

「正五品工部郎中。」

「什麼？」俞筱晚霍地站了起來，櫻桃小嘴張成了一個圓，「這、這位錢公子，可是錢大人的嫡次子？」

君逸之點頭道：「是啊，聽說錢大人的長子已經有二十五歲了，次子小了六七歲吧，今年虛歲應當是十九。」

俞筱晚一拍腦門，「天呀，別這麼巧吧！」

君逸之好奇地問：「什麼巧？」

俞筱晚無力地道：「我的二表姊曹中燕說的親事，就是錢郎中家的次子。」

原本是因為錢大人的官職比曹清儒低了許多，才能將庶女許配給錢大人的嫡子，哪知小庶女一下子變成了國公世子的未婚妻！

她不由得搖頭笑道：「真真是造化弄人。」

君逸之卻蹙眉道：「怎麼什麼事情都有妳舅父的份兒？」

俞筱晚訝異地挑眉問道：「這話怎麼說？」

君逸之掰著指頭數道：「喏，當初妳父親亡故，他就在找妳要東西；前陣子朝中許多人質疑平南侯，要求重整軍隊，他卻將女兒許給了靜晟世子；妳那個大表哥的婚事是韓家主動挑的，我也就不說了，這會子又給庶出的次女找了門好親事。韓丞相一派、攝政王一派、平南侯一派，妳舅父都結了兒女親家，似乎只有皇室裡沒有送人進來了。」他抬眼看著晚兒笑道：「幸虧妳只是他的外甥女。」

俞筱晚怔了怔，的確是啊，聽起來真是巧合，只是巧合太多，就有些怪異了。她噘著小嘴道：「你恐怕還不知道，舅父其實是想讓慈兒表姊作為媵妾陪嫁的。」

君逸之一愣，隨即冷笑道：「他倒是會打主意。」

俞筱晚想了想道：「或許，舅父是希望日後有所保障吧。畢竟舅父看重榮華富貴，自然希望日後不會被朝局影響。」

君逸之冷笑著問：「是誰告訴他朝局會變的？難道有人跟他說了要謀反？他要做這種安排做什麼？」

俞筱晚也覺得很怪異，按說舅父是靠著攝政王升官的，應當是一門心思跟著王爺走才是，可是他最近的舉動又似乎不是這麼回事。若說是王爺的意思，她卻不這麼認為。就算是王爺想拉攏朝中其他派別的官員，也沒必要把寶都押在舅父的身上，別的府中就沒有漂亮出色的未出閣小姐了嗎？

她忽地想起前世睿表哥對攝政王的猜測，忍不住小聲地問：「逸之，依你所見，攝政王爺……嗯，會不會……嗯，有別的心思？」

君逸之看了她一眼，淡笑問道：「妳從哪裡聽來的？」

俞筱晚不滿地嗔了他一眼，「總會有人猜測啊，畢竟離那個位置只有一步之遙了。」

君逸之將她摟緊了些，輕聲道：「這麼說吧，目前沒有。」

俞筱晚「哦」了一聲，便不再問。君逸之也不想繼續這個話題，從小几上拿過那只小食盒，取出一塊荷花糕放在她唇邊，輕哄道：「妳嘗嘗看。」

俞筱晚斯文地咬了一小口，細細嚥下，彎眼笑道：「細滑清香，好吃。」說罷，就著他的手又咬了一口。

君逸之笑道：「若是妳喜歡吃，我以後就多給妳買些來。不過一會兒要用膳了，嘗嘗味便好，別吃多了。」然後將餘下那半塊荷花糕丟入口中。

俞筱晚一想到那半塊荷花糕上沾了自己的口水，就忍不住臉熱。

好在初雪進來稟道：「回郡王爺、郡王妃，晚膳取來了，現在用嗎？」

「用膳！用膳！」君逸之一躍而起，牽著俞筱晚的手步入小花廳。

兩人正在丫頭們的服侍下甜蜜溫馨地用膳，院中忽地傳來一陣急促的腳步聲。

文嬤嬤大喘著跑進來，向兩人福了一禮，緩了幾口氣，忙稟道：「稟郡王爺、郡王妃，攝政王府派了人來接郡王妃。聽說攝政王妃發動了，可是難產，攝政王爺說郡王妃擅長治疑難雜症，想請郡王妃過去看一看。」

俞筱晚怔了怔，忽地想到這幾天好像真是攝政王妃的產期，她還在想到時去王府恭賀呢，王妃竟然難產了。

君逸之蹙著眉問文嬤嬤道：「是誰來接人的？難道王府沒請太醫嗎？」

文嬤嬤恭敬地回話道：「攝政王爺派的是東方浩大管家。聽他說，是孟醫正親自帶了三名太醫守在產房外，產房內是宮中派出的四位穩婆，還有兩位越國公府派來的穩婆。」

這樣的安排已經算是十分周全了，俞筱晚看了看君逸之，小聲道：「我可沒給別人接生過，不知行不行呢。」

君逸之眸光閃了閃，握了握她的小手道：「或許只是想讓妳去陪陪皇嬸，別擔心，我陪妳去。」

俞筱晚點了點頭，放下碗筷，回屋換了身外出的衣裳，特意挑了窄袖的款式，又從藥箱裡拿了幾瓶可能用得著的藥丸，披上大氅，與君逸之一同坐上攝政王府派來的馬車，不過半炷香的功夫，便到了攝政王府。

攝政王正焦急地在產房門口轉來轉去，吳麗絹坐在下首第一的黃花梨木的圈椅上，垂眼觀心。乳娘抱著吳麗絹生的庶長女君若歌，站在吳麗絹的身後。兩位孺人陪坐在下首，臉上露出幾分焦急，也不知是真是假。幾位太醫則避讓在屏風的另一側，神情亦是顯得不安且焦慮。

屋內眾人瞧見俞筱晚過來，都站了起來，攝政王也定下了腳步，目光灼灼地看向俞筱晚。俞筱晚頓時感覺壓力好大，硬著頭皮上前請安，攝政王立即將手一揮，「不必多禮，妳快進去吧。」

俞筱晚只得安撫地笑了笑，「王爺莫急，王妃是積福之人，必定無礙的。」

攝政王聞言鬆動了些，略點了點頭，示意丫頭們開門。俞筱晚除了大氅，獨自進了產房。產房內，四名穩婆團團圍在產床前，將產床占得嚴嚴實實，妳一句我一句地嗅道：「娘娘，用力，用力，您可不能停啊！」一邊又問：「您要不要歇歇，吃點燕窩粥補充力氣？」

另外兩位穩婆則近不了身，只能踮著腳，伸長脖子往裡看。

俞筱晚不由得蹙了蹙眉，她雖從未進過產房，可從醫書上所見，也知道產婦是極痛苦的，痛苦得經常會暈厥過去，這種時候還妳一句我一句地吵她，她怎麼可能專心生產？

一位穩婆察覺到產房內進了人，回頭瞧見俞筱晚，被她的麗色晃得一陣眼花心跳，半晌才醒過神來道：「這位貴人，產房污穢，還請您移步到外間去。」

俞筱晚反倒走近了幾步，那幾名穩婆還在亂喊，於是喝了一聲：「閉嘴！妳們之中誰接生的孩子最多？」

幾名穩婆妳看看我，我看看妳，最後推舉了一位姓李的宮中穩婆，俞筱晚便讓其他人到後面守著，有吩咐的時候再上前來，然後走到床頭，拿了塊乾淨棉帕，輕輕擦拭攝政王妃額頭的汗水，一面微笑道：「王妃，是我，晚兒！別急，小世子一定會平平安安出生的！」

攝政王妃睜著迷濛的雙眼，看著她笑道：「妳來了……我就放心了……」

俞筱晚心中一凜，這是什麼意思？難道這幾個穩婆有問題？她仔細聽了聽王妃的脈象，有些弱，但尚無大礙。忙俯下身，湊到王妃耳邊輕語道：「我要看看您的產道，妳別擔心，不會有事的。」

李穩婆不由得蹙眉道：「不知這位貴人貴姓，這產房可不是誰都能進來的，還請您移步到外間吧，您會妨礙我們接生的。」

俞筱晚笑了笑，「我就是攝政王爺請來接生的，妳讓開，我要看一看產道。」

李穩婆心中不屑地撇了撇嘴，卻也沒攔著不讓看，退開了半步。俞筱晚低頭仔細看了看，眉心緊蹙著問：「發動多久了？」

一名姓張的穩婆道：「今日寅時發動的，已經有八個時辰了。」

「這麼久了？」俞筱晚暗暗一驚，不由得問道：「為何產道還沒打開？為何不用剪子？」

李穩婆臉上難掩怒氣，沉聲道：「王妃金貴的身子，怎能隨便用剪子？這產道不是在慢慢開嗎？」

俞筱晚站直了身子，盯著李穩婆的眼睛道：「哦？金貴的身子就不能用剪子嗎？一會兒我去稟報了王爺，請王爺查一查太醫院內的脈案、產案，看是不是這麼回事。」

李穩婆的臉色微微一變，這世間女人產子，多靠自然的方式，但是如果有難產的跡象，就要用剪子，只是這樣產後難以恢復，而且會很痛苦，但並不表示王妃和宮中的妃子們就沒人挨過這一剪。按說這些經驗豐富的穩婆，應當能看出王妃這是有些難產跡象的。

聽了李穩婆的推脫之辭，俞筱晚就能確定她們是在故意磨蹭了，乾脆伸手一推，將其推得離產床更遠一點，親自指揮別的穩婆，拿小几上的剪子，噴上烈酒在火上燒一燒，拿過來給她。

有幾名穩婆站著沒動，那位張穩婆倒是立即跑了過去，按著俞筱晚的指揮，送上了剪子。這位應當是越國公府送來的穩婆。

俞筱晚握緊了小剪子，凌空虛虛地比劃了一下，琢磨著從哪裡下剪。

李穩婆一看她這架勢，就知道她是個沒經驗的，當下心中安定，作勢冷冷哼了一聲，「我勸這位貴人一句，女人生孩子都是在鬼門關前轉一圈，您這樣胡來，可是會出人命的。而且奴婢是太后娘娘派來的，事後還要向太后娘娘稟報。王妃懷的這也是太后娘娘的親孫子，若是有個萬一，奴婢可只能向太后稟報，是您強搶了奴婢的差事。」

俞筱晚同樣冷哼一聲，「妳延誤下剪時機，讓王妃飽受痛苦，我自會稟了王爺，讓王爺求太后作主。」

李穩婆被噎住，目光在另外幾人的臉上溜了一圈，之前圍在產床邊的另外三名穩婆便出聲附和李穩婆，「這位貴人想是沒替人接生過的，您不知道，接生之時，要看當時產婦的情形來決定用何種方式，並不能一概而論。」

俞筱晚冷冷地道：「現在起由我來接生，若是我出了差錯，自會提了人頭去給王爺請罪。現在，妳們給我退後一點，若是我下剪的時候，哪個敢撞上來，我就剪了她的咽喉！」

她目光兇猛，神情嚴厲，幾名穩婆被她的眼神駭住，不由自主地退了一步，這是什麼眼神？清亮中帶著看透一切的從容，冷靜得令人膽寒，怎麼她這般有自信，就一定能為王妃接生？要知道，產婦難產可是最棘手的，一個不好就會出人命，即使是經驗豐富的穩婆，也會有馬失前蹄的時候。

俞筱晚懶怠再理她們，回頭仔細想了想，先從腰間荷包裡取出一個布包，展開來，裡面是百數根銀針，長短不一。她挑了十根，扎在攝政王妃腹部和胸部的幾處大穴上，向王妃解釋道：「這樣可以少出些血，少一點痛苦，一會兒王妃要按我的指示來做。」說罷，又回頭朝那名張穩婆道：「一會兒我剪開了產道，妳就用力推王妃的腹部。」

張穩婆連忙答應下來，還拉上同來的另一名穩婆，但俞筱晚想到這人方才不敢去拿剪子，知她是個怕事的，便蹙眉道：「不用了，就妳一人就成了。」

那名穩婆神色一慌，忙低下頭退後幾步。

俞筱晚將袖口挽起，斂神揮剪，就這麼一瞬，她整個人的氣質立即就不一樣了，之前還是帶著幾分惶恐和不確定，這時卻嚴謹肅穆，有著泰山崩於眼前而不驚的沉穩大氣。

那幾名穩婆心中一驚，不自覺地往前挪了幾步，想看清楚她到底會不會下剪。可是俞筱晚手法極快，不過一晃眼，就在產道口剪開了一條四指長的口子。小剪鋒利，攝政王妃還來不及感覺疼痛就結束了。

張穩婆也是個經驗豐富的，見時機快到，忙一邊幫忙推著王妃的腹部，邊喊著口號，讓王妃跟著她的口號呼氣吸氣。

過得一炷香的時間，產房內傳出一聲響亮的嬰兒啼哭，攝政王立時頓住腳步，緊張地看向產房門口。

不多時，一名穩婆開門出來，笑盈盈地跪下道喜：「恭喜王爺，王妃為您添了一名千金！」

攝政王愣了一愣，隨即笑道：「賞！」

君逸之也忙湊上前來，打著千兒笑道：「恭喜皇叔，皇嬸這回給您添了個小郡主，下回就是小世子了，這一女一子，正是個好字，大吉大利啊！」

攝政王微笑道：「就你嘴甜！放心，你也有賞！」

不多時，俞筱晚淨了手，理好衣袖走出產房，向著王爺福了一禮，微笑道：「回王爺，王妃和小郡主一切都好。王妃有些累了，只須好生休息一下，坐穩了月子，便能恢復如初了。」

這便是說王妃還能再生。攝政王聽到這句話，臉上的笑容才真誠了一些，誇了她幾句，便進到室內去看女兒和妻子。不得不說，聽說不是兒子，攝政王是有些失望的，不過只要王妃還能生，兒子晚些來也沒什麼。

一名穩婆抱了清洗好的小郡主給王爺過目，攝政王伸出一根指頭去逗女兒。許嬤嬤已經自動接手了穩婆的工作，有條不紊地指揮丫頭們給王妃擦身、換床單，將王妃移回正房。

吳麗絹和兩位孺人都圍著王爺看小郡主，一個個滿嘴跑吉祥話兒。攝政王笑得開懷，隨口吩咐，在王妃坐月子期間，王府的內務交由吳庶妃主理，兩位孺人協理。

吳麗絹立即與總管東方浩協商報喜訊及派發賞銀事宜，兩位孺人幫忙許嬤嬤照顧王妃。王府裡一派忙亂，俞筱晚便與君逸之告辭，回了楚王府。

一路上，俞筱晚的臉色都有些沉，只是在王府的馬車上，君逸之不方便問，回到夢海閣後，才屏退丫頭們，問她產房內的事。

俞筱晚思慮了一番，將太后派的四位穩婆不作為，以及自己的推斷和盤托出。君逸之驚訝地問道：「妳是說，那幾個穩婆想害死王妃？」

穩婆的意思，肯定就是太后的意思。俞筱晚搖了搖頭，「應當不會。我想，她們應當只是想拖延一段時間，好讓王妃的身子受損。」

這世間醫術高明的大夫，可以在孕婦懷胎至七八個月左右，從脈象上診出是男胎或女胎，太醫中肯定有人診出了王妃所懷的是女兒。就算是兒子，就算太后再怎麼防著攝政王，也沒必要害死王妃。死了一個，王爺還會再娶，只怕比這個更能生，豈不是得不償失嗎？

因此，只有可能是讓王妃的身子受損。王妃的宮體本來就比正常女子小，若是因難產而崩漏或輕微下血，也容易不再生育。反之，若是這胎生得順利，月子又調理得好，那麼日後就容易再生育了，所以那些經驗豐富的穩婆，不過是在等最好的時機，又能讓王妃受苦，又不至於要了母女倆的性命罷了。

君逸之凝神看著小嬌妻，鄭重地叮囑道：「這事過去也就過去了，若是沒有十足的證據，便是皇叔也不能指責太后的。畢竟，太后是皇叔的嫡母。」

俞筱晚輕笑道：「我知道，其實王妃也知道，不然的話，為何我進去後，她什麼話也沒說。」這一路上她也想清楚了，那些穩婆站在床邊看著，卻不動手，這算不得什麼證據。這世間女子生產能不能順利，多半靠的是穩婆的經驗。不少女子初胎生育之時，會痛上幾天幾夜，還不一定能生下來，就是因為許多穩婆怕擔責任，不會輕易用剪子。若攝政王真要責問，穩婆們只說是判斷失誤便成了，大不了一頓板子。想必攝政王也十分清楚這一點，才將她叫到王府，而且也不會為了這事跟太后叫板的。

君逸之見她明白，便笑盈盈地摟緊她道：「妳明白就好。要知道，太后可是有雄才大略的人，不可能做沒有把握之事。妳日後若是覲見太后，言談之中也要萬分小心。」

俞筱晚認真應承下來，又好奇地問：「你如何知道太后是有雄才大略之人？」

「這還用問嗎？先帝體弱，時常臥床，許多時候，奏摺都是交由太后批閱的，這在朝中算是公開的祕密了，只不過，本朝沒有垂簾聽政的先例。先帝駕崩之後，才由皇叔攝政的。」君逸之一面說，一面細細摸索她的腰肢，有些心不在焉起來，又低下頭在她的頸窩間深吸一口氣，輕啄了幾口，笑問道：「晚兒出汗了嗎？」

「是啊，緊張得出汗了。方才我可緊張了，第一次幫人接生啊，雖然只是下了一剪子，我也怕給剪錯了地方呀！」俞筱晚有些不好意思地縮了縮肩頭，避開他輕啄的嘴，嗔道：「也不怕髒？叫水進來，我先沐浴吧！」

君逸之呵呵笑道：「不用分先後了吧，妳瞧瞧時辰可不早了，咱們一塊兒沐浴，好早些歇息，明日我帶妳去東郊別苑玩，那兒有片牡丹園。」

俞筱晚大羞，一巴掌拍開他不老實的爪子，掙扎著退後兩步，一面左挪右閃地躲避他的長臂，一面嗔道：「哪個要跟你一塊兒？讓開！」

君逸之就是不讓開，張開雙臂占著道兒，揚聲問道：「外頭是誰？」

初雪在門外應了一聲，君逸之吩咐道：「讓小廚房送熱水來，我與少夫人要沐浴。」

俞筱晚焦急地補充：「兩份熱水！兩份！」

君逸之看著她小臉上的暈紅，眼裡聚滿了笑意，似是極力忍住了才沒有笑出來，「晚兒，妳不用補充，她們也會送兩份熱水的。妳這般大喊，她們反而會多想。」

俞筱晚一怔，才想到的確是如此，自己又被這傢伙給調戲了一把，心下又羞又惱，冷不防又被他抱了個滿懷。她恨得牙根癢癢，乾脆撲上前，一口咬住他厚軟的耳垂，用力咬了兩下，又怕咬疼了他，只得不甘不願地鬆了口。

君逸之將頭埋在她的頸窩，吃吃地笑，「晚兒，妳真是熱情，不過用力大了一點兒，要這樣才好。」一說著一抬頭，雙手微微用力，收緊了她的腰身，攬在自己懷裡，這才含住她小巧圓潤的耳垂，輕輕地吮了起來。

俞筱晚只覺得渾身一震，骨頭都酥了，又敏感地察覺他的手已經伸入了衣襟，本來氣氛正好，正可以為所欲為，她卻總想著自己一身膩汗，怕一會兒要被嫌棄，便左掙右扎，就是不願就範。

君逸之拗她不過，只得鬆了手，房門處響起敲門聲，初雪帶著人送熱水來了。

俞筱晚沐浴完，披了件夾棉長袍坐在軟榻上。初雲拿了塊大棉帕子跪在她的身後，輕輕為她絞乾頭髮。

俞筱晚閒著無事，隨手拿了本奇誌話本翻看。

初雲見屋子裡沒了旁人，四下看了看，小聲地嘀咕道：「郡王妃，今日您和郡王爺走後，我瞧見嬌蕊去了趙王妃住的春景院。」

俞筱晚淡淡地道：「她本就是母妃派來的，有事回個話，有什麼不對？」

初雲急了，小臉憋得通紅，聲音壓得更低了些，「趙嬤嬤都特意讓奴婢來跟您說一聲呢，只是現在蔡嬤嬤跟她跟得緊，她不方便罷了。趙嬤嬤要奴婢來跟您說，府裡怎麼樣都無所謂，可這夢海閣的事卻不能傳出去。」

俞筱晚聽著眸光閃了閃，卻仍是不在意地道：「無妨的，母妃關心我們罷了。」邊說邊捏了捏初雲的小手。

她當然也希望夢海閣裡的事不能隨意傳出去，可是婆婆不喜歡她，若她一進府就將夢海閣給管得鐵桶一般，只怕對她的印象會更差。她倒不是在意婆婆會對自己如何，只是擔心君逸之夾在中間難做人罷了。總要等她們夫妻倆的感情穩定了，才好出手，現在只能儘量少將心事流露出來，丫頭們也約束好，有什麼事情，她還可以叫上人到店鋪裡商量。

初雲得到暗示，心中定了幾分，隨即又輕哼了一聲，「您是不知道，那二嬌一瞧見郡王爺，兩眼就一副水汪汪的樣子，瞧著不知多噁心。」

俞筱晚輕斥了一聲：「這不是妳該說的話！」既然逸之對她們倆沒什麼意思，她也沒必要當這個惡人，出手教訓誰。她想了想道：「良辰這幾日在幹什麼？」

初雲撇了撇嘴，「二等丫頭還不就是打掃正屋、沏茶倒水，不過她什麼事都躲著，只顧著傷春悲秋的。」

良辰作為陪嫁丫頭跟過來的，結果只混了個二等，而且本是丫頭中容貌最出挑的她，受到了空前的挑戰。嬌蕊和嬌蘭哪一個都不比她差，果然美女都入了皇家啊！因此良辰的心情不是一般的差，幹活也沒動力，做什麼都無精打采的。

俞筱晚笑了笑，輕聲道：「妳尋個時機去跟她說，王府原本的一等丫頭，我總不好降了去，我暗中補給她一份月銀，讓她拿一等丫頭的月銀，這是該她的。」

初雲眨巴眨巴大眼睛，隨即明白了主子的意思，這是要挑撥了良辰去跟二嬌鬥啊，便笑咪咪地道：「奴婢知道了。」

初雲安了心，認真幫俞筱晚絞頭髮。俞筱晚也繼續看書，忽覺頭髮上的手勁大了一點，還扯了幾下頭皮，便輕聲道：「輕點。」

「啊，疼嗎？那我輕一點。」君逸之的聲音忽地響起。

俞筱晚仰頭看去，原來絞頭髮的早換了人。這傢伙是沒伺候過人的，雖然儘量放輕了手勁，可還是沒掌握好力度。她不由得笑道：「你讓初雲來幹便是了。」見他頭髮濕濕的沾在額頭，還有些細小的水珠在往下淌，忙道：「快讓人幫你絞乾頭髮，別著涼了。」

君逸之笑道：「我哪裡這麼嬌弱？先幫妳弄乾頭髮再說。」一面說一面取了熏籠過來，將她的頭髮打開，一縷一縷地熏乾。

俞筱晚隨意地將頭髮綰了個鬆鬆的髻，取過帕子幫他絞頭髮。想起洞房那晚，他自己到屏風後去淨身的時候，順溜地抹乾身子和頭髮，似乎是經常幹這種事情，看來平時也極少讓人服侍，便輕聲問道：「你平日裡也不讓從文他們服侍嗎？」

君逸之愜意地眯著眼，享受著嬌妻的體貼，隨口答道：「那幾個傢伙哪幹得了這麼細緻的活兒？沒得將我的頭髮給扯光了。」又回手摸了摸她的腰肢，撒嬌似的道：「以後晚兒都幫我絞頭髮好嗎？」

俞筱晚應了一聲，他又得寸進尺地道：「那以後妳也服侍我沐浴好嗎？」

俞筱晚小臉一紅，對著他的後腦勺扮了個鬼臉，小聲道：「我不會。」

「不會？一會兒上榻我教妳。」

「都上榻了，還怎麼教？」俞筱晚一面幫他熏著髮，一面順口答道。話出口了，便立即意識到自己這話回錯了，忙不迭地閉了嘴。

君逸之聽她這般發問，卻是正中下懷，立即回身將她抱了起來，三兩步躍到了床上，覆身壓著她，笑嘻嘻湊到她耳邊，輕聲地耳語幾句。

他說的這些，那本小圖冊裡都有，只是聽他此時言語放肆，神色又曖昧誘惑，頓時讓俞筱晚羞窘不已，腳趾甲都紅了，臉也臊了起來，不禁用力推他。

君逸之卻抱緊了她，只是不放手，不停地邊親吻，邊在她耳邊央求幾句。俞筱晚狠狠捶打了下他的胸口，反正掙不過，索性閉上眼睛當沒聽見。只是終究擰不過他，半哄半騙的，半是強迫半是引導的，心中一軟，到了最後，少不得含羞帶怯地任他胡作非為了。

次日，君逸之起得極早，精力充沛，活力十足。俞筱晚卻懶懶的不想動，只瞧著鐘點，直到請安的時辰快到了，才強打精神，扶著酸澀的腰肢起了身。一想到罪魁禍首，俞筱晚就恨得瞪了君逸之一眼，板著小臉不理他。君逸之嬉皮笑臉地圍著她哄，終於將小嬌妻給哄笑了，便志得意滿地一同去請安。

請過安後，兩人用了早膳，去別苑賞了一圈牡丹，快晚膳時分才回府。剛換好家常服，忽聽太妃差了人來請，說是太后有賞賜。

俞筱晚和君逸之不敢怠慢，忙換上品級正服，去了春暉院。原來是太后娘娘為了昨日俞筱晚幫忙接生一事，賞了許多瓷器和錦帛過來。

俞筱晚心中微動，這麼快有就賞賜下來，太后是想對她警示什麼？還是想對攝政王說明什麼？不及細想，俞筱晚忙謝了太后恩典。內侍收了文嬤嬤送上的紅封，笑嘻嘻地同楚王妃道：「王妃安好。您有陣子沒入宮給禧太嬪請安了，禧太嬪十分想念您呢。」

禧太嬪是楚王妃的堂姑姑，聽得這話，楚王妃忙道：「臣妾正想請旨入宮，給太后和太嬪請安呢。」

那名內侍便笑道：「如此正好，咱家今日正帶了腰牌過來。」說罷，遞上一塊入宮的腰牌，上面寫著的時辰是明日巳時初刻。

楚王妃忙恭恭敬敬地接過。

君逸之臉上的笑容與平日無異，但俞筱晚卻覺得他神色間有絲冷然，待回到夢海閣，便小聲地問道：「逸之，你好像不開心？」

君逸之笑道：「沒什麼，妳昨日不是擔心太后覺得妳多事嗎？既然賞了妳，太后就不會責怪妳了。對了，我想跟老祖宗說，咱們到別苑住上幾日，明天就動身，妳說好不好？」

俞筱晚盯著他看了半晌，嚴肅地問道：「為什麼要去別苑？」

君逸之嘻嘻地笑，「今日去別苑，妳不是玩得挺開心的嗎？我想那兒風景好，再過些天，牡丹就敗了，不如去住陣子啊！」說著拉了拉晚兒的手，抱她坐在自己膝上，哄著道：「難道晚兒不想去嗎？」

俞筱晚有些不高興地白了他一眼，「去是自然想去的，可我怎麼覺得你好像是在帶我逃亡啊？太后派來的內侍幫太嬪傳話，是不是很少見？是不是母妃會為難我？逸之，我希望你有話能跟我直說，若是藏著瞞著，萬一我不小心應對失誤，只怕麻煩很大。況且，躲到別苑就行了嗎？別苑不也是王府的產業，母妃想來就能來的。」

君逸之看著晚兒，心中微嘆，他的晚兒真是又聰穎又敏銳，他原是不想說實情的，怕晚兒與母妃之間心存芥蒂，現在看來，不說清楚，晚兒恐怕不會配合了。他斟酌著道：「母妃雖然性子要強了一點，其實人不壞的，沒壞心眼，不會暗地裡整治人，只是比較容易受人挑撥……我不知道太嬪怎麼會這會兒宣她入宮，總覺得跟昨日妳替皇嬸接生有關，妳……」

他想了想，才緩緩地道：「妳不知道，就算是親姊妹，也有分親疏遠近的。大姨母性子柔和，太后與大姨母很親近，而老祖宗和太后都是性子要強的人，雖然是姊妹，卻不見得比表姊妹、堂姊妹的關係好。太后又是……掌控大局之人，思慮難免多一些，父王只知按章辦事，如今朝中發號司令的又多是皇叔。太后曾說過幾次，若有什麼事，可與她商量著辦，但是老祖宗卻說女子不可干政，況且內閣也不是皇叔一人說了算，什麼大事都是輔政大臣們一同決定的，沒什麼須與太后商議，因而不讓父王跟太后談論政事。唉，故而，如今太后與老祖宗就更不貼心了。」

這話算是說得十分委婉了，畢竟是一國之母，雖是他的姨母，也不能妄議。俞筱晚聽了幾句，便大致上明白了。大約是皇上年紀太小，太后怕攝政王會有什麼異心，想讓楚王爺當個朝中的耳目，只是楚太妃覺得不應當這麼做。楚王爺大約是聽了母親的，沒聽太后的，偏巧自己昨日又去幫了攝政王妃，太后恐怕以為楚王府親近了攝政王府。沒法子拿輔政大臣和自己的姊姊出氣，就想辦法刁難一下她，算是警告？

呢。」

俞筱晚便甜甜地笑了，「若是如此，咱們倒不好避到別苑去，若不然，太后還以為咱們心虛了

君逸之也知是這麼個理，只是擔心小嬌妻受苦罷了，便將她摟緊了一些，柔聲安慰道：「那這幾日我不出去了，就陪著妳。妳不好拒絕的，我來幫妳，母妃總要看看我的面子。」

俞筱晚噗哧就笑了，「楚王府總有規矩的吧？我若沒犯事，母妃也不能隨意處罰我不是？」

柒之章　奸人挑唆埋禍根

次日一早，楚王妃便按品級穿戴了正服，乘馬車入宮覲見禧太嬪。入了宮，先按規矩到慈寧宮給太后請安。太后正與幾位太妃太嬪閒聊著，見到楚王妃，便聊起了攝政王妃生女一事。

太后含笑問道：「說起來，敏慧如今可當上婆婆了，妳對妳那二兒媳婦可還滿意？」

楚王妃此人極好面子，兒媳婦不論喜歡不喜歡，已經娶回家了，自然要往好了說，當下勉強笑道：「回太后的話，晚兒人不錯，雖說出身不是太好，但勝在乖巧聽話，臣妾教養了幾日，還是挺滿意的。」

太后面帶和藹的笑容，邊聽邊輕輕頷首，「應當是不錯的，不然哀家的兩位姊姊也不會搶著要求娶。啊，說起來，這回哀家能順利抱上親孫女兒，也有她一份功勞呢。聽說她醫術出眾，是她擔了責任，才讓姒兒順利生產的。哀家派出的那些個穩婆，一個個畏手畏腳，膽小怕事，反倒沒她果斷。若不然，哀家今日恐怕還在等這個小孫女出生呢。」

旁的太妃太嬪都順著這話恭維，道是寶郡王妃真是難得的醫術出眾，這回託太后的洪福立了大功，又言太后是有福之人，攝政王妃有太后這位嫡母相佑，自然是會母女平安。

楚王妃繃著面皮兒，強撐著聽著這此話，心裡隱隱積累了不少怒氣。這可算不得什麼讚揚！行醫不是什麼高貴的行業，太醫院醫正也不過是個從五品的官兒，醫女就更不必提了，跟宮女的地位差不多。她嫡親的兒子，堂堂寶郡王的妃子，竟跟醫女一般去給攝政王妃接生，傳出去叫她怎麼做人？這些人嘴裡誇著，誰知心裡是怎麼個嘲笑她，怎不令她氣惱？

太后與太妃太嬪們聊了一會子，才又看向楚王妃道：「對了，敏慧，妳家琰哥兒不是體弱嗎？正好寶郡王妃醫術高明，不如讓她看一看，說不定能幫著調理好呢！哀家之前聽說她曾在攝政王府住了近兩個月，之後聽姒兒說是她幫著調理好的身子，之前哀家還以為是姒兒誇大其辭，如今看來，倒是真的醫術高明呢！」

楚王妃忙笑著道：「真的嗎？臣妾倒是不知呢。若真個如此，臣妾倒是想讓她試試。」

太后說著又笑，「自然要讓她試試，妳要知道，奕兒是極難相信人的，難得他媳婦一有難處，就想到去請了妳媳婦，這說明妳那兒媳婦肯定是個能幹的。」

這話怎麼聽著不對勁？

如坐針氈般地給太后請過了安，楚王妃隨著禧太嬪回了宮。禧太嬪屏退左右，嚴肅地問道：「敏慧，妳那兒媳婦真的在攝政王府住了兩個月？」

楚王妃茫然道：「這事臣妾不知呢。」

禧太嬪忍不住蹙了蹙眉，「不知就問清楚！一個女孩兒家的，非親非故，好端端跑別人府上住這麼久為何？還是王妃請過去的！若讓旁人聽說了，還不知會怎麼想！哼，什麼醫病，我可看不出那麼點兒大的小丫頭會比太醫院的太醫醫術還高明！」

楚王妃聽著心中一凜，是啊，非親非故卻住到旁人府上，只有一個可能性，就是主母看中了她，有意要開臉，抬為妾室還差不多！

這麼一想，楚王妃立即有些急了，「不行，我、臣妾得去問個清楚！太嬪，恕臣妾無禮，先告退了！」

禧太嬪點了點頭道：「妳快去問清楚吧，若真有其事，妳可得將她看緊一點，別弄出什麼……再不能讓她去攝政王府！真不知道妳家太妃是怎麼想的，這麼個人也強求了來！」

楚王妃忙忙告辭了回府，立即派人去請二少夫人過來。

俞文飆才得了手，正在夢海閣內院的偏廳裡彙報。俞筱晚看著手中紙張上斷斷續續的句子，慢慢琢磨著。曹清儒表現得十分魯莽暴躁，其實是個非常謹慎的性子，就算是自己寫給自己看的東西，也是語焉不詳，她琢磨得有些吃力。

正要與文伯商量幾句，芍藥站在門外輕輕敲門，「稟郡王妃，王妃有請。」

俞文飆忙告辭離去。俞筱晚披上外裳，便與君逸之一同去了春景院。

郭嬤嬤正小聲同楚王妃耳語，「……聽說是外頭嫁妝鋪子上的管事，進了內院裡回話，還將丫頭們都打發了出來。」

楚王妃惱火地將手中的茶杯重重頓在小几上，「事無不可對人言！不過是一個鋪子裡的管事，回的也不過就是帳冊上的事，身邊的心腹丫頭有什麼聽不得的，為何非要將人都打發出去？這個俞筱晚真是欠了教養！」

正說著話，丫頭們通稟道：「二少爺、二少夫人來了。」

楚王妃眉頭又皺了起來，「逸之跟著來幹什麼？怕我吃了他媳婦？」越想越氣，套著長長黃金鑲寶石護甲的玉手，重重在小几上拍了幾下，才緩了聲音道：「進來。」

君逸之攜了俞筱晚的手進來，嬉皮笑臉地給母妃請安，「母妃回來了？兒子想您想得緊，便跟著晚兒過來給您請個安。」

楚王妃要笑不笑地道：「已經請完安了，你可以回去了，好生讀書去。」

君逸之才不會走，也不等母親相讓，沒骨頭似的往一旁的椅子上一癱，笑嘻嘻地道：「兒子還等著跟晚兒一起去景豐樓呢，老祖宗想吃荷花糕了，差了兒子跟晚兒一同去！」

楚王妃的嘴角不由得抽了抽，居然拿太妃來壓她！她哼了一聲，不再跟兒子糾纏，看著俞筱晚問：「聽說妳在攝政王府住了兩個月？」

俞筱晚低眉順目地小聲道：「回母妃的話，這是去年夏天的事了。」

「妳去那做什麼？」楚王妃語氣十分不悅。

俞筱晚有些不明所以，仍是恭敬地回道：「媳婦正巧會些調養的方子，王妃請了媳婦去幫她調養，因為夜裡也要沐浴擦身，所以就住了兩個月。」

君逸之忙在一旁補充道：「這事小姑姑也知道，皇嬸後來不是也說過嗎？母妃，您不記得了？」

楚王妃這才將信將疑地打量了俞筱晚和兒子幾眼，端起茶杯來輕啜了幾口，話鋒一轉，「既然妳知道調養的方子，就幫妳大哥調養調養，他身子弱，一直不得醫好。」

俞筱晚正要答話，君逸之輕咳了一聲，她到嘴邊的話便成了，「回母妃的話，媳婦不會，媳婦只會調養女人的身子。」

楚王妃被噎得一愣，瞪大了眼睛看了俞筱晚好一會兒，想確認她是不是在推脫。君逸之便幫腔道：「母妃，您今日是怎麼了，總問這些事？晚兒哪裡會什麼醫術了，不過是正巧知道幾個養生的方子罷了！晚兒昨夜累著了，煩您給賞個座兒唄！」

坐什麼坐！楚王妃煩躁地瞪了兒子一眼，這媳婦不能給長子治病，她也懶得看著眼瞎了，揮了揮手，「你們去給老祖宗買荷花糕吧。」

君逸之一躍而起，拉著俞筱晚告退。

楚王妃看著晃動的門簾，心情極差。郭嬤嬤小聲進言道：「王妃，奴婢覺得二少夫人應當是會一點的，哪有什麼調養的方子能治好不孕之症的？可是……」

楚王妃瞪大了眼睛，「可是什麼？難道逸之不想琰兒的身子好嗎？」

她自己說完，心中忽地一跳，難道真是如此？若是琰之死了，這王位、這王位就是逸之的了！

她用力搖了搖頭，「逸之不是跟他大哥一向友愛嗎？」

郭嬤嬤又道：「二少爺自然是跟世子爺兄友弟恭的，可是二少夫人……難免有什麼想法……」

出了春景院，俞筱晚小聲地問君逸之：「為何不讓你母妃知道給大哥治療的事？」

君逸之不答，帶著她去了滄海樓。君琰之將人迎入花廳，讓丫頭們上了茶水果品，溫和地笑道：「今日怎麼有空來我這兒？」

君逸之將丫頭們都打發出去，才小聲地跟兄長說了楚王妃剛才說的話兒：「母妃哪裡會想到這些，定然是有人引誘的。」才去了趟宮裡，回來就問，也不知是太后還是太嬪？「母妃是個藏不住話的，就算她不想說，也會幾句就被人給套出來，因而我沒讓晚兒答應。」

又跟俞筱晚解釋道：「大哥這毒是從我身上過過去的，那時我還很小，出入都有大隊丫頭婆子侍衛跟著，可沒跟外人有過什麼接觸，這府裡的人得防著。」

君琰之淡淡地點頭，隨即又向俞筱晚笑道：「上回吃的藥丸我覺得挺管用，這陣子身子清爽多了。」

俞筱晚道：「管用就好，不過這只能延緩，不能根治，我想過兩天再去一趟潭柘寺，看智能大師有了新想法沒有。」說罷，伸出手，示意君琰之將手擱在桌上，聽了聽脈，無奈地道：「還是沒解。」

君逸之驚訝地道：「我瞧大哥的氣色都好多了，難道還沒有除去一點毒素？」

俞筱晚搖頭道：「沒有，毒素還是那麼多，只是每次要發作的時候都被藥力給壓住了而已，不過總算是不必消耗內力了。」

毒和醫是相輔相成的，又是獨立的，學醫能醫毒，但若是沒有認真習過用毒，治毒的本事就會受限。智能算是對用毒有研究的，與俞筱晚一同研究了一個月餘，才研製出了這種壓制毒性的藥丸，但不能根治，而且再不根治，君琰之的身體也就廢了。

智能一直沒派人到王府來傳話，就說明他沒有解決的辦法。目前除了隔幾日讓俞筱晚與他商量一次之外，也沒別的法子。

三人沉默了一下，君琰之又笑了起來，「既然能研製出這個藥丸，我相信你們能製出解藥的。」說著，將茶杯往俞筱晚的面前推了推，「這是太后前幾日賞下的春茶碧螺春，請弟妹嘗嘗。」

君逸之品了一口，笑道：「不錯，清香甘甜，澀味不重，晚兒，妳喜歡嗎？」

俞筱晚輕笑道：「太后賞的自然是好茶，我當然喜歡。」其實她不大喜歡碧螺春，相比之下，她更喜歡龍井和雲霧。

君逸之跟她同床共寢了幾日，對她的生活習性有了初步的瞭解，見她端著杯子卻不喝，便笑道：「大哥這可有龍井或是雲霧？」

君琰之恍然，忙吩咐丫頭們另沏了新茶上來。

三人刻意將氣氛弄得輕鬆一點，很快就聊起了旁的事。不多時，嬌葒帶著幾個小丫頭走進來，笑盈盈地從丫頭手中接過銅壺，親自為三位主子泡了茶，介紹道：「這是今年剛出的雨前龍井。」

俞筱晚咦了一聲，「這會子京城就有雨前龍井賣了？」

嬌葒笑道：「回二少夫人的話，這雨前龍井是貢品，自是比市面上的來得早些。聽傳旨的公公說，宮裡頭也就只有兩斤，太后聽說世子爺喝了茶身子會舒服一點，便全都賞了過來。」

君琰之略揮了揮手，嬌葒引著丫頭們退下。俞筱晚輕輕品了一口，笑道：「的確是好茶。」隨後又正色道：「不過我建議大哥不要喝茶，茶中有解藥的成分，會化解藥性，另則，茶是醒神靜氣的，大哥時常消耗體力，正該好好歇息，喝茶卻是無法好生歇息了。」

她注意到君琰之喝的茶極濃，茶葉占了大半杯，而且只兩泡就換了新茶葉，估計是以前身體疼痛時習慣用濃茶來鎮痛。若不然，二斤茶葉足夠喝一年的，可是太后卻是各種茶葉都賞了一兩斤，而這裡的茶葉沒有陳年的，可見以往都喝掉了。

君琰之笑道：「以後不會這樣喝了。」見俞筱晚一直盯著他的杯子，便將杯子推遠一點。

俞筱晚這才笑道：「茶也會上癮的，大哥得有毅力，最好是從現在起，一滴也不喝。」

又坐了一會兒，君琰之的神情有些倦了，小夫妻倆便告辭出來。俞筱晚的眉頭一直皺著，君逸之連問她怎麼了，她想了想才道：「我是在想，你小時候不可能沒出過府吧？至少入宮的時候，身邊不會有自己人服侍著吧？」

君逸之頓下了腳步，想了想道：「是這樣，不單是在宮裡，在大姨母府上、皇叔府上，都是如此，身邊不會讓自己人服侍，所以能向我下毒的，就是自家的幾個親戚。」

俞筱晚噎了噎，心中不免對他同情了起來，「難道老祖宗也查不出來嗎？」

君逸之苦笑道：「連什麼時候中的毒都不知道，這幾處府第又不是咱們能伸得進手的地方，怎麼查？何況嚷嚷得所有人都知道了，他們也會將證據抹去，所以當初老祖宗就說，不如這樣，不露聲色地解了毒，他們心中驚疑，倒不敢再隨意動手。」

俞筱晚微嘆了一聲，暫時也只能這樣，但暗暗下定了決心，一定要治好大哥的毒。

因之前說了去景豐樓，二人便特意出府一趟，到景豐樓訂了一盒糕點，孝敬給楚太妃。

過了兩日，君逸之便帶著俞筱晚了潭柘寺。智能大師一直在潛心研究君琰之身上的毒，幾個月前與俞筱晚聯手之後，覺得思路明晰了許多，但仍舊找不到最關鍵之處。兩人又商議了一整天，仍舊沒有結果，心情都不免有些低落。

回府的時候，君逸之見俞筱晚有些悶悶的，便主動提議道：「咱們不回府用晚膳了，不如去得月樓吧。」

俞筱晚知他是為了哄自己開心，便笑道：「好啊，差從文回府稟報一聲吧。」

從文得了令回府，君逸之則帶著俞筱晚去得月樓。得月樓的佛跳牆是京城一絕，名聲響亮，這時辰又是晚飯的點，樓中早就坐滿了食客。君逸之和幾位損友在此長年包了一間雅間，倒不愁沒位子，等夥計們拆了側門的門檻，將馬車駛進去，就帶著俞筱晚避開前堂的眾多食客，從後樓梯上了雅間。

得月樓的樓梯，每梯中間是空的，兩人牽手上了樓，仍是被大堂裡的某位食客瞧見了臉，那人微微詫異地揚了揚眉，隨即又扭了頭，唯恐被二人瞧見了面相。

君逸之與俞筱晚才進了雅間，就聽得小二蹬蹬蹬地跑了進來，點頭哈腰地道：「郡王爺，北王世子也來了，他想跟您擠一擠。」

君逸之斥道：「沒見郡王妃也在嗎？你自去同他說。」

小二苦哈哈地道：「小人已經同世子爺說了，世子爺說正是好些日子沒見著您了呢。」

君逸之怒火上揚，攆著小二去跟北世子說不同意，又回頭同俞筱晚道：「若只嗚之也就罷了，到底是堂兄弟，沒什麼關係，偏他最喜歡跟些酒肉朋友一起，哪能讓這些無恥之徒見著妳。」

話音才落，門外就響起了啪啪的耳光聲，君逸之安撫嬌妻稍候，惱火地衝了出去。也不知他是怎麼跟人說的，沒幾下便動了手。俞筱晚坐在雅間裡，只聽得門外一陣拳腳聲，以及看熱鬧的食客的起鬨聲。

不過半盞茶的功夫，從武和平安跟門神似的，黑著臉打開房門，君逸之氣呼呼地回來了。

俞筱晚忙將溫茶推到君逸之的眼前，小聲地道：「怎麼了？」

君逸之一口將茶喝盡，朝她擠了擠眼，小聲地回道：「沒什麼，打架而已。」又笑睇著她道：「只是要委屈夫人擔個禍水的罪名，害我跟自小玩到大的狐朋狗友決裂了。」

俞筱晚眨了眨眼睛，想到在潭柘寺時，平安似乎跟他耳語了幾句，原來是在稟報什麼祕情嗎？不由得微訝地問道：「原來你是故意的？你……不想跟北王世子再交往了嗎？」

君逸之摟緊了她輕笑，「嗚之這人就是愛玩一點、好色一點，不算太過，我打的是另外一個人。」

「是誰？你知道他會來？」

君逸之將嘴湊到她耳邊，聲音壓得極低地道：「是靜晟世子，我猜的。」

俞筱晚頓時瞪大了眼睛，「不可能吧？」駐邊將軍擅自回京，可是死罪啊，「他居然敢露面？」

君逸之微哂道：「當然不敢，不過我跟嗚之一打起來，他的侍衛擔心，打開了一條門縫，我自然就瞧見了。」

俞筱晚聞言定定地看了他許久，久得君逸之心底裡升出幾分怪異的感覺，忙抱著她搖了搖，撒嬌道：「晚兒這般看著為夫做什麼？怪嚇人的。」說著還拍了拍胸口。

俞筱晚頓時換上一臉嫌惡，「你幹麼學長孫羽啊！」

君逸之嘴角抽了抽，「怎、怎麼說我是學他？」

俞筱晚點著他的胸膛道：「他最愛在惟芳長公主面前嬌嗔了。」

君逸之抖了抖眉毛，忍不住噗的笑出來，拍著桌子道：「可不是嬌嗔嗎？」

俞筱晚也笑了笑，隨即又定定地看向他，嘟著小嘴道：「這麼祕密的事，你都能知道……」

君逸之尷尬地收了聲，摸了摸鼻子，「這事，我們以後再談好嗎？」

俞筱晚只嗯了一聲，斂了笑容，不置可否。

君逸之在心中微嘆了一聲，打起精神來服侍嬌妻用膳，千哄百哄的，總算是將美人兒給哄笑了一回。

回到府中不久，寶郡王爺與人鬥毆的傳聞就傳了出來，而且坊間傳得十分難聽，說是寶郡王爺帶著貌美如花的小嬌妻上酒樓，被北王世子撞見，好色成性的北王世子立即要求與小夫妻共飲，被寶郡王爺拒絕，兩人為了美色大打出手。

楚王妃聽說後，氣得半死，內宅婦人被人這樣傳話，還有什麼好名聲？她想要找兒子和媳婦的麻煩，偏兩人稟了太妃，躲到別苑去了。她只得在王爺耳邊吹風，「還指望著娶了媳婦會成熟一些、穩重一些，哪知為了媳婦還要跟人鬥毆，還是跟自家的堂兄弟，傳出去……」說到這兒幾乎是咬牙切齒，「咱們楚王府的臉往哪擱？王爺，請您快將他倆召回府中，我要親自過問，該罰就罰！」

楚王爺摸著鬍子，這件事讓他對這個兒媳婦也有些微詞，不過一大早的，他就跟母妃交換過意見了，自然是不能任由王妃胡來，於是佯裝沉吟狀，「這不大好吧，去別苑是母妃同意的，我怎麼能越過母妃去？待過幾日，風言風語的自然就沒了。你也知道鳴之那個人啦，走在路上看到漂亮的小娘子都要上前搭訕幾句，這事自然不能算是媳婦的錯。」

「怎麼不能算是她的錯？她若是個守規矩的，就應當老老實實待在府中，跟逸之跑到酒樓裡算是什麼事？」楚王妃見王爺不支持自己，怒火更甚，「這個媳婦若是拘不住逸之，咱們還得再為逸之選個賢內助來。」

楚王爺訝異地看著妻子，「妳……是什麼意思？」

楚王妃早同郭嬤嬤商量好了的，忙將自己主意說出來，「宛婷這孩子您也是看著長大的，賢良淑德自不必說了，我也知道逸之不可能休妻，宛婷這孩子也願意侍奉逸之，為側妃也願意，所以，您看，咱們是不是挑個吉日，去忠勇公府提親呢？」

楚王爺瞪大了眼睛看著妻子，彷彿看天外來客一般，「妳沒中邪吧？二少夫人入府一個月都不到，妳就張羅著給逸之娶側妃？若是一早就訂下了親事也還罷了，這時節去提親，妳是想告訴太后，妳對指婚不滿呢！」

楚王妃噎了噎，小心地問道：「若是、若是我求得了太后的恩准呢？」只要王爺同意了，她立即就去求太嬪相助。

楚王爺皺著眉頭毫不遲疑地道：「逸之是母妃一手帶大的，他的事，還是先問過母妃的意思為好。妳也知道母妃的脾氣，若是她不同意，太后的意思她也敢駁的。」說罷，楚王爺便自顧自地去上朝了。

楚王妃恨得拿護甲猛摳小几，心中暗暗想著：不行，不能由著母妃寵溺逸之，這是害了逸之！宛婷這孩子可比晚兒知曉分寸得多了，有這樣的媳婦，她才能安心！

時光一晃而過，轉眼到了攝政王的小郡主滿月宴，楚王府眾人一早都打扮得光鮮靚麗，乘車去了攝政王府。

攝政王妃已經出了月子，綰著慵懶的墜馬髻，喜氣洋洋地抱著女兒，在正廳裡迎接女賓。一旁的貴夫人們忙著奉承王妃，讚歎的詞語天女撒花似的往外飄。

俞筱晚給皇嬸見了禮，便好奇地湊上前去看小郡主。剛出生那會兒，小丫頭還是皺巴巴的，小臉通紅通紅的，如今已是雪白粉嫩，小嘴殷紅，睫毛也長了出來，兩隻眼睛又黑又大，跟黑葡萄似的，滴溜溜地四下轉動著。

俞筱晚一見她那小模樣，心便軟得一塌糊塗，忍了好幾下，才忍住想抱她的衝動。攝政王妃瞧著她躍躍欲試的樣子，便笑道：「菁兒太小，妳若喜歡小孩子，去抱麟兒、玥兒都可以。」隨即又壓低了聲音道：「或者妳趕緊自己生一個。」

俞筱晚羞紅了臉，輕嗔了一聲，「皇嬸真愛打趣人！」說罷，退回了座位。

楚王妃用力瞪了她一眼，小聲斥道：「跑到近前做什麼？萬一小郡主有個什麼不妥，妳擔著嗎？」

就剛剛坐了這麼一小會兒，楚王妃已經聽到好幾個人指指點點了，說的還是兒子媳婦上回在得月樓的事，因而怎麼看俞筱晚都不順眼，恨不得不帶她出來，害自己臉都丟盡了。

俞筱晚低眉順目地應了一聲：「母妃教訓得是。」

楚王妃輕哼了一聲，「也不知妳是不是真聽進去了！」

「哎呀，大嫂，您可別當著這麼多人的面教訓侄兒媳婦啊！」仁郡王妃不知何時坐到了婆媳倆的身後，輕笑著道：「讓外人看咱們楚王府的笑話可不大好，母妃會怪罪妳的！」

楚王妃看到這個弟妹就煩，扭頭去跟身邊的夫人聊天，只當沒見著她。沒多久忠勇公府的夫人小姐們到了，楚王妃立即熱情地喚了原宛婷坐到自己身邊。原宛婷一邊向嬸娘撒嬌，一邊偷瞟著俞筱晚，希望從她臉上看到一絲嫉妒。她知道嬸娘一點也不喜歡這個媳婦，這陣子可沒少給小鞋穿，聽說每天都要立規矩，直忙到天黑才能回屋呢。

俞筱晚卻沒注意到原宛婷挑釁的目光，只四處打量，見到曹府的女眷來了，便向楚王妃告罪一聲，轉到了小花廳。

曹家幾姊妹見到她都很開心，俞筱晚不解地問：「雅兒妹妹呢？怎麼沒來？」這麼熱鬧的宴會不來參加，似乎不是曹中雅的作風。

曹中慈悄悄跟她咬耳朵，「雅兒妹妹想要同燕表姊換親，祖母不答應，正鬧著彆扭呢。聽說燕表姊的未婚夫，滿月那天在廟裡祈福時抱錯了，是忠勇公的兒子，還是嫡長子呢，雅兒妹妹想當國公世子夫人。」

這事俞筱晚自是知道的，前陣子已經由太醫們確認了血緣，錢家的二公子正式成了忠勇公府的嫡長子，只等吉日開了祠堂，祭了祖後，正式請封為世子。只不過，俞筱晚沒想到曹中雅竟會有這樣的想法。換親？這臉皮也太厚了吧，不用問過人家是否同意嗎？況且靜晟世子那麼高傲的人，會願意娶一名庶女嗎？

曹中慈嘿嘿地笑，「有些人真不怕事啊！」

俞筱晚眼睛瞪得溜圓，「這話有什麼意思嗎？」

曹中慈笑著搖了搖頭，眼睛四下一轉，表示此處人多，不方便說話。俞筱晚便沒再問，只覺得她剛才的話不像是說曹中雅的。

不多時，宮中的賞賜就頒了下來，攝政王和王妃接了旨。太后雖沒來，皇帝卻親自駕臨，乳娘抱著小郡主去見了皇叔，又帶回一大堆的賞賜。

貴夫人們的吉利話和奉承話更是如流水一般滔滔不絕了，曹中慈亦是羨慕不已，對曹中燕道：「日後燕表妹可要提攜提攜自家的姊妹啊。」說完又朝俞筱晚撒嬌，「晚兒，妳說過請我去府上做客的，我都等了妳一個月了。」

俞筱晚無奈地道：「我還是新媳婦呢，怎麼好作主請客人？」

曹中慈忙陪笑道：「那日後妳一定要請我去啊。」又壓低了聲音道：「一會兒我帶妳去看場好戲。」

「什麼好戲？」俞筱晚一面漫不經心地搭話，一面細看著曹中燕的神情，見她沒什麼特別沮喪的模樣，想必曹家也知道分寸，不會任由曹中雅胡來，這才安了心。

曹中慈笑嘻嘻地耳語道：「是暢春班的羅小樓唱主角的戲啊！你知道的，他自大紅了之後，就被那誰家的世子給包了嘛！」

正說著話兒，憐香縣主和越國公府的另外三名嫡出小姐笑盈盈地走了進來。憐香縣主招呼花廳裡的小姐們去園子裡耍，「宴時尚早，姊妹們不如去園子裡逛逛，王府準備了鬥牌、雙陸、六博、樗蒲、握槊，今日風大日晴，放風箏亦是極好的，若是認識的人多，還可以相約藏鉤、釣魚、到湖上泛舟。」

她身邊那名圓圓臉的堂姊則笑著補充道：「只是要走快一點，靜雯已經帶了許多人過去了，可別好玩的都讓她們給占了。」

少女們一聽說有得玩，立即呼朋引伴地往外走。憐香縣主讓幾位堂姊妹帶著客人去花園，自己則迎上了俞筱晚，好奇地問道：「咦，怎麼曹三小姐沒有來？」

俞筱晚開玩笑似的嗔怪道：「妳何時與雅兒妹妹這般交好了，竟瞞著我，我可是會吃醋的！」

憐香縣主小臉一紅，忙挽著她的胳膊往外走，小聲道：「那還不是妳嫁了人後就尋不著人影了嗎？」

俞筱晚笑睇了她一眼，也不戳穿她，只是四下看了看，問道：「今日怎麼沒見長公主殿下？」

憐香縣主笑道：「太后不許她隨便出宮呢，說是要拘一拘她的性子，恐怕要到宴時才會來，宴會一散，就得走呢。」

兩人邊說邊走，遠遠就聽見園子裡、小湖邊歡快的笑聲。年輕的媳婦和未出閣的少女們都聚在一起，有的在小亭、水榭裡玩牌、鬥雙陸，有的則坐在曲橋邊垂釣，還有三三兩兩泛舟湖上的。

憐香縣主笑問道：「晚兒，妳想玩什麼？」

俞筱晚見湖中的小荷已有不少露出了尖尖角，便笑道：「我想泛舟。」

「那好，咱們一條船。」憐香縣主回頭吩咐了侍女們幾句，又同俞筱晚和曹家姊妹道：「現在只有大船了，少不得我還要再問問，看還有沒有人想上船玩的。」

俞筱晚沒有異議，讓憐香縣主自去了，與曹家姊妹候在湖邊的欄杆處。

曹中貞見四周圍沒那麼多人了，膽子也大了些，帶著些羨慕地問道：「晚……郡王妃，在王府中，丫頭們是不是也要時常給妳下跪？」

俞筱晚輕笑道：「當然不是，其實在王府中，她們都是稱我為二少夫人。」

曹中慈取笑曹中貞玩兒，逗得曹中貞紅了小臉，俞筱晚笑了一會兒，又問曹中慈道：「妳還沒說是看什麼好戲呢。」

曹中慈四下看了看，神祕兮兮地道：「說了是暢春班的戲啊，羅小樓會親自登臺，我已經訂下了雅間，到時咱們穿男裝出去。我以前在蘇州，就常這麼跑出去玩兒的。」然後眉飛色舞地說起在蘇州扮少爺出府玩的經歷。

這種出格的舉動，在曹家兩位庶出小姐聽來，簡直跟天書一般。俞筱晚雖然知道地方上許多的千金都沒有京城裡的這般拘束，但曹中慈卻是連賭坊都去過，害她都躍躍欲試了。

幾姊妹正聊得開心，背後忽地響起帶著濃濃嘲諷的聲音。

「喲，若是跟她一條船，我就寧可不遊湖了。」

俞筱晚側目一瞧，只見一身銀紅束腰及胸裙，配桃紅色半臂衫的靜雯郡主，領著幾位少婦及千金緩緩行來。靜雯郡主一面優雅地輕搖團扇，一面側了小臉同身邊一位少婦道：「嫂子，穿海棠裝的這位，就是大名鼎鼎的寶郡王妃，您應該已經見過了吧？」

那位少婦一身薑黃色春衫、雪青色的八幅繡牡丹長裙，五官秀麗，神態婉約，沒有大家閨秀的大氣沉穩，但有股子小家碧玉的溫婉可人。俞筱晚記得她是北王世子妃，遂含笑向她點頭致意。

北王世子妃也正悄悄打量著俞筱晚，只見她上披一件芙蓉色繚綾外衫，領口和袖口繡著大片的海棠花瓣，下配煙紫色的滿繡海棠百褶長裙，腰間僅繫了一條素紫錦帶，沒有任何玉佩、香囊之類的配飾。她眉目如畫，笑容恬靜，蔥白玉手執了一柄團扇輕輕地搧著，寬大的衣袖和裙襬隨著微風輕揚，帶動花瓣翻飛，這身姿、這容貌，真如同海棠花仙下凡一般。北王世子妃有些自卑地垂下眼瞼，恭敬地福了一福回禮。

靜雯郡主暗瞪了世子妃一眼，頗有幾分怒其不爭的意味。雖然沒能挑得世子妃主動開戰，但她可不會放過這麼好的機會，於是又再度提醒道：「世子妃不記得了嗎？前陣子不是在傳，北王世子與寶郡王爺在酒樓裡，嗯，那個……爭了起來？」

北王世子妃笑容有些僵硬地道：「不過是男人們玩鬧罷了，郡主莫要聽信這等謠言。」

俞筱晚輕輕一笑，明眸流轉，看向靜雯郡主，想知道她接下來要如何挑撥才會心滿意足。

靜雯郡主果然是不滿意的，她預想的情形是北王世子妃怒視俞筱晚，而俞筱晚則鄙夷地回望，她才好從中再挑撥幾句。想必北王世子妃這個沒出息的女人，肯定會哭哭啼啼，然後她才好四處散播俞筱晚仗勢欺人，將北王世子妃給惹哭了的話。她就是要讓世人知道俞筱晚是個假惺惺的女人，看著柔靜溫婉，實則是個母夜叉。

現在她決定放棄北王世子妃這個扶不上牆的爛泥，直接逼問俞筱晚。她笑容輕慢，語氣嘲諷地問俞筱晚道：「請問寶郡王妃，外人都傳北王世子是為了妳與寶郡王爺動手的，到底是不是這樣啊？」四下看了看跟來的少婦和閨秀們，她輕笑道：「在這的都是朋友，不會亂傳的，還請郡王妃替咱們解解惑。」說罷，得意又輕蔑地笑了起來。

與靜雯郡主交好的千金們，自然是帶著些興奮和鄙夷地看著俞筱晚，其他人也帶著幾分看熱鬧的心思。女人都是善妒的，若是能看到俞筱晚這個美貌拋了她們幾條街的寶郡王妃受點委屈，心裡自然是痛快的。

俞筱晚輕搖著湘繡團扇，面帶微笑，將目光調向湖面。在這寸土寸金的京城裡，能建一片這麼大的真正的湖泊的園子，也只有屈指可數的幾家王府而已。此時已近五月，荷花都已經長出了長長的花苞，只等時節一到，就盛放出滿湖的朝暉。

俞筱晚用扇柄指向遠處僅露出小亭一角的湖心小島，向眾人道：「一會兒咱們將船停在那兒，我記得那片小島上有處泉眼，裡面是真的泉水，沸煮了，泡今春的龍井，最是口感清甜。」

曹家姊妹又尷尬又氣憤，靜雯郡主這般言辭，就是有暗指俞筱晚行止不端的意思。俞筱晚可是在曹家教養了好幾年，若是俞筱晚被人指責行止不端，可是會連累到她們的。只是她們的身分不及靜雯郡主，不敢隨意出頭，這會子俞筱晚談及旁的話題，自然是熱烈地跟進，唧唧喳喳談起不知小船上會不會準備有龍井。

靜雯郡主被俞筱晚這般直接地無視給激出了怒火，她攥緊了手中的扇柄，尖銳地笑道：「郡王妃是不敢說出真相嗎？難道真如有些市井傳聞中所傳的那般，是妳自己……招惹了北王世子？」

俞筱晚回頭，微微蹙眉地看著靜雯郡主，反問道：「妳剛才在說什麼？」

她目光清冷，帶著幾分不怒自威的寒意，靜雯郡主不由得縮了縮肩，隨即又挺起胸膛，聲音尖銳地道：「我問妳，事情到底是怎麼回事，是不是像傳聞中所說的那樣，妳自己招惹了北王世子？」

啪！

靜雯郡主的話音剛落，就聽一聲清脆又響亮的巴掌聲。誰都沒看清是誰動的手，只感覺俞筱晚那繡滿海棠花瓣的衣袖似乎是優美地翻飛了一下，靜雯郡主的小臉上就多出了幾道紅腫的指印，但定睛細看，卻只見俞筱晚神情閒適，離靜雯郡主至少有兩步遠，手臂是不可能伸這麼長的。

靜雯郡主捂著臉，不敢置信地看著俞筱晚，喃喃地道：「妳、妳敢打我？」

俞筱晚輕笑著反問：「郡主莫不是眼花了？妳哪隻眼睛看到我打妳了？」

靜雯郡主窒了窒，她的確是沒看清，可是除了俞筱晚，還有誰會打她？還有誰敢打她？她立即回頭問自己的忠實擁護者蔣婕：「婕兒，妳看見了沒？」

蔣婕心說，妳挨打的都沒看見，我在妳身後，怎麼可能看見？她正要張口胡說，抬頭卻瞧見俞筱晚似笑非笑地瞧著自己的明亮眸光，心中一凜，遲疑了一下，頂著靜雯郡主火熱的目光，小聲地道：「我……我沒看清……」

靜雯郡主氣得半死，恨恨地問：「到底是沒看見，還是沒看清？」

俞筱晚笑道：「是啊，蔣四小姐，妳可是要出嫁的人了，記得謹言慎行呢。」

蔣婕心中更驚，忽地想起她的未婚夫就是在楚王府當教授的，這位寶郡王妃若是給未婚夫穿點小鞋什麼的……她忙應道：「是沒看見。」然後又求助般地看向其他人，「妳們、妳們看見沒有？」

嚴格說來，還真沒有人看見，所有人都搖了搖頭。

「妳——妳們！」靜雯郡主恨恨地磨了一下牙，又立即鬆開，半邊臉火辣辣地痛，一咬牙更是扯著頭頂痛，連帶著嘴裡都湧上了一點點的血腥味，她扭頭兇猛地瞪著俞筱晚，「肯定是妳打的，我去請王妃主持公道！」

俞筱晚輕嘆著搖首，「謹言慎行，靜雯郡主！賢人曰：君子戒言，小人亂語。」拿扇柄逐一點過靜雯郡主身邊的看客，點得每個人都不由自主地縮了一下，「在場各位無一人看見我動手，妳卻一定要說是我打妳，這可是誣陷皇族啊！」遂又小聲提醒靜雯郡主：「妳雖是分封為郡主，可到底不是皇族，臣民誣陷皇族是什麼罪，妳應當清楚。」

靜雯郡主兇狠地回頭看向身邊的眾人，每個人都不與她的目光相觸，一副置身事外的樣子，她只得委屈地瞪著俞筱晚，「妳被我說中了醜事，惱羞成怒，因而打我，我有證據。」

俞筱晚挑眉反問道：「我有什麼醜事？」

靜雯郡主得意地一抬光潔的小下巴，「妳招惹北王世子，讓妳夫婿與其鬥毆！」

「不知郡主是聽何人所言？」

靜雯郡主嗤笑道：「這還用問嗎？滿大街都在傳。」

俞筱晚冷笑，咄咄逼人地詰問道：「大街上傳的，郡主又是如何得知的？」

靜雯郡主啞然了片刻，隨即強硬道：「說的人多，我自然就知道了。」

俞筱晚亮得如同天上烈日般的眸子盯著她，一臉的鄙夷和輕蔑，「我只問妳，可知何為婦言？妳若不知，我來告訴妳！擇辭而說，不道惡語，內言不出，外言不入，是為婦言。不知郡主反覆所言的外人傳聞，是何等人所述，如何入妳的耳，如何出妳的口？難道妳不知『謠言止於智者』嗎？況且方才北王世子妃已經明確地告知過妳，那不過是男人間的玩鬧罷了，妳卻還要盯著這無稽之談！我好意周圓於妳，岔開話題，妳卻一意孤行，反覆追問這等市井小民之間的下作傳聞，張口招惹，閉口招惹，妳知哪樣是招惹？是妳見人做過，還是自己做過？言談舉止完全沒有閨閣女子的貞靜矜持和世家女子的泱泱風度，婦言不慎，婦德不修，連最起碼的羞恥心都沒有，我真替妳父母和夫家感到無地自容！」

婦言不慎、婦德不修，連最起碼的羞恥心都沒有，這一頂頂的大帽子扣下來，靜雯郡主只覺得眼前一陣發黑，顧不得面頰上的疼痛，用力咬緊牙齒，才能讓自己不至於暈眩倒地。

身邊的人都不覺地小退半步，彷彿她身染瘟疫一般，唯恐俞筱晚記恨自己方才不制止靜雯郡主胡言亂語，而給自己扣上什麼大帽子。女人的確應當慎言，就算俞筱晚真的招惹了北王世子，作為一名嚴守婦德的女子，她們也應當非禮勿聽、非禮勿傳。她們方才只是一時大意，看熱鬧的心思過多了些，這會子被俞筱晚一點明，都知道輕重，自然不肯再與靜雯郡主同流。

靜雯郡主哆嗦了半晌，抬手指著俞筱晚，還沒說話，就被俞筱晚搶先嘲弄道：「這樣指著一名品秩遠高於妳的郡王妃的舉止，是郡主的教養嬤嬤教妳的嗎？」說罷，又傾身附在靜雯郡主的耳邊，用只有她倆才能聽到的聲音，小聲道：「恐怕沒哪家的教養嬤嬤敢教出這樣的閨秀來，不過是妳自己恃寵生嬌，以為沒人記得幾年前在匯豐樓的那事罷了。」

靜雯郡主整個人一震，眼睛瞪得眼珠都快掉出來了，耳邊又響起嘲弄聲，彷彿又回到了匯豐樓裡，身邊都是嘲笑她的食客，而她仍是那般衣不蔽體，還被那個無恥的男人緊緊抱著，而且以後她還會被那個無恥又出身下賤的男人抱一輩子。思及此，她忍不住失控地捂住耳朵，蹲下身子尖叫起來，「啊——」

蔣婕等人都嚇了一跳，不禁連退幾步。

「怎麼了？怎麼了？」憐香縣主的聲音忽地從人群之外傳來，她知道靜雯郡主與俞筱晚不睦，可是船卻沒多的了，急忙忙地去調配，剛走到附近，就聽到刺耳的尖叫聲，嚇了她一大跳，她可是在替姊姊待客呢，可千萬別出什麼漏子。

俞筱晚輕輕搖頭，揚聲答道：「靜雯郡主忽然尖叫，好像失心瘋了，勞縣主去請太醫來請個脈吧。」然後看向蔣婕，略帶著威脅和嘲諷地道：「蔣四小姐，妳素來與郡主交好，就勞妳在一旁多多照顧了。」

她如今是超品的郡王妃，說話不必再那般卑微，何況對這些時常想著找自己麻煩又欺善怕惡的人，退讓絕不會海闊天空，只有頤指氣使地步步緊逼，才能使她們口服心也服。

蔣婕立即應承道：「請郡王妃放心，我一定會照顧郡主的。」

憐香縣主安排好了侍女請太醫，便步入人群之中，小聲問俞筱晚發生了什麼事。俞筱晚的眸光在一眾看熱鬧的少婦和閨秀臉上劃過，微笑道：「縣主不如問問她們。」

每個人都趕緊帶著些討好的笑容看著俞筱晚，表明自己決計不是靜雯郡主一夥，「是靜雯郡主莫名其妙大喊大叫，我們也不清楚，之前本還在說去湖心小島玩的事呢。」

憐香縣主「哦」了一聲，看向那處小島，笑道：「那小島看著近，其實要一陣子才能到的，傳訊亦不方便。若是去小島上玩，怕誤了宴時，不如先在湖中遊玩一番，宴後再去小島上玩，好嗎？」

眾人忙表示贊同，分別登上憐香縣主調來的兩艘稍大的船，在湖中玩了一圈，採了些荷花苞，待到宴會開始，又各自尋了座位與宴。

俞筱晚陪坐在楚王妃身邊，楚王妃瞧見她便盯著問道：「妳怎麼跑去這麼久？」

楚王妃的大嫂忠勇公夫人笑道：「年輕女孩子自然是喜歡玩一些，活潑一點有什麼不好？不是哪個女孩子都像宛婷這般坐得住，願意陪著長輩們閒聊的，妹子何必這般責怪？」

是個會說話的！聽著像在責怪楚王妃，其實捧了自己的女兒，又貶了她這個眼中釘。俞筱晚笑著看向忠勇公夫人，柔聲道：「多謝舅母為晚兒寬言，只是方才的確是晚兒不該，晚兒不該因為原小姐要坐晚兒的位子就讓開，讓婆婆無人服侍。」

忠勇公夫人冷不防吃了顆軟釘子，只得笑一笑作罷。原宛婷眸光閃了閃，只低頭用膳。

宴會散後，各人又相邀一同玩耍，北王世子妃磨磨蹭蹭地來到俞筱晚跟前，小聲地道：「之前……對不住……」

俞筱晚瞧見她那副溫婉軟弱的模樣，暗想這樣的世子妃怎麼治得住北王世子那滿院子的侍妾和通房，嘴裡卻笑道：「世子妃何必道歉？又不是妳的錯。」

閒聊了幾句，北王世子妃就被自家的姊妹們叫去了。湖邊水榭裡，三三兩兩地鬥著牌、打著雙陸，楚王妃身邊一左一右地陪著兩位原府的姑娘，俞筱晚實在是找不到位置可以陪著婆婆，索性便走開了，反正沒什麼共同的語言，大不了回府讓婆婆數落一頓。

惟芳長公主和韓甜雅沒有來與宴，憐香縣主算半個主人，擔著待客之責。曹家的姊妹與武氏和未來婆家的人坐在一塊兒，俞筱晚無聊地在水榭的欄杆邊坐了一會兒，沿著湖邊的鵝卵石小道，就著柳蔭往小徑深處走去，不知不覺來到一排小木屋前。

俞筱晚在王府住了近兩個月，知道這已經是很偏的、放置瓷器等什物的小倉庫了。她無聊地嘆了口氣，轉了身準備再沿原路回去，忽然聽到一串腳步聲從花牆另一邊傳來。

如今是草木茂盛的季節，花牆枝岔間的隙縫都讓綠葉填得滿滿的，她並沒看見那邊來的是何人，以為是王府中的下人來取物件，哪知一年輕女子的聲音忽然輕責道：「你瘋了嗎？居然跑到這內宅裡來，今天府裡多少人啊！」

跟著聽到一名男子的聲音，小聲道：「就是因為府中人多，才不會有人注意到我。快說，妳打聽得如何了？」

那女子壓低了聲音，自語般的道：「只知曹清儒交了兩塊玉佩，鐘厚笙交了三塊玉佩，王爺是不是還找了別人收集玉佩，我也不知。」又道：「你快走，別讓人發現了。」

俞筱晚聽得心中一動，莫不是在說我的那幾塊玉佩？可是舅父明明從我箱籠裡拿走了五塊玉佩，怎麼只交了兩塊給王爺？舅父瞞下幾塊，是有二心了嗎？

俞筱晚還想再聽得詳細一點，可是這兩人卻極為警覺，只交換了這兩句，便分頭離去。俞筱晚有心想瞧一瞧到底是哪兩人，可是聽兩人踩在草叢上仍是極輕微的腳步聲，就知道兩人都是練家子，自己只是占著先到此地，又站在鵝卵石的小徑上的便宜，因而不敢輕易露頭。這裡偏僻得緊，萬一被人殺了滅口，可是沒地方喊冤去。

待這二人走遠，俞筱晚立即提裙，快步沿原路返回了水榭。走到柳蔭下，瞧見幾位千金圍著石桌，正在打葉子牌，便裝作觀牌，坐在一旁想著心事。

那二人的聲音都是刻意用內力壓低了變音的，但多少還是會有些原本的音調在，她聽著總覺得聽過，卻又辨不清到底是誰。另外，聽那二人所言，她聽出了兩條信息，一是舅父並未將從她那兒得到的玉佩全數交給攝政王，餘下的三塊，不知是他自己留用，還是另奉給了旁人。二是攝政王並不止從舅父手中拿玉佩，還有人也在收羅玉佩，是不是從逸之所說的，在同時身亡的另外四位大臣家眷的手中？

正想著入神，攝政王妃身邊的一名侍女笑咪咪地走過來，小聲地稟道：「請寶郡王妃安，寶郡王爺正四處找您呢。」

俞筱晚一怔，「寶郡王爺？他在哪裡找我？」

侍女回身指著正院的方向，「方才在王妃那兒，王妃差了奴婢來尋您。」

原來是在正院，俞筱晚優雅地起身，隨著侍女一同往正院方向去。沒走幾步，就迎面遇上了君逸之。他疾步跑過來，拉著俞筱晚的手，上下端詳幾眼，才笑道：「妳還想留在這兒嗎？若是不想，咱們去街上逛逛吧。」

俞筱晚掙了幾下，眼光瞟著一旁的侍女和陪他進內院的太監，君逸之滿不在乎地低語：「沒關係啦，誰都知道咱們是夫妻！」

俞筱晚嗔了他一眼，忽又調皮地小聲笑道：「我一會兒跟表姊們去堂子裡聽戲，穿男裝去。」

君逸之挑了挑眉，痞痞地笑道：「既然被我知道了，我自是要一同去的。」邊說邊牽著她的小手，分花拂柳地往桃林深處去了。

「都是女子，你去做什麼！」俞筱晚嬌瞪了他一眼，然後頓住腳步，「你到底找我幹什麼？」

若是要喚她一同離席，差個太監進來說一聲就成了。

君逸之皺了皺眉頭，輕哼一聲道：「靜晟回京了，今日也來與宴，妳不是……我方才見他進了內院，去看靜雯，我怕妳吃虧。」

想必是他聽說了她與靜雯郡主的衝突，怕靜晟世子又來找自己麻煩，所以巴巴地跑進來保護。俞筱晚聽得窩心，不自禁地往他身邊靠了靠，輕笑道：「他沒來找我，況且，這是攝政王府呢，他敢嗎？」

俞筱晚極少這般主動親近他，君逸之喜得眉花眼笑，伸手便摟住了她的小蠻腰，順便用餘光瞪了那兩個沒有自覺的侍女和太監，讓他們有多遠滾多遠。兩人嚇得一哆嗦，趕緊行了禮，一溜煙退了。

君逸之輕聲道：「妳也知道了，靜晟早就回京了，直瞞到今日，說是在南疆發現了祥瑞之物，預示太后長命百歲，福如東海，他請了旨特意奉送入京。」

俞筱晚嘆了口氣，靜晟世子這回倒是學聰明了，眼瞅著沒幾日就是太后的五十慈壽，他奉了這麼件據說是從山中發掘的祥瑞之物，一下子便將以前的汙點都給抹平了，也不會有人再敢對他說三道四。看來頂多再回南疆交一回差，就能再度回京任職了。

桃林裡還殘餘著幾絲桃花香，卻掩不住俞筱晚身上自然的清幽體香，君逸之一時情動，又見桃林裡四下無人，便俯下頭想輕吻嬌妻。

俞筱晚卻忽地腳步一頓，嚇了君逸之一跳，以為她生氣了。

「是、是他……是靜晟世子！」俞筱晚激動得結巴了起來。靜晟世子的聲音她聽過，不過並不算熟悉，但是他的聲音裡有股子冰寒的煞氣，卻讓她印象深刻。

君逸之訝然問道：「什麼事？妳不是說他沒來找妳麻煩嗎？」

「不是……」俞筱晚附在君逸之耳邊一陣子耳語：「快，我們去看一看靜雯郡主，說不定他還在。」

君逸之二話不說，便握著她的小手出了桃林，又喚來侍女，引他二人去探望靜雯郡主。

靜雯郡主方才失控尖叫，之後自己冷靜下來，也知是中了俞筱晚的心理戰術，害她在人前失儀，自然沒有臉面去參加宴會，索性裝作有些不舒服，躺在王府安排的客房裡休息。

侍女引著君逸之夫妻來到客房之時，靜晟世子已經探望過了妹妹，正在廊下與蔣婕小聲說話，餘光瞟到這夫妻二人過來，驀然閉了嘴，目光迷茫地、一瞬不瞬地盯著俞筱晚，心神十分恍惚。若是當初自己的計謀成功了，這般麗色奪人的佳人，應當就是自己的專寵了吧？

君逸之痞痞地一笑，眼神卻十分冰冷，「靜晟，聽說你這回立了大功，恭喜啊！」

靜晟世子斂了神，淡淡一笑，「好說！賢伉儷是？」

君逸之笑道：「我們是來看看靜雯的身子好些了沒？內人十分關心靜雯，擔心她好不了呢！」

君這話說得跟詛咒有什麼區別！靜晟世子忍了怒氣，側身做了個請的手勢，當前步入了屋內。君逸之牽著俞筱晚的手跟在後面，俞筱晚下意識地去瞟靜晟世子的鞋底，可惜這幾日天晴，鞋底上沒沾上什麼泥啊草的。

靜晟世子入內便道：「靜雯，寶郡王爺和郡王妃來看妳了。」

靜雯郡主看到俞筱晚就眼睛痛，當下恨恨地瞪了她一眼，惡聲道：「不用妳假惺惺！」

君逸之笑道：「晚兒是真的關心妳，怎麼能說是假惺惺呢？妳當誰都跟妳似的。」

「你——」靜雯郡主又要發作，被兄長一個眼神制止了，乾脆閉上眼睛，將頭歪向床內。

君逸之見此情形，便小聲地同俞筱晚道：「晚兒，看也看了，咱們回去吧。看起來靜雯身體挺好的，再尖叫上一年也不妨事。」

靜雯郡主恨得又要大吼，忽然嗓子裡氣息一窒，張了嘴發不出聲，知道是大哥不讓自己出聲，只得恨恨地瞪了這夫妻倆一眼，「目送」著二人連袂離去。

靜晟世子送至走廊，忽而向俞筱晚道：「舍妹自幼受寵，難免性子直了些，還請郡王妃莫怪。」

俞筱晚回頭看了看靜晟世子，竟從他的眼中看到一種可以稱為真誠的東西，心裡只覺得怪異，淡淡地道：「我雖比她年幼些，但也知道得饒人處且饒人的道理，只要靜雯郡主日後能謹言慎行，我沒什麼怪不怪的。」

夾槍帶棍的一番話，讓靜晟世子無法接下去，只得作了個手勢，請二人好走。

待散了宴，君逸之便跟母妃撒了個嬌，帶著俞筱晚尋了家成衣店，換上男裝，與曹家姊妹一同去堂子裡聽台戲，直玩到夜深才回府。

俞筱晚褪了衣服，舒舒服服地坐進浴桶裡。君逸之遣退了丫頭們，親自拿了大棉帕輕輕為她擦著光滑的脊背。俞筱晚覺得這手勁不對，回頭一瞧，羞得忙雙手環胸，嗔道：「你怎麼……」

君逸之笑了兩聲，隨即又露出一臉委屈來，「娘子今晚一直盯著那個小樓看，他長得很好嗎？」

原來是吃醋了！俞筱晚噗哧一笑，「我只是沒見過這麼嫵媚的男人而已，哪裡盯著他看了？若說俊美，天下誰人及得上夫君？」

君逸之眼睛一亮，笑嘻嘻地道：「晚兒真的覺得為夫俊美嗎？」

俞筱晚白了他一眼，「不用我覺得吧？你自己難道不知道嗎？」

君逸之嘿嘿地笑，「我覺得自己生得極俊，晚兒生得極美，咱們倆真是般配！」

俞筱晚被他這般厚臉皮的話給逗笑了，一時忘了羞窘，讓他鑽了個空子，三兩下扒光了自己，躍入了浴桶。

俞筱晚驚得輕叫道：「你──你快出去！」

「這桶子夠大，沒事！」君逸之嬉皮笑臉地往嬌妻身邊靠，一面哄道：「我聽說，在水裡感覺很特別的，咱們試一試好不好？」

「滾！」俞筱晚羞紅了臉，揮開他伸過來的手，撐著桶邊想跑出去，卻被君逸之抱住了纖腰，一把按坐到自己膝上。

俞筱晚掙了幾下，君逸之悶哼道：「晚兒，別……」

小屁屁上頂了根炭棍，俞筱晚立即老實了。君逸之暗喜在心，忙湊到她耳邊，一面輕聲哄著，一面雙手忙碌著，終於讓他如願以償。

待浴桶裡的水都涼了，君逸之才盡興地抱著俞筱晚躍出來，親自拿大帕子幫她擦乾身子，替她裹好薄棉，又拿了棉帕和熏籠為她絞乾頭髮。俞筱晚懶懶地背靠在他的胸膛上，聽他有一句沒一句地說著情話，一時輕笑，一時又羞惱。

兩人黏乎夠了，君逸之才輕聲說起正事：「我們去看靜雯的時候，靜晟在跟蔣婕說妳做得不錯。」

俞筱晚原本有些昏昏欲睡了，聽了這話，又跟打了雞血似的來了精神，「難道，靜雯是蔣婕挑撥的？」

就說麼，這兩年靜雯郡主已經老實了許多，幾次見面，對她既沒有好臉色，也時常瞪她，但也沒再主動來挑釁過。今天這般沒頭沒腦地來嗆聲，還真有可能是蔣婕挑釁的，而且還是由靜雯郡主的親哥哥靜晟世子授意的。

俞筱晚想到了什麼，肯定地道：「那我就能確定那個男人是靜晟世子了。」原本去看靜雯郡主，就是為了聽一聽靜晟世子的聲音，讓自己的把握更大一點。只是靜晟世子當時是變了聲的，她覺得像，卻也不敢像現在這般肯定，「那女人一定是王府的人，靜晟世子為了能進內院來，才指使著蔣婕挑撥自己的妹妹。」

君逸之嗯了一聲，「他算定妳不會吃虧，靜雯肯定會衝動，王府肯定會藉口她生病了來掩飾。嘖嘖，還真是捨得。不過，反正他的妹夫已經定了，也不會跑，妹妹的名聲就沒那麼重要了。」

俞筱晚想了想，回頭看著他問道：「你能不能跟我說說，那玉佩到底有什麼用？」

君逸之輕嘆一聲，想了想，才小聲地道：「原本不想讓妳涉及這些危險，可是聽他們的意思，一直就沒放棄，我還是告訴妳，妳心裡有個數才好。妳送給妳舅父的玉佩，可能是調動紫衣衛的信物。」

他頓了頓補充道：「我說可能，是因為誰都不知道那塊玉佩到底是個什麼樣子，只有紫衣衛的首領知道，可是紫衣衛的首領是誰，恐怕只有他自己知道。紫衣衛是皇帝親領的暗衛，人數多少、能力如何，除了皇帝，無人知曉。不過有個傳聞說紫衣衛的勢力龐大，甚至深入到了全國各地衙門、各家官員的府中，若是能掌握住紫衣衛，就不怕朝中有誰敢異動。」

俞筱晚驚訝地道：「這麼厲害？」

君逸之不以為然地道：「傳言總會失實，只是因為紫衣衛太神祕，才會有這樣的傳言。」隨即又正色道：「不過我想他們的能力一定是十分出眾的。當年太后想讓先帝將紫衣衛交給她掌管，讓紫衣衛保護小皇帝，但是先帝不允。嗯……紫衣衛首領當然是認識皇帝的，但普通的紫衣衛就難說，他們只認信物或者首領，不認人的。若是誰有那個信物，就能越過首領，向紫衣衛們發號司令，辦些自己不方便辦的事情。只要不是刺王殺駕，紫衣衛都必須遵行。」

俞筱晚似懂非懂地道：「就相當於有了一支很厲害的暗中殺手了嗎？」

君逸之輕笑道：「是這個意思。若是信物落在有心人的手中，可以用來消除異己。」遲疑了片刻，才又道：「聽說，當年太后索要信物無果，先帝就召了五位外地大吏入京。先帝駕崩之後，這五位大臣也先後離世，死因都正常，只是……將這些事情串在一起，就不正常了。應該說，太后也在尋這塊信物。至於是不是蓮紋的，我們還不知呢，也不知皇叔是怎麼知道的。」

俞筱晚轉頭看向君逸之，好奇地問：「那你們覺得是什麼樣的？不是說還有金鎖片嗎？」

君逸之想了想道：「只知是可以沾上印油，用印的，不然皇上難道一次只能下一道指令嗎？」

俞筱晚點了點頭，跟好奇寶寶似的又問道：「那個……若是執信物之人，與首領的命令正好相左，紫衣衛們是聽誰的？」

君逸之失笑道：「我又不是紫衣衛，如何能得知？紫衣衛是為皇帝執行暗令的，他們自然有嚴密的章程，來判斷應當聽從何種命令，妳就別操心了，不如操心操心妳自個兒的事。妳那些拓印下的圖案，我都交上去了，只是妳說妳的玉佩被妳舅父換走了五枚，這可如何是好？」

俞筱晚蹙眉道：「還有一本金剛經，應當也是關鍵。金剛經還在我手中，他們拿了玉佩，應當也沒多大用處。」

君逸之倒是不置可否，俞筱晚拉了拉他的衣袖，「你到底是為誰辦事的？」

君逸之神祕地笑笑，「晚兒且猜上一猜。」

「皇上。」俞筱晚根本懶得猜，扳著蔥尖似的手指頭數著證據，「你方才說『我們還不知呢，也不知皇叔是怎麼知道的』，說明你不是為王爺辦差的。之前還推測說太后也在尋玉佩，肯定也不是為太后辦差的；想必你也不會幹什麼謀逆之事，不會為居心叵測之人賣命，那除了皇上，還能有誰？」

說到這兒，她頓了頓，看著君逸之，見他沒有反駁的意思，不由得奇怪地問道：「難道皇上也不知道信物是什麼樣的嗎？」

君逸之嘆息道：「妳別忘了，先帝駕崩之時，皇上才不過七歲，先帝怎麼可能將這麼重要的事告訴他？這不等於就是告訴了太后和皇叔嗎？這兩人只隨便幾句話就能套出來，因此先帝只說待皇上成年之後，紫衣衛的首領自會來尋他。」

瞞著攝政王倒還罷了，還瞞著太后嗎？俞筱晚蹙眉問道：「我見你辦事的時候神神祕祕的，難道皇上和太后不是一條心的嗎？」

君逸之忙伸手捂住她的小嘴，噓了一聲，「小聲些，須知隔牆有耳。」

俞筱晚撩他額前的碎髮，撒著嬌道：「那你快說給我聽。」

君逸之斟酌著用詞，慢慢地道：「唔，怎麼說呢……太后身為母親，自然是向著皇上的，只是後宮不得干政，況且女子見識有限，有些事太后本就不該參與。因此，皇上尋我們辦事之時，都是避著太后的。」

俞筱晚聽了這話，有些不滿，嘟著小嘴反駁道：「你之前不是說太后雄才大略的嗎？怎麼又成了見識有限了？」她倒不在意太后與皇上之間如何，只在乎他怎麼看待自己，便拿手指用力戳他的胸膛，「你老實說，你一直不願告訴我，是不是也嫌我是女子，覺得我沒見識？」

「哪有的事？晚兒是我見過最有見識的女子了！我只是擔心妳，怕妳害怕罷了！」君逸之趕緊摟緊了她，大拍馬屁，又解釋道：「太后的確是能幹，只是她困於深宮數十年，對外界的瞭解都是通過暗衛的密報或是旁人的描述，判斷就難免偏頗。身為母親，為了兒子的安危，行事又難免衝動。妳還記得三年前，咱們在潭柘寺賞梅時，皇叔遇刺的事嗎？」

俞筱晚一下子沒想起來，搖了搖頭。君逸之委屈地盯著她的眼睛，控訴般地道：「晚兒不記得了嗎？那回妳拉著我逃跑，結果一塊兒滾下了山坡，我還幫妳挑了木刺！」

其實君逸之略一提醒，俞筱晚便想起來了，只不好意思承認，便故作嘲弄道：「就幫了這麼點子小忙，也要心心念念這麼些年嗎？大不了下回你手心扎了木刺，我幫你挑！好了，不說這個，你且繼續說！」

君逸之掐了掐她臉頰上的嫩肉，才繼續道：「那些刺客應該是太后派出來的，說應該，是因為皇叔查到一半便沒再繼續查了，再往下查，朝中一定會亂。窗紙雖是薄了些，但有這麼一層紙掩著，窗內窗外的人都能各自安然，因此不到最後，是不能捅破的。」

「我告訴妳此事，只是要證明太后她並不適合插手朝政，因為女子的大局觀總是差些。在她看來，皇叔是皇上最大的威脅，恨不得除之而後快，可是她卻忘了，先帝還有三位野心極大的皇兄困在各自的封地上，若是除了皇叔，倒是給他們掃清障礙了，皇上或許會更危險。何況，太后背後還有娘家，她處事再公正，也會有提攜之心；再者，太后性子過強，什麼事都喜歡直接吩咐皇上辦，而不是與皇上商量，這對皇上也沒有好處。日後皇上總要親政的，他必須學會自己權衡朝臣們的意見，從而做出最恰當的判斷。」

俞筱晚贊同地點了點頭。她閒著無聊之時，也讀過些史書，知道皇帝和後宮之間有種微妙的關係，皇帝一方面要倚靠外戚的勢力，一方面又擔憂外戚權力過大。在保住皇帝的龍椅這一點上，太后與皇帝自然是目標一致的，可是處理起朝政來，恐怕就會有分歧。

唉，天家就是這麼麻煩！俞筱晚不禁嘆道：「也不知上回說皇上血統不正的傳聞是誰傳出來的，還有，靜晟世子怎麼會知道玉佩的事？」

「誰傳都有可能，我們分析著，大約是想引得紫衣衛來查。畢竟先帝駕崩之後，紫衣衛就全數消失了，誰也不知他們去了哪裡。」君逸之答道，對於靜晟世子知道此事，他倒不覺得奇怪，「靜晟手下有偵察兵士，不會比宮中的暗衛差多少，會知道也不奇怪，怪的是他是如何同攝政王府後院中的女子搭上線。除非，一開始就是他特意安排進去的。」

他細細想了一陣，緩緩道：「這事我得去查查。」

「是該查。」俞筱晚睏倦地掩嘴打了個哈欠，君逸之用手撥了撥她的頭髮，確認全乾了，便抱著她上床歇息。

這會子已經快四更天了，第二日兩人都睡到芍藥焦急地催促了才起身。俞筱晚急忙忙地更衣梳洗，連早膳都不用，就打算去春景院請安。君逸之倒是隨意得很，拉著她坐下道：「再急也得先用飯，不然一會兒母妃又要妳立規矩，妳不是得餓一上午？遲就遲一點，我自會與母妃分說。」

俞筱晚暗嘆一聲，你自會分說，但婆婆心裡還是會怪我啊！她拗不過君逸之，只好坐下來用過早膳，吃了一碗清粥、幾塊糕點，讓君逸之滿意了，才攜手去了春景院。

楚王妃早就正襟危坐地等在正堂了，面色有些不豫，見到她二人進來，張嘴便要指責一番。君逸之卻扶著額頭，搶先道：「母妃，孩兒今日一早起來，覺得頭暈得很，差點起不來。晚兒來扶我時，我還吐了……明明昨日還好好的，真不知是怎麼了。孩兒還是離您遠一點，萬莫過了病氣給您。」

楚王妃聽了這話，再見兒子那張俊美絕倫的臉色蒼白，立時便急了，一疊聲地吩咐丫頭們拿墊子將八仙椅墊得舒服一點，又讓人沏上滾沸的薑茶，讓劉嬤嬤拿了自己的名牌去太醫院請太醫，這才責怪俞筱晚道：「俞氏，妳是怎麼服侍逸之的？」

俞筱晚低頭做惶恐狀，其實是強忍著笑意，「母妃教訓得是，是媳婦的錯！」

君逸之忙哼哼道：「不關晚兒的事，是孩兒昨夜貪涼，沒有蓋被子。」

楚王妃一聽便又是心疼又是責備地道：「這麼大個人了，怎麼還跟個孩子似的？晚兒睡下我也就不說了，上夜的丫頭呢？嬌蘭、嬌蕊都是幹什麼的？」

君逸之繼續哼哼，「孩兒沒讓人上夜，孩兒討厭有人在一旁聽動靜。」

此言一出，楚王妃和俞筱晚同時紅了臉，皆無言地沉默了。

君琰之右手虛拳，放在唇邊輕咳了一聲，掩藏了笑意，才緩聲道：「母妃，時辰不早了，咱們先去給老祖宗請安吧。」

「哦，是的，該去給老祖宗請安了。」楚王妃忙不迭地扶著丫頭的手，站起身，看著二兒子道：「逸之，你就別去了，我使人送你回去，好生休息。」

君逸之「虛弱」地道：「孩兒想給老祖宗請過安再去休息。」

楚王妃勸了勸，拗他不過，只得讓他同去，又吩咐俞筱晚與他同車，小心服侍著。

給楚太妃請安之時，君逸之提出要與俞筱晚一同去潭柘寺齋戒三日，「晚兒為了太后的慈壽，特意求了一尊白玉觀音，已經請大師開了光，在潭柘寺的大殿之中供奉一百八十天，該去迎請了。為表誠心，晚兒想去寺中齋戒三日，一來迎請觀音像，二來為太后祈福。孫兒想著，孫兒這陣子做了不少胡鬧的事，不如一起去齋戒幾日，也好收收心。」

楚太妃聽了這話，便笑道：「你願意禮佛，收心養性，那是最好不過的，我不攔著你，你且再問問你母妃的意思。」

楚王妃聽說逸之願意收心養性，自是開心的，只是心裡有些懷疑，莫不是這兩人特意商量好的，知道我有事要與晚兒談？只是為太后祈福這樣的名義，她不能阻攔，只好點頭應下，又叮囑君逸之，一定要請智能大師扶個脈，萬莫諱疾忌醫。

君逸之一疊聲地應了，忙拉著俞筱晚退出春暉院，回去收拾了一番，只帶著從文從武等四名小廝和初雪、初雲、江楓、江南四名丫頭，一同去了潭柘寺。

到了潭柘寺，在廂房安頓好之後，君逸之和俞筱晚便去尋智能大師，問他這陣子可有突破。智能為了解君琰之身上的毒，可謂是廢寢忘食，只是總覺得眼前有道屏障，擋住了他的思路，卻又找不出突破點在哪裡。

俞筱晚雖然自學了醫術，但對用毒一項只限於從天橋下買回的祕藥，自己鑽研出的那點東西，比起智能大師還差得遠，更不可能提供什麼有用的意見了。

俞筱晚每回給君琰之扶了脈後，都詳細寫下了脈案，兩人拿著商議了許久，只將從前的藥丸方子改良了一下，應對君琰之目前的身體狀況。

議完了事，君逸之便同俞筱晚告辭：「我辦事去，留從文和從安給妳。三日後我會來接妳，再一同回府。」

俞筱晚咬著下唇問：「是查靜晟世子的事嗎？沒危險吧？」

君逸之笑著親親她，「哪有那麼多的危險？但妳也別亂跑，免得母妃差人來，尋不著妳，她又生氣。」

俞筱晚應下，見他換了身布衣，化身為一名普通得不能再普通的香客，大大方方地從正門走了。他走後，內室的床上就多了一位病殃殃的「君逸之」，那是從文扮的。

從文跟了君逸之十來年，對他的一顰一笑都十分熟悉，俞筱晚圍著他轉了幾圈，都沒發覺出破綻來，不由得嘖嘖讚道：「原來從文也是個美人胚子！」

從文不由得抽了抽嘴角，有氣無力地道：「小人長得也不算差的，主要是臉形與主子像，他們才讓小人扮主子的。」說完，不自在地挪了挪身子，小聲道：「能請二少夫人到外間去嗎？」

因為不能讓初雪和初雲知曉，這會子內室裡只有他二人在，從文深深地瞭解自家主子的小性子，走的時候說得瀟灑，什麼信任他啦、只有他能扮好啦，回來的時候，肯定是要審問的，他若有什麼交代不清，只怕得寫下幾萬字的認罪書不可。若覺得主子不給他體罰，而只是寫認罪書已經是非常寬厚的話，那就大錯特錯了，就是因為知道他最討厭寫字，主子才會罰他寫認罪書的！主子從來都是挑人最不想幹的事來處罰的！

經他這麼一提醒，俞筱晚也覺得孤男寡女共處一室的確不好。君逸之特意裝病，不就是為了「避嫌」的嗎？她忙出了內室，只說怕過了病氣，讓從安進去服侍，自己則搬去了西廂房。

一晃兩天過去了，這日是請觀音寶像的日子，俞筱晚一早起來齋戒沐浴，請智能大師做了場法事，恭恭敬敬地將觀音寶像請到了錦匣內，只等帶回王府。她連著在廂房裡窩得發霉，想著今日逸之就會回來，決定到幾處大殿裡轉一轉，若能迎上逸之就更好。

她換了身衣裳，帶著四名丫頭出了廂房，執香在各個大殿敬了香，拜了諸佛及菩薩，眼見著日頭西斜了，還不見君逸之的身影，心中便有些焦急了起來。說好今日晚間要回府用膳的，若是錯過時辰，不能入城，怕誤了明日入宮拜壽的時辰，屆時又要費神解釋。

潭柘寺占地不小，各殿轉下來，初雪和初雲兩個丫頭腿都酸了，又見時辰不早，便小聲地問道：「郡王妃，咱們是否該回廂房收拾行李了？」

俞筱晚擔心君逸之會不會出了什麼事，在廂房裡哪裡能待得住，反倒是提著裙子往寺門口走去，嘴裡說道：「我還想再走走。」

俞筱晚方一轉身，迎面遇上一個老婦人，用藍色碎花布巾包了頭，一身深藍布袍，鞋踏一雙草履，臉上滿是皺紋，一雙眼睛卻是亮如星辰。

俞筱晚急著往外走，倒是沒注意看，初雲和初雪卻看清楚了，驚聲道：「蔣大娘？」

俞筱晚一怔，待看清老婦人真是蔣大娘之後，忙笑著迎上前福了一福。蔣大娘側身避過，笑咪咪地道：「喲，聽說妳成親了，如今可是郡王妃了，這禮老婦可受不起！怎麼，到寺裡來求子嗎？」

「大娘！」俞筱晚紅著臉輕嗔了一聲，隨即又問：「您呢，這幾年去了哪裡？今日也是來進香的嗎？」

蔣大娘哈哈一笑，「這個時辰還敬什麼香！老婦離京幾年，好不容易回來了，是來看望智能大師的，當年多虧他照顧，做人總得知道點禮數不是？」說著，牽了俞筱晚的手，一同去尋智能大師。

在智能大師的禪房裡沒坐多久，蔣大娘便稱時辰不早，要先回城了，俞筱晚極力邀請她到王府做客。

蔣大娘搖頭笑道：「我就是個粗人，哪裡懂王府裡的規矩？若是見了人不磕頭，不是給妳找麻煩嗎？」

俞筱晚一想也是，便道：「大娘住在何處？我去拜訪大娘您吧。」

「呵呵，我住在北城的貓兒胡同，那可不是郡王妃能來的地方。」蔣大娘擺手推辭，想了想道：「反正我知道妳的鋪子在哪裡，過幾日我去妳鋪子裡，咱們在那兒見面吧，到時我讓人先傳話給妳便是了。」隨即又笑道：「咱們總能再見的，莫急莫急！」說完，不再逗留，出了寺門離去。

俞筱晚則翹首盼著君逸之，直等到天色擦黑，君逸之才風塵僕僕地趕回來，先從窗口溜進廂房，換了衣裳便拉著她出門，神色間十分焦急，「我大哥的毒又發作了，我方才先用內力幫他壓制了一下，但是不能管用多久，咱們得快些回去。」

君逸之安排從安、平安去智能大師處，請了智能大師同行，並帶上了兩顆剛製好的藥丸，便一同回了城。

楚王府的滄海樓裡，丫頭們捧著托盤銅盆進進出出，楚王爺和楚王妃坐在暖閣花窗下的酸枝木大椅上，焦急地等待著太醫的診治結果。

嬌紅秀麗的小臉上滿是擔憂，一直緊張地盯著內室的門簾，只是她身為滄海樓的一等丫頭，必須在這伺候王爺和王妃。小丫頭捧了托盤過來，嬌紅捧了茶盅奉給王爺和王妃。王妃接茶杯的時候，正巧門簾晃動了一下，嬌紅便欣喜地抬眼看去，一沒留神，手鬆得早了一點，杯中的水晃出了幾滴，滴在楚王妃的手背上。

茶水是溫的，倒不燙手，只是楚王妃也正焦慮著，脾氣自然就差了些，忍不住大怒道：「怎麼辦事的，連杯茶都奉不好？」

嬌紅駭得慌忙跪下，連聲告饒。楚王妃聽得更是心煩，正要令她跪到院子裡去，此時太醫出來了。

楚王爺皺著眉頭道：「都閉嘴！」說著，看向太醫問道：「我兒的病情如何？平日裡他雖是胸痛，卻也不曾像今日這般痛得暈過去，可是另得了旁的急症？」

太醫作揖道：「王爺莫心急，下官已經為世子針灸了一回，暫時控制住了病情，只是下官還要問詢關於世子的幾個問題，才好開方煎藥。請王爺將平日服侍世子的人召集過來，可好？」

楚王爺立即看向王妃，內宅的事他並不大清楚。楚王妃指著嬌紅道：「她和嬌荇就是貼身服侍世子的，還有一位品嬤嬤，月初之時告了假回鄉。」

太醫便轉向嬌紅和嬌荇，輕聲詢問世子這頭暈、胸悶、胸痛的症狀，是從哪日開始的，又問及了平日的飲食起居。嬌紅和嬌荇都認真回答了，只問到飲食之類有沒有特別之處之時，嬌紅遲疑了一下，搖了搖頭，嬌荇卻直言道：「世子爺這病已經有好些年了，以往胸悶胸痛之時，多會飲些濃茶鎮痛，也有成效，前日世子爺覺得不大舒服之時，奴婢也曾沏了濃茶給世子爺，只是世子爺不願喝，說是對身子不好。」

太醫感覺奇怪，不由得道：「濃茶的確是有鎮痛的功效，不過也因人而異，既然對世子爺有效，為何世子爺不願再飲？」

嬌葒小聲道：「世子爺聽說茶解藥性，便不願飲了。」

太醫哦了一聲，問道：「前日世子就服藥了嗎？哪裡的方子，可否交給本宮一閱？」

「沒有方子。」嬌荇看了看王爺和王妃，忍不住道：「前幾日二少爺和二少夫人來滄海樓玩了一回後，似乎二少夫人喜歡飲茶，世子爺讓奴婢將今年宮中賞的所有龍井和鐵觀音都送到了夢海閣，而且還同奴婢們說，以後不要再沏茶了。奴婢想，多半是二少夫人這麼說，她又是懂醫術的，世子爺便信了。」

楚王妃聽得心下大怒，斥道：「她不過是會幾個養生方子，叫什麼懂醫術了？世子不願飲茶鎮痛，妳們就這麼任由他連痛了兩天，以至於今日暈倒嗎？好大的膽子！」

嬌葒和嬌荇駭得忙又跪了下去，連聲道：「奴婢不敢！奴婢勸過世子爺幾次，世子爺不願啊！」

楚王妃怒道：「妳們就不知道來稟報給我？就任他這麼疼著？」

二嬌不停磕頭，「奴婢該死。」

楚王爺瞧著這樣子不像話，好像他們楚王府對下人如何苛刻似的，皺著眉頭問道：「這話妳們是親耳聽到二少夫人說的？」

嬌荇白了一張小臉道：「不是，是奴婢猜的。」

楚王爺便斥道：「無憑無據的話，以後不得亂傳！罷了，妳們且起來，先去服侍世子！」

二嬌忙磕了個頭起身，進了內室。

捌之章　皇權紛擾話雜沓

楚王爺對楚王妃道：「這是多大的事，也值得妳生氣？」

楚王妃道：「琰之都痛得暈過去了，我難道還不能生氣嗎？」

郭嬤嬤也忙補充道：「前年孟醫正來給世子爺請脈的時候，還說過既然飲茶有效，就多飲些呢。」

楚王妃忙道：「正是，老二媳婦什麼都不懂，就在那兒亂說，這不是壞事嗎？」

「她不過這麼一說，也要琰之願意相信。」楚王爺不想再跟妻子糾纏這個問題，問太醫：「現在可以開方子了嗎？」

太醫忙道：「稟王爺，可以了。」

楚王爺喚了一名太監過來，正要讓他引太醫去開方子，門口一陣腳步聲，只見一身錦藍薄衫，腰繫玉帶，俊美無儔的君逸之急匆匆地搶步進來，一手還拖著一名丰神俊朗的和尚，俞筱晚跟在二人身後。

君逸之進得門來，草草向父王、母妃行了禮，指著和尚道：「父王，孩兒將智能大師請來了！」

智能大師這幾年因廣施草藥，義務為貧苦百姓治病，名聲遠播，京城的百姓們都稱他為活菩薩，還讚他醫術如神，死人也能救活。

所謂同行相忌，太醫院的太醫們對這位「活菩薩」的好名聲是又嫉又妒，覺得智能他不過是因為給窮人看病，才博得了這般響亮的名聲，平日裡治的也不過是些頭疼腦熱之症，哪裡配稱活菩薩？因而一聽說這位就是智能大師，太醫立即側身立到一旁，對楚王爺道：「既然請來了有活菩薩之稱的智能大師，那就請活菩薩來開方子吧，下官就在一旁觀摩，也好長長見識。」

楚王爺沒聽出這是反話，摸著鬍子點了點頭，把個太醫憋得老臉通紅，卻又發作不得。

楚王妃倒是極信佛的，忙欠身讓道：「還請大師為我兒診治一番，楸府必定會多捐香油給潭柘寺。」

智能大師雙手合十，唱了聲佛號，便隨著君逸之往內室走，君逸之還回頭跟俞筱晚道：「晚兒妳也進來，妳會些醫術，為大師打打下手也好。」

俞筱晚正要跟進去，楚王妃喝道：「妳站住！世子如今昏迷不醒，衣裳不整，妳不知男女有別嗎？」

君逸之和俞筱晚都被噎了一下，真沒想到楚王妃這麼分不清時間地點。楚王爺聽著這話也覺得不像樣，低聲斥道：「妳說的這是什麼話？二媳婦是給智能大師打下手，逸之也在一旁，有什麼妨礙？」

其實楚王妃倒也沒想到什麼瓜田李下之事，只是要將俞筱晚留下，她要好好地審問她而已。聽了王爺的話，楚王妃倒是不高興了，「逸之是個沒點規矩的人，這滿京城的誰不知道？他是男子，倒也罷了，我可不希望別人也說媳婦是沒規沒矩的。」

「哼！我怎麼不知道滿京城的人都在說逸之沒規矩？媳婦，妳是想說我沒將妳兒子教好嗎？」楚太妃的聲音忽然傳了進來，楚王爺和楚王妃忙起身相迎。楚太妃扶著嬌梨的手，緩緩邁過門檻，看到楚王妃就冷冷地哼了一聲。楚王妃頭雖然低著，神色間卻是十分倔強，似乎在說：就是您沒教好！

楚王爺不由得一陣頭痛，斜眼睨了太醫一下，太醫恨不得化身為一股輕煙消失在房中。楚王府裡婆媳吵架的戲碼，他真沒打算看。好在做太醫的，平日裡出入的就是這些達官顯貴之家，沒少遇到相似的情形。太醫十分鎮定地垂頭看地，仔細研究地磚的尺寸和花紋。

楚太妃在暖閣正牆下的羅漢床上坐定，抬手示意要行禮的君逸之和俞筱晚，「趕緊帶人進去，治病要緊！」

小夫妻倆忙欠了欠身，帶著智能大師進了內室，又以大師喜歡安靜為由，將丫頭婆子們都打發了出去。

智能又是推功又是針灸的，直忙到深夜，才滿頭大汗地道：「應當無妨了。」

君逸之急道：「那我大哥怎麼還不醒？我走之時，他還是清醒的。」

智能道：「你放心，世子只是心神消耗過度，睡著了，明日一早就會醒來的。」

俞筱晚伸手扶了脈，秀麗的眉頭蹙得緊緊的，看著智能問道：「怎麼會忽然發作，竟然連藥丸都壓制不住，大師心中可有成算？」

智能一面用乾淨的柔棉帕子擦拭銀針，一面問道：「妳有沒有發覺，他的血液氣味有所不同了？」

俞筱晚一怔，「我沒聞過他的血。」

智能道：「我聞過。他的病，我幾年前就開始治了，之前的血液一直沒有什麼變化，但今天我覺得不同以往了。」他想了想道：「似乎少了一點甜味，多了一絲腥味。」

俞筱晚睜大了眼睛，「大師，你是說他的血裡有甜味？」

「嗯。」智能看向俞筱晚，「妳不是每隔五天來給他扶脈嗎？上次扶脈的時候，還是正常的，這變化應當就是這幾日的事。逸之，你要查問一下他身邊的人，這幾日的飲食、作息是否有不同之處。」

君逸之點頭應下，智能便提筆開了一張調養的方子。因為君琰之的毒大多數大夫都診不出來，以為是不足之症，所以這張藥方，太醫看後，也沒說什麼怪話，只是對楚王爺道：「若要下官開方，也大致差不多。」就是承認了這張方子。

楚王爺便將藥方交給隨侍的太監，令他親自帶人去抓藥、熬藥，片刻不得離人。

差人送走了太醫，並安頓好智能大師後，楚王爺便對楚太妃道：「母妃，夜深了，請您先回去休息吧！明日一早琰之若是醒來了，我立即讓人稟報給您！」

楚太妃嗯了一聲，看向楚王爺道：「明日太后生辰，都要早起，王爺若是覺得累了，就先去休息吧，我還有話要問問逸之和晚兒。」

楚王妃立即跟進，「我也有話要問晚兒。」

楚太妃斂容斥道：「妳有什麼話？那些男女有別的混帳話就給我吞回肚子裡去，還有臉當著兒子和外人的面說，哪有一點當母親當婆婆的樣子！」

楚王妃頓時漲紅了臉，不滿地提高了聲音，「母妃，媳婦哪裡說錯了？媳婦只是提醒一下他們罷了，您讓他們進去，媳婦也沒再攔著啊！」

楚太妃冷笑道：「這話怎麼說的？莫非我這個當婆婆的說的話，妳還能反駁了不成？」

楚王妃被噎得窒了一窒，決定不再糾纏著這件事，扭頭看向俞筱晚問道：「妳說說看，是不是妳告訴琰之喝茶不好？」

俞筱晚柔順地道：「回母妃的話，的確是兒媳婦告訴大哥喝茶解藥性，多飲傷身。」

楚王妃怒道：「這茶琰之都喝了多少年了，能鎮痛妳知不知道？就是因妳一句話，害得琰之活活痛暈了過去！妳說，妳是不是成心想看他受苦？」

俞筱晚詫異地一抬頭，迅速與君逸之交換了一個眼神，君逸之忙解釋道：「母妃，大哥喝濃茶的確是傷身的，晚兒這話並沒說錯，何來成心想看大哥受苦一說？況且茶湯鎮痛，不過是隔靴搔癢，哪比得上正經的止痛藥丸？怎麼可能因為沒喝茶就痛暈的？」

楚太妃也蹙起了眉頭，楚王妃怒哼一聲道：「可是方才太醫已經問過了，最近你大哥的飲食起居除了這一點，沒什麼與以往不同，怎麼這次發作起來就格外地痛苦？」

楚太妃冷冷地問：「茶葉呢？平日裡琰之都是喝的什麼茶？放置在哪裡？由何人保管？何人取茶？何人沏茶？」

她雖沒盯著誰來問，自有人立即上前來稟報。楚王爺也立即安排隨侍的太監，跟著小丫頭們去取茶葉過來。

不多時丫頭們捧了六七個小罐過來，一一打開來，裡面裝的都是極品的春茶，嬌葒稟道：「這些都是宮裡賞的，世子爺平時最愛喝的是碧螺春和巴山雀舌。」

這裡有兩樣茶，還是楚太妃命人收羅了來，賞給長孫的。她仔細聞了聞，點了點頭，「是這樣，晚兒丫頭，妳看看有沒有什麼問題。」

俞筱晚不由得尷尬地看了君逸之一眼，希望他能給解解圍。她於茶道實在是七竅通了六竅，還有一竅不通，除了覺得龍井和鐵觀音的味道清香一點外，其他的茶在她嘗來都是差不多的。而觀色的話，她就更不行了，除了加花的香片茶她能分辨之外，別的茶她根本認不出。只是她平日裡沖茶泡茶的手法嫻熟而優雅，君逸之哪裡知道她是個半桶水，還滿懷期待地推了推她的背，「晚兒，快去看看！」

俞筱晚只有硬著頭皮，裝模作樣地各個罐子聞了一下，做思索狀道：「回老祖宗，這一下子，孫媳婦兒真是看不出來也聞不出來，不如讓媳婦各樣都包一點，拿回去仔細研究研究，再來稟報給太妃好嗎？」

楚王妃本就對太妃什麼事都信任俞筱晚感到不快，聽了這話，立時斥道：「不懂就不要裝懂！」

楚王妃難得罵對一回，俞筱晚恭敬地垂頭聽訓，楚太妃則煩躁地看了媳婦一眼，道：「晚兒這叫謹慎！」又吩咐嬌紝：「將茶葉每樣包上一包，給二少夫人送去。」

嬌紝應了一聲，使小丫頭去取紙張過來，俞筱晚攔著道：「且慢，讓媳婦自己來吧。」說罷，回頭吩咐初雲取了幾只荷包，各裝了一小撮。

楚太妃便道：「好了，咱們都回去歇息吧，明日要入宮給太后賀壽，可不能沒精神。嬌紝、嬌荇，妳們兩個今晚辛苦一點，有事隨時差人來報。」

二嬌忙恭聲應了，跪下送太妃、王爺、王妃等人離去。

回到夢海閣，俞筱晚立即喚來江楓：「上回妳跟我說，妳們中誰最擅茶道？」

江楓忙回話道：「回郡王妃，是江七，不過她武藝差了些，俞總管沒讓她入府來服侍。」

「好到什麼地步？」

江楓道：「聽她說，她家原本是茶商，自小就識得各種茶葉。只是後來破產了，父母又得了時疫過世，她才流落街頭的。」

原來是有家底的！文伯不讓她進府，或許是怕她不服管教。俞筱晚想了想，吩咐趙嬤嬤：「嬤嬤明日一早去鋪子裡將江七帶回來，讓她分辨一下這幾樣茶葉有沒有問題。對了，還有世子贈與我的那兩味茶。」

趙嬤嬤忙接過荷包，應下。

一夜無話。

次日天還未亮，君逸之和俞筱晚就起身去了滄海樓。君琰之果然醒了，臉色雖然不大好，但是精神還不錯。

俞筱晚問道：「大哥，你這次發作是幾日前開始有徵兆的？」

君琰之微笑道：「其實，妳上回來扶脈的時候就有些感覺不妥，我略用內力就壓下去了，以為沒什麼就忘了告訴弟妹。若是早些說明，或許也不會有事，倒是我的不是了。」

君逸之嗔怪道：「大哥，你也真是，有什麼不妥，當然要立即告訴我們……」

嬌苻心疼地在一旁道：「二少爺、二少夫人，你們該換裝入宮了。」

君琰之冷冷地看了嬌苻一眼，看得嬌苻不由得一縮。俞筱晚沒說話，君逸之卻冷笑道：「爺要做什麼，還需要妳來安排嗎？」

嬌苻漲紅了臉道：「奴婢不是這個意思，奴婢是……世子爺剛剛才醒，還要休息。」

君逸之哼了一聲：「大哥要休息，自己不會說嗎，要妳來趕爺走？」

嬌葒忙福了福道：「請二少爺息怒，嬌苻也是怕您們誤了時辰。奴婢們哪裡敢安排主子，趕主子離去的呢？真是折煞奴婢們了！」

君逸之輕笑道：「瞧嬌葒丫頭多會說話，得，瞧在妳的面子上，爺也不跟她一個小丫頭片子計較了！」摟了晚兒的腰道：「我們回去更衣吧！」

俞筱晚乖順地點了點頭。兩人向君琰之道了別，嬌葒和嬌苻忙躬身引路，送他們出門。

俞筱晚狀似隨意地問道：「昨日是誰告訴母妃我讓大哥別喝茶的？」

嬌苻的小臉又漲紅了，還有些發青，咬了咬唇，剛想答話，嬌葒就搶著回道：「是太醫問奴婢們世子爺近日的飲食，奴婢們只說世子爺似乎是自您二位來後就不願喝茶了，並未說是您不讓世子喝茶的。」

俞筱晚拖長了聲音，「哦」了一聲，明眸流轉，在二嬌的臉上轉了一圈。嬌苻明顯鬆了一口氣，嬌葒仍是垂著眼眸，恭敬溫順。

回到夢海閣換了入宮的正服，兩人一同坐上寬大的馬車，君逸之便問道：「晚兒，妳懷疑誰？」

俞筱晚笑著睇了他一眼，「明明你也懷疑的，若不然，方才在大哥那兒，你為何要亂發脾氣？」

君逸之嘻嘻地笑道：「真是生我者父母，知我者晚兒也。只是不知晚兒懷疑的與我懷疑的，是否是同一人。」

俞筱晚輕笑道：「雖不知茶葉是否有問題，但我想以嬌荇那種藏不住話的性子，恐怕辦不了什麼大事。」

君逸之的眸光一冷，淡淡地道：「然也。」想了想，又道：「我和大哥身邊的大丫頭都是母妃親自挑選的，是王府的家生子，只不過，她們四人的母親是從前的宮女，隨祖父建府而被賜到王府的。」

雖然已經有兩三代了，但根源還是在宮裡。

俞筱晚沉默了，君逸之也不再說話。

馬車行到宮門外，君逸之先下了車，與父親叔伯兄弟們先在玄武門候旨。女眷們則乘車到東華門，從東華門入宮。

俞筱晚跟在楚王妃身後，雙手交疊輕扶在小腹處，緩緩地穩步向前。走了一刻鐘，眾人便來到了慈寧宮外，管事太監引著楚王府的女眷到西側殿候旨。不多時，就有宮人來傳：「太后宣楚王府女眷覲見。」

諸人忙再次整理衣鬢，跟著宮女步入正殿。

正殿裡一片喜慶的明黃和正紅，太后端坐在鋪著明黃錦墊的短榻上，手扶著正紅色繡仙姑獻壽圖案的宮緞引枕上。惟芳長公主陪坐在太后身邊，攝政王妃坐在左下首的主位上，幾位太妃太嬪則依次陪坐在右下首。

太后含笑看著不用拐仗，還走得穩穩當當的楚太妃，讚歎道：「三姊的精神看起來真是好！」

楚太妃恭敬地行了禮，才笑道：「臣婦哪及得上太后的福氣、喜氣。」

「三姊又來取笑我。」太后讓看了座，楚太妃坐下。楚王妃帶著弟妹仁郡王妃和側妃周氏、兒媳婦俞筱晚行了大禮，才在各自的位子上落座。

俞筱晚坐在楚王妃身後，偷眼看著太后，她不知平日裡太后與楚太妃如何自稱，但在今日這麼多誥命夫人都在場的情況下，還稱楚太妃為三姊，太后是在清晰地傳達一種親近的氣息，可是楚太妃卻謹守禮儀，尊稱太后，自稱臣婦，似乎……不是太想領情？

惟芳長公主自俞筱晚進來之後就有些坐立不安，太后察覺後，便取笑她道：「妳這隻皮猴，又想幹什麼？」

惟芳長公主想與俞筱晚單獨去聊天，只是接下來就是諸夫人獻壽禮的環節了，她也不敢造次，只連連搖頭，「沒、沒想幹什麼！」

不多時，各王府的女眷都到了，唱禮官便開始唱禮，請諸位宗室婦向太后獻禮。

依著親疏遠近，由攝政王妃先起身，行到大殿中央，盈盈深福一禮，聲音輕越地道：「臣妾獻給太后一對水晶如意，願母后福澤綿長，壽添慶衍。」

太監們把托盤呈給太后，那對水晶如意晶瑩剔透，難得的是通體沒有一絲雜質，雖說水晶不如寶玉值錢，但這樣大塊琢磨而成，又完美得無懈可擊的水晶如意，喻意極佳，太后滿意地頷首道：「媳婦費心了，看賞！」

攝政王妃笑道：「臣妾可以厚顏要賞嗎？臣妾早就看中了母后的那對螭吻玉鐲，不知母后可捨得賞給臣妾？」

太后笑啐道：「妳這潑猴，送了這麼兩只水晶如意，就想換哀家的螭吻玉鐲，倒是打得一手好算盤！」

惟芳長公主湊趣道：「皇嫂從來都是這樣的啦，哪回不是撈回本再出宮的？」

太后笑道：「這麼說，哀家不賞給她，她今晚就要賴在宮裡頭了？這可不行，她可挑剔了，會將哀家宮裡的宮女都弄哭的！」

禧太嬪便笑道：「那太后就賞給姒兒吧，免得良姊姊心疼。」

良太妃笑啐道：「好端端的，說到我身上做什麼？」

禧太嬪道：「誰不知道妳心疼兒媳婦？」

太后輕輕擺了擺手，笑道：「好了好了，還好殿中都是自家人，不然讓人笑話了去。」說罷，吩咐太監取了螭吻玉鐲賞給了攝政王妃。

攝政王妃笑盈盈地謝了賞，退回座位。

俞筱晚一面看，一面聽，周氏坐在她身邊，向她介紹方才說話是的誰，現在說話的又是誰，幫她將宮中的太妃太嬪們認了個遍。

接下來，每位王妃、郡王妃都奉上了各自準備的賀禮，很快便輪到了俞筱晚。俞筱晚輕移蓮步，來到大殿中央，深福一禮之後，奉上自己準備的開光白玉觀音，玉質溫潤細膩，雕功精湛，寶像莊嚴。禮品厚重，亦不會太過出挑，因為君逸之要求她不要惹太后的眼，遠著太后一點。

太后卻不像之前那樣就著托盤觀看，而是讓內侍取出來，捧在手中細細觀看。

楚王妃最好面子，見太后似乎十分喜歡，忙介紹道：「這尊觀音像是請潭柘寺的智能大師開光的，俞氏還特意去潭柘寺齋戒三日，為太后您祈福呢！」

楚王妃雖然不喜歡俞筱晚，但是媳婦得臉，她的臉上也有光。

太后輕笑著道：「哦，是請智能大師開光的嗎？這位智能大師在民間有活菩薩之譽，看來這尊觀音像極有靈氣，哀家要供養在佛堂裡。」

太妃太嬪們忙著附和，旁的王府女眷雖然心中嫉妒，也不敢說什麼穢氣話，假模假樣地附和幾句太后洪福齊天、神靈庇佑之類的話。

太后聽得笑容越發喜悅和藹，朝俞筱晚招了招手道：「乖孩子，坐到哀家身邊來。」

這恩寵也太大了些，俞筱晚忙展示出一抹恰到好處的受寵若驚的笑容，又是嚮往又膽怯地看了看太后身邊的座位，又看了楚太妃和楚王妃一眼。楚太妃含笑輕輕頷首，楚王妃則急得猛使眼色，這麼長臉的機會，這丫頭還在遲疑什麼？

俞筱晚這才謝了恩，上前幾步，半側著身子，坐在太后身邊。惟芳長公主側頭衝她擠擠眼睛，為她得母后的賞識而開心，可是俞筱晚卻知道，自己送的這尊玉觀音並沒比旁人的賀禮出彩，只怕是太后故意示恩寵的。

不多時，宗室女眷都獻過了禮，唱禮官便在太后的示意下，去殿外宣誥命夫人們入殿獻禮。

太后對每件禮物都象徵性地看了一眼，若有滿意的，還會讚上一句，或問問這位誥命夫人兒女的情況，然後各有賞賜。

乾巴巴地坐了近兩個時辰，這獻禮的儀式才完結。俞筱晚原本有些無聊，到這會兒卻開始有些崇拜起太后來了，難為她每位夫人府中的情況都記在心間，對每位夫人說所的話都不相同。這樣心思縝密又聰慧過人的女人，果然不是甘心於在深宮之中安靜無聲的。

太后留了幾位外命婦在殿內陪坐，聊了幾句家常，唱禮官便小聲地尋問：「太后，時辰快到了，請問您是否移駕保和殿？」

太后微微頷首，唱禮官正要唱駕，忽聽門外傳來一個渾厚的男女莫測的聲音，大聲道：「臣紫衣衛副領，為太后賀壽。」

殿中諸人莫不驚訝萬分，就連端莊持重的太后都怔了怔，才急忙道：「快宣！」

唱禮官宣道：「宣，紫衣衛副領覲見！」

不多時，一道高大的身影，雙手捧著一個漆盒步入殿內，在大殿中央站定，恭恭敬敬地三叩九拜，行了大禮，然後雙手高舉過頭頂，將漆盒奉上。

說是身影，是因為他從頭到腳都裹在一個長及地面的墨綠色斗篷之中，兜帽戴得嚴嚴實實，臉上覆著烏金面具，說話的聲音從面具之下發出來，有些悶悶的，聽不清是男是女，只是看他身形高大，眾人便推測是男子。

太監接過漆盒，先在一旁打開，看清裡面是一叢鮮花和一塊玉璧之後，才呈給太后。

太后眼睛掃了一下漆盒內的事物，眸色瞬間陰沉了下來。

太后的神情轉變不過是一瞬間的事，隨即又恢復了親切慈祥的笑容，緩緩抬手道：「愛卿請起。賜座，看賞。」

紫衣衛副領謝了恩，站起身來，卻不在內侍擺好的靠椅上落座，而是抱拳拱手道：「謝太后厚賞，臣尚有差事在身，恕臣不能久留，臣告退。」

還是頭一回有臣子如此不識相，太后的瞳孔微縮了一縮，緩聲道：「愛卿可曾去御書房給皇帝磕頭？」

紫衣衛副領頓首道：「臣已拜見過吾皇了。」

太后這才允了他退下，又眸光微微一轉，跟隨她數十年的心腹魏公公立即會意，悄悄地從帷幔後退出了大殿，來到內殿的窄道處，微一甩拂塵，一名灰衣人無聲無息地閃現出來。魏公公低語幾句，那名灰衣人便閃身離去。

大殿內，太后已然吩咐唱禮官：「擺駕保和殿。」

俞筱晚和惟芳長公主忙搶先站起身，一左一右地扶住太后往殿外走。

太后那戴滿寶石戒指的手，虛搭在俞筱晚的手臂上，含笑看著她問道：「枯坐了這麼久，累不累？」

俞筱晚輕柔乖巧地笑道：「多謝太后關心。晚兒真的覺得有點累呢，真是欽佩太后，您都不會累的？」

太后微訝地看了俞筱晚一眼，心中忖道：哪個命婦在自己面前不是得小心翼翼地表現自己最完美的一面，這樣繁瑣的儀式下來，不單不能顯出疲累，還要表現出神采奕奕的樣子，極少有人像她這樣直抒胸臆的！這般沒有防備和討好之意的回答，她若不是過於純良，就是城府極深了！

太后面上慈祥的笑容不變，輕拍了拍俞筱晚的手臂，親切地道：「妳是個老實孩子，跟惟芳一樣，哀家就是喜歡妳這樣的孩子！一會兒散宴之後，哀家讓內侍宣妳來伴駕，陪哀家說說話兒！」

俞筱晚含羞淺笑，「太后謬讚了，臣妾哪敢與長公主殿下相提並論？太后若是不嫌臣妾粗鄙，臣妾自是極願陪您說話的。」

說話間已下了慈寧宮大殿前的漢白玉臺階，有太監躬身迎了上來，太后換扶了太監的手，端莊地登上鳳輦。一眾內外命婦福身恭候鳳輦緩緩啟動，才按各自品級，列隊隨輦而行。

俞筱晚在隊伍中緩步行走，趁著這段無人打攪的時間，慢慢思索著。她自然不會因為太后說她老實，就真的認為太后覺得她老實，太后甚至拿惟芳長公主來做比較。惟芳長公主雖然是個有什麼說什麼的直率性子，但並不算老實純良，只不過是因為她有這個高高在上的身分，說話可以不用想三遍再張嘴而已。太后那句話的意思，還是想告訴她，其實她已經發覺她是個表面不一的人了吧？

可是跟著又顯示恩寵……雖然她聽君逸之說，父王雖然中庸了些，但到底是輔政大臣，手中的權力在那兒，太后一直要拉攏楚王府，只是苦於老祖宗油鹽不進，母妃又左右不了父王的意思……

難道太后是想從自己這裡打開突破口嗎？可是，世子身子弱，一直賦閒不理朝政，君逸之就更不必說了，要吃喝玩樂的事找他還差不多，他說的話，估計父王一個字也聽不進去，她一個當兒媳的，怎麼可能說服父王？莫非是太后知道老祖宗喜歡自己，想通過她來勸說老祖宗？

還是說，太后也想要紫衣衛的信物，想直接從自己手中拿？這個倒還合理一點……還有，那份賀禮暗示著什麼？

俞筱晚的雙拳不自覺地攥緊，緊得指節泛起青白之色。

胡思亂想間，到了保和殿，眾臣的宴席擺在太和殿，由攝政王主持。皇帝年紀尚小，與太后和眾命婦一席，眾人跪伏在地，恭迎太后和皇帝升座後，才尋了自己的位置坐下。

因為聽說過皇帝血統不正的流言，俞筱晚特意偷眼打量了一下這天下間最尊貴的母子二人。小皇帝生得十分俊秀，面色白皙，只是才十二歲，臉上還有些嬰兒肥，帶著濃濃的稚氣，不過眉目間與太后有七八分的相似，鼻唇則可能更像先帝。

俞筱晚的座次靠近主座，大約是察覺到了她的注視，小皇帝側過臉來，朝著她抿唇一笑，舉了舉杯中酒。俞筱晚大窘，忙雙手端杯，虛敬了一杯。

太后心分幾處，一面觀察座下眾命婦都各與誰交好，一面關注身邊的皇上，見此情形，不由得微微一笑。

宴會一直進行了兩個時辰左右，散了宴後，眾臣、命婦們便告退出宮。太后宣召了幾位親近的宗室婦和誥命夫人到慈寧宮伴駕，因都是親戚，沒像往常那般正襟危坐地閒聊，而是架了幾張牌桌，陪著太后摸葉子牌。

單獨開了一桌的人都分了心思在太后的身上，同桌的人就更不必說了，極盡所能地餵牌，哄著太后開懷暢笑。

惟芳長公主則拉著俞筱晚到一旁閒聊，還沒說上兩句，太后便笑罵道：「惟芳，別躲到一邊，知道哀家眼神不好，快過來幫我看牌！」回過頭，好似才發現俞筱晚，又改了口道：「不用妳看了，讓寶郡王妃來幫我看牌吧！」

楚太妃聞言丟了一張牌，回頭嗔道：「怎麼，想跟我搶孫媳婦兒？」

太后直笑道：「借一借總可吧？」

俞筱晚忙坐到太后身邊，小心地看牌。原還以為太后會趁機說些什麼事，哪知太后只是隨口問她汝陽好玩嗎、學了些什麼、相公對她好不好之類，然後便專心打牌了。

玩到戌時初刻，太后覺得乏了，眾人才告退出宮。臨走之時，太后對俞筱晚說了一句：「妳性子文靜，以後多進宮來陪陪惟芳。」語氣顯得親暱又和藹。

俞筱晚受寵若驚般的連聲應下，心裡卻道：沒事我是一定不會進宮的！

待人都走後，太后疲憊地歪在引枕上，凝神尋思了片刻，又讓魏公公將紫衣衛副領送上的賀禮拿過來，仔細看了一番，越看怒火越盛，一揚手，將那只紫檀木的匣子打翻在地，玉璧瞬間碎成幾瓣。

魏公公嚇得撲通一聲跪在地上，輕聲道：「太后息怒，何必為了一個臣子，氣壞了您自個兒的身子呢？」他細看了幾眼這玉璧，實在沒發覺哪裡不妥。

太后揮了下手，魏公公忙將碎玉拾進匣子裡，擱到了不起眼的地方，又折回太后身邊，拿起美人錘，輕輕幫著捶腿，一面輕聲問道：「時辰不早了，太后可要安置？」

太后搖了搖頭，「你去看看，巽回來了，讓他立即來見哀家。」

魏公公立即領命退了出去，太后凝神思索了一番，抵不住倦意，打起了小盹。也不知過了多久，魏公公慌慌張張地跑進來，撲通一聲跪下，顫聲道：「稟太后，巽回來了……他受傷了，還、還帶回了一封信……」

信封的一角沾上了血跡，可見巽傷得不清，太后展開信紙，草草一閱，當即大怒，一掌拍在一旁的小几上，「為人臣子的，居然敢威脅哀家，真是可惡！」

俞筱晚回到府中，先跟君逸之去看望了大哥，回到夢海閣，梳洗罷，安置下來，才說起了紫衣衛副領之事。君逸之摟著她躺在床上，懶洋洋地道：「我知道，他今日是先去金鑾殿的。」頓了頓道：「他的武功的確非常高。」

「哦。」對這個忽然出現的紫衣衛副首領，俞筱晚並沒太大興趣，她的興趣是那份賀禮，因為她那時正坐在太后身邊的小錦墩上，位置比太后的鳳榻矮些，目光向上，自然能看到太后轉瞬即逝的怒意，「就是一塊玉璧，可是太后卻十分生氣的樣子。我後來又仔細看了幾眼，不過就是塊上品的羊脂玉璧，若是會惹太后生氣，必定是它的喻意。」

她說著拉了拉君逸之的衣袖，小聲道：「你覺得會是什麼意思？」

君逸之不答反問：「晚兒想了一整天，應該有結論了吧？」

俞筱晚嗔了他一眼，有些不滿地道：「為什麼你什麼事都不願意同我說？」

君逸之忙喊冤，「冤枉啊，娘子大人，那賀禮我瞧都沒瞧見，怎麼推斷呢？妳若是說……唉，之前紫衣衛的確是好些年沒出現了，但今日是太后的五十整壽，他們來拜壽也是為人臣子的孝心，但妳若要問意義嘛，我猜不出。」

俞筱晚輕哼了一聲，算是接受了他的解釋，「我猜，可能是指懷璧。匹夫無罪，懷璧其罪。莫非是太后幹了什麼事？比如說，我父親的死因讓紫衣衛給查出來了？因此用這種方法來告誡太后，不要再干涉朝政？」說著，手緊緊抓住了君逸之的衣襟，聲音也有些顫抖，「你說，會不會是太后派人殺了我父親？不過為了一件信物，就、就這樣對待朝廷重臣，她、她憑什麼？既然日後是皇上的，她又急什麼？什麼君要臣死，臣不得不死，我呸！何況，她還算不得君！」

君逸之的眸光在黑暗中閃了閃，忙輕撫著她的背道：「只是猜測罷了，妳先別當真。」

俞筱晚緊緊地攥著他的衣襟，悶悶地嗯了一聲。

君逸之心頭像堵了一塊鉛石似的難受，他很難體會晚兒的感受，因為他父母皆在，可也能想像得出，若說晚兒父親是因罪獲死，那叫咎由自取，但若只是為了一件先帝交由他保管的信物，就被太后派人所害，換成是他，一定會瘋狂地為父報仇吧？

因而他真怕晚兒會不顧一切地報復，也擔心晚兒以後面對太后時，難以忍住心底的恨意，那樣的話就太危險了。太后那樣強勢的人，覺得天下間的百姓都是她和皇帝的奴才，定然不會覺得自己逼死俞父有何不對，因而是決計容不下晚兒心裡頭的恨意。

君逸之輕嘆了一聲，俯下頭細細地親吻俞筱晚的面頰，邊吻邊輕聲道：「晚兒，妳答應我，這件事交給我來查清楚，妳不要輕舉妄動，好嗎？」

俞筱晚半晌才輕輕地「嗯」了一聲，君逸之略鬆了口氣，附在她耳邊發誓道：「妳放心，不論謀害岳父的人是誰，我都會替妳報復，所以，妳不要輕舉妄動，我來幫妳就好，一切有我。」

「嗯。」俞筱晚覺得鼻頭一酸，眼睛裡湧上了一汪淚水。她展臂環住了君逸之的脖頸，主動吻上他的唇。

君逸之渾身一顫，全身血液都似湧上了被她親吻的地方，心怦怦直跳，腦中熱血沸騰，回手緊緊抱住香軟的嬌軀，用力地回應回去。

俞筱晚胸口倏然覺得一陣涼意，原來他那手不知何時放開了她身後的長髮，轉而探進了這裡。

俞筱晚扭動著身子，卻更貼近了君逸之幾分。明明心情很糟，她卻更想瘋狂地放縱，想與這個男子融為一體，因為他說，一切有我，所以——她可以信任他嗎？

第二日清晨，君逸之先一步醒來，低頭看著懷中安睡的佳人，秀麗的眉心還微微蹙著，心裡便一點一點地酸痛了起來。他伸出食指輕輕撫平了她的眉頭，見她還睡得香甜，又陪了她一會兒，才小心地收回擱在她頸下的手臂。

芍藥帶著丫頭們候在門外，等待主子的傳喚。君逸之披衣起來，打開房門，親手接過丫頭們手中的銅壺和銅盆，淡淡地道：「妳們在外面候著，一會兒我再叫妳們。」隨即又關上房門，不讓外面耀眼的陽光照進房內。

梳洗過後，他折回床邊，雖然很不想叫醒小妻子，可是一會兒要去給大哥扶脈，沒有她實在是不行。

他踱過來又踱過去，俞筱晚已經迷迷糊糊地醒了，揉了揉眼睛，一臉的懵懂嬌憨，君逸之忍不住低頭重重親了她一口，笑道：「小懶貓，起床了！」

俞筱晚拱了拱，將頭枕在他的大腿上，撒嬌道：「你幫我，我眼睛睜不開。」

君逸之呵呵直笑，抱著她坐起來，幫著穿好衣裳，又抱著她去梳洗，一面叨念她「看不出還挺有肉」，一面樂呵呵地幫她淨面，還要偷吃一點嫩豆腐。俞筱晚嬌嗔地瞪了他幾眼，也沒認真拒絕，倒叫他得寸進尺，乾脆抱著她吻了個天昏地暗。

待君逸之心滿意足了收了吻，俞筱晚氣都喘不過來了，軟軟地靠在他的懷裡。君逸之攬著俞筱晚的纖腰，這麼溫順的晚兒，讓他無比喜愛，卻又無比心疼。他用手輕輕順著她的頭髮，柔聲道：「晚兒，別怕……。」

俞筱晚在他懷裡抬頭一笑，柔柔地道：「我不怕，一切有你呢！」

君逸之用力擁緊她一下，鄭重地道：「妳一定要記著，若有任何事都先來跟我商量，不要衝動地下決定。」

俞筱晚定定地看了他一會兒，才淺淺一笑，「好。」語氣雖然是輕柔的，可是君逸之知道她是真的聽到心裡去了，不由得鬆了口氣，隨即歡快地道：「咱們去看看大哥，他應該好多了。」說完，喚了丫頭們進來服侍。

好不容易打扮整齊了，俞筱晚卻沒急著走，先讓芍藥將江七帶進來，要問問她有什麼發現。

江七的確是擅長分辨茶味，她仔細地介紹了一番幾種茶葉的區別，然後總結道：「茶葉都是極好的，只是上面染了些不同的氣味，很微弱，沖泡的時候不會影響口感，一般人是品不出的，我也是聞了幾遍才聞出來。不過，我記得爹爹以前同我說過，放置茶葉的小罐也是有講究的，若是用木質的，就得選無氣味的木料，否則容易染到茶葉上去，所以奴婢不知這些氣味是盛放茶葉的小罐上的，還是特意熏上去的。」

俞筱晚問道：「可知都是些什麼氣味？」

江七惶恐地道：「奴婢不知，奴婢對香料沒有研究。」

俞筱晚想了想，揮手讓她退下，兩人才乘車去了滄海樓。

君琰之的脈象比前幾日好了些，俞筱晚便跟逸之商量：「咱們去一下貓兒胡同吧，我還想去一下我的香料鋪子，裡面請了幾位識香的大師傅，他們也許能分辨出來。」

君逸之自然贊同，他鬼靈精地避開了母妃，跑去跟老祖宗告了假，便帶上俞筱晚一同出了府。

貓兒胡同離楚王府很遠，兩人先去了趟香料鋪子，俞筱晚讓掌櫃許茂請來大師傅，將幾種茶葉交給他，讓他分辨出茶葉上染了什麼氣味，然後才去了貓兒胡同。

胡同不大，兩人在胡同口就下了馬車，沒多久便找到了蔣大娘住的小四合院。

蔣大娘正抱著一個小嬰兒在逗著玩兒，見到俞筱晚和君逸之，便笑道：「稀客呀稀客，我說今日怎麼一大清早的，喜鵲就在枝頭叫呢，原來是兩位貴人要登門！」

她抱著小嬰兒起了身，引著二人進正房。房間雖然不大，也老舊，但收拾得乾淨清爽。君逸之和俞筱晚坐下後，一名藍花布包頭的年輕婦人，一手提了一只大茶壺，一手拿著幾個杯子走進來，給兩位客人沏上茶後，婦人便笑著去抱小嬰兒，「娘，您陪客人說話，我去廚房看看有什麼菜，要麼讓相公去買些來。」

蔣大娘先介紹了一番，「這是我兒媳婦蘇氏，這是我孫子，才剛滿月。」待婦人向君逸之和俞筱晚見了禮，便揮了揮手，「去吧去吧，讓超兒多買幾個菜。」

俞筱晚忙推辭道：「大娘，我們……」

蔣大娘嘿嘿一笑，「若是不留下來吃飯，就什麼都不必提了。」

俞筱晚忙閉了嘴，君逸之倒是欣賞蔣大娘的性子，笑咪咪地道：「那就打攪大娘了，若是嫂子會做，我想吃糖醋里肌和紅燒豬手。」

蘇氏溫婉地笑道：「好的。」福了一禮，便退出去了。

蔣大娘扯了扯嘴角笑了笑，指著蘇氏的背影道：「她就是這麼個悶性子。」

俞筱晚忙道：「大嫂這是文靜。」

蔣大娘道：「不說這些了，妳來找我有何事？」

俞筱晚便問道：「大娘是江湖中人吧？不知江湖之中誰最會解毒，大娘認不認識？」

蔣大娘上下打量了俞筱晚和君逸之幾眼，奇怪地道：「你們看起來沒有中毒啊！」

「不是我，是我一個朋友。」

「哦。」蔣大娘滿不在乎地笑道：「解毒的人，我自然認識幾個，不過他們都不在京城，還不知道什麼時候能找到他們，但我這有一顆可解天下奇毒的藥丸，是當年鬼谷的醫聖所製，他的名頭，小夥子應當聽說過吧？」

君逸之眼睛一亮，「晚輩的確聽說過。您真的有嗎？那……您要怎樣才能轉讓？」

醫聖所製的藥丸，說能解天下毒，就一定能解。他與大哥這些年一直在四處打聽，想知道誰的手中有，就算花上幾千金，也定要買一顆來，沒想到蔣大娘手中就有。方才差點說出用銀子來買了，只是一想到江湖中人都有些怪脾氣，才換了種問法。

蔣大娘哈哈一笑，指著俞筱晚道：「我還欠這丫頭一個承諾，她知道該怎麼做的。」

俞筱晚又驚又喜，忙用那個承諾交換了這顆藥丸。蔣大娘立即就進了內室。

君逸之還以為是在夢中，掐了自己大腿一把，才如夢初醒般的道：「這麼容易就給我們了？」

對於江湖中人來說，這樣的藥丸就等於是免死金牌啊！

「可不就是給你們了！」蔣大娘折了回來，將一個小蠟丸拋入君逸之的懷中，笑道：「老太婆我最不願欠人情，欠了這丫頭一個承諾，晚上連覺都睡不好！這下好了，可以睡個好覺了！」

君逸之用手指將蠟丸搓開，仔細聞了聞，似乎是旁人介紹的那個氣味，興奮得根本坐不住，「大娘，那個……」

蔣大娘毫不在意地擺手，「救人要緊，改日再來玩便是。」

君逸之忙起身鄭重地行了一禮，拉著俞筱晚匆匆告辭。

待他二人走後，蔣大娘又進了內室，斂衽向一道黑影行禮，「屬下已按您的吩咐，將解藥交給寶郡王爺了。」

「嗯。」那黑影聲音渾厚低沉，「他們可能會懷疑妳的身分，妳不必躲閃，只管在這裡住著，帶著孫兒便是。寶郡王妃那裡，妳多多留意一下。」

蔣大娘應承一聲，那黑影便憑空消失在房內。

楚王妃的娘家大嫂、忠勇公原夫人鄭氏，帶著幾個嫡出庶出的女兒，今日登門來探望琰世子，好生慰問了一番，又陪著楚王妃聊了會子閒天，請託了一件大事。當然，她們今日登門，也有讓女兒們與寶郡王爺多多親近的意思，只是怎麼也等不到寶郡王爺，鄭氏於是厚著臉皮留了中飯。

期間楚王妃幾次差人去夢海閣問郡王爺和郡王妃的去向，得到的回答都是「奴才不知」，鄭氏總不能在王府繼續賴晚飯，只得帶著女兒們告辭了。

「真是太不像話了！」楚王妃真心覺得丟臉，長子還病在榻上，奄奄一息，做弟弟的卻帶著妻子跑出去玩，還被親戚們知道了。

郭嬤嬤小心地琢磨著道：「奴婢倒是覺得，二少爺以往雖是貪玩了些，可是世子爺病著的時候，他都是在一旁照料的，不知今日為何會……出府。」

楚王妃一聽，覺得就是這麼回事，以往逸之再怎麼沒分寸，對兄長還是很尊重的，可現在……

「肯定是那個俞氏想出門玩！不行，老祖宗不讓我管她，我得告訴王爺，請王爺來管管！」

郭嬤嬤陪著小心道：「王妃還是先問問清楚吧，免得冤枉了二少夫人，畢竟還是新媳婦，進門才一個來月。」

楚王妃發狠道：「就是新媳婦才要教，教好了，日後才能省心，否則咱們王府又多出一個混世魔王！」

楚王爺才下了朝回到府中，在大門處下了馬，就被郭嬤嬤恭敬地請到了春景院的正房暖閣裡。

楚王妃親自上前服侍王爺換了朝服，奉上茶，夫妻倆坐在臨窗墊著草編軟墊的楠木雕花圈椅上，難得的閒適愜意。

「快去取些冰鎮酸梅湯來，瞧王爺這一頭的汗。」楚王妃指使著劉嬤嬤帶丫頭們出去，想與王爺好生談一談。

楚王爺這幾日被朝政和家事所累，已經好幾夜沒好好合眼了，坐在窗邊，被初夏涼爽的微風一吹拂，睏意頓時上湧，頭往椅背上一靠，手捧著茶杯，闔上眼簾，就打起了小盹。

楚王妃這廂才醞釀好說辭，就聽得身邊的楚王爺傳出了輕微的呼嚕聲，簡直不敢置信，這才幾個眨眼？原想將王爺搖醒的，可是一瞧見王爺眉宇間的褶皺，又有些心疼。楚王妃又慢慢將抬起的手放下，去榻邊取了一床薄被，輕輕為王爺蓋上，就這麼陪坐在一旁。

日頭西沉的時候，楚王爺才驀然睜開眼睛，茫然地問道：「什麼時辰了？」

楚王妃遞上一杯溫度正好的茶，請王爺漱口，一面答道：「酉初了，臣妾正要喚醒王爺呢，王爺您就自己醒了。」

楚王爺笑著漱了口，又接過妻子遞上的另一只茶杯，喝了幾口茶，才笑問道：「方才妳找我有何事？」

其實要說的事情很多，只是這會兒要去春暉院給老祖宗請安了，楚王妃就先揀了她覺得重要的事情說，「琰之還病著呢，逸之這孩子竟被俞氏慫恿著出府玩，這也太不像話了！王爺，一會兒您可要好生與老祖宗說一說，以後得讓我來管教俞氏！」

楚王爺瞪大眼睛看著王妃，沉聲問道：「俞氏這時候慫恿逸之出府玩嗎？妳怎麼當時不管教他們？」

楚王妃滿臉委屈，「我根本就不知道，這內院又不是我管著，他們要套車也不用經過我呀！」

這事楚王爺就不好接嘴說了，內院是由他母妃管著的，這麼說來，逸之他們出去，母妃應當是知道的，況且說到管教俞筱晚，前段時間二兒媳婦不都是在妻子這裡立規矩的嗎？這幾日母妃說了，她眼神不好，要二兒媳婦幫著誦佛經聽。他這個當兒子的，自己不能在母妃跟前盡孝，媳婦又不討母妃歡心，難得娶了位母妃喜歡的兒媳婦，便替他們夫妻在母妃面前盡盡孝，有何不可？

於是，他便道：「也是啊，出門要套車，想來是老祖宗知道的，那就沒關係了，走吧，去請安。」

打了個太極，壓根兒就不提什麼讓楚王妃管教俞氏的話頭。

楚王妃最看不得楚王爺這副樣子，一旦話題涉及到了老祖宗，他就總是想辦法避重就輕，她覺得王爺在老祖宗面前那叫一個愚孝。老祖宗都將逸之教成了一個全城聞名的紈褲，王爺居然還不讓她來管教媳婦。

楚王妃跟在楚王爺身後，不依不饒地嘀咕著。楚王爺充分發揮無耳神功，彷彿什麼都沒聽見，直到來到春暉院門口，楚王妃才不得不忿忿然地閉了嘴。

楚太妃坐在暖閣的正牆處的羅漢床上，身邊陪坐著仁郡王和仁郡王妃、世子君瑋之及世子妃、次子君皓之。幾人正說說笑笑，氣氛一團和氣。

楚王妃微微詫異了一下，也就想通了，二弟和兩個侄兒必是為了官員升遷之事來的，這也是大嫂鄭氏請託她的大事，只是還沒來得及向王爺開口罷了。思及此，她又怨上了俞筱晚，若不是因為俞氏，她何至於來不及幫娘家侄子討要差事？

見到楚王爺，仁郡王一家子都站了起來，待兄長向母妃請了安，便上前給兄嫂請安。楚王妃一落座便問道：「逸之和俞氏呢？怎麼這個時辰了，還不來給老祖宗請安，這也太沒規矩了！」

楚太妃瞟了兒媳一眼，淡淡地道：「晚兒認識一位江湖中的女傑，想請託她幫忙請幾位江湖名醫來給琰之扶扶脈，逸之陪著她去了！求人辦事，哪能那麼順利？」

說是為琰之請醫，算是一片好意，楚王妃不便再找俞筱晚的麻煩，但是心裡有些不以為然，在她看來，最好的醫生都在太醫院，連太醫都沒辦法醫治的病，一個江湖郎中能管什麼用？

除了楚王妃，旁人都沒心思糾結君二少的行蹤，仁郡王今日過府，的確是為了官員升遷一事來的。為防止官員在其位上年月久了，形成各自的關係網，每隔三年，朝中官員都會大調整一次。除了六部尚書的職位不會隨意動之外，其他的官員都會相應地挪動職位。

這裡面的講究可就多了。

朝廷裡的各個職能部門各司其職，但有些職位是天然的聚寶盆，只要你坐在那個位子上，自然有人捧著金銀相求；有的位子是實權在握，又利於出政績，對日後的升職極有幫助。當然，還有所謂的清水衙門，去了那種地方，就只有名聲可以博一博了。

目前最炙手可熱的，自然是戶部和吏部的職位，工部的職位也不錯。仁郡王的兩個嫡子都入了仕，目前只是在都察院掛了個都察御史的空銜，正七品，官職不高，又是清水衙門，兩人都想趁此時機調到比較好的位置上去，這便求到了大伯跟前。

楚王爺一口應承下來，「你二人這兩年學識長進了不少，考績也多次評為優，的確是應當升職了。」

仁郡王爺滿面喜氣，又怕大哥沒明白他的意思，便乾脆點明道：「原本連續三年考績為優就能升職，只是你兩個侄兒想換到好一些的部門去，戶部不知這次……」

直接就是要去戶部，這麼缺銀子嗎？楚王妃不由得在心底裡嗤笑，又怕王爺答應下來，她娘家侄子求的也是戶部的差事啊！

楚王爺沉吟了一下，方道：「戶部恐怕是難了一點，便是進去，也頂多是平調。若是願意去工部，升任個從五品的員外郎也是可以的。」

君瑋之和君皓之兄弟倆一聽，覺得工部也不錯，若是接管個什麼工程，那些材料買賣，從中可以截流不少，況且這也已經是慣例，不會有人去查，只要別貪修河堤水務工程的銀子就成了。

仁郡王見兒子不反對，便笑道：「那就有勞大哥操心了。」

楚太妃笑道：「一家人說什麼有勞不有勞的，你大哥能照拂你們的地方，自然會照拂。」

楚王妃立即跟進，「正是呢，家中的親戚能照拂的，也得請王爺照拂一下。在朝廷裡時時處處有人接應著，才好施展手腳。」

楚太妃瞟了長媳一眼，岔開話題道：「不等逸之他們了，咱們先用膳。」卻還是吩咐了人去二門處問一問。

不多時，嬌杏便到小廳來稟報道：「二少爺和二少夫人已經回府了，還請了智能大師來，現在正在滄海樓。聽說是二少夫人求了一顆醫聖孫明瑨親手製的藥丸，說是極有效用的。」

楚太妃聞言大喜，「真的是醫聖親手製的嗎？」

眾人草草用過膳，便陪著楚太妃去了滄海閣。

話說當時君逸之和俞筱晚得了那枚藥丸後，並沒急著回府，而是去了潭柘寺，請智能大師辨認這藥丸是否能解百毒。智能潛心醫術，於醫藥方面的見識比他二人都高得多，卻仍是極為謹慎地從藥丸上輕輕刮了一點粉沫下來，用一隻小兔做了試驗，確認是解毒丸後，三人立即返回王府。

君琰之「病」了這麼多年，身體已經十分孱弱，而且內力也消耗得差不多了，智能不敢一下子就將藥丸給他全數服下，而是化在溫水裡，先讓他喝下一半，在用內力為其輸導至七經八脈之中，化去部分毒性之後，讓其將另半碗藥水喝下，再用內力輸導。

楚太妃等人來到滄海樓時，智能正要最後關頭。君逸之和俞筱晚守在外面，已經草草用過了晚膳，正焦急地等待中。

因為君琰之的毒一直是當病在治的，君逸之避重就輕地說明了一下藥丸的作用，然後說明智能大師在為大哥針灸，不得進去打攪。

楚太妃連連點頭道：「我們就在這裡等。」又看向俞筱晚，笑得親切和藹，「晚兒，這回妳可立了大功了，回頭我讓妳母妃好好地犒賞妳。」

被點到名的楚王妃一怔，仁郡王妃素來看不慣這位大嫂，立時笑道：「可不是嗎晚兒，妳可是救了妳婆婆最寶貝的兒子，她自然會厚賞妳一番。我說得對不對，大嫂？」

俞筱晚正要謙虛地推辭，背後被君逸之輕輕捅了一下，便垂頭裝嬌羞。君逸之笑嘻嘻地道：「孩兒相信母妃自然會厚賞晚兒的，只是別的物件都無所謂，只要母妃記得將那支赤金鳳凰滴翠簪賞給晚兒就成了。」

赤金鳳凰滴翠簪是赤金托底，翡翠為身的鳳凰簪，鳳嘴中還銜了一串南珠和翡翠珠相錯的珠串，戴在頭上流光溢彩，華美非常。當時楚王妃得了兩塊天然帶鳳凰紋的翡翠，便請內造司最好的工匠雕琢了兩支簪，說是要賞給兩位兒媳婦的，可是那天俞筱晚敬茶的時候，楚王妃卻沒將這只簪送給晚兒。君逸之明白，母妃肯定打算留著賞別人的，指不定在琢磨用誰將晚兒的身分給替換下去，因此才趁著今日的時機幫妻子討要。

楚王妃心下大為不滿，暗瞪了兒子一眼，又見眾人都看著自己，只得勉強笑了笑，「若是琰之的病真能治好，自然要厚賞。」

不多時，智能收了功，給君琰之把了脈後，微笑道：「恭喜施主。」

君琰之渾身是汗，體力透支，只虛弱地笑了笑，算是道謝。

在外間等著的眾人聽到智能說「世子的病已經痊癒，日後只須慢慢調養」的時候，楚王妃情不自禁地雙手合十，朝天空默默誦咒，感謝各路神明的保佑。

秦氏取笑她道：「大嫂還有一個人要感謝呢，若不是晚兒求來了這顆藥丸，哪裡能好得這般快？」

仁郡王父子到底見識廣博得多，心中都覺得萬分奇怪，治病也有一顆藥丸就解決的嗎？怎麼聽起來這麼像中毒？只是他們見楚王一家都一副理所當然的樣子，也就聰明地沒有發問。

仁郡王一家在得知君琰之確認無礙之後，便告辭回府了。楚太妃和王爺、王妃待君琰之沐浴更衣，服了藥後，進去慰問了一番，才各自離去。

楚王爺和王妃的心情難得的好，兩人一同回了正房，恩愛過後，楚王爺疲倦地想睡了，楚王妃卻還記得大嫂的請託，推了推王爺，小聲道：「王爺，宛政也在工部待了三年了，應當要換個地方了。」

楚王爺睜開眼睛，「哦」了一聲，「哪些官員能升能遷，吏部都會擬了詳單上來的……」

「可是最後還不是攝政王和你們四位輔政大臣說了算？」楚王妃不依不饒的，「瑋之和皓之一下子從正七品升到從五品，宛政怎麼也要升個兩級吧，換到戶部做個……」

楚王爺勉強撐著精神答道：「宛政已經是正五品了，從五品升上去最是艱難，還想一下子升兩級，這怎麼可能？再說戶部沒有正四品的職務，再往上就是正三品的侍郎了。」

楚王妃倒不知還有這一說，只記得大嫂是想讓侄兒進戶部，便纏著要戶部的職位，說是平調也可以。楚王爺給吵得睡不了覺，只好實話實說：「瑋之和皓之的職位，我也是同老祖宗和晉王爺商量過的。宛政的考績不如他倆，怎麼能去這麼重要的部門？」

楚王妃當即不滿地嗔道：「王爺真是偏心，您的侄兒是侄兒，我的侄兒就不是了嗎？」

楚王爺跟她說不清，乾脆閉上眼睛裝睡。楚王妃抱著王爺的胳膊晃了半晌，王爺卻閉著眼睛打起了呼嚕，楚王妃只好放棄，不過心中卻更加堅定了一個信念：一定要讓娘家侄女嫁到王府來，她在這王府中，真是勢單力孤！

次日一早，君逸之和俞筱晚就去看望大哥，俞筱晚替君琰之扶了脈，再次確認毒素已經清除了。君逸之總算是長長舒了口氣，一面恭喜大哥，一面跟晚兒道：「晚兒，咱們得去貓兒胡同好好地謝一謝蔣大娘呢！」

君琰之也笑道：「且等兩日，我也要去。」他現在還不能久坐，要恢復體力，至少得要休養兩日。

俞筱晚一口應下，隨後與君逸之一同告辭，去春景院請安。

一路上，君逸之似乎在思索著什麼，俞筱晚便小聲地問他：「你是不是懷疑蔣大娘？」

君逸之略有些尷尬地笑笑，「其實……我是覺得她來得太及時而已。」雖然蔣大娘說回京是為了看孫子，可是她那孫子似乎有四五個月大了，怎麼偏偏趕在君琰之發作得最兇猛的時候回來呢。

俞筱晚想了想，將自己與蔣大娘結識的過程告知他，又道：「蔣大娘武功極高，我想，若是當初她要害你，用不著下毒的。」

君逸之忙解釋道：「我沒覺得是她下毒，我是想，她是不是聽命於誰……」說著住了口，因為已經到了春景院了。

楚王妃正襟危坐，待兒子媳婦請了安，便如前言所說，將那支赤金鳳凰滴翠簪賜給了俞筱晚。君逸之興奮莫名，忙拿了簪子，親手給俞筱晚簪上。楚王妃抽了抽嘴角，她真不喜歡俞氏，這簪子原本是打算宛婷嫁為側妃之後賞給宛婷的，只不過，俞氏救了長子，她心底裡多少還是感激的。賞便賞了吧，她再另尋好東西賞給宛婷便是。

昨日睡得比較晚，楚太妃有些乏，便沒留晚兒誦經，待母子三人從老祖宗處請了安出來，楚王妃立即對俞筱晚道：「俞氏，妳隨我回春景院。」

君逸之忙撒嬌道：「母妃，孩兒……」

「你有事就自去辦，哪有天天帶著媳婦出門子的男人？」楚王妃不待他說完就打斷道：「我有事要與俞氏說，不是男人能聽的。」

君逸之沒辦法，只得暗暗給俞筱晚使了個眼色，要她千萬忍耐。他急著出門辦差，留不得，只求能早些回來，免得母妃又拿晚兒當丫頭使。

俞筱晚給了他一個放心的眼神，君逸之才匆匆地去了。俞筱晚老實地垂首跟在楚王妃身後，進了正屋。

楚王妃往榻上一歪，郭嬤嬤立即拿了美人錘上前來，小心地跪下，正要幫著捶腿，楚王妃動了動，看向俞筱晚，俞筱晚忙識相地上前來笑道：「母妃若不嫌晚兒粗魯，就讓晚兒來幫母妃捶捶吧。」

楚王妃道：「那就辛苦妳了。」連客套話都不說。

郭嬤嬤將美人錘遞給俞筱晚，又去取了茶杯來，給王妃和俞筱晚沏了茶，卻以怕杯子混了為由，將俞筱晚的茶杯放在屋中央的小圓桌上。這種小把戲也不是第一次玩了，俞筱晚懶得在意，反正她習武幾年了，別的不說，體力是極好的，不吃不喝捶上一天的腿，也不會有什麼事。

楚王妃享受了一會兒，隨意問了她幾個問題，然後將話鋒一轉，「聽說，妳前日月信來了？」

俞筱晚一怔，覺得談論這個有些尷尬，只輕輕嗯了一聲。

楚王妃立時皺眉道：「你們天天膩在一起，妳怎麼就沒喜訊呢？」

郭嬤嬤在一旁解釋道：「二少夫人，當年王妃可是進門頭一個月就有喜了。」

楚王妃面有得色，忽地想起什麼似的，坐起了身子，看著俞筱晚道：「都說女兒肖母，妳不會跟妳娘一樣不會生吧？說起來，當初妳娘也只比我晚了大半年成親，可是妳看，妳比逸之還小了三歲，而且妳娘生了妳之後，也再沒別的孩子，若妳也是這樣，這怎麼行？不行，郭嬤嬤，立即拿我的名帖去請個太醫來，為二少夫人診診脈。」

聽她說道母親，俞筱晚心中不滿，只是這又是事實，母親的確是成親幾年未孕，然後又只生了她這一個女兒，於是也沒反駁，只低頭道：「晚兒的身子挺好的。」

楚王妃睜大眼看著她道：「並非不生病就是身子好，女人最大的職責就是為夫家開枝散葉，妳若是不能生，或是只會生女兒，這算什麼？逸之好歹也有個寶郡王的封號，怎麼能沒個嫡子？妳若是不會生，就讓忠心的丫頭替妳生了，妳好好地抱養在膝下，當是嫡子養著，這樣也成。」

郭嬤嬤不由得讚歎道：「王妃真是宅心仁厚。」又誇張地朝俞筱晚笑道：「二少夫人是個有福氣的，遇上這麼講理的婆婆，若是換成平常的人家，當媳婦的生不出兒子，還不知怎麼被婆婆嫌棄呢，攛掇著兒子休妻的都有……當然，那也是過了些，不過像王妃這樣講理的婆婆，可真真是少見。」

楚王妃擺了擺手，「我也是當媳婦過來的，知道當媳婦的苦，自然不會逼迫你們什麼，只是這子嗣是大計，不可輕忽。嬌蕊和嬌蘭是我精心挑選了給逸之當通房丫頭的，她們的賣身契都在我的手中，不怕她們敢翻天，妳就好好地用用她們，讓她們幫妳生個一兒半女的，妳日後也算是有靠了。」

俞筱晚只笑了笑，低頭捶著腿，並不搭話。

楚王妃給郭嬤嬤使了個眼色，郭嬤嬤忙接著話道：「可是，王妃，還沒生嫡子女，就生有庶子女，這……這似乎不大好吧？」

楚王妃道：「哪裡是庶子女？抱養到俞氏的名下，自然就是嫡子女了。」

郭嬤嬤做恍然狀，又提出了新的疑問：「只是丫頭生的，血統到底低了些，若是側妃生的，抱著在嫡妃的名下，倒還說得過去。」

終於扯到正題了，俞筱晚低著頭，有些輕嘲地勾起唇角，等著這兩人表演雙簧。

楚王妃果然就遲疑了，「的確是血統低了些，只是這側妃的人選，一時半會兒的，哪裡那麼容易挑出來？」

郭嬤嬤立即說道：「昨日表小姐們不是來了府中嗎？表小姐個個都是天仙般的人物，不僅出自忠勇公府的高貴門第，又是自小與二少爺一塊兒長大的，情誼深厚，若是哪位表小姐願意嫁與二少爺為側妃，那就真是天作之合，而且日後二少爺建了府，二少夫人也得了一個極大的助力，有個國公小姐的側妃幫她打理內宅，就不怕那些個刁奴瞧不上她伯爵小姐的身分，而欺上瞞下。」

楚王妃邊聽邊參與討論，一面暗示逸之與宛婷自幼就愛在一塊兒玩，還曾誇過宛婷如何如何的美麗，想必是有些情誼的，不過側妃始終是側妃，反正也壓不過正妃去，況且生的兒子都讓給俞筱晚了，俞筱晚還有什麼不放心的？

主僕兩個眉飛色舞地說了半晌，總算是止住了話頭，皆低頭看向俞筱晚。楚王妃問道：「俞氏，妳且說說看，妳心裡是如何想的？」

俞筱晚仰起頭來恭順地一笑，「回母妃的話，晚兒沒有想法，晚兒只記得，二爺當著太后的面應允晚兒，此生不娶側妃和庶妃，晚兒想，母妃應當不會看著二爺當個言而無信的小人吧？」

「妳——妳居然敢頂撞我？這是誰教妳的規矩，婆婆說的話也敢反駁！」

楚王妃差一點被俞筱晚的這番話給噎得背過氣去，就是因為逸之曾經在太后面前如此許諾，她才特意挑在逸之不在的時候跟俞筱晚談論此事，有意向俞筱晚施壓，讓俞筱晚自己先點頭應了，她才好去跟楚太妃和王爺說道，也好拿這個去駁了逸之。她才不相信自己那個花名在外的兒子會真的一生不娶側妃，她覺得不過是俞筱晚生得絕色，逸之一時被她所迷罷了，等宛婷入了門，逸之自然會移些心思到宛婷的身上去，再加上自己的照拂，不怕宛婷不受寵。哪知俞筱晚竟敢當面駁她，氣得她當場猛捶床榻，大吼了起來。

俞筱晚不疾不徐地幫婆婆捶著腿，紅豔豔的小嘴一張一合地解釋道：「晚兒不敢，晚兒怎敢頂撞母妃，晚兒只是擔心母妃庶務繁忙，忘記二爺曾經當著太后之面所做的承諾，於是提醒母妃一二而已。母妃仁慈寬厚，又體恤晚輩，想必只是一時淡忘，不是誠心為難二爺。」

「妳——」楚王妃指著俞筱晚，說不出話來。

郭嬤嬤趕忙上前幫著順背，俞筱晚也忙起身，走至桌邊，為婆婆斟了一杯溫茶，雙手奉上。

楚王妃卻不接茶，指著她問郭嬤嬤：「妳見過這樣的媳婦沒？善妒還當成是理了！逸之說的那些話，不過是一時衝動，跟之勉的口舌之爭，想占個上風罷了，又沒白紙黑字的，算得什麼承諾！」

郭嬤嬤連連附和，拿略帶著幾分責備的目光看向俞筱晚，徐徐地道：「請二少夫人恕老奴婢僭越，老奴有幾句肺腑之言，還請二少夫人且聽一聽。」

俞筱晚垂著眼皮道：「妳是母妃身邊的老嬤嬤了，我也應當尊重，有話妳就說吧。」

郭嬤嬤與楚王妃滿意地對視一眼，語重心長般地道：「為人妻子的，為丈夫挑選良妾和通房丫頭，那是職責所在，二少爺不願納側，您應當勸著二少爺納才是，怎能拿著一時衝動的話來堵自己的婆婆？若旁人聽到此事，認為您不孝，這可如何是好？況且您的出身……若是嫁入官宦之家，自然是足夠了，可是嫁入皇家，又是正妃，的確是略低了些，若是有位出身高貴的側妃幫襯著您，也免得府中那些個勢利眼的奴才看不起您呢！」

方才一個勁地拿母親只生了她一個女兒來說事，現在又說她的出身低，將父親也貶了進來，好歹父親也是堂堂正二品的封疆大吏，御封的忠義伯，生前亦為他們君家鞠躬盡瘁，他們卻嫌棄若此！

俞筱晚心頭的怒火一下便燃了起來，目光灼灼地看向郭嬤嬤，小臉上飽含期待和忐忑地問道：「那些個勢利眼的奴才裡，必定不會有郭嬤嬤您吧？」

正說到興頭上，唾沫歡快地飛濺著的郭嬤嬤被猛然噎住，一大口唾沫無處可去，當即嗆得她連咳了好幾聲。因事出突然，郭嬤嬤忘了用手掩嘴，被楚王妃嫌棄地一巴掌揮開，直到咳得老臉通紅地收了聲，才吶吶地向主子告了罪，然後皮笑肉不笑地看著俞筱晚道：「老奴怎麼會瞧不起您呢？」

俞筱晚立即露出一抹甜甜的笑容，語氣歡快地道：「我就知道，郭嬤嬤是母妃一手調教出來的人，怎麼會是那些個勢利眼的小人？再者說，妻以夫為貴，聽說祖皇后還是商家女呢，可是誰人敢說她出身低賤？」

楚王妃和郭嬤嬤都被噎了一下，不便再拿她的身分說事，只得硬拗回原來的話題，「雖說逸之是說了不娶側妃這樣的話，可是妳身為妻子的，應當賢慧一點，主動為他想這些事，這是婦德之一，妳不會不知吧？。」

俞筱晚眨了眨眼睛，一派天真地道：「晚兒雖然不是公侯之家的小姐，但俞家亦是百年世家，這些道理晚兒自然明白。身為女子，最重要的一條便是為夫家開枝散葉，不得善妒，不得多言。只是晚兒也聽說，門風嚴謹的人家，男子要娶側室，至少也得是迎娶正室一年之後，像平南侯府的靜晟世子那樣的，只會惹人嘲笑。母妃，您說是不是？」

楚王妃雙拳握得緊緊的，半晌才擠出一句：「可是，自我有喜之後，就主動為王爺納了妾室，哪有人敢嘲笑？人人都讚我賢慧寬容。罷了，你們才新婚，我也不提這些，過幾日待琰之的身子好些，府中要辦個宴會，請些親戚過來熱鬧熱鬧，妳到時讓逸之一定要出席，這樣總不算為難吧？」

俞筱晚忙笑讚道：「母妃果然賢慧，晚兒真是欽佩之至。家中來親戚，晚兒和二爺自然是要負責接待，只是……」隨即眨了眨亮晶晶的明眸，滿臉的好奇，「父王的側妃位置不是還空著一個嗎？兩位庶妃也沒有娶。親王有兩位側妃、兩位庶妃，可是父王卻只有一位側妃，怎麼這麼多年了還沒有娶滿呢？是不是母妃一直沒有好的人選？那麼我們到時就多請些旁的府中的千金來，也讓母妃挑選一下？」

楚王妃死死地瞪著俞筱晚，半晌說不出話來。俞筱晚仍是一臉真誠純淨的表情，小手還有節奏地揮著美人錘。楚王妃胸腔猛烈地起伏了幾下，俞筱晚那副乖巧討好的模樣，怎麼看怎麼就覺得她剛才的話是故意的。她心頭火起，猛地一巴掌揮開美人錘。

儘管楚王妃氣性上來手勁不小，但俞筱晚是完全可以避開的，只是她忽然發覺門簾下有一雙鑲著拇指大小的東珠的祥雲紋繡花鞋，於是手臂順著楚王妃的力道往回一彈，美人錘正打在她的小臉上，眼眶下頓時紅腫了一塊。

「哎呀！」俞筱晚輕叫了一聲，身子往後一仰，順勢倒在地上，一手撐地，一手捂著紅腫的眼眶，淚水在眼眶之中打轉，聲音顫抖著，委委屈屈地道：「母妃息怒，若是晚兒說錯了什麼，您只管打罵便是，千萬別氣著了自己的身子！」隨即勉強支撐著跪下，雙手恭敬地將美人錘奉上，「請母妃責罰！」

楚王妃被她這番做作氣得口無遮攔地道：「妳別以為有老祖宗撐腰，我就不敢打妳！我就是打了妳又如何？我當婆婆的，難道還教訓不得媳婦了？」說完，真的拿了美人錘揮起來，要往俞筱晚身上拍。

郭嬤嬤見勢不妙，忙一把擋住，小聲勸道：「王妃息怒，二少夫人年輕，不會說話，您罵幾句便是了，這是何必，讓旁人瞧見可不好。」

「就是啊。」仁郡王妃的聲音忽然在門簾外響起，隨即便自己挑了門簾進來，咯咯地笑道：

「我說金沙這丫頭怎麼不讓我進門呢，原來大嫂在教訓新媳婦啊！可是咱們家不是素來寬厚的嗎？有什麼事不能好好說，非要動錘子呢？」

俞筱晚急忙替楚王妃辯解道：「二嬸，您誤會了，母妃並沒有打晚兒，只是……只是……不小心碰到了……錘子……」

仁郡王妃「哎呦」一聲，「多乖巧的媳婦啊，若是我那兩個媳婦有晚兒這般懂事，我得少操多少心！妳把手拿下來讓二嬸瞧瞧，大嫂不小心碰到錘子，妳這小臉是怎麼了？」

俞筱晚卻怎麼也不肯拿下手來，仁郡王妃卻拗著不放，掙扎間指縫裡多少露出了一點紅腫的痕跡。其實那錘子是軟木製的，俞筱晚又控制了力度，打在臉上並沒多痛，只是她皮膚極嫩，很容易紅腫，甚至淤青，又是在那樣一張漂亮的小臉上，看起來就分外的惹人疼了。

楚王妃見到弟媳就知道事情要糟，忙對俞筱晚道：「俞氏，妳先回去吧，我這不用妳服侍了。」

俞筱晚屈膝福了福，正要退出去，卻被仁郡王妃拉住了小手。

仁郡王妃笑道：「別這樣，我是來請大嫂的，老祖宗讓咱們一同去春暉院商議宴會的事呢！難得琰之身子有了好轉，怎麼也得大辦一場，聚聚喜氣啊！」

楚王妃心中咯噔一下，再看向已經紅了半邊臉，垂頭站著的二兒媳婦，心裡隱隱升起了不妙的預感。

（全文待續）

漾小說 78

君心向晚❸

國家圖書館出版品預行編目資料

君心向晚/ 菡笑著. -- 初版. -- 臺北市 :
麥田, 城邦文化出版 : 家庭傳媒城邦分公司發行,
2013.01
冊； 公分. --（漾小說 ; 78）
ISBN 978-986-173-861-1（第3冊：平裝）

857.7 101026576

作 者 菡笑
封面繪圖 若若秋
責任編輯 施雅棠
副總編輯 林秀梅
編輯總監 劉麗真
總 經 理 陳逸瑛
發 行 人 凃玉雲
出 版 麥田出版
城邦文化事業股份有限公司
104台北市中山區民生東路二段141號5樓
電話：（886）2-25007696 傳真：（886）2-25001966
發 行 英屬蓋曼群島商家庭傳媒股份有限公司城邦分公司
104台北市中山區民生東路二段141號2樓
客服服務專線：（886）2-25007718；25007719
24小時傳真專線：（886）2-25001990；25001991
服務時間：週一至週五上午09:00~12:00；下午13:00~17:00
劃撥帳號：19863813；戶名：書虫股份有限公司
讀者服務信箱：service@readingclub.com.tw
麥田部落格 http://blog.pixnet.net/ryefield
香港發行所 城邦（香港）出版集團有限公司
香港灣仔駱克道193號東超商業中心1樓
電話：852-25086231 傳真：852-25789337
E-mail：hkcite@biznetvigator.com
馬新發行所 城邦（馬新）出版集團【Cite (M) Sdn Bhd】
41, Jalan Radin Anum, Bandar Baru Sri Petaling,
57000 Kuala Lumpur, Malaysia.
電話：(603) 90578822 傳真：(603) 90576622
Email：cite@cite.com.my
美術設計 洸譜創意設計股份有限公司
印 刷 鴻霖印刷傳媒股份有限公司
初版一刷 2013年1月8日
定 價 250元
I S B N 978-986-173-861-1